∞ INFINITA
PLUS

M

GLEN COOK

LA COMPAÑÍA NEGRA

LA PRIMERA CRÓNICA

LIBRO -I-

montena

La compañía negra
La primera crónica

Título original: The Black Company

Primera edición en España: marzo de 2019
Primera edición en México: mayo de 2019

D. R. © 1984, Glen Cook

D. R. © 2019, Penguin Random House Grupo Editorial, S. A. U.
Travessera de Gràcia, 47-49, 08021, Barcelona

D. R. © 2019 derechos de edición mundiales en lengua castellana:
Penguin Random House Grupo Editorial, S. A. de C. V.
Blvd. Miguel de Cervantes Saavedra núm. 301, 1er piso,
colonia Granada, delegación Miguel Hidalgo, C. P. 11520,
Ciudad de México

www.megustaleer.mx

D. R. © Herederos de Pedro Domingo Santos. Domingo Santos, por la traducción

ISBN: 978-607-317-848-8

Impreso en México – *Printed in Mexico*

El papel utilizado para la impresión de este libro ha sido fabricado a partir de madera procedente
de bosques y plantaciones gestionadas con los más altos estándares ambientales, garantizando
una explotación de los recursos sostenible con el medio ambiente y beneficiosa para las personas.

Penguin
Random House
Grupo Editorial

Este libro es para la gente de la
St. Louis Science Fiction Society

Os quiero a todos

1

Legado

«Ya basta de prodigios y portentos», dice Un Ojo. Debemos culparnos a nosotros mismos por malinterpretarlos. El impedimento de Un Ojo no perjudica en absoluto su maravillosa percepción.

Un relámpago surgido de un cielo despejado destruyó la Colina Necropolitana. Un rayo golpeó la placa de bronce que sella la tumba de los forvalakas y anuló la mitad del conjuro de confinamiento. Llovieron piedras. Las estatuas sangraron. Los sacerdotes en varios templos informaron de víctimas sacrificiales sin corazones o hígados. Una víctima escapó después de que fueran abiertas sus entrañas y no fue recapturada. En los Acuartelamientos de la Bifurcación, donde eran alojadas las Cohortes Urbanas, la imagen de Teux se volvió completamente del revés. Durante nueve noches consecutivas, diez buitres negros dieron vueltas sobre el Bastión. Luego uno expulsó al águila que vivía en la Torre de Papel.

Los astrólogos se negaban a hacer lecturas, temiendo por sus vidas. Un adivino loco vagaba por las calles proclamando el inminente fin del mundo. En el Bastión, el águila no solo se fue, sino que la hiedra de las defensas exteriores se marchitó y dio paso a una enredadera con un aspecto completamente negro excepto a la más intensa luz del sol.

Pero eso ocurre todos los años. En retrospectiva los estúpidos pueden convertir cualquier cosa en un presagio.

Deberíamos haber estado mejor preparados. Teníamos cuatro hechiceros modestamente buenos para montar guardia contra los mañanas depredadores..., aunque nunca en absoluto tan sofisticados como para adivinar a través de las entrañas de una oveja.

De todos modos, los mejores augurios son aquellos que adivinan a partir de los portentos del pasado. Compilan registros fenomenales.

Berilo se tambalea perpetuamente, a punto de caer al caos por un precipicio. La Reina de las Ciudades Joya era vieja y decadente y estaba loca, llena con el hedor de la degeneración y el deterioro. Solo un estúpido se sorprendería ante cualquier cosa que hallara arrastrándose por la noche por sus calles.

Tenía todos los postigos abiertos de par en par, rogando por una brisa procedente del puerto, pescado podrido incluido. No había viento suficiente ni para agitar una telaraña. Me sequé el rostro e hice una mueca a mi primer paciente.

—¿Retortijones de nuevo, Rizos?

Sonrió débilmente. Su rostro estaba pálido.

—Es el estómago, Matasanos. —Su cráneo se parece a un huevo de avestruz muy pulido. De ahí su nombre. Comprobé la lista de servicios. Nada que Rizos pudiera desear evitar—. La cosa está mal, Matasanos. De veras.

—Hum. —Adopté mi expresión profesional, seguro de lo que era. Su piel estaba fría, pese al calor—. ¿Has comido últimamente fuera de la comisaría, Rizos? —Una mosca se posó sobre su cabeza, se pavoneó allí como un conquistador. Él ni se dio cuenta.

—Sí. Tres, cuatro veces.

—Hum. —Mezclé una pócima lechosa de aspecto desagradable—. Bebe esto. Hasta el fondo.

Todo su rostro se frunció al primer sorbo.

—Mira, Matasanos, yo...

El olor del potingue me revolvió las tripas.

—Bebe, amigo. Dos hombres murieron antes de que ensayara esto. Luego Desgarbado lo tomó y vivió. —La noticia de aquello había corrido.

Bebió.

—¿Quieres decir que se trata de veneno? ¿Que el maldito Tristón me metió algo dentro?

—Tómatelo con calma. Te pondrás bien. Sí, parece que fue algo así. —Había tenido que abrir a Bisojo y al Salvaje Bruce para averiguar la verdad. Era un veneno sutil—. Échate aquí en la camilla donde te llegue la brisa..., si esa hija de puta viene alguna vez. Y quédate quieto. Deja que surta efecto.

Lo instalé.

—Ahora cuéntame lo que comiste fuera. —Tomé una pluma y un gráfico sujeto a una tablilla. Había hecho lo mismo con Desgarbado, y con el Salvaje Bruce antes de que muriera, y había conseguido que el sargento del pelotón de Bisojo rastreara sus movimientos. Estaba seguro de que el veneno había venido de una de las varias tabernas de mala muerte frecuentadas por la guarnición del Bastión.

Una de las comidas que enumeró Rizos encajaba con lo que ya había averiguado.

—¡Bingo! Ya tenemos a los bastardos.

—¿Quiénes? —Parecía dispuesto a arreglar las cosas él mismo.

—Tú descansa. Veré al capitán. —Palmeé su hombro, miré en la habitación contigua. Rizos era el único que tenía cita para la visita médica matutina.

Tomé el camino largo, por la Muralla Trejana, que domina

el puerto de Berilo. A medio camino hice una pausa y miré al norte, pasados el espigón y el faro y la Isla Fortaleza en el Mar de las Tormentas. Velas multicolores salpicaban la sucia agua pardo grisácea mientras las embarcaciones costeras de un solo palo recorrían el entramado de rutas que unen las Ciudades Joya. En las capas superiores el aire era tranquilo, pesado y brumoso. No podía verse el horizonte. Pero encima del agua el aire estaba en movimiento. Siempre corría brisa alrededor de la Isla, aunque evitaba la orilla como si temiera la lepra. Más cerca, el incesante girar de las gaviotas era lánguido e indiferente, como prometía ser el día para la mayoría de los hombres.

Otro verano al servicio del Síndico de Berilo, sudoroso y sucio, protegiéndole sin que te lo agradeciera de los rivales políticos y de sus indisciplinadas tropas nativas. Otro verano partiéndote el culo por tipos como Rizos. La paga era buena, pero no para el alma. Nuestros antepasados se sentirían azarados de ver que habíamos caído tan bajo.

Berilo es miseria coagulada, pero también antigua e intrigante. Su historia es un pozo sin fondo lleno de lodosa agua. A veces me divierto sondeando sus oscuras profundidades, intentando aislar los hechos de la ficción, la leyenda y el mito. No es tarea fácil, porque los primeros historiadores de la ciudad la escribieron con un ojo puesto en complacer a los poderes de la época.

El período más interesante, para mí, es el reino antiguo, que es el menos satisfactoriamente cubierto por las crónicas. Fue entonces, en el reinado de Niam, cuando llegaron los forvalakas, fueron vencidos tras una década de terror y fueron confinados en su oscura tumba arriba en la Colina Necropolitana. Ecos de ese terror persisten todavía en el folclore y en las advertencias maternas a los hijos díscolos. Nadie recuerda ahora qué eran los forvalakas.

Seguí andando, desesperado de ganarle al calor. Los centinelas, a la sombra de sus garitas, llevaban toallas alrededor del cuello.

Me sorprendió una brisa. Miré hacia el puerto. Un barco estaba rodeando la Isla, una gran y pesada bestia que empequeñecía las barcas de pesca y las falúas. Un cráneo plateado destacaba en el centro de su hinchada vela negra. Los rojos ojos de ese cráneo relucían. Ardían fuegos detrás de sus rotos dientes. Una brillante banda de plata rodeaba el cráneo.

—¿Qué demonios es eso? —preguntó un guardia.

—No lo sé, Albo. —El tamaño del barco me impresionó más que su llamativa vela. Los cuatro hechiceros menores que teníamos en la Compañía podían igualar aquella espectacularidad. Pero nunca había visto una galera con cinco hileras de remos.

Recordé mi misión.

Llamé a la puerta del capitán. No respondió. Entré y lo encontré roncando en su gran silla de madera.

—¡Ey! —aullé—. ¡Fuego! ¡Disturbios en el Quejido! ¡Danzador en la Puerta del Amanecer! —Danzador era un general de los tiempos antiguos que casi destruyó Berilo. La gente todavía se estremece al oír su nombre.

El capitán ni se inmutó. Ni abrió los ojos ni sonrió.

—Eres presuntuoso, Matasanos. ¿Cuándo vas a aprender a usar los canales? —Usar los canales significaba ir primero a molestar al teniente. No interrumpir su cabezada a menos que los Azules estuvieran atacando el Bastión.

Le expliqué lo de Rizos y mi gráfico.

Bajó los pies del escritorio.

—Parece un trabajo para Compasión. —Su voz tenía un filo duro—. La Compañía Negra no sufre impunemente ataques maliciosos contra sus hombres.

Compasión era nuestro más despiadado líder de pelotón. Creía que una docena de hombres serían suficientes, pero dejó que Silencioso y yo nos uniéramos a ellos. Yo podía remendar a los heridos. Silencioso sería útil si los Azules jugaban duro. Silencioso nos hizo aguardar medio día mientras efectuaba un rápido viaje a los bosques.

—¿Qué demonios has ido a buscar? —le pregunté cuando volvió, cargado con un saco de aspecto andrajoso.

Se limitó a sonreír. Se llama Silencioso y silencioso es.

El lugar se llamaba la Taberna del Muelle. Era un lugar agradable. Yo había pasado más de una velada allí. Compasión asignó tres hombres a la puerta de atrás y un par a cada una de las dos ventanas. Envió a otros dos al tejado. Cada edificio de Berilo tiene una puerta que da al tejado. La gente duerme en él durante el verano.

Nos condujo al resto a través de la puerta delantera de la Taberna del Muelle.

Compasión era un tipo bajo y arrogante, aficionado a los gestos espectaculares. Su entrada debía ser a lo grande.

La clientela se inmovilizó, contempló nuestros escudos y nuestras hojas desnudas, las partes de nuestros rostros apenas visibles a través de los huecos de nuestras protecciones faciales.

—¡Verus! —gritó Compasión—. ¡Trae tu culo hasta aquí!

El abuelo de la familia propietaria apareció. Se deslizó hacia nosotros como un chucho esperando una patada. Los clientes empezaron a murmurar entre sí.

—¡Silencio! —atronó Compasión. Sabía sacar todo un rugido de su pequeño cuerpo.

—¿En qué puedo ayudaros, honrados señores? —preguntó el viejo.

—Puedes hacer que vengan tus hijos y tus nietos, Azul.

Algunas sillas chirriaron. Un soldado dio un golpe con su hoja contra una mesa.

—Sentaos tranquilos —dijo Compasión—. Simplemente estáis comiendo, eso es todo. Solo perderéis una hora.

El viejo empezó a temblar.

—No comprendo, señor. ¿Qué es lo que he hecho?

Compasión sonrió perversamente.

—Haces bien el papel de inocente. Se trata de asesinato, Verus. Dos acusaciones de asesinato por envenenamiento. Dos intentos de asesinato por envenenamiento. Los magistrados suelen decretar el castigo de los esclavos. —Se estaba divirtiendo.

Compasión no era una de mis personas favoritas. Nunca había dejado de ser el chico que arranca las alas a las moscas.

El castigo de los esclavos significa ser abandonado a las aves carroñeras tras la crucifixión pública. En Berilo solo los criminales son enterrados sin incinerar, o directamente no son enterrados.

Brotó un rugido de la cocina. Alguien estaba intentando salir por la puerta de atrás. Nuestros hombres ponían objeciones.

La sala común estalló. Una oleada de humanidad blandiendo dagas nos golpeó.

Nos obligaron a retroceder hasta la puerta. Evidentemente, los que no eran culpables temían ser condenados con aquellos que sí lo eran. La justicia de Berilo es rápida, primitiva y dura, y raras veces proporciona al acusado la oportunidad de defenderse.

Una daga se deslizó más allá de un escudo. Uno de nuestros hombres se derrumbó. No soy buen luchador, pero me situé cubriendo su lugar. Compasión dijo algo sarcástico que no capté.

—Acabas de perder tu oportunidad de alcanzar la gloria —repliqué—. Estás fuera de los Anales para siempre.

—Y una mierda. Tú no dejas nada fuera.

Una docena de ciudadanos fueron abatidos. La sangre formaba charcos en las depresiones del suelo. Fuera se estaban congregando espectadores. Pronto algún aventurero nos golpearía por detrás.

Una daga mordió a Compasión. Perdió la paciencia.

—¡Silencioso!

Silencioso ya estaba por la labor, pero de un modo silencioso. Eso significaba ningún sonido y muy poca exhibición de furia.

Los clientes de la Taberna del Muelle empezaron a abofetearse el rostro y a manotear el aire, olvidándonos por completo. Saltaban y danzaban, se agarraban unos a otros, chillaban y aullaban lastimosamente. Varios se derrumbaron.

—¿Qué demonios has hecho? —pregunté.

Silencioso sonrió, dejando al descubierto unos afilados dientes. Pasó una morena zarpa por delante de mis ojos. Vi la Taberna del Muelle desde una perspectiva ligeramente alterada.

El saco que había traído de fuera de la ciudad resultó ser uno de esos nidos de avispas con los que, si tienes mala suerte, puedes tropezarte en los bosques al sur de Berilo. Sus ocupantes eran esos monstruos con aspecto de abejorros llamados avispas lampiñas. Poseen un mal genio que no tiene rival en toda la naturaleza. Se lanzaron a toda velocidad contra la gente de la taberna, sin molestar a nuestros chicos.

—Un espléndido trabajo, Silencioso —dijo Compasión tras haber descargado su furia sobre algunos clientes indefensos. Condujo a los supervivientes a la calle.

Examiné a nuestro hermano herido mientras el soldado que había resultado ileso acababa con los otros heridos. Ahorrar al Síndico el coste de un juicio y una ejecución, lo llamaba Compasión. Silencioso observaba aún sonriente. Tampoco es un tipo agradable, aunque raras veces participa activamente.

Tomamos más prisioneros de los esperados.

—Son un buen puñado. —Los ojos de Compasión destellaron—. Gracias, Silencioso. —La fila se extendía a lo largo de toda una manzana.

El destino es una zorra voluble. Nos condujo a la Taberna del Muelle en el momento crítico. Al registrar el lugar, nuestro brujo descubrió un auténtico primer premio: todo un grupo oculto en un escondite en la bodega. Entre ellos estaban algunos de los Azules más conocidos.

Compasión empezó a preguntar en voz alta cuán espléndida debía ser la recompensa que merecía nuestro informador. No había tal informador, por supuesto. Sus palabras eran para salvar a nuestros mansos hechiceros de convertirse en los principales blancos. Nuestros enemigos se romperían la cabeza buscando espías fantasma.

—Sacadlos —ordenó Compasión. Aún sonriendo, observó al lúgubre grupo—. ¿Creéis que intentarán algo? —No lo hicieron. Su suprema confianza acobardó a cualquiera que hubiera podido tener alguna idea.

Recorrimos el camino de vuelta por laberínticas calles casi tan viejas como el mundo, con nuestros prisioneros arrastrando pesadamente los pies. No dejaba de maravillarme. Mis camaradas son indiferentes al pasado, pero yo no puedo evitar sentirme fascinado —y ocasionalmente intimidado— por lo mucho que se sumerge en el pasado la historia de Berilo.

Compasión señaló un alto inesperado. Habíamos llegado a la Avenida de los Síndicos, que serpentea desde la Casa de la Aduana hacia arriba hasta la puerta principal del Bastión. Había una procesión en la avenida. Aunque habíamos llegado primero a la intersección, Compasión cedió el paso.

La procesión consistía en un centenar de hombres armados. Parecían más duros que nadie en Berilo excepto nosotros. Frente a ellos cabalgaba una figura oscura sobre el más grande garañón negro que yo hubiera visto nunca. El jinete era bajo, afeminadamente delgado, e iba vestido con un desgastado atuendo de piel negra. Llevaba un morrión negro que ocultaba enteramente su cabeza. Guantes negros cubrían sus manos. Parecía ir desarmado.

—Maldita sea —susurró Compasión.

Me sentí inquieto. Aquel jinete me hizo estremecer. Algo primitivo muy dentro de mí sintió deseos de echar a correr. Pero la curiosidad me ganó. ¿Quién era? ¿Había venido al puerto con aquel extraño barco? ¿Por qué estaba allí?

La mirada sin ojos del jinete nos barrió indiferentemente, como si la pasara por encima de un rebaño de ovejas. Luego la volvió hacia atrás y la clavó en Silencioso.

Silencioso le devolvió la mirada y no mostró ningún miedo. Y, pese a todo, pareció en cierto modo como disminuido.

La columna pasó, firme, disciplinada. Estremecido, Compasión dio orden de que siguiéramos. Entramos en el Bastión tan solo unos metros detrás de los extranjeros.

Habíamos arrestado a la mayoría de los líderes Azules más conservadores. Cuando se difundió la noticia de la incursión, los tipos veleidosos decidieron flexionar sus músculos. Desencadenaron algo monstruoso.

El clima perpetuamente abrasivo hace algo a la razón de los hombres. La gente de Berilo es salvaje. Las revueltas se producen casi sin ninguna provocación. Cuando las cosas van mal los muertos alcanzan el número de miles. Esta fue una de las peores ocasiones.

El ejército es la mitad del problema. Un desfile de débiles Síndicos con cortos períodos en el cargo hace que la disciplina se relaje. Llega un momento en que las tropas se hallan fuera de todo control. Generalmente, sin embargo, actuarán contra los disturbios. Ven la supresión de los disturbios como una licencia para saquear.

Ocurrió lo peor. Varias cohortes de los Acuartelamientos de la Bifurcación exigieron un donativo especial antes de responder a una directriz de restablecer el orden. El Síndico se negó a pagar.

Las cohortes se amotinaron.

El pelotón de Compasión estableció rápidamente un punto fuerte cerca de la Puerta del Muladar y retuvo a las tres cohortes. La mayor parte de nuestros hombres perdieron la vida, pero ninguno huyó. El propio Compasión perdió un ojo, un dedo, fue herido en el hombro y la cadera y tenía más de un centenar de agujeros en su escudo cuando llegó la ayuda. Vino a mí más muerto que vivo.

Al final, los amotinados se dispersaron antes que enfrentarse al resto de la Compañía Negra.

Las revueltas fueron las peores que recuerdo. Perdimos casi un centenar de hermanos intentando reprimirlas. No podíamos permitirnos perder más. En el Quejido las calles estaban alfombradas de cadáveres. Las ratas se pusieron gordas. Nubes de buitres y cuervos emigraron desde el campo.

El capitán ordenó que la Compañía permaneciera en el Bastión.

—Dejemos que las cosas sigan su curso —dijo—. Ya hemos hecho suficiente. —Estaba más allá de sentirse disgustado, amargado—. Nuestra comisión no requiere que nos suicidemos.

Alguien hizo un chiste acerca de dejarnos caer sobre nuestras espadas.

—Parece que eso es lo que espera el Síndico.

Berilo había minado nuestro espíritu, pero a nadie había dejado tan desilusionado como al capitán. Se culpaba de nuestras pérdidas. De hecho, intentó renunciar.

La gente se había instalado en un hosco, rencoroso, inconexo esfuerzo por sostener el caos, interfiriendo con cualquier intento de luchar contra los incendios o prevenir los saqueos, pero por lo demás simplemente no haciendo nada. Las cohortes amotinadas, engrosadas por los desertores de otras unidades, estaban sistematizando el asesinato y el pillaje.

La tercera noche me hallaba de guardia en la Muralla Trejana, debajo del manto de las estrellas, un tonto en un turno de centinela voluntario. La ciudad estaba extrañamente tranquila. Puede que me hubiera sentido más inquieto si no hubiera estado tan cansado. Tal como estaban las cosas, hacía todo lo posible por mantenerme despierto.

Tam-Tam vino a mi lado.

—¿Qué demonios haces aquí fuera, Matasanos?

—Matar el tiempo.

—Pareces un muerto clavado en un palo. Ve a descansar un poco.

—Tú tampoco tienes muy buen aspecto, enano.

Se encogió de hombros.

—¿Cómo está Compasión?

—Todavía no ha ido al bosque. —En realidad tenía pocas esperanzas respecto a él. Señalé con el dedo—. ¿Sabes algo acerca de eso de ahí fuera? —Un grito aislado resonó en la distancia. Tenía una cualidad que lo ponía aparte de todos los demás gritos recientes. Esos estaban llenos de dolor, rabia y miedo. Este tenía ecos de algo más siniestro.

Tosió y carraspeó de esta forma que tienen de hacerlo él y su hermano Un Ojo. Por si no lo sabes, imaginan que es un secreto que vale la pena conservar. ¡Hechiceros!

—Corre el rumor de que los amotinados rompieron los sellos de la tumba de los forvalakas mientras estaban saqueando la Colina Necropolitana.

—¿Eh? ¿Esas cosas andan sueltas?

—El Síndico cree que sí. El capitán no se lo toma en serio. Yo tampoco, aunque Tam-Tam parecía preocupado.

—Parecían duros. Los que estuvieron aquí el otro día.

—Hubiéramos debido reclutarlos —dijo, con cierto tono de tristeza. Él y Un Ojo llevan mucho tiempo en la Compañía. Han visto mucho de su declive.

—¿Por qué están aquí?

Se encogió de hombros.

—Descansa un poco, Matasanos. No te mates. Al final no representará ninguna diferencia. —Se alejó, perdido en los páramos de sus pensamientos.

Alcé una ceja. Él estaba tocado. Me volví a los fuegos y a las luces y a la inquietante ausencia de alboroto. Mis ojos seguían cruzándose, mi visión se nublaba. Tam-Tam tenía razón. Necesitaba dormir.

De la oscuridad me llegó otro de aquellos extraños y desesperanzados gritos. Este más cerca.

—Arriba, Matasanos. —El teniente no se mostró gentil—. El capitán te quiere en la sala de oficiales.

Gruñí. Maldije. Amenacé con mutilaciones en primer grado. Sonrió, apretó un nervio en mi codo, me hizo rodar al suelo.

—Ya estoy de pie —gruñí, tanteando en busca de mis botas—. ¿De qué se trata?

Ya se había ido.

—¿Saldrá Compasión de esta, Matasanos? —preguntó el capitán.

—No lo creo, pero he visto milagros más grandes.

Todos los oficiales y sargentos estaban allí.

—Queréis saber lo que ocurre —dijo el capitán—. El visitante del otro día era un enviado de ultramar. Ofreció una alianza. Los recursos militares del norte a cambio del apoyo de las flotas de Berilo. Me pareció razonable. Pero el Síndico se muestra testarudo. Todavía está trastornado por la conquista de Ópalo. Le sugerí que fuera más flexible. Si estos norteños son unos villanos, entonces la opción de la alianza puede ser el menor de varios males. Mejor una alianza que un tributo. Nuestro problema es ¿dónde nos situamos nosotros si el delegado presiona?

Arrope dijo:

—¿Debemos negarnos si nos dice que luchemos contra esos norteños?

—Quizá. Luchar contra un hechicero puede significar nuestra destrucción.

¡Bam! La puerta de la sala se abrió de golpe. Un hombre bajo, moreno, nervudo, precedido por el gran pico curvo de una nariz, entró en tromba. El capitán se puso en pie de un salto e hizo resonar sus tacones.

—Síndico.

Nuestro visitante clavó ambos puños sobre la mesa.

—Ordenaste a tus hombres que se retiraran al Bastión. No os pago para que os escondáis como perros apaleados.

—No nos pagas para que nos convirtamos en mártires, señor —respondió el capitán con su voz de razonar con idiotas—. Somos un cuerpo de guardia, no una policía. Mantener el orden es tarea de las Cohortes Urbanas.

El Síndico estaba cansado, perturbado, asustado, al borde del desequilibrio emocional. Como todos.

—Hay que ser razonables —sugirió el capitán—. Berilo ha pasado un punto de no retorno. El caos se ha apoderado de las calles. Cualquier intento por restablecer el orden está condenado. La cura ahora es la enfermedad.

Me gustó aquello. Había empezado a odiar Berilo.

El Síndico se encogió sobre sí mismo.

—Todavía están los forvalakas. Y ese buitre del norte, aguardando junto a la Isla.

Tam-Tam se sobresaltó de su semisueño.

—¿Junto a la Isla?

—Aguardando a que yo le suplique.

—Interesante. —El pequeño hechicero volvió a sumirse en su semisueño.

El capitán y el Síndico discutieron sobre los términos de nuestro cometido. Yo saqué nuestra copia del acuerdo. El Síndico intentó estirar algunas cláusulas con un «Sí, pero...». Evidentemente, deseaba pelear si el enviado empezaba a hacer presión.

Elmo empezó a roncar. El capitán nos despidió y reanudó su discusión con nuestro empleador.

Supongo que siete horas pueden pasar como una noche de sueño. No estrangulé a Tam-Tam cuando me despertó. Pero refunfuñé y protesté hasta que amenazó con convertirme en un asno rebuznando en la Puerta del Amanecer. Solo entonces, después de vestirme y reunirnos con una docena de los demás, me di cuenta de que no tenía la menor idea de lo que estaba ocurriendo.

—Vamos a ir a echar un vistazo a una tumba —dijo Tam-Tam.

—¿Eh? —Algunas mañanas no soy muy brillante.

—Vamos a ir a la Colina Necropolitana para echar un vistazo a esa tumba de los forvalakas.

—Ey, espera un minuto...

—¿Gallina? Siempre pensé que lo eras, Matasanos.

—¿De qué estás hablando?

—No te preocupes. Llevarás contigo tres de los principales hechiceros, sin nada más que hacer que cuidar de nuestros culos. Un Ojo iría también, pero el capitán desea que se quede por aquí.

—Lo que quiero saber es por qué.

—Para averiguar si los vampiros son reales. Pueden ser una invención de ese barco fantasma.

—Un buen truco. Quizá hubiéramos debido pensar en él.

—La amenaza de los forvalakas había conseguido lo que no había logrado la fuerza de las armas: acallar las revueltas.

Tam-Tam asintió. Pasó sus dedos por el pequeño tambor cuyo batir le había dado su nombre. Archivé el pensamiento. Es peor que su hermano cuando se trata de admitir deficiencias.

La ciudad estaba tan tranquila como un viejo campo de batalla. Como un campo de batalla, estaba lleno de hedor, moscas, carroñeros y muertos. El único sonido era el resonar de nuestras botas y, en una ocasión, el lúgubre llanto de un triste perro montando guardia junto a su caído amo.

—El precio del orden —murmuré. Intenté ahuyentar al perro. No se movió.

—El coste del caos —contradijo Tam-Tam. Tump en su tambor—. No es en absoluto lo mismo, Matasanos.

La Colina Necropolitana es más alta que la altura sobre la que se asienta el Bastión. Desde el Recinto Superior, donde se encuentran los mausoleos de los ricos, pude ver el barco norteño.

—Ahí está, esperando —dijo Tam-Tam—. Como dijo el Síndico.

—¿Por qué no entran simplemente? ¿Quién se lo impediría?

Tam-Tam se encogió de hombros. Nadie más ofreció una opinión.

Alcanzamos la tumba de varios pisos. Su aspecto era como rezaba el rumor y la leyenda. Era muy, muy antigua, como golpeada por un rayo y con las huellas de las cicatrices de herramientas. Una gruesa puerta de roble había sido reventada. Fragmentos y astillas yacían esparcidos a lo largo y ancho de una docena de metros a su alrededor.

Goblin, Tam-Tam y Silencioso unieron sus cabezas. Alguien hizo un chiste acerca de que de esa forma puede que tuvieran un cerebro entre los tres. Goblin y Silencioso ocuparon entonces sus puestos flanqueando la puerta, a unos pocos pasos de distancia. Tam-Tam se situó directamente frente a ella. Agitó los pies en el suelo como un toro a punto de embestir, halló el punto, se dejó caer acuclillado con los brazos extrañamente alzados, como una parodia de un maestro de artes marciales.

—¿Qué os parece, estúpidos, si abrís la puerta? —gruñó—. Idiotas. He tenido que traer idiotas. —Bam-bam sobre el tambor—. Ahí quietos, tocándose las narices.

Un par de nosotros agarramos la arruinada puerta y tiramos. Estaba demasiado combada para ceder mucho. Tam-Tam tabaleó su tambor, lanzó un grito abominable y saltó dentro. Goblin se precipitó al portal tras él. Silencioso los siguió deslizándose rápidamente.

Dentro, Tam-Tam dejó escapar un chillido de rata y empezó a estornudar. Salió tambaleándose, lloriqueando, frotándose la nariz con el dorso de las manos. Sonó como si tuviera un terrible resfriado cuando dijo:

—No era ningún truco. —Su piel de ébano se había vuelto gris.

—¿Qué quieres decir? —pregunté.

Señaló la tumba con el pulgar. Goblin y Silencioso estaban dentro ahora. Empezaron a estornudar.

Me deslicé hasta el portal, miré dentro. No pude ver nada. Solo denso polvo a la luz del sol. Entonces entré. Mis ojos se ajustaron.

Había huesos por todas partes. Huesos formando montones, huesos apilados, huesos dispuestos cuidadosamente por alguien loco. Eran unos huesos singulares, similares a los de los hombres, pero de extrañas proporciones a mis ojos de médico. Originalmente debían de haber sido unos cincuenta cuerpos. Realmente los habían metido apretujados allí cuando lo hicieron. Forvalakas, sin duda, puesto que Berilo entierra a sus villanos sin incinerar.

También había cadáveres recientes. Conté siete soldados muertos antes de que empezaran los estornudos. Llevaban los colores de una de las cohortes amotinadas.

Arrastré un cuerpo hasta fuera, lo solté, me tambaleé unos pocos pasos, tenía náuseas. Cuando recuperé el control, me volví para examinar mi botín.

Los otros estaban a mi alrededor, verdosos.

—Ningún fantasma hizo eso —dijo Goblin. Tam-Tam asintió con la cabeza. Estaba más impresionado que nadie. Más de lo que exigía lo que estábamos viendo, pensé.

Silencioso se dedicó a sus cosas, conjurando de alguna forma una pequeña pero enérgica brisa que penetró por la puerta del mausoleo y volvió a salir, cargada con polvo y olor a muerte.

—¿Estás bien? —le pregunté a Tam-Tam.

Echó una mirada a mi maletín de médico y me hizo un gesto con la mano.

—Estaré bien. Solo estaba recordando.

Le di un minuto, luego pinché:

—¿Recordando?

—Éramos muchachos, Un Ojo y yo. Acababan de vendernos a N'Gamo, para convertirnos en aprendices suyos. Vino un mensajero de un poblado de las colinas. —Se arrodilló al lado del soldado muerto—. Las heridas son idénticas.

Me sentí impresionado. Nada humano mataba de esa forma, pero el daño parecía deliberado, calculado, la obra de una inteligencia maligna. Eso lo hacía más horrible.

Tragué saliva, me arrodillé, inicié mi examen. Silencioso y Goblin volvieron a entrar en la tumba. Goblin llevaba una pequeña bola ambarina de luz que hacía girar en sus manos ahuecadas.

—No hay sangre —observé.

—Esas cosas toman la sangre —dijo Tam-Tam. Silencioso arrastró fuera otro cuerpo—. Y los órganos, cuando tienen tiempo. —El segundo cuerpo había sido abierto en canal desde la garganta hasta la ingle. Faltaban el corazón y el hígado.

Silencioso volvió dentro. Goblin salió. Se sentó en una lápida rota y sacudió la cabeza.

—¿Y bien? —preguntó Tam-Tam.

—Definitivamente auténtico. No es ninguna broma de nuestro amigo. —Señaló. El barco norteño continuaba su patrulla en medio de un enjambre de botes de pesca y barcos de cabotaje—. Había cincuenta y cuatro de ellos sellados aquí arriba. Se devoraron unos a otros. Este era el último que quedó.

Tam-Tam saltó como si hubiera sido abofeteado.

—¿Qué ocurre? —pregunté.

—Eso significa que la cosa era la más astuta, cruel, detestable y loca de todo el lote.

—Vampiros —murmuré—. En esta época.

—No estrictamente un vampiro —dijo Tam-Tam—. Se trata del hombre leopardo, que camina sobre dos piernas durante el día y a cuatro patas por la noche.

Yo había oído hablar de hombres lobo y de hombres oso. Los campesinos alrededor de mi ciudad natal cuentan ese tipo de historias. Pero nunca había oído hablar de un hombre leopardo. Se lo dije a Tam-Tam.

—El hombre leopardo es del lejano sur. De la jungla. —Miró hacia el mar—. Tienen que ser enterrados vivos.

Silencioso depositó otro cadáver.

Hombres leopardo bebedores de sangre, comedores de hígados. Antiguos, con la astucia de la oscuridad, llenos de un milenio de odio y de hambre. La materia de la que se forman las pesadillas.

—¿Puedes ocuparte de eso?

—N'Gamo no pudo. Yo nunca podré igualarme a él, y él perdió un brazo y un pie intentando destruir a un joven macho. Lo que tenemos aquí parece ser una vieja hembra. Amargada, cruel y lista. Nosotros cuatro juntos podríamos retenerla. Pero vencerla, no.

—Pero si vosotros y Un Ojo conocéis a esa cosa...

—No. —Se estremeció. Sujetó tan fuerte su tambor que crujió—. No podemos.

El caos murió. Las calles de Berilo permanecían tan absolutamente silenciosas como las de una ciudad destruida. Incluso los amotinados se ocultaban hasta que el hambre los empujaba a los graneros de la ciudad.

El Síndico intentó apretarle las clavijas al capitán. El capitán lo ignoró. Silencioso, Goblin y Un Ojo rastrearon al monstruo. La cosa funcionaba a un nivel puramente animal, resarciéndose del hambre de años. Las distintas facciones asediaron al Síndico con demandas de protección.

El teniente nos llamó de nuevo a la sala de oficiales. El capitán no perdió tiempo.

—Nuestra situación es grave —dijo. Se puso a caminar arriba y abajo—. Berilo está exigiendo un nuevo Síndico. Todas las facciones le han pedido a la Compañía Negra que se mantenga al margen.

El dilema moral escalaba con las apuestas.

—No somos héroes —continuó el capitán—. Somos duros. Somos testarudos. Intentamos honrar nuestros compromisos. Pero no morimos por causas perdidas.

Protesté; la voz de la tradición cuestionando la proposición no formulada.

—La cuestión que nos ocupa es la supervivencia de la Compañía, Matasanos.

—Hemos aceptado el oro, capitán. El honor es la cuestión. Durante cuatro siglos la Compañía Negra ha cumplido con la letra de sus obligaciones. Ten en cuenta el Libro de Set, registrado en los Anales del Analista Coral mientras la compañía estaba al servicio del Arconte de Hueso, durante la Revuelta de los Milenaristas.

—Tenlo en cuenta tú, Matasanos.

Me sentí irritado.

—Me atengo a mi derecho como soldado libre.

—Tiene derecho a hablar —admitió el teniente. Es más tradicionalista que yo.

—Está bien. Dejémosle hablar. No tenemos por qué escuchar.

Reiteré aquella oscura hora en la historia de la Compañía..., hasta que me di cuenta de que estaba argumentando conmigo mismo. La mitad de mí deseó dejarlo.

—¿Matasanos? ¿Has terminado?

Tragué saliva.

—Encuéntrame un argumento legítimo y lo aceptaré.

Tam-Tam me dedicó un tamborileo burlón. Un Ojo rio quedamente.

—Esto es un trabajo para Goblin, Matasanos. Él fue abogado antes de abrirse camino hasta esta miseria.

Goblin picó el anzuelo.

—¿Yo fui un abogado? Tu madre fue la...

—¡Ya basta! —El capitán dio una palmada sobre la mesa—. Le hemos dado la razón a Matasanos. Adelante con ello. Encontrad una salida.

Los otros parecieron aliviados. Incluso el teniente. Mi opinión, como Analista, tenía más peso del que me hubiera gustado.

—La salida obvia es la terminación del hombre que mantiene nuestro vínculo —observé. Mis palabras colgaron en el aire como un viejo mal olor. Como el hedor en la tumba de los forvalakas—. En nuestro maltrecho estado actual, ¿quién puede culparnos si un asesino logra infiltrarse?

—Tienes un asqueroso retorcimiento mental, Matasanos —dijo Tam-Tam. Me dedicó otro tamborileo.

—¿Las ollas llamando a las marmitas? Mantendremos la apariencia de honor. Podemos fallar. A menudo lo hacemos.

—Me gusta —dijo el capitán—. Interrumpamos la reunión antes de que el Síndico acuda a preguntar qué ocurre. Tú quédate, Tam-Tam. Tengo un trabajo para ti.

Fue una noche de gritos. Una noche cálida y pegajosa del tipo que derriba las últimas y delgadas barreras entre el hombre civilizado y el monstruo acurrucado en su alma. Los gritos venían de hogares donde el miedo, el calor y el exceso de gente ponía demasiada tensión en las cadenas del monstruo.

Un viento frío rugía procedente del golfo, perseguido por enormes nubes de tormenta con rayos saliendo de sus vientres. El viento barrió lejos el hedor de Berilo. La lluvia limpió las calles. A la luz de la mañana Berilo parecía una ciudad distinta, tranquila, fresca y limpia.

Las calles estaban llenas de charcos mientras nos dirigíamos a la zona de los muelles. El agua todavía gorgoteaba en las zanjas. Al mediodía el aire volvería a estar cargado y más húmedo que nunca.

Tam-Tam nos aguardaba en una barca que había alquilado. Dije:

—¿Cuánto te has embolsado en el trato? Esta bañera parece que va a hundirse antes de rebasar la Isla.

—Ni un cobre, Matasanos. —Parecía decepcionado. Él y su hermano eran grandes maestros en el mercado negro—. Ni un cobre. Esta es una embarcación más resistente y estanca de lo que parece. Su dueño es un contrabandista.

—Aceptaré tu palabra. Tú lo sabrás. —No obstante, subí cautelosamente a bordo. Frunció el ceño. Se suponía que debíamos fingir que la avaricia de Tam-Tam y Un Ojo no existía.

Salíamos a mar abierto a establecer un acuerdo. Tam-Tam tenía carta blanca del capitán. El teniente y yo le acompañábamos para darle una rápida patada si se pasaba. Silencioso y media docena de soldados nos acompañaban para imponer respeto.

Una lancha de la aduana nos dio el alto junto a la Isla. Nos habíamos ido antes de que pudiera ponerse en camino. Me agaché, miré por debajo de la botavara. El barco negro se fue haciendo más y más grande.

—Esa maldita cosa es una isla flotante.

—Demasiado grande —gruñó el teniente—. Los barcos de este tipo no resisten a un mar embravecido.

—¿Por qué no? ¿Cómo lo sabes? —Incluso mareado me sentía curioso hacia mis hermanos.

—Navegué como grumete cuando era joven. Aprendí cosas sobre los barcos. —Su tono desalentó un nuevo interrogatorio. La mayoría de los hombres desean mantener en privado sus antecedentes. Como cabe esperar de una compañía de villanos mantenidos juntos por su presente y su nosotros-contra-el-mundo.

—No es demasiado grande si tienes una embarcación taumatúrgica para atarla —señaló Tam-Tam. Estaba inquieto, y tabaleaba su tambor con un ritmo nervioso al azar. Tanto él como Un Ojo odiaban el agua.

Bien. Un misterioso encantador norteño. Un barco tan negro como los suelos del infierno. Mis nervios empezaron a deshilacharse.

Su tripulación echó una escalerilla para que subiéramos. El teniente lo hizo con rapidez. Parecía impresionado.

No soy marinero, pero el barco parecía bien ordenado y disciplinado.

Un oficial joven nos recibió a Tam-Tam, Silencioso y a mí y nos pidió que le acompañáramos. Nos condujo escaleras abajo y a través de pasillos hacia popa, sin hablar.

El emisario del norte permanecía sentado con las piernas cruzadas en medio de ricos almohadones, respaldado por las abiertas portillas de popa, en una cabina digna de un potentado oriental. Me quedé boquiabierto. Tam-Tam se derritió de avaricia. El emisario se echó a reír.

La risa fue un shock. Una risita aguda más propia de una jovencita de quince años que de un hombre más poderoso que cualquier rey.

—Disculpad —dijo apoyando delicadamente una mano donde debería de estar su boca si no llevara aquel morrión negro. Luego—: Sentaos.

Mis ojos se desorbitaron en contra de mi voluntad. Cada observación procedía de una voz claramente distinta. ¿Había todo un comité dentro de aquel casco?

Tam-Tam tragó aire. Silencioso, siendo silencioso, simplemente se quedó sentado. Yo seguí su ejemplo e intenté no mostrarme demasiado ofensivo con mi asustada y curiosa mirada.

Tam-Tam no demostró ser el mejor diplomático aquel día. Estalló:

—El Síndico no va a durar mucho más. Queremos llegar a un acuerdo...

Silencioso le clavó un dedo del pie en la cadera.

—¿Este es nuestro osado príncipe de los ladrones? —murmuré—. ¿Nuestro hombre de nervios de acero?

El delegado dejó escapar una risita.

—¿Tú eres el médico? ¿Matasanos? Perdónale. Él me conoce.

Un miedo helado me envolvió con sus oscuras alas. El sudor humedeció mis sienes. No tenía nada que ver con el calor. Una fría brisa marina fluyó a través de las portillas de popa, una brisa por la cual los hombres matarían en Berilo.

—No hay ningún motivo para temerme. Fui enviado para ofrecer una alianza que beneficiará a Berilo tanto como a mi gente. Sigo convencido de que ese acuerdo puede forjarse..., aunque no con el autócrata actual. Os enfrentáis a un problema que requiere la misma solución que el mío, pero vuestra misión os sitúa en un compromiso.

—Lo sabe todo. Es inútil hablar —croó Tam-Tam. Dio un golpe a su tambor, pero su acción no le sirvió de nada. Se estaba atragantando.

El delegado observó:

—El Síndico no es invulnerable. Ni siquiera protegido por vosotros. —Un gran gato se había comido la lengua de Tam-Tam. El enviado me miró. Me encogí de hombros—. Supongamos que el Síndico expiró mientras vuestra Compañía estaba defendiendo el Bastión contra la multitud.

—Ideal —dije—. Pero ignora la cuestión de nuestra seguridad posterior.

—Rechazáis a la multitud, luego descubrís la muerte. Os quedáis sin empleo, así que abandonáis Berilo.

—¿Y adónde vamos? ¿Y cómo escapamos de nuestros enemigos? Las Cohortes Urbanas nos perseguirán.

—Decidle a vuestro capitán que, al descubrir el fallecimiento del Síndico, si yo recibo una petición por escrito de mediar en la sucesión, mis fuerzas os relevarán en el Bastión.

Podréis abandonar Berilo y acampar en el Macizo de la Aflicción.

El Macizo de la Aflicción es un promontorio de piedra caliza en forma de punta de flecha acribillado por pequeñas e incontables cavernas. Se proyecta sobre el mar a un día de marcha al este de Berilo. En él se alza un faro-torre de vigilancia. El nombre procede del gemido constante del viento al pasar por las cavernas.

—Eso es una maldita trampa mortal. Esos tipos se limitarán a asediarnos y se reirán de nosotros hasta que nos devoremos los unos a los otros.

—Un simple asunto de hacer llegar unos cuantos botes y sacaros de allí.

Tilín, tilín. Una campana de alarma resonó diez centímetros detrás de mis ojos. Aquel hijoputa estaba jugando con nosotros.

—¿Por qué demonios deberías hacer eso?

—Vuestra Compañía quedaría desempleada. Yo estaría dispuesto a hacerme cargo de vuestra comisión. Hay necesidad de buenos soldados en el norte.

Tilín, tilín. Aquella vieja campana seguía sonando. ¿Quería llevarnos con él? ¿Para qué?

Algo me dijo que aquel no era el momento de preguntar. Cambié de terreno.

—¿Qué hay del forvalaka? —Blanco cuando ellos esperaban negro.

—¿La cosa que salió de la cripta? —La voz del enviado era la de la mujer de tus sueños, ronroneando: «anda, ven»—. Puede que también tenga trabajo para él.

—¿Lo controlarás?

—Una vez haya servido a su propósito.

Pensé en el rayo que había anulado el conjuro de confinamiento sobre una placa que había resistido un milenio de manipulaciones. Mantuve mis sospechas fuera de mi rostro, estoy seguro de ello. Pero el emisario dejó escapar una risita.

—Quizá, médico. Quizá no. Un interesante rompecabezas, ¿no? Id a vuestro capitán. Decidíos. Pero rápido. Vuestros enemigos están listos para hacer su movimiento. —Hizo un gesto despidiéndonos.

—¡Entrega la valija! —bufó el capitán a Arrope—. Luego trae el culo de vuelta aquí.

Arrope tomó la valija del correo y se fue.

—¿Algún otro quiere discutir? Tuvisteis vuestra oportunidad de libraros de mí, bastardos. La dejasteis pasar.

Los temperamentos ardían. El capitán había hecho al delegado una contraproposición, y este le había ofrecido su protección si el Síndico perecía. Arrope llevaba al enviado la respuesta del capitán.

Tam-Tam murmuró:

—No sabes lo que estás haciendo, capitán. No sabes con quién estás firmando.

—Ilumíname. ¿No? Matasanos, ¿cómo están las cosas ahí fuera? —Yo había sido enviado a echarle un vistazo a la ciudad.

—Hay una plaga, sí. Pero nada que no haya visto antes. El forvalaka debe ser el vector.

El capitán me lanzó una mirada de reojo.

—Jerga médica. Un vector es un portador. La plaga se desarrolla formando bolsas alrededor de sus víctimas.

El capitán gruñó.

—¿Tam-Tam? Tú conoces a esa bestia.

—Nunca oí hablar de una enfermedad que se extendiera así. Y todos los que entramos en la tumba todavía estamos sanos.

—El portador no importa en absoluto —intervine—. La

plaga importa. Irá a peor si la gente no empieza a quemar los cadáveres.

—No ha penetrado en el Bastión —observó el capitán—. Y eso ha tenido un efecto positivo. La guarnición regular ha dejado de desertar.

—Encontré una gran cantidad de antagonismo en el Quejido. Están al borde de otra explosión.

—¿Cuánto tiempo?

—¿Dos días? Tres en la parte de fuera.

El capitán se mordió el labio. La tensión se estaba tensando aún más.

—Tenemos que...

Un tribuno de la guarnición se asomó a la puerta.

—Hay una multitud en la puerta exterior. Llevan un ariete.

—Vamos —dijo el capitán.

Solo tomó unos minutos dispersarlos. Unos cuantos proyectiles y unos cuantos cubos de agua hirviendo. Huyeron, rociándonos con maldiciones e insultos.

Llegó la noche. Permanecí en la muralla, observando las distantes antorchas que vagaban por la ciudad. La multitud estaba evolucionando, desarrollando un sistema nervioso. Si desarrollaba un cerebro nos encontraríamos atrapados en una revolución.

Finalmente, el movimiento de las antorchas disminuyó. La explosión no se produciría esta noche. Quizá mañana, si el calor y la humedad se volvían demasiado opresivos.

Más tarde oí que algo raspaba a mi derecha. Luego una serie de chasquidos. Rasguños. Suaves, suaves, pero ahí. Acercándose. Me invadió el terror. Me quedé tan inmóvil como las gárgolas perchadas encima de la puerta. La brisa se convirtió en un viento ártico.

Algo saltó por encima de las almenas. Ojos rojos. Cuatro patas. Oscuro como la noche. Un leopardo negro. Se movía tan fluidamente como el agua descendiendo por la ladera de una colina. Bajó silenciosamente la escalera que conducía al patio y desapareció.

El mono en la parte de atrás de mi cerebro deseó subirse a un árbol alto, chillando, para arrojar excrementos y fruta podrida. Hui hacia la puerta más cercana, tomé una ruta protegida hasta los aposentos del capitán; entré sin llamar.

Lo encontré en su cama, las manos tras la cabeza, mirando al techo. Su habitación estaba iluminada por una única y débil vela.

—El forvalaka está en el Bastión. Lo vi llegar saltando por encima de la muralla. —Mi voz era chillona como la de Goblin.

Gruñó.

—¿Me has oído, capitán?

—Te he oído, Matasanos. Vete. Déjame solo.

—Sí, señor. —Así que la cosa le estaba royendo. Retrocedí hacia la puerta...

El grito fue fuerte y largo y desesperado, y se cortó bruscamente. Procedía de los aposentos del Síndico. Desenvainé mi espada, cargué hacia la puerta..., tropecé con Arrope. Lo derribé. Salté por encima de él, preguntándome confusamente por qué había vuelto tan pronto.

—Vuelve dentro, Matasanos —ordenó el capitán—. ¿Quieres que te maten? —Hubo más gritos procedentes de los aposentos del Síndico. La muerte no estaba siendo selectiva.

Arrastré a Arrope al interior. Cerramos la puerta con llave y barra. Permanecí con la espalda apoyada en ella, los ojos cerrados, jadeando. Puede que fuera mi imaginación, pero creo que oí algo gruñir mientras pasaba por ahí fuera.

—¿Y ahora qué? —preguntó Arrope. Su rostro carecía de color. Sus manos temblaban.

El capitán terminó de escribir una carta. Se la tendió.

—Ahora llévale esto.

Alguien aporreó la puerta.

—¿Qué? —ladró el capitán.

Una voz ahogada por la gruesa madera respondió. Dije:

—Es Un Ojo.

—Abre.

Abrí; Un Ojo, Tam-Tam, Goblin, Silencioso y una docena más entraron. La habitación se volvió calurosa y atestada. Tam-Tam dijo:

—El hombre leopardo está en el Bastión, capitán. —Olvidó puntuar sus palabras con el tambor, que parecía colgar olvidado en su cadera.

Otro grito desde los aposentos del Síndico. Mi imaginación me había engañado.

—¿Qué vamos a hacer? —preguntó Un Ojo. Era un hombrecillo negro y arrugado no más alto que su hermano, poseedor normalmente de un extraño sentido del humor. Era un año mayor que Tam-Tam, pero a su edad eso no contaba. Ambos habían rebasado los cien años, si había que creer en los Anales. Estaba aterrado. Tam-Tam estaba al borde de la histeria. Goblin y Silencioso también estaban alterados.

—Puede dar cuenta de nosotros uno a uno.

—¿Podemos matarlo?

—Son casi invencibles, capitán.

—¿Podemos matarlo? —El capitán puso una nota dura en su voz. Él también estaba asustado.

—Sí —confesó Un Ojo. Parecía el grosor de un pelo menos aterrado que Tam-Tam—. Nada es inmune. Ni siquiera esa cosa en el barco negro. Pero es fuerte, rápido y listo. Las armas sirven de poco. La hechicería es mejor, pero ni siquiera eso sirve de mucho. —Nunca antes le había oído admitir sus limitaciones.

—Ya hemos hablado suficiente —gruñó el capitán—. Ahora debemos actuar. —Resultaba difícil conocer a nuestro comandante, pero ahora era transparente. La rabia y la frustración ante una situación imposible se habían centrado en el forvalaka.

Tam-Tam y Un Ojo protestaron con vehemencia.

—Habéis estado pensando en eso desde que descubristeis que esa cosa estaba suelta —dijo el capitán—. Decidisteis qué había que hacer si había que hacerlo. Hacedlo.

Otro grito.

—La Torre de Papel debe de ser un matadero —murmuré—. La cosa está cazando a todo el mundo ahí arriba.

Por un momento pensé que incluso Silencioso iba a protestar. El capitán se ciñó sus armas.

—Mecha, reúne a los hombres. Sella todas las entradas a la Torre de Papel. Elmo, toma algunos buenos alabarderos y ballesteros. Flechas envenenadas.

Pasaron veinte minutos. Perdí la cuenta de los gritos. Perdí la cuenta de todo excepto de una creciente ansiedad y de una pregunta: por qué el forvalaka había invadido el Bastión. Por qué persistía en su caza. Lo empujaba algo más que el hambre.

El delegado había apuntado que tenía un uso para él. ¿Cuál? ¿Este? ¿Qué estábamos haciendo trabajando con alguien que podía hacer eso?

Los cuatro hechiceros colaboraron en el conjuro que nos precedió, crepitante. El propio aire arrojaba chispas azules. Siguieron los alabarderos. Los ballesteros los respaldaban. Detrás, otra docena de nosotros entramos en los aposentos del Síndico.

Anticlímax. La antesala de la Torre de Papel parecía perfectamente normal.

—Es arriba —nos dijo Un Ojo.

El capitán miró el pasadizo que teníamos detrás.

—Mecha, lleva a tus hombres dentro. —Tenía intención de avanzar habitación por habitación, sellando todas las salidas menos una para la retirada. Un Ojo y Tam-Tam mostraron su desacuerdo. Dijeron que la cosa sería más peligrosa acorralada. Un ominoso silencio nos rodeaba. Llevábamos varios minutos sin que se oyera ningún grito.

Hallamos la primera víctima en la base de la escalera que conducía a la Torre propiamente dicha.

—Uno de los nuestros —gruñí. El Síndico siempre se rodeaba con un pelotón de la Compañía—. ¿Los dormitorios están arriba? —Nunca había estado dentro de la Torre de Papel.

El capitán asintió.

—El nivel de la cocina, el nivel de los almacenes, los aposentos de los sirvientes en dos niveles, luego la familia, luego el propio Síndico. Biblioteca y oficinas arriba del todo. Quiere que sea difícil llegar hasta él.

Examiné el cuerpo.

—No es como los de la tumba, Tam-Tam. No tomó su sangre ni sus órganos. ¿Cómo es eso?

No tenía ninguna respuesta. Un Ojo tampoco.

El capitán escrutó las sombras de arriba.

—Ahora hay que ir con cuidado. Alabarderos, paso a paso. Mantened bajas vuestras puntas. Ballesteros, permaneced cuatro o cinco pasos detrás. Disparad contra cualquier cosa que se mueva. Las espadas fuera, todo el mundo. Un Ojo, adelante con tu conjuro.

Crujido. Paso, paso, en silencio. El hedor del miedo. ¡Pum! Un hombre descargó accidentalmente su ballesta. El capitán escupió y gruñó como un volcán irritado.

No se veía ni una maldita cosa.

Los aposentos de los sirvientes. La sangre salpicaba las paredes. Había cuerpos y trozos de cuerpos esparcidos por todas partes entre muebles invariablemente destrozados. Los miembros de la Compañía son hombres duros, pero incluso el más duro se sintió conmocionado. Incluso yo, que como médico he visto lo peor que puede ofrecer el campo de batalla.

—Capitán —dijo el teniente—, voy a llamar al resto de la compañía. Esta cosa no escapará. —Su tono no admitía contradicción. El capitán se limitó a asentir.

La carnicería había causado su efecto. El miedo disminuyó un tanto. La mayoría decidimos que la cosa tenía que ser destruida.

Sonó un grito arriba. Era como un reto lanzado a nosotros, retándonos a seguir adelante. Hombres de ojos duros empezaron a subir la escalera. El aire crepitó mientras el conjuro les precedía. Tam-Tam y Un Ojo intentaron dominar su terror. La caza a muerte empezó en serio.

Un buitre había expulsado al águila que anidaba en la parte superior de la Torre de Papel: realmente un mal presagio. No tuve la menor esperanza para nuestro empleador.

Subimos cinco niveles. Era horriblemente obvio que el forvalaka había visitado cada uno de ellos...

Tam-Tam alzó una mano, señaló. El forvalaka estaba cerca. Los alabarderos se arrodillaron detrás de sus armas. Los ballesteros apuntaron a las sombras. Tam-Tam aguardó medio minuto. Él, Un Ojo, Silencioso y Goblin se tensaron intensamente al escuchar algo que el resto del mundo solo podía imaginar. Luego:

—Está aguardando. Id con cuidado. No le deis ninguna oportunidad.

Hice una pregunta estúpida, ya demasiado tarde para que su respuesta tuviera alguna importancia.

—¿No deberíamos usar armas de plata? ¿Puntas de flecha y hojas?

Tam-Tam pareció desconcertado.

—De donde yo vengo los campesinos dicen que a los hombres lobo hay que matarlos con plata.

—Tonterías. Los matas del mismo modo que matas cualquier otra cosa. Solo que te mueves más rápido y golpeas más fuerte porque solo tienes una oportunidad.

Cuanto más revelaba, menos terrible parecía la criatura. Aquello era como cazar un león que merodeara por el lugar. ¿Por qué tanta agitación?

Recordé los aposentos de los sirvientes.

—Todo el mundo quieto —dijo Tam-Tam—. Y en silencio. Intentaremos una sonda. —Él y sus cohortes unieron las manos. Al cabo de un momento indicó que debíamos reanudar nuestro avance.

Llegamos a un descansillo, apretujados, un puerco espín humano con púas de acero. Los hechiceros aceleraron su encantamiento. Un furioso rugir brotó de las sombras allá delante, seguido por un raspar de garras. Algo se movió. Las ballestas hicieron ¡twang! Otro rugido, casi burlón. Los hechiceros unieron de nuevo sus cabezas. Abajo, el teniente estaba disponiendo a unos hombres en los lugares por los que el forvalaka debería pasar para escapar.

Avanzamos hacia la oscuridad con la tensión escalando. Cuerpos y sangre hacían la pisada traicionera. Los hombres se apresuraban a sellar puertas. Lentamente, penetramos en una serie de oficinas. Los ballesteros dispararon en dos ocasiones.

El forvalaka aulló a menos de seis metros de distancia. Tam-Tam dejó escapar un suspiro que era a medias un gruñido.

—Lo tenemos —dijo, queriendo indicar que lo habían alcanzado con su conjuro.

A seis metros de distancia. Directamente delante de nosotros. No veía nada... Algo se movió. Las flechas salieron disparadas. Un hombre gritó...

—¡Maldita sea! —barbotó el capitán—. Había alguien todavía vivo ahí delante.

Algo tan negro como el corazón de la noche, tan rápido como la muerte inesperada, trazó un arco sobre las alabardas. Tuve un único pensamiento: ¡Rápido!, antes de que estuviera entre nosotros. Los hombres huyeron hacia todos lados, gritaron, se cruzaron los unos en el camino de los otros. El monstruo rugió y gruñó, aplicó garras y colmillos demasiado rápido para que el ojo pudiera seguirlos. En una ocasión creí alcanzar con mi espada un flanco de oscuridad, antes de que un golpe me lanzara dos pares de metros hacia atrás.

Me puse en pie tambaleante, apoyé la espalda contra una columna. Estaba seguro de que iba a morir, seguro de que la cosa iba a matarnos a todos. Pura arrogancia, pensar que podíamos manejarla. Solo habían pasado unos segundos. Media docena de hombres estaban muertos. Más estaban heridos. El forvalaka no parecía haber sido frenado, y mucho menos herido. Ni armas ni conjuros habían tenido efecto sobre él.

Nuestros hechiceros estaban de pie formando un pequeño nudo, intentando producir otro encantamiento. El capitán formaba el núcleo de un segundo grupo. El resto de los hombres se habían dispersado. El monstruo iba de un lado para otro, como si los estuviera escogiendo.

Un fuego gris rasgó la estancia, exponiéndola completamente por un instante, grabando a fuego la carnicería en el fondo de mis globos oculares. El forvalaka gritó, esta vez con genuino dolor. Un punto para los hechiceros.

Se lanzó hacia mí. Agité los brazos presa del pánico mientras pasaba por mi lado como una exhalación. Giró, tomó carrera de nuevo, saltó hacia los hechiceros. Lo recibieron con otro relampagueante conjuro. El forvalaka aulló. Un hombre gritó. La bestia se revolvió en el suelo como una serpiente agonizante. Los hombres la apuñalaron con picas y espadas. Se puso en pie y se lanzó hacia la salida que habíamos mantenido abierta para nosotros.

—¡Ahí va! —aulló el capitán al teniente.

Me derrumbé, incapaz de sentir nada excepto alivio. Se había ido... Antes de que mi culo tocara el suelo Un Ojo tiraba de mí para ponerme de nuevo en pie.

—Ven, Matasanos. Alcanzó a Tam-Tam. Tienes que ayudarle.

Avancé tambaleante, dándome cuenta de pronto de que tenía una herida poco profunda en una pierna.

—Será mejor que limpie esto —murmuré—. No creo que esas garras estuvieran muy limpias.

Tam-Tam era un amasijo de carne humana. Tenía la garganta desgarrada, el vientre abierto. Los brazos y el pecho habían sido rasgados hasta el hueso. Sorprendentemente todavía estaba vivo, pero no había nada que yo pudiera hacer. Nada que ningún médico pudiera hacer. Ni siquiera un maestro mago, especializado en curaciones, podría haber salvado al pequeño hombre negro. Pero Un Ojo insistió en que lo intentara, y lo intenté hasta que el capitán me arrastró hacia otro lado para atender a unos hombres cuya muerte era menos segura. Un Ojo le vociferó a sus espaldas cuando me alejé.

—¡Traed luces aquí! —ordené. Al mismo tiempo el capitán empezó a reunir a los no heridos junto a la puerta abierta, diciéndoles que la sujetaran.

A medida que la luz se fue haciendo más fuerte, la extensión de la debacle se hizo más evidente. Habíamos sido diezmados. Más aún, una docena de hermanos que no habían estado con nosotros yacían esparcidos por toda la estancia. Habían estado de servicio. Entre ellos había otros secretarios y consejeros del Síndico.

—¿Alguien ha visto al Síndico? —preguntó el capitán—. Tenía que estar aquí. —Él, Mecha y Elmo empezaron a buscar. No tuve muchas posibilidades de seguir su operación. Cosí y remendé como un loco, reclamando toda la ayuda que pude.

El forvalaka había dejado profundas heridas de garra que requerían una hábil y cuidadosa sutura.

De alguna forma, Goblin y Silencioso consiguieron calmar a Un Ojo lo suficiente como para que ayudara. Quizá le hicieron algo. Trabajó como en una nube, apenas a este lado de la inconsciencia.

Eché otra mirada a Tam-Tam cuando tuve oportunidad. Todavía estaba vivo, aferrado a su pequeño tambor. ¡Maldita sea! Tanta testarudez merecía una recompensa. Pero ¿cómo? Mi experiencia simplemente no era la adecuada.

—¡Ey! —gritó Mecha—. ¡Capitán! —Alcé la vista. Estaba golpeando un cofre con su espada.

El cofre era de piedra. Era una caja fuerte de un tipo muy usado por los ricos de Berilo. Supongo que debía de pesar más de doscientos kilos. Su exterior estaba caprichosamente tallado. La mayor parte de la decoración había sido demolida. ¿Por unas garras?

Elmo rompió la cerradura y abrió la tapa. Tuve el atisbo de un hombre tendido encima de un montón de oro y joyas, los brazos rodeando su cabeza, temblando. Elmo y el capitán intercambiaron hoscas miradas.

Me distrajo la llegada del teniente. Había mantenido su puesto escaleras abajo hasta que le preocupó que no ocurriera nada. El forvalaka no había bajado.

—Registrad la torre —le dijo el capitán—. Quizá fue arriba. —Había un par de niveles por encima de nosotros.

Cuando miré otra vez, el cofre estaba cerrado de nuevo. Nuestro empleador no aparecía por ninguna parte. Mecha estaba sentado encima, limpiándose las uñas con una daga. Miré al capitán y a Elmo. Había algo ligeramente extraño en ellos.

Supuse que no habrían terminado ellos la tarea del forvalaka. No. El capitán no traicionaría de aquel modo los ideales de la Compañía, ¿verdad?

No pregunté.

La búsqueda en la torre no reveló nada excepto un rastro de sangre que conducía a la parte superior, donde el forvalaka se había echado para recuperar sus fuerzas. Había resultado malherido, pero había escapado descendiendo por la cara externa de la torre.

Alguien sugirió que lo siguiéramos, a lo que el capitán respondió:

—Abandonamos Berilo. Ya no estamos empleados aquí. Tenemos que irnos antes de que la ciudad se vuelva contra nosotros. —Envió a Mecha y a Elmo a echar una ojeada a la guarnición nativa. El resto evacuó a los heridos de la Torre de Papel.

Durante varios minutos permanecí a solas allí. Miré el gran cofre de piedra. Surgió la tentación, pero la resistí. No quería saber.

Arrope volvió tras toda la agitación. Nos dijo que el delegado estaba en el muelle desembarcando sus tropas.

Los hombres estaban recogiendo y cargando sus cosas, algunos murmurando sobre los acontecimientos en la Torre de Papel, otros quejándose por tener que irse. Dejas de moverte e inmediatamente echas raíces. Acumulas cosas. Encuentras mujer. Entonces ocurre lo inevitable y tienes que dejarlo todo. Flotaba mucho dolor en torno a nuestros acuartelamientos.

Estaba en la puerta cuando llegaron los norteños. Ayudé a hacer girar el cabrestante que alzaba el rastrillo. No me sentía demasiado orgulloso. Sin mi aprobación, el Síndico tal vez no hubiera sido traicionado nunca.

El delegado ocupó el Bastión. La Compañía inició su evacuación. Por aquel entonces era más o menos la tercera hora después de la medianoche y las calles estaban desiertas.

A dos tercios del camino de la Puerta del Amanecer el capitán ordenó un alto. Los sargentos reunieron a todos los que aún estaban en condiciones de luchar. El resto siguió su camino con los carros.

El capitán nos llevó al norte de la Avenida del Antiguo Imperio, donde los emperadores de Berilo se habían conmemorado a sí mismos y sus triunfos. Muchos de los monumentos son extraños, y celebran minucias tales como caballos favoritos, gladiadores o amantes de ambos sexos.

Experimenté un mal sentimiento antes incluso de que alcanzáramos la Puerta del Muladar. La inquietud se convirtió en sospecha, y la sospecha floreció en una lúgubre certeza cuando entramos en los campos marciales. No hay nada cerca de la Puerta del Muladar excepto los Acuartelamientos de la Bifurcación.

El capitán no hizo ninguna declaración específica. Cuando alcanzamos el complejo de la Bifurcación todo el mundo sabía lo que se preparaba.

Las Cohortes Urbanas demostraron ser tan chapuceras como siempre. La puerta del complejo estaba abierta y el único guardia estaba dormido. Entramos sin resistencia. El capitán empezó a asignar tareas.

Había allí entre cinco y seis mil hombres. Sus oficiales habían restablecido una cierta disciplina, y les habían persuadido de devolver sus armas a los armeros. Tradicionalmente, los capitanes de Berilo solo confían las armas a sus hombres la vigilia de la batalla.

Tres pelotones entraron directamente en los barracones matando a los hombres en sus camas. El pelotón restante estableció una posición de bloqueo en el otro extremo del complejo.

El sol ya había salido antes de que el capitán se sintiera satisfecho. Nos retiramos y nos apresuramos detrás de la caravana de nuestras cosas. No había ni un hombre entre nosotros que no hubiera quedado saciado.

No fuimos perseguidos, por supuesto. Nadie acudió a poner sitio al campamento que establecimos en el Macizo de la Aflicción, que era de lo que se trataba. Eso, y el desahogo de varios años de furia acumulada.

Elmo y yo estábamos de pie en la punta del promontorio, observando el sol vespertino jugar en los bordes de una tormenta allá a lo lejos en el mar. Había danzado sobre nosotros y había inundado nuestro campamento con un frío diluvio, luego se había alejado mar adentro. Era hermoso, aunque no especialmente colorido.

Elmo no había tenido mucho que decir recientemente.

—¿Algo te corroe, Elmo? —La tormenta se movía delante de la luz, proporcionando al mar el aspecto del hierro oxidado. Me pregunté si el frío habría alcanzado Berilo.

—Imagino que puedes adivinarlo, Matasanos.

—Imagino que puedo. —La Torre de Papel. Los Acuartelamientos de la Bifurcación. Nuestro innoble trato de la comisión—. ¿Cómo piensas que será, ahí al norte del mar?

—Piensas que el brujo negro vendrá, ¿eh?

—Vendrá, Elmo. Solo está teniendo problemas para conseguir que sus marionetas bailen a su son. —¿Cómo no los tendría, intentando domar aquella loca ciudad?

—Hummm. Mira ahí.

Un grupo de ballenas se agitaban en el agua más allá de las rocas frente a la lengua de tierra. Intenté no parecer impresionado y fracasé. Los animales eran magníficos, danzando allá en el mar de hierro.

Nos sentamos de espaldas al faro. Parecía como si contempláramos un mundo jamás mancillado por el hombre. Algunas veces me da por pensar que sería mejor con nuestra ausencia.

—Hay un barco ahí fuera —dijo Elmo.

No lo vi hasta que su vela captó el fuego del sol del atardecer, convirtiéndose en un triángulo naranja orlado de oro, balanceándose con el subir y bajar de las olas.

—Un barco de cabotaje. Quizá veinte toneladas.

—¿Tan grande?

—Para un barco de cabotaje. Los barcos de alta mar llegan a veces a las ochenta toneladas.

Transcurrió el tiempo en un voluble arrastrar. Observamos el barco y las ballenas. Empecé a soñar despierto. Por centésima vez intenté imaginar la nueva tierra, sobre la base de las historias de los comerciantes oídas de segunda mano. Seguramente cruzaríamos hasta Ópalo. Ópalo era un reflejo de Berilo, decían, aunque era una ciudad más joven...

—Ese idiota va a meterse contra las rocas.

Desperté. El barco de cabotaje estaba peligrosamente cerca. Viró en el último momento, eludió el desastre por un centenar de metros y reanudó su rumbo original.

—Eso le da algo de diversión a nuestro día a día —observé.

—Uno de estos días vas a decir algo sin ser sarcástico y me retorceré y moriré, Matasanos.

—Eso me mantiene cuerdo, amigo.

—Eso es debatible, Matasanos. Debatible.

Volví a mirar el mañana a la cara. Mejor que mirar hacia atrás. Pero el mañana se negaba a quitarse la máscara.

—Vuelve —dijo Elmo.

—¿Qué? Oh. —El barco de cabotaje se bamboleaba en las olas, sin apenas avanzar, mientras su proa giraba hacia la costa debajo de nuestro campamento.

—¿Quieres decírselo al capitán?

—Supongo que ya lo sabrá. Hay hombres en el faro.

—Claro.

—Mantén un ojo alerta por si ocurre algo más.

Ahora la tormenta se estaba deslizando hacia el oeste, oscureciendo aquel horizonte y cubriendo el mar con su manto de sombra. El gris y frío mar. De pronto me sentí aterrado ante la idea de cruzarlo.

El barco de cabotaje trajo noticias de los amigos contrabandistas de Tam-Tam y Un Ojo. Un Ojo se mostró más lúgubre y hosco todavía después de recibirlas, y ya había alcanzado uno de sus puntos más bajos. Incluso se abstuvo de discutir con Goblin, lo cual era realmente raro. La muerte de Tam-Tam lo había golpeado duramente, y no conseguía reponerse. No nos dijo lo que le habían comunicado sus amigos.

El capitán no estaba mucho mejor. Su humor era abominable. Creo que ansiaba y temía al mismo tiempo la nueva tierra. La comisión significaba un renacimiento potencial para la Compañía, tras dejar nuestros pecados atrás, pero sentía recelos hacia el servicio al que íbamos. Sospechaba que el Síndico había tenido razón acerca del imperio del norte.

El día siguiente a la visita de los contrabandistas trajo frías brisas del norte. La niebla cubrió el promontorio de tierra desde primera hora de la mañana. Poco después del anochecer, saliendo de esa niebla, un bote varó en la playa. El delegado había llegado.

Reunimos nuestras cosas y empezamos a despedirnos de las seguidoras del campamento que habían venido desde la ciudad. Nuestros animales y equipo serían la recompensa por su fe y su amistad. Pasé una triste y agradable hora con una mujer para quien yo significaba más de lo que había sospechado. No derramamos lágrimas y no nos dijimos ninguna mentira. La dejé con sus recuerdos y la mayor parte de mi patética fortuna. Me dejó con un nudo en la garganta y una sensación de pérdida casi insondable.

—Vamos, Matasanos —me dije mientras bajaba a la playa—. Has pasado por esto antes. La olvidarás antes de que llegues a Ópalo.

Había ya media docena de botes en la playa. A medida que cada uno de ellos se llenaba los marineros norteños los empujaban al agua. Los remeros accionaban sus remos, y en segundos desaparecían en la niebla. Otros botes vacíos acudían bamboleándose a sustituirlos. Algunos botes se encargaron del equipo y las posesiones.

Un marinero que hablaba la lengua de Berilo me dijo que había espacio más que suficiente a bordo del barco negro. El delegado había dejado sus tropas en Berilo como guardias del nuevo Síndico marioneta, que era otro Rojo distantemente emparentado con el hombre al que habíamos servido.

—Espero que tengan menos problemas que nosotros —dije, y me sumí en mis meditaciones.

El delegado estaba intercambiando sus hombres por nosotros. Sospeché que íbamos a ser utilizados, que nos encaminábamos a algo mucho más desagradable de lo que podíamos llegar a imaginar.

Varias veces durante la espera oí un aullido distante. Al principio pensé que era la canción del Macizo. Pero el aire no se movía. Cuando me llegó de nuevo todas mis dudas se disiparon. Se me erizó la piel.

El cabo de mar, el capitán, el teniente, Silencioso, Goblin, Un Ojo y yo aguardamos hasta el último bote.

—Yo no voy —anunció Un Ojo cuando un contramaestre le hizo señas de que subiera a bordo.

—Vamos, sube —le dijo el capitán. Su voz era amable. Es entonces cuando es peligroso.

—Renuncio. Me voy hacia el sur. He estado fuera mucho tiempo, seguro que ya me han olvidado.

El capitán nos hizo una seña con el dedo al teniente, a Silencioso, a Goblin y a mí, luego indicó con el pulgar el bote. Un Ojo aulló:

—¡Os convertiré a todos en avestruces...! —La mano de Silencioso selló su boca. Lo arrastramos hasta el bote. Se retorcía como una serpiente encima del fuego.

—Te quedarás con la familia —dijo el capitán con voz suave.

—A la de tres —exclamó Goblin alegremente, luego contó rápido. El negro hombrecillo trazó un arco hacia el bote, retorciéndose en su trayectoria. Se agitó sobre la regala maldiciendo, rociándonos con saliva. Reímos al verle mostrar algo de espíritu. Goblin se hizo cargo y lo clavó contra uno de los bancos.

Los marineros nos empujaron. En el momento en que los remos mordieron el agua Un Ojo se rindió. Su aspecto era el de un hombre que se encamina a galeras.

El galeón apareció ante nosotros, una forma imponente e indeterminada ligeramente más oscura que la oscuridad que lo rodeaba. Oí las voces de los marineros huecas por la niebla, el crujir de los maderos, el resonar del aparejo, mucho antes de estar seguro de mis ojos. Nuestro bote se encaminó al pie de una escalerilla de acceso. El aullido llegó de nuevo.

Un Ojo intentó tirarse por la borda. Lo contuvimos. El capitán aplicó el tacón de una bota a sus posaderas.

—Tuviste la oportunidad de sacarnos de esto. No lo hiciste. Ahora vive con ello.

Un Ojo estaba hundido cuando siguió al teniente escalerilla arriba, un hombre sin esperanzas. Un hombre que había dejado a un hermano muerto y ahora estaba viéndose obligado a acercarse al asesino de su hermano, contra el cual no podía tomar venganza.

Hallamos a la Compañía en la cubierta principal, apiñada

entre los montones de nuestras pertenencias. Los sargentos intentaban organizar un poco las cosas.

Apareció el delegado. Miré. Aquella era la primera vez que lo veía de pie. Era bajo. Por un momento me pregunté si pertenecía realmente al género masculino. Sus voces indicaban a menudo lo contrario.

Nos examinó con una intensidad que sugería que estaba leyendo nuestras almas. Uno de sus oficiales pidió al capitán que hiciera colocar a los hombres en formación de la mejor manera que pudiese en la atestada cubierta. La tripulación del barco ocupaba las plataformas centrales por encima del pozo abierto que iba desde la proa hasta casi la popa y desde el nivel de la cubierta hacia abajo hasta la bancada inferior de remos. Allá abajo había murmullos y resonar metálico mientras los remeros se despertaban.

El delegado nos pasó revista. Se detuvo delante de cada soldado, clavó una reproducción del dibujo de su vela sobre cada corazón. Lo hizo lentamente. Emprendimos el camino rato antes de que terminara.

Cuanto más se acercaba el enviado, más se estremecía Un Ojo. Casi se desmayó cuando el delegado le puso el distintivo. Me sentí desconcertado. ¿Por qué tanta emoción?

Estaba nervioso cuando llegó mi turno, pero no asustado. Contemplé la insignia mientras unos dedos delicadamente enguantados la prendían a mi chaqueta. El cráneo y el círculo en plata, sobre fondo negro, elegantemente elaborados. Una valiosa pieza de joyería, aunque un tanto siniestra. De no estar tan alterado, habría pensado que Un Ojo estaba considerando la mejor forma de empeñarla.

La insignia parecía ahora vagamente familiar. Fuera del contexto de la vela, que había tomado como pura teatralidad y había ignorado. ¿No había leído u oído en alguna parte algo acerca de un sello similar?

El delegado dijo:

—Bienvenido al servicio de la Dama, médico. —Su voz era desconcertante. No encajaba con las expectativas, nunca. Esta vez era musical, melodiosa, la voz de una mujer joven poniendo algo sobre la cabeza de alguien más sabio.

¿La Dama? ¿Dónde había encontrado yo esa palabra usada de esta forma, enfatizada como si fuera el título de una diosa? Una oscura leyenda surgida de tiempos antiguos...

Un aullido de ultraje, dolor y desesperación llenó el barco. Sorprendido, me salí de la fila y fui hasta el borde del pozo de aireación.

El forvalaka estaba en una gran jaula de hierro al pie del mástil. Pareció cambiar sutilmente en la sombra mientras se agitaba, tanteando cada barrote. Por un momento era una atlética mujer de unos treinta años, pero segundos más tarde había adoptado el aspecto de un leopardo negro alzado sobre sus patas traseras, y arañaba el hierro que lo aprisionaba. Recordé al delegado diciendo que tenía un uso para el monstruo.

Me volví hacia él. Y el recuerdo volvió a mí. Un diabólico martillo clavó púas de hielo en el vientre de mi alma. Supe por qué Un Ojo no deseaba cruzar el mar. La antigua maldad del norte...

—Creí que tu gente había muerto hacía trescientos años.

El delegado se echó a reír.

—No conocéis bien vuestra historia. No fuimos destruidos. Solo encadenados y enterrados vivos. —Su risa tenía un filo de histeria—. Encadenados, enterrados, y finalmente liberados por un idiota llamado Bomanz, Matasanos.

Me dejé caer al suelo al lado de Un Ojo, que enterró el rostro entre las manos.

El delegado, el terror llamado Atrapaalmas en las viejas historias, un diablo peor que cualquier docena de forvalakas, rio locamente. Su tripulación se encogió. Una gran broma, alistar a la Compañía Negra al servicio del mal. Una gran ciudad tomada y unos cuantos villanos sobornados. Una broma auténticamente cósmica.

El capitán se dejó caer a mi lado.

—Cuéntame, Matasanos.

Así que le hablé de la Dominación, y del Dominador y su Dama. Habían desarrollado un imperio del mal sin rival en todo el Infierno. Le hablé de los Diez Que Fueron Tomados (de los cuales Atrapaalmas era uno), diez grandes hechiceros, casi semidioses en su poder, que habían sido vencidos por el Dominador y forzados a su servicio. Le hablé de la Rosa Blanca, la mujer generala que había vencido la Dominación, pero cuyo poder había sido insuficiente para destruir al Dominador, su Dama y los Diez. Los había enterrado en un túmulo controlado por hechizos al norte del mar.

—Y ahora parece que han sido devueltos a la vida —dije—. Gobiernan el imperio del norte. Tam-Tam y Un Ojo deberían haber sospechado... Hemos sido alistados a su servicio.

—Tomados —murmuró—. Más bien como el forvalaka.

La bestia gritó y se arrojó contra los barrotes de su jaula. La risa de Atrapaalmas derivó a lo largo de la brumosa cubierta.

—Tomados por los Tomados —admití—. El paralelismo es inquietante. —Había empezado a temblar a medida que más y más antiguas historias surgían en mi mente.

El capitán suspiró y miró hacia la niebla, hacia la nueva tierra.

Un Ojo contempló con odio la cosa en la jaula. Intenté apartarlo de allí. Se desprendió con una sacudida.

—Todavía no, Matasanos. Tengo que pensar en esto.

—¿En qué?

—Este no es el que mató a Tam-Tam. No tiene las cicatrices que le causamos.

Me volví lentamente, estudié al delegado. Rio de nuevo, mirando hacia nosotros.

Un Ojo nunca lo imaginó. Yo nunca se lo dije. Ya tenemos bastantes problemas.

2

Cuervo

—La travesía desde Berilo demuestra mi hipótesis —gruñó Un Ojo por encima de la jarra de peltre—. La Compañía Negra nunca ha estado adaptada al agua. ¡Moza! ¡Más cerveza! —Hizo un gesto con su jarra. La muchacha no podía entenderle de ningún otro modo. Un Ojo se negaba a aprender las lenguas del norte.

—Estás borracho —observé.

—Qué perceptivo. ¿Tomaréis nota, caballeros? El Matasanos, nuestro estimado maestro en las artes clericales y médicas, ha tenido la perspicacia de descubrir que estoy borracho. —Puntuó su discurso con eructos y errores de pronunciación. Examinó a su audiencia con esa expresión de sublime solemnidad que solo un borracho puede dominar.

La muchacha trajo otra jarra y una botella para Silencioso. Él también estaba preparado para absorber más de su veneno particular. Bebía un vino ácido de Berilo perfectamente adecuado a su personalidad. El dinero cambió de manos.

Éramos siete los que estábamos reunidos allí. Manteníamos las cabezas bajas. El lugar estaba lleno de marineros. Éramos forasteros el tipo de hombre elegido siempre para darle de puñetazos cuando empiezan las peleas. Con excepción de Un Ojo, preferíamos reservarnos para cuando nos pagaran por ello.

Prestamista asomó su fea cabeza por la puerta que daba a la calle. Sus ojos como cuentas se estrecharon hasta unas meras ranuras. Nos vio.

Prestamista. Se ganó el nombre porque presta a toda la Compañía, con intereses abusivos, por supuesto. No le gusta el nombre, pero dice que cualquier cosa es mejor que el que le colgaron sus padres campesinos: Remolacha.

—¡Ey! ¡Es la Remolacha! —rugió Un Ojo—. Ven con nosotros, Remolachita. Bebe un poco con Un Ojo. Está demasiado borracho para elegir otra compañía mejor. —Era cierto. Sobrio, Un Ojo es más tieso que un collar de cuero sin curtir al cabo de un día. Prestamista hizo una mueca y miró furtivamente a su alrededor. Era así.

—El capitán desea veros, chicos.

Intercambiamos miradas. Un Ojo se echó hacia atrás en su silla. No habíamos visto mucho al capitán últimamente. Estaba casi todo el tiempo con los altos mandos del ejército imperial.

Elmo y el teniente se pusieron en pie. Yo también, y eché a andar hacia Prestamista.

El tabernero aulló. Una sirvienta se apresuró hacia la puerta y la bloqueó. Un hombre enorme con aspecto de toro estúpido apareció de una habitación de atrás. Llevaba un prodigioso garrote lleno de nudos en cada una de sus manazas. Parecía confuso.

Un Ojo exhibió los dientes. El resto de nosotros se puso en pie, preparados para cualquier cosa.

Los marineros, oliéndose la pelea, empezaron a elegir bando. La mayoría contra nosotros.

—¿Qué demonios ocurre? —grité.

—Por favor, señor —dijo la muchacha en la puerta—. Sus amigos no han pagado su última ronda. —Lanzó al tabernero una maligna mirada.

—Y un infierno no han hecho. —La política de la casa era pago a la entrega. Miré al teniente. Asintió. Miré al tabernero, capté su codicia. Pensaba que estábamos lo bastante borrachos como para pagar dos veces.

Elmo dijo:

—Un Ojo, tú escogiste esta cueva de ladrones. Arréglalo.

Dicho y hecho. Un Ojo chilló como un cerdo arrastrado al matadero...

Un amasijo de fealdad con cuatro brazos y el tamaño de un chimpancé estalló de debajo de nuestra mesa. Arremetió contra la muchacha en la puerta, le dejó marcas de colmillos en el muslo. Luego trepó encima de la montaña de músculos que esgrimía los garrotes. El hombre sangraba por una docena de sitios antes de que pudiese llegar a saber lo que estaba ocurriendo.

Un cuenco de fruta en una mesa en el centro de la estancia se desvaneció en medio de una bruma negra. Reapareció un segundo más tarde..., con serpientes venenosas enroscándose por encima de su borde.

La mandíbula del tabernero colgó. Y una catarata de escarabajos brotó de su boca.

Salimos en medio de la agitación. Un Ojo aulló y rio desaforadamente a lo largo de varias manzanas.

El capitán nos miró. Estábamos reclinados unos contra otros al otro lado de su mesa. Un Ojo aún sufría algún ocasional ataque de risitas. Ni siquiera el teniente podía mantener un rostro serio.

—Están borrachos —dijo el capitán.

—Estamos borrachos —admitió Un Ojo—. Estamos palpablemente, plausiblemente, asquerosamente borrachos.

El teniente le dio un codazo en los riñones.

—Sentaos. Intentad comportaros mientras estéis aquí.

Aquí era un elegante establecimiento ajardinado socialmente a kilómetros por encima de nuestra última escala. Aquí incluso las prostitutas tenían título. Plantas y trucos paisajísticos descomponían los jardines en zonas semiprivadas. Había estanques, miradores, senderos de piedra, y un abrumador perfume de flores en el aire.

—Un lujo para nosotros —observé.

—¿Qué se celebra? —preguntó el teniente. El resto buscamos sillas.

El capitán ocupaba una enorme mesa de piedra. A su alrededor podrían haberse sentado veinte personas.

—Somos invitados. Actuad como tales. —Jugueteó con la insignia sobre su corazón, que lo identificaba como bajo la protección de Atrapaalmas. Todos teníamos una pero raras veces la llevábamos. El gesto del capitán sugirió que corrigiéramos aquella deficiencia.

—¿Somos invitados de los Tomados? —pregunté. Luché contra los efectos de la cerveza. Aquello debía figurar en los Anales.

—No. Las insignias son en beneficio de la casa. —Hizo un gesto. Todo el mundo visible llevaba una insignia declarando una alineación con uno u otro de los Tomados. Reconocí unos cuantos. El Aullador. Nocherniego. Tormentosa. El Renco.

—Nuestro anfitrión desea alistarse en la Compañía.

—¿Quiere unirse a la Compañía Negra? —preguntó Un Ojo—. ¿Qué le pasa al idiota? —Hacía años desde la última vez que habíamos tomado un nuevo recluta.

El capitán se encogió de hombros, sonrió.

—Hubo una vez en que un hechicero lo hizo.

Un Ojo gruñó.

—Y lo ha lamentado desde entonces.

—¿Por qué sigue aquí entonces? —pregunté.

Un Ojo no respondió. Nadie abandona la Compañía, excepto con los pies por delante. La Compañía es el hogar.

—¿Cómo es? —preguntó el teniente.

El capitán cerró los ojos.

—Diferente. Podría ser un buen elemento. Me gusta. Pero juzgad por vosotros mismos. Está aquí. —Hizo un gesto con un dedo a un hombre que estaba examinando los jardines.

Sus ropas eran grises, deshilachadas y remendadas. Era de altura modesta, delgado, moreno. Oscuramente apuesto. Calculé que estaba a punto de cumplir la treintena. Poco llamativo...

No exactamente. Una segunda mirada te hacía notar algo sorprendente. Una intensidad, una falta de expresión, algo en su actitud. No estaba intimidado por los jardines.

La gente miraba y arrugaba la nariz. No veían al hombre, veían harapos. Podías captar su revulsión. Ya era suficiente que hubiéramos sido admitidos ahí dentro. Había que remediar aquello.

Un sirviente elegantemente vestido acudió a mostrarle una puerta por la que evidentemente había entrado por error.

El hombre se dirigió hacia nosotros, pasando junto al sirviente como si este no existiera. Había una brusquedad, una rigidez en sus movimientos que sugería que se estaba recuperando de recientes heridas.

—¿Capitán?

—Buenas tardes. Siéntate.

Un emperifollado general de estado mayor se apartó de un grupo de altos oficiales y esbeltas mujeres jóvenes. Dio unos pocos pasos en nuestra dirección, se detuvo. Parecía tentado a expresar sus prejuicios.

Lo reconocí. Lord Jalena. Había llegado tan alto como podías llegar sin ser uno de los Diez Que Fueron Tomados. Su rostro estaba hinchado y rojo. Si el capitán se dio cuenta, fingió lo contrario.

—Caballeros, este es... Cuervo. Desea unirse a nosotros. Cuervo no es su nombre de nacimiento. No importa. El resto de vosotros también mentisteis. Presentaos y formulad vuestras preguntas.

Había algo extraño acerca de aquel Cuervo. Al parecer, éramos sus invitados. Sus modales no eran los de un mendigo callejero, pero parecía haber recorrido muchos y muy malos caminos.

Lord Jalena llegó. Respiraba jadeante. Me encantaría hacer pasar a los cerdos como él la mitad de lo que infligen a sus tropas.

Miró al capitán con el ceño fruncido,

—Señor —dijo entre jadeos—, vuestras conexiones son tales que no podemos negaros a vos, pero... Los jardines son para personas refinadas. Lo han sido desde hace doscientos años. No admitimos...

El capitán exhibió una sonrisa interrogante. Respondió con voz suave:

—Soy un invitado, señor. Si no os gusta mi compañía, quejaos a mi anfitrión. —Señaló a Cuervo.

Jalena dio media vuelta hacia la derecha.

—Señor... —Sus ojos y su boca se volvieron redondos—. ¡Vos!

Cuervo miró a Jalena. Ni uno de sus músculos se crispó. Ni una pestaña tembló. El color huyó de las mejillas del hombre gordo. Miró a su propio grupo como suplicando, volvió de nuevo la vista a Cuervo, se volvió hacia el capitán. Su boca se agitó pero ninguna palabra brotó de ella.

El capitán tendió una mano hacia Cuervo. Cuervo aceptó la insignia de Atrapaalmas. Se la puso sobre el corazón.

Jalena se puso más pálido todavía. Retrocedió unos pasos.

—Parece que te conoce —observó el capitán.

—Creía que yo estaba muerto.

Jalena regresó a su grupo. Se puso a hablar excitadamente y señaló. Unos rostros pálidos miraron hacia nosotros. Discutieron brevemente, luego todo el grupo abandonó el jardín.

Cuervo no se explicó. En vez de ello dijo:

—¿Podemos ir al grano?

—¿Te importaría iluminar exactamente lo que ha ocurrido? —La voz del capitán era peligrosamente suave.

—No.

—Mejor reconsidéralo. Tu presencia puede poner en peligro a toda la Compañía.

—No lo hará. Es un asunto personal. No lo traeré conmigo.

El capitán pensó en ello. No es su estilo meterse en el pasado de un hombre. No sin una causa justificada. Decidió que tenía una causa justificada.

—¿Cómo podrás evitarlo? Evidentemente significas algo para lord Jalena.

—No para Jalena. Para algunos amigos suyos. Es una vieja historia. La arreglaré antes de unirme a vosotros. Cinco personas han de morir para poder cerrar el libro.

Aquello sonaba interesante. Ah, el aroma del misterio y de los hechos oscuros, de las artimañas y las venganzas. La sustancia de un buen relato.

—Me llaman Matasanos. ¿Hay alguna razón especial para no compartir la historia?

Cuervo me miró, evidentemente bajo un rígido autocontrol.

—Es algo privado, algo viejo y vergonzoso. No quiero hablar de ello.

—En ese caso no puedo votar por la aceptación —dijo Un Ojo.

Dos hombres y una mujer se acercaron siguiendo un camino enlosado, se detuvieron examinando el lugar donde había estado el grupo de lord Jalena. ¿Rezagados? Mostraron su sorpresa. Los observé hablar entre sí.

Elmo votó con Un Ojo. Lo mismo hizo el teniente.

—¿Matasanos? —preguntó el capitán.

Voté sí. Olía a misterio y no deseaba perdérmelo.

—Conozco parte del asunto —le dijo el capitán a Cuervo—. Por eso voto con Un Ojo. Por el bien de la Compañía. Me gustaría tenerte con nosotros, pero... arregla las cosas antes de que nos marchemos.

—¿Cuándo os marcháis? —preguntó Cuervo—. ¿De cuánto tiempo dispongo?

—Mañana. Al amanecer.

—¿Qué? —exclamé.

—Esperad un momento —dijo Un Ojo—. ¿Cómo que tan pronto?

Incluso el teniente, que nunca cuestiona nada, dijo:

—Íbamos a disponer de un par de semanas. —Había encontrado una amiga, la primera desde que le conocía.

El capitán se encogió de hombros.

—Nos necesitan en el norte. El Renco perdió la fortaleza en Pacto ante un Rebelde llamado Rastrillador.

Los rezagados se acercaron. Uno de ellos preguntó:

—¿Qué le ha ocurrido al grupo en la Gruta de las Camelias? —Su voz tenía una cualidad sibilante, nasal. Se me erizaron las plumas. Hedía a arrogancia y desdén. No había oído nada parecido a aquello desde que me había unido a la Compañía Negra. La gente en Berilo nunca usaba ese tono.

No conocen a la Compañía Negra en Ópalo, me dije. Todavía no, no la conocen.

La voz golpeó a Cuervo como una almádena en la nuca. Se envaró. Por un momento sus ojos fueron puro hielo. Luego una sonrisa curvó las comisuras de su boca..., una sonrisa más perversa de lo que nunca he visto en mi vida.

El capitán susurró:

—Sé por qué Jalena sufrió su ataque de indigestión.

Permanecimos sentados inmóviles, helados por la mortífera inminencia. Cuervo se volvió lentamente y se levantó. Los tres vieron su rostro.

Voz Plañidera se atragantó. Su compañero masculino se puso a temblar. La mujer abrió la boca. Nada brotó de ella.

De dónde sacó Cuervo el cuchillo no lo sé. Fue algo casi demasiado rápido para seguirlo. Voz Plañidera sangró por su cortada garganta. Su amigo recibió el acero en el corazón. Y Cuervo tenía la garganta de la mujer asida en su mano izquierda.

—No. Por favor —susurró ella sin fuerza. No esperaba piedad.

Cuervo hizo presión, la obligó a ponerse de rodillas. El rostro de la mujer se hinchó, se puso púrpura. Su lengua asomó por entre sus labios. Intentó sujetar la muñeca que la aprisionaba, se estremeció. Él la alzó, miró fijamente sus ojos hasta que rodaron hacia arriba y su cuerpo quedó fláccido. Se estremeció de nuevo, murió.

Cuervo retiró la mano en un movimiento brusco. Se quedó contemplando su rígida y temblorosa garra. Su rostro estaba demacrado. Se rindió a los temblores que sacudían todo su cuerpo.

—¡Matasanos! —gritó el capitán—. ¿No dices que eres médico?

—Sí. —La gente estaba reaccionando. Todo el jardín miraba. Revisé a Voz Plañidera. Completamente muerta. Igual que su compañero. Me volví hacia la mujer.

Cuervo se arrodilló. Sujetó su mano izquierda. Había lágrimas en sus ojos. Retiró un anillo de boda de oro, se lo guardó en un bolsillo. Eso fue todo lo que tomó, aunque ella llevaba encima una fortuna en joyas.

Nuestras miradas se cruzaron por encima del cuerpo. El hielo estaba de nuevo en sus ojos. No me atreví a expresar mis suposiciones.

—No pretendo sonar histérico —gruñó Un Ojo—, pero ¿por qué no nos marchamos de aquí como si nos persiguiera el diablo?

—Bien pensado —dijo Elmo, y empezó a ponerlo en práctica.

—¡Muévete! —bramó el capitán dirigiéndose a mí. Tomó el brazo de Cuervo. Yo me demoré un instante.

—Tendré mis asuntos zanjados al amanecer —dijo Cuervo. El capitán miró hacia atrás.

—Bien —fue todo lo que dijo.

Pensé que realmente los tendría.

Pero nos marchamos de Ópalo sin él.

El capitán recibió varios mensajes desagradables aquella noche. Su único comentario fue:

—Esos tres debían de formar parte de la historia.

—Llevaban las insignias del Renco —dije—. De todos modos, ¿cuál es la historia de Cuervo? ¿Quién es?

—Alguien que no se llevaba bien con el Renco. Al que le hicieron una mala pasada y fue dejado por muerto.

—¿Era la mujer algo que no te dijo?

El capitán se encogió de hombros. Consideré aquello como una afirmación.

—Apuesto a que era su esposa. Quizá lo traicionó. —Ese tipo de cosas son comunes aquí. Conspiraciones y asesinatos y tomas de poder. Toda la diversión de la decadencia. La Dama no desalienta nada. Quizá esos juegos la diviertan.

A medida que íbamos hacia el norte nos acercábamos cada vez más al corazón del imperio. Cada día nos llevaba a una región emocionalmente más desolada. La gente del lugar era cada vez más hosca, triste y melancólica. No era una tierra feliz, pese a la estación.

Llegó el día en que tuvimos que bordear el alma misma del imperio, la Torre en Hechizo, construida por la Dama después de su resurrección. Caballeros de ojos duros nos escoltaron. No nos acercamos más allá de cinco kilómetros. Aun así, la silueta de la Torre gravitó sobre el horizonte. Es un enorme cubo de piedra oscura. Tiene al menos ciento cincuenta metros de alto.

La estudié durante todo el día. ¿Cómo sería nuestra empleadora? ¿Llegaría a conocerla alguna vez? Me intrigaba. Aquella noche escribí un ejercicio en el que intenté representármela. Degeneró en una fantasía romántica.

A la tarde siguiente nos encontramos con un jinete de rostro pálido que galopaba hacia el sur en busca de nuestra Compañía. Sus insignias lo proclamaban como un seguidor del Renco. Nuestra avanzada lo trajo al teniente.

—Os estáis tomando un tiempo malditamente largo, ¿no? Se os requiere en Forsberg. Dejad de hacer el idiota.

El teniente es un hombre tranquilo acostumbrado al respeto debido a su rango. Se mostró tan sorprendido que no dijo nada. El correo se volvió más ofensivo. Entonces el teniente preguntó:

—¿Cuál es tu rango?

—Cabo correo del Renco. Compañero, será mejor que apresures a tus hombres. Al Renco no le gusta que le hagan esperar.

El teniente es el disciplinario de la Compañía. Es una tarea de la que alivia al capitán. Es un tipo razonable y ecuánime.

—¡Sargento! —gritó a Elmo—. Te necesito. —Estaba furioso. Normalmente solo el capitán llama a Elmo sargento.

Elmo cabalgaba con el capitán en aquellos momentos. Trotó columna adelante. El capitán lo siguió.

—¿Señor? —dijo Elmo.

El teniente ordenó un alto a la compañía.

—Azota algo de respeto a este destripaterrones.

—Sí, señor. Otto. Crispín. Echad una mano aquí.

—Veinte fustazos serán suficientes.

—Veinte fustazos, sí, señor.

—¿Qué demonios crees que estás haciendo? Ninguna hedionda espada de alquiler va a...

—Teniente —dijo el capitán—, creo que eso pide otros diez fustazos.

—Sí, señor: ¿Elmo?

—Treinta serán, señor. —Hizo un gesto. El correo fue arrastrado fuera de su silla. Otto y Crispín lo sujetaron y lo llevaron hasta una verja, lo ataron a ella. Crispín desgarró la espalda de su camisa.

Elmo aplicó los golpes con la fusta del teniente. Este no participó en el castigo. No había rencor en ello, solo un mensaje a aquellos que creían que la Compañía Negra era una fuerza de segunda clase.

Me acerqué con mi maletín cuando Elmo hubo terminado.

—Intenta relajarte, muchacho. Soy médico. Te limpiaré la espalda y te vendaré. —Le di una palmada en la mejilla—. Te lo has tomado muy bien para ser un norteño.

Elmo le dio una nueva camisa cuando terminé con él. Le ofrecí algún que otro consejo no solicitado sobre su tratamiento, luego sugerí:

—Informa a tu capitán como si esto no hubiera sucedido. —Señalé hacia el capitán—. Bien...

El amigo Cuervo nos había alcanzado. Había observado toda la escena a lomos de un sudoroso y polvoriento ruano.

El mensajero aceptó mi consejo. El capitán dijo:

—Dile al Renco que estoy viajando tan rápido como me es posible. No pienso forzar tanto la marcha que no esté en forma para luchar cuando llegue allí.

—Sí, señor. Se lo diré, señor. —El correo montó torpemente en su caballo. Sabía ocultar bien sus sentimientos.

Cuervo miró al capitán. Observó:

—El Renco te arrancará el corazón por eso.

—El desagrado del Renco no me preocupa. Creí que te unirías a nosotros antes de que abandonáramos Ópalo.

—Tardé más tiempo del previsto en arreglar mis asuntos. Uno no estaba en la ciudad. Lord Jalena advirtió al otro. Me tomó tres días encontrarlo.

—¿El que estaba fuera de la ciudad?

—Decidí en cambio reunirme con vosotros.

Aquello no era una respuesta satisfactoria, pero el capitán lo dejó pasar.

—No puedo dejar que te unas a nosotros mientras tengas intereses fuera.

—Lo dejé correr. Ya hice pagar la deuda más importante. —Se refería a la mujer. Pude captarlo.

El capitán lo miró hoscamente.

—De acuerdo. Cabalga con el pelotón de Elmo.

—Gracias, señor. —Aquello sonaba extraño. No era un hombre acostumbrado a decir señor a nadie.

Nuestro viaje hacia el norte prosiguió, más allá de Olmo, hacia el Saliente, pasado Rosas, y más al norte aún, hasta Forsberg. Ese reino en sus tiempos se había convertido en una sangrienta carnicería.

La ciudad de Galeote se halla en la parte más al norte de Forsberg, y en los bosques de su parte superior se extiende el Túmulo, donde la Dama y su amante, el Dominador, fueron enterrados hace cuatro siglos. Las tercas investigaciones necrománticas de los hechiceros de Galeote habían resucitado a la Dama y a los Diez Que Fueron Tomados de sus oscuros y duraderos sueños. Ahora sus descendientes, dominados por la culpabilidad, luchaban contra la Dama.

La parte sur de Forsberg permanecía engañosamente pacífica. Los campesinos nos recibieron con entusiasmo, pero no dudaron en tomar nuestro dinero.

—Eso es porque ver pagar a los soldados de la Dama es toda una novedad —afirmó Cuervo—. Los Tomados se limitan a coger lo que quieren.

El capitán gruñó. Nosotros habríamos hecho lo mismo de no haber recibido instrucciones de lo contrario. Atrapaalmas nos había ordenado que fuéramos caballerosos. Había entregado al capitán un bien provisto cofre de guerra. El capitán se mostró encantado. No había por qué crearse enemigos innecesariamente.

Llevábamos dos meses viajando. Mil quinientos kilómetros se extendían a nuestras espaldas. Estábamos exhaustos. El capitán decidió que descansáramos al borde de la zona de guerra. Quizá estaba reconsiderando la idea de servir a la Dama.

De todos modos, no sirve de nada buscarse problemas. No cuando el no luchar paga lo mismo.

El capitán nos dirigió al interior del bosque. Mientras montábamos el campamento habló con Cuervo. Observé.

Curioso. Se estaba desarrollando un vínculo allí. No podía comprenderlo porque no sabía lo suficiente de ninguno de los dos hombres. Cuervo era un nuevo enigma, el capitán uno viejo.

En todos los años que hace que conozco al capitán no he averiguado casi nada acerca de él. Solo alguna alusión aquí y allá, casi todo especulaciones.

Nació en una de las Ciudades Joya. Era un soldado profesional. Algo había desbaratado su vida personal. Posiblemente una mujer. Abandonó su puesto y sus títulos y se convirtió en un nómada. Finalmente se unió a nuestra banda de exiliados espirituales.

Todos tenemos nuestros pasados. Sospecho que los mantenemos nebulosos no porque nos ocultemos de nuestros ayeres, sino porque creemos que nos convertiremos en figuras más románticas si hacemos girar nuestros ojos y dispensamos delicadas insinuaciones acerca de hermosas mujeres más allá de nuestro alcance para siempre. Los pocos hombres cuyas historias he desenterrado están huyendo de la ley, no de una trágica aventura amorosa.

El capitán y Cuervo, sin embargo, descubrían evidentemente que eran almas gemelas.

El campamento quedó instalado. Se montaron las guardias. Nos preparamos para descansar. Aunque aquella era una región concurrida, ninguna fuerza contendiente reparó de inmediato en nosotros.

Silencioso estaba usando sus habilidades para aumentar la alerta de nuestros centinelas. Detectó espías ocultos dentro de nuestra fila exterior de piquetes y advirtió a Un Ojo. Un Ojo informó al capitán.

El capitán extendió un mapa sobre un tocón que habíamos convertido en una mesa para jugar a las cartas, tras echarnos a mí, a Un Ojo, a Goblin y a varios otros.

—¿Dónde están?

—Dos aquí. Otros dos aquí. Uno aquí.

—Que alguien vaya a decirles a los piquetes que desaparezcan. Nos deslizaremos fuera. Goblin. ¿Dónde está Goblin? Decidle a Goblin que vaya con las ilusiones. —El capitán había decidido no empezar nada. Una laudable decisión, pensé.

Unos pocos minutos más tarde preguntó:

—¿Dónde está Cuervo?

—Creo que fue tras los espías —dije.

—¿Qué? ¿Es idiota? —Su rostro se ensombreció—. ¿Qué demonios quieres?

Goblin chilló como una rata pisada. Chilla en las mejores ocasiones. El estallido del capitán lo había hecho sonar como un polluelo.

—Me llamaste.

El capitán empezó a caminar en círculo, gruñendo con el ceño fruncido. Tenía el talento de un Goblin o de un Un Ojo, habría podido echar humo por sus orejas.

Hice un guiño a Goblin, que sonrió como un gran sapo. Aquella pequeña danza de la guerra arrastrando los pies era solo una advertencia de que no nos metiéramos con él. Revolvió unos mapas. Lanzó hoscas miradas. Se volvió hacia mí.

—No me gusta eso. ¿Lo enviaste tú?

—Demonios, no. —Nunca intento crear la historia de la Compañía. Solo la registro.

El Cuervo apareció. Dejó caer un cuerpo a los pies del capitán, exhibió una tira de horribles trofeos.

—¿Qué demonios es eso?

—Pulgares. Así cuentan las presas en estas partes.

El capitán reprimió las náuseas.

—¿Para qué es el cuerpo?

—Metió los pies en el fuego. Dejadlo. No perderán tiempo preguntando cómo sabíamos que estaban ahí fuera.

Un Ojo, Goblin y Silencioso lanzaron un hechizo sobre la Compañía. Nos alejamos, tan escurridizos como un pez por entre los dedos de un pescador torpe. Un batallón enemigo, que había estado infiltrándose, nunca llegó a saber nada de nosotros. Nos encaminamos directamente al norte. El capitán tenía intención de encontrarse con el Renco.

A última hora de aquella misma tarde Un Ojo inició una canción de marcha. Goblin chilló su protesta. Un Ojo sonrió y se puso a cantar más fuerte.

—¡Está cambiando las palabras! —chilló Goblin.

Los hombres sonrieron en anticipación. Un Ojo y Goblin llevan eras peleándose. Siempre empieza Un Ojo. Goblin puede ser tan quisquilloso como una llama recién encendida. Sus andanadas son divertidas.

Esta vez, sin embargo, Goblin no picó el anzuelo. Ignoró a Un Ojo. El pequeño negro se sintió herido en sus sentimientos. Cantó más fuerte. Esperaba fuegos de artificio. Lo que obtuvo fue aburrimiento. Un Ojo no consiguió suscitar una discusión. Empezó a enfurruñarse.

Un poco más tarde, Goblin me dijo:

—Mantén los ojos bien abiertos, Matasanos. Estamos en una extraña región. Puede ocurrir cualquier cosa. —Dejó escapar una risita.

Un tábano se posó en el anca de la montura de Un Ojo. El animal gritó, se encabritó. El adormilado Un Ojo cayó por encima de su cola. Todo el mundo estalló en carcajadas. El pequeño y enjuto hechicero se puso en pie maldiciendo y sacudiéndose el polvo con su viejo sombrero. Lanzó un puñetazo a su caballo con su mano libre, conectando con la frente del animal. Luego danzó de un lado para otro gimiendo y soplándose los nudillos.

Su recompensa fue una lluvia de rechiflas. Goblin sonrió.

Pronto Un Ojo estaba dormitando de nuevo. Es un truco que aprendes tras los suficientes kilómetros a lomos de un caballo. Un pájaro se posó en su hombro. Bufó, se sacudió... El pájaro dejó un enorme y fétido depósito púrpura. Un Ojo aulló. Arrojó cosas. Desgarró su chaqueta al quitársela.

Reímos de nuevo. Goblin siguió con su aspecto tan inocente como el de una virgen. Un Ojo frunció el ceño y gruñó, pero no captó nada.

Obtuvo un atisbo cuando subimos una colina y contempló a una pandilla de pigmeos del tamaño de monos besando entusiásticamente un ídolo que recordaba las ancas de un caballo. Cada pigmeo era un Un Ojo en miniatura.

El pequeño hechicero lanzó una mirada asesina a Goblin. Goblin respondió con un inocente encogimiento de hombros de «a mí no me mires».

—Un punto para Goblin —juzgué.

—Mejor ocúpate de ti mismo, Matasanos —gruñó Un Ojo—. O vas a ser tú quien esté besando esto —y palmeó su retaguardia.

—Cuando los cerdos vuelen. —Es un hechicero más hábil que Goblin o Silencioso, pero ni la mitad de lo que nos quiere hacer creer. Si pudiera ejecutar la mitad de sus amenazas, sería un peligro para los Tomados. Silencioso es más consistente, Goblin más inventivo.

Un Ojo permanecía despierto noches enteras pensando en formas de devolverle a Goblin todas sus trastadas. Formaban una extraña pareja. Todavía no sé por qué no se han matado el uno al otro.

Encontrar al Renco fue más fácil de decir que de hacer. Lo seguimos al interior de un bosque, donde hallamos una serie de obras de defensa abandonadas y un montón de cuerpos de Rebeldes. Nuestro camino descendía hacia el interior de un valle de amplios prados partidos por un reluciente riachuelo.

—¿Qué demonios? —le pregunté a Goblin—. Eso es extraño. —Amplios, bajos y negros montículos salpicaban los prados. Había cadáveres por todas partes.

—Esa es una de las razones por las que son temidos los Tomados. Conjuros asesinos. Su calor sorbió el terreno hacia arriba.

Me detuve para estudiar un montículo.

La negrura podría haber sido trazada con un compás. Sus límites eran tan nítidos como si hubieran sido dibujados a lápiz. Dentro de la zona negra había esqueletos carbonizados. Las hojas de las espadas y las puntas de las lanzas parecían como imitaciones de cera dejadas demasiado tiempo al sol. Capté la mirada de Un Ojo.

—Cuando puedas hacer este truco me asustarás.

—Si pudiera hacerlo me asustaría a mí mismo.

Miré otro círculo. Era gemelo del primero.

Cuervo tiró de las riendas a mi lado.

—Es obra del Renco. Lo he visto antes.

Olí el viento. Quizá estaba de un humor receptivo.

—¿Cuándo fue eso?

Me ignoró.

Nunca salía de su concha. No decía hola la mitad de las veces, y mucho menos hablaba de quién o qué era.

Es un hombre frío. Los horrores de ese valle no le impresionaron.

—El Renco perdió esta batalla —decidió el capitán—. Está huyendo.

—¿Debemos ir tras él? —preguntó el teniente.

—Esta es una región extraña. Estamos en mayor peligro operando solos.

Seguimos un rastro de violencia, una guadaña de destrucción. Los campos arruinados quedaron detrás de nosotros. Poblados incendiados. Gente masacrada y ganado sacrificado. Pozos envenenados. El Renco no dejaba nada tras él excepto muerte y desolación.

Nuestra misión era ayudar a conservar Forsberg. Unirnos al Renco no era obligatorio. Yo no quería tener nada que ver con él. No deseaba estar en la misma provincia.

A medida que la devastación iba creciendo, Cuervo mostró excitación, desánimo, introspección transformándose en determinación y en un cada vez más rígido autocontrol.

Cuando reflexiono sobre la naturaleza interior de mis compañeros normalmente desearía poder controlar un pequeño talento. Desearía poder ver dentro de ellos y desenmascarar las cosas oscuras y las cosas brillantes que los mueven. Entonces echo una rápida mirada a la jungla de mi propia alma y doy gracias al cielo por no poder hacerlo. Cualquier hombre que a duras penas puede mantener un armisticio consigo mismo no tiene nada que hacer sondeando el alma de otro.

Decidí mantener vigilado de cerca a nuestro más reciente hermano.

No necesitamos que Barrigafofa acudiera desde la avanzada a decirnos que estábamos cerca. Todo el horizonte allá delante estaba lleno de altos y ondulantes árboles de humo. Esta parte de Forsberg era llana y abierta y maravillosamente verde, y aquellas oleosas columnas contra el cielo turquesa eran una abominación.

No corría mucha brisa. La tarde prometía ser abrasadora.

Barrigafofa se situó al lado del teniente. Elmo y yo dejamos de intercambiar viejas y gastadas mentiras y escuchamos. Barrigafofa señaló hacia una espira de humo.

—Todavía hay algunos de los hombres del Renco en ese poblado, señor.

—¿Has hablado con ellos?

—No, señor. Cabezalarga no creyó que quisieras que lo hiciéramos. Aguarda fuera de la ciudad.

—¿Cuántos son?

—Veinte, veinticinco. Borrachos y despreciables. El oficial es peor que los hombres.

El teniente miró por encima del hombro.

—Ah. Elmo, hoy es tu día de suerte. Toma diez hombres y ve con Barrigafofa. Echa un vistazo.

—Mierda —murmuró Elmo. Es un buen hombre, pero los

días bochornosos de primavera lo vuelven perezoso—. Está bien. Otto. Silencioso. Gorgojo. Albo. Cuervo...

Tosí discretamente.

—Deliras, Matasanos. De acuerdo. —Contó rápidamente con los dedos, dijo cuatro nombres más. Formamos fuera de la columna. Elmo nos echó una ojeada para asegurarse de que no nos habíamos olvidado la cabeza—. Vamos.

Nos apresuramos. Barrigafofa nos dirigió hacia un bosque que dominaba la ciudad atacada. Cabezalarga y un hombre al que llamaban Burlón aguardaban allí. Elmo preguntó:

—¿Algo nuevo?

Burlón, que es profesionalmente sarcástico, respondió:

—Los incendios se están apagando.

Miramos hacia el poblado. No vi nada que no me revolviera el estómago. Ganado sacrificado. Gatos y perros muertos. Las pequeñas y rotas formas de cadáveres de niños.

—Los niños también, no —dije, sin darme cuenta de que estaba hablando en voz alta—. No, los bebés de nuevo, no.

Elmo me miró de una forma extraña, no porque él no se sintiera conmocionado, sino porque aquella actitud mía era tan poco característica. He visto un montón de hombres muertos. No me expliqué. Pero para mí hay una gran diferencia entre adultos y niños.

—Elmo, tengo que ir ahí.

—No seas estúpido, Matasanos. ¿Qué puedes hacer?

—Si puedo salvar a algún niño...

—Yo iré con él —dijo Cuervo. En su mano apareció un cuchillo. Debía de haber aprendido el truco de algún conjurador. Lo hace cuando está nervioso o furioso.

—¿Creéis que podéis dominar a veinticinco hombres?

Cuervo se encogió de hombros.

—Matasanos tiene razón, Elmo. Tiene que hacerse. No se pueden tolerar algunas cosas.

Elmo se rindió.

—Iremos todos. Rezad para que no estén tan borrachos que no puedan distinguir amigos de enemigos.

Cuervo abrió la marcha.

El poblado era de respetable tamaño, más de doscientas casas antes de la llegada del Renco. La mitad habían sido incendiadas o estaban ardiendo. Los cadáveres sembraban las calles. Las moscas se arracimaban alrededor de los ojos sin vida.

—Nadie en edad militar —observé.

Desmonté y me arrodillé al lado de un niño de cuatro o cinco años. Tenía el cráneo aplastado, pero todavía respiraba. Cuervo se dejó caer a mi lado.

—No hay nada que pueda hacer por él —dije.

—Puedes terminar con su sufrimiento. —Había lágrimas en los ojos de Cuervo. Lágrimas y furia—. No hay excusa para esto. —Se dirigió a un cadáver tendido en las sombras.

Tendría unos diecisiete años. Llevaba la chaqueta de las fuerzas Rebeldes. Había muerto luchando. Cuervo dijo:

—Debía de estar de permiso. Un muchacho para protegerlos. —Tomó un arco de los dedos sin vida, lo dobló—. Buena madera. Unos pocos miles de esos podrían derrotar al Renco. —Se apropió de las flechas del muchacho.

Examiné a otros dos niños. Estaban más allá de toda posible ayuda. Dentro de una choza incendiada hallé a una abuela que había intentado escudar a un niño. En vano.

Cuervo exudaba repugnancia.

—Las criaturas como el Renco crean dos enemigos por cada uno que destruyen.

Percibí unos sollozos apagados, maldiciones y risas en alguna parte allá delante.

—Vayamos a ver de qué se trata.

Al lado de la choza hallamos a cuatro soldados muertos. El muchacho había dejado su marca.

—Buena puntería —observó Cuervo—. El pobre imbécil.

—¿Imbécil?

—Habría debido tener el buen sentido de echar a correr. Habría tenido más posibilidades. —Su intensidad me sobresaltó. ¿Qué le importaba un muchacho del otro bando?—. Los héroes muertos no tienen una segunda oportunidad.

¡Ajá! Estaba trazando un paralelismo con algún acontecimiento de su misterioso pasado.

Las maldiciones y el llanto se resolvieron en una escena capaz de repugnar a alguien teñido con algo de humanidad.

Había una docena de soldados en círculo, riendo de sus propios y burdos chistes. Recordé a una perra rodeada de perros que, al contrario de la costumbre, no luchaban por sus derechos de monta sino que se turnaban. La habrían matado si yo no hubiera intervenido.

Cuervo y yo nos alzamos para ver mejor.

La víctima era una niña de unos nueve años. Estaba cubierta de cardenales. Estaba aterrada, pero no emitía ningún sonido. Comprendí al instante. Era muda.

La guerra es un negocio cruel practicado por hombres crueles. Los dioses saben que la Compañía Negra no somos unos querubines. Pero hay límites.

Estaban haciendo que un viejo contemplara toda la escena. Él era la fuente del llanto y las maldiciones.

Cuervo clavó una flecha en el hombre que estaba a punto de agredir a la niña.

—¡Maldita sea! —aulló Elmo—. ¡Cuervo...!

Los soldados se volvieron hacia nosotros. Aparecieron armas. Cuervo soltó otra flecha. Derribó al soldado que sujetaba al viejo. Los hombres del Renco perdieron toda inclinación a luchar. Elmo susurró:

—Albo, ve a decirle al capitán que venga aquí perdiendo el culo.

Uno de los hombres del Renco captó algo de lo que ocurría. Dio media vuelta y echó a correr. Cuervo le dejó irse.

El capitán iba a servir su culo en una bandeja.

No pareció preocupado por ello.

—Viejo. Ven aquí. Trae a la niña. Y ponle algo de ropa encima.

Parte de mí no podía hacer otra cosa más que aplaudir, pero otra parte llamó a Cuervo estúpido.

Elmo no tuvo que decirnos que vigiláramos nuestras espaldas. Éramos dolorosamente conscientes de que estábamos en medio de un gran problema. Apresúrate, Albo, pensé.

Su mensajero alcanzó a su comandante primero. Llegó trotando calle arriba. Barrigafofa tenía razón. Era peor que sus hombres.

El viejo y la niña se sujetaron al estribo de Cuervo. El viejo frunció el ceño ante nuestras insignias. Elmo hizo avanzar unos pasos a su montura, señaló a Cuervo. Asentí.

El borracho oficial se detuvo delante de Elmo. Unos ojos apagados nos evaluaron. Parecía impresionado. Nos habíamos endurecido en el oficio, y lo demostrábamos.

—¡Tú! —chilló de pronto, exactamente igual que había hecho Voz Quejumbrosa en Ópalo. Miró a Cuervo. Luego dio media vuelta, echó a correr.

—¡Quédate quieto, Lane! ¡Compórtate como un hombre, miserable ladrón! —Tomó una flecha de su carcaj.

Elmo cortó la cuerda de su arco.

Lane se detuvo. Su respuesta no fue gratitud. Maldijo. Enumeró los horrores que podíamos esperar de manos de su patrón.

Observé a Cuervo.

Miraba a Elmo con una fría furia. Elmo le devolvió la mirada sin alterarse. Él también era un tipo duro.

Cuervo hizo su truco del cuchillo. Golpeé su hoja con la punta de mi espada. Moduló una maldición para sí mismo, me miró furioso, se relajó. Elmo dijo:

—Dejaste atrás tu antigua vida, ¿recuerdas?

Cuervo asintió una sola vez, secamente.

—Es más duro de lo que creí. —Sus hombros se hundieron—. Lárgate, Lane. No eres lo bastante importante como para matarte.

Se oyó ruido a nuestras espaldas. Llegaba el capitán.

Aquel pequeño grano en el culo del Renco se hinchó y se agitó como un gato a punto de saltar. Elmo lo miró furioso a lo largo de la hoja de su espada. Captó la alusión.

—Tendría que haberme dado cuenta antes —murmuró Cuervo—. No es más que un lameculos.

Hice una pregunta intencionada. Me devolvió una mirada inexpresiva.

—¿Qué demonios ocurre aquí? —tronó el capitán.

Elmo empezó uno de sus tensos informes. Cuervo interrumpió:

—Ese borracho es uno de los chacales de Zouad. Quise matarlo. Elmo y Matasanos me lo impidieron.

¿Zouad? ¿Dónde había oído yo ese nombre? Conectado con el Renco. El coronel Zouad. El villano número uno del Renco. Su enlace político, entre otros eufemismos. Su nombre había surgido en algunas conversaciones que había oído entre Cuervo y el capitán. ¿Zouad era la pretendida quinta víctima de Cuervo? Entonces el propio Renco tenía que estar detrás de las desventuras de Cuervo.

Curioso y curioso. También alarmante y alarmante. El Renco no es alguien con quien mezclarse a la ligera.

El hombre del Renco gritó:

—¡Quiero a ese hombre arrestado! —El capitán le lanzó una mirada inexpresiva—. Ha asesinado a dos de mis hombres.

Los cuerpos estaban allí a plena vista. Cuervo no dijo nada. Elmo se salió de lo que era habitual en él y ofreció:

—Estaban violando a la niña. Su idea de la pacificación.

El capitán miró al otro hombre. Este enrojeció. Incluso el más ennegrecido villano sentirá vergüenza si es atrapado incapaz de justificarse. El capitán gritó:

—¿Matasanos?

—Hallamos un Rebelde muerto, capitán. Las indicaciones eran que este tipo de cosa empezó antes de que él se convirtiera en un factor.

—¿Esa gente son súbditos de la Dama? —preguntó el capitán al otro—. ¿Bajo su protección? —El punto podía ser discutible en otros lugares, pero por el momento sirvió. Con su falta de defensa, el hombre confesaba su culpabilidad moral.

»Me repugnas. —El capitán usó su voz suave, peligrosa—. Lárgate de aquí. No te cruces de nuevo en mi camino. Te dejaré en manos de mis amigos si lo haces. —El hombre se alejó tambaleante.

El capitán se volvió a Cuervo.

—Estúpido cabezota. ¿Tienes alguna idea de lo que has hecho?

—Probablemente mejor que tú, capitán —respondió débilmente Cuervo—. Pero volvería a hacerlo.

—¿Y te preguntas por qué arrastramos nuestros pies hasta que te uniste a nosotros? —Cambió de tema—. ¿Qué piensas hacer con esta gente, noble rescatador?

Esa cuestión no se le había ocurrido a Cuervo. Fuera lo que fuese lo que había ocurrido en su vida, lo había dejado viviendo enteramente en el presente. Estaba impulsado por el pasado y prescindía del futuro.

—Son mi responsabilidad, ¿no?

El capitán renunció a intentar alcanzar al Renco. Operar independientemente parecía ser ahora lo menos malo.

Las repercusiones empezaron cuatro días más tarde.

Acabábamos de librar nuestra primera batalla significativa, aplastando a una fuerza Rebelde de dos veces nuestro tamaño. No había sido difícil. Estaban verdes, y nuestros hechiceros ayudaron. No escaparon muchos.

El campo de batalla era nuestro. Los hombres estaban despojando a los muertos. Elmo, yo mismo, el capitán y unos cuantos otros íbamos de un lado para otro sintiéndonos satisfechos. Un Ojo y Goblin lo celebraban a su manera única, burlándose el uno del otro a través de las bocas de los cadáveres.

De pronto Goblin se envaró. Sus ojos giraron. Un gemido escapó de sus labios, ascendió hasta un tono agudo. Se derrumbó.

Un Ojo llegó hasta él un paso por delante de mí, empezó a abofetear sus mejillas. Su hostilidad habitual había desaparecido.

—¡Dejadme algo de sitio! —gruñí.

Goblin despertó antes de que yo hubiera podido hacer otra cosa más que tomarle el pulso.

—Atrapaalmas —murmuró—. Ha establecido contacto.

En aquel momento me alegré de no poseer los talentos de Goblin. Tener a uno de los Tomados dentro de tu mente parecía ser algo peor que una violación.

—Capitán —llamé—. Atrapaalmas. —Me mantuve cerca.

El capitán llegó corriendo. Nunca corre a menos que estemos en acción.

—¿Qué ocurre?

Goblin suspiró. Sus ojos se abrieron.

—Ya se ha ido. —Su piel y su pelo estaban empapados de sudor. Se le veía terriblemente pálido. Empezó a temblar.

—¿Ido? —murmuró el capitán—. ¿Qué demonios?

Ayudamos a Goblin a ponerse cómodo.

—El Renco fue a la Dama en vez de venir directamente a nosotros. Hay mala sangre entre él y Atrapaalmas. Él cree que hemos venido a minar su autoridad. Intentó cambiar las tornas. Pero Atrapaalmas goza del favor de la Dama desde Berilo, mientras que el Renco no debido a sus fracasos. La Dama le dijo que nos dejara tranquilos. Atrapaalmas no consiguió que el Renco fuera reemplazado, pero piensa que ganó el asalto.

Goblin hizo una pausa. Un Ojo le tendió algo de beber. Lo apuró en un instante.

—Dice que permanezcamos fuera del camino del Renco. Puede que intente desacreditarnos de alguna forma, o incluso lanzar a los Rebeldes contra nosotros. Dice que debemos recapturar la fortaleza en Pacto. Esto pondrá en dificultades tanto a los Rebeldes como al Renco.

—Si quiere algo llamativo, ¿por qué no nos hace rodear el Círculo de los Dieciocho? —murmuró Elmo. El Círculo es el Alto Mando Rebelde, dieciocho hechiceros que creen que entre ellos tienen todo lo que se necesita para desafiar a la Dama y a los Tomados. Rastrillador, la némesis del Renco en Forsberg, pertenecía al Círculo.

El capitán parecía pensativo. Preguntó a Cuervo:

—¿Crees que está implicada la política?

—La Compañía es el instrumento de Atrapaalmas. Eso es de dominio común. El enigma es lo que planea hacer con ella.

—Tuve esa sensación en Ópalo.

Política. El imperio de la Dama pretende ser monolítico. Los Diez Que Fueron Tomados gastaron terribles energías manteniéndolo de ese modo. Y pasan todo el tiempo discutiendo entre ellos como niños pequeños peleándose por sus juguetes o compitiendo por el afecto de mamá.

—¿Eso es todo? —gruñó el capitán.

—Eso es todo. Dice que se mantendrá en contacto.

Así que fuimos y lo hicimos. Capturamos la fortaleza en Pacto, en plena noche, a la distancia de un aullido de Galeote. Dijeron que tanto Rastrillador como el Renco se volvieron locos de furia. Imagino que Atrapaalmas exultó.

Un Ojo arrojó una carta al montón del descarte. Murmuró:

—Alguien está faroleando.

Goblin giró la carta, extendió cuatro espadas y descartó una reina. Sonrió. Sabía que iba a bajar la próxima vez, sin nada más consistente que un dos. Un Ojo dio una palmada sobre la mesa, siseó. No había ganado una mano desde que nos habíamos sentado.

—Tranquilos, chicos —advirtió Elmo, ignorando el descarte. Sacó, estrujó sus cartas a unos pocos centímetros de su nariz, extendió tres cuatros y descartó un dos. Dio unas palmaditas al par que le quedaban, sonrió a Goblin, dijo:

—Será mejor que eso sea un as, Gordinflón.

Salmuera agarró el dos de Elmo, descubrió cuatro iguales, descartó un tres. Clavó en Goblin una mirada de búho que le desafiaba a bajar. Dijo que un as no impediría que se quemara.

Deseé que Cuervo estuviera allí. Su presencia hacía que Un Ojo se pusiera demasiado nervioso para hacer trampas. Pero Cuervo estaba de patrulla de los nabos, que era como llamábamos a la misión semanal a Galeote para adquirir provisiones. Salmuera ocupaba su silla.

Salmuera es el encargado de la intendencia de la Compañía. Normalmente era él quien iba de patrulla de los nabos. Esta vez había suplicado ser sustituido a causa de sus problemas estomacales.

—Parece como si todo el mundo estuviera faroleando —dije, y miré mi inútil mano. Un par de sietes, un par de ochos, y un nueve para ir con uno de los ochos, pero sin ligar. Casi todo lo que podía usar estaba en el montón de descartes. Saqué. Ey. Otro nueve, y me hacía ligar. Extendí, descarté el siete desparejado y recé. Rezar era todo lo que podía ayudarme ahora.

Un Ojo ignoró mi siete. Sacó.

—¡Maldita sea! —Dejó caer un seis en el fondo de mi escalera y descartó un seis.

—El momento de la verdad, Chuleta de Cerdo —le dijo a Goblin—. ¿Vas a probar con Salmuera? —Y—: Esos forsberganos están locos. Nunca he visto nada como ellos.

Llevábamos un mes en la fortaleza. Era un poco demasiado para nosotros, pero me gustaba.

—Podría llegar a quererles —dije—, si ellos pudieran llegar a quererme a mí. —Habíamos derrotado ya cuatro contraataques—. Mierda, decídete, Goblin. Sabes que nos tienes en calzoncillos.

Salmuera golpeteó la esquina de su carta con el pulgar, miró a Goblin. Dijo:

—Tienen todo un montón de mitos Rebeldes aquí arriba. Profetas y falsos profetas. Sueños proféticos. Enviados de los dioses. Incluso una profecía de que un niño en alguna parte por aquí es la reencarnación de la Rosa Blanca.

—Si el niño ya está aquí, ¿cómo es que todavía no nos está aporreando? —preguntó Elmo.

—Todavía no lo han encontrado. Ni siquiera saben si es niño o niña. Tienen toda una tribu ahí fuera, buscando.

Goblin se acobardó. Extrajo, barbotó, descartó un rey. Elmo extrajo y descartó otro rey. Salmuera miró a Goblin. Exhibió una pequeña sonrisa, tomó una carta, no se molestó en mirarla. Echó un cinco encima del seis que había dejado Un Ojo sobre mi siete y arrojó la que había sacado a la pila de descartes.

—¿Un cinco? —chilló Goblin—. ¿Estabas reteniendo un cinco? No puedo creerlo. Tenía un cinco. —Echó su as sobre la mesa—. Tenía un maldito cinco.

—Tranquilo, tranquilo —advirtió Elmo—. Tú eres el tipo que siempre le está diciendo a Un Ojo que se tranquilice, ¿recuerdas?

—¿Me ha faroleado con un maldito cinco?

Salmuera no dejó de exhibir aquella pequeña sonrisa suya mientras recogía sus ganancias. Estaba complacido consigo mismo. Se había marcado un buen farol. Yo mismo habría apostado que estaba reteniendo un as.

Un Ojo empujó las cartas hacia Goblin.

—Eres mano.

—Oh, vamos. ¿Estaba reteniendo un cinco, y además soy mano?

—Es tu turno. Cállate y baraja.

—¿Dónde oíste eso de la reencarnación? —pregunté a Salmuera.

—Zurriago. —Zurriago era el viejo al que Cuervo había salvado. Salmuera había vencido las defensas del viejo. Se estaban haciendo amigos.

La niña había recibido el nombre de Linda. Se había encariñado mucho con Cuervo. Lo seguía por todas partes, y a veces nos volvía locos a los demás. Me alegraba que Cuervo hubiera ido a la ciudad. No veíamos demasiado a Linda hasta que él volviera.

Goblin repartió. Miré mis cartas. La proverbial mano tan mala que no podías hacer nada con ella. O te venía de golpe un buen juego a la primera, o no podías emparejar dos cartas del mismo palo.

Goblin miró las suyas. Abrió mucho los ojos. Las depositó sobre la mesa, boca arriba.

—¡Tonk! Un maldito tonk. ¡Cincuenta! —Se había dado cinco cartas reales, un triunfo automático que exigía el doble de la apuesta.

—La única forma en que puede ganar es dándose él mismo las cartas —gruñó Un Ojo.

Goblin rio.

—Tú no ganas ni siquiera cuando repartes, Labios de Gusano.

Elmo empezó a barajar.

La siguiente mano marcó las distancias. Salmuera nos ilustró un poco más sobre la historia de la reencarnación entre jugadas.

Entró Linda, con su redondo y pequeño rostro inexpresivo, sus ojos vacíos. Intenté imaginarla en el papel de la Rosa Blanca. No pude. No encajaba.

Salmuera repartió. Elmo intentó hacer algo con dieciocho. Un Ojo lo hundió. Consiguió diecisiete tras su tirada. Recogí las cartas, empecé a barajar.

—Vamos, Matasanos —pinchó Un Ojo—. No te hagas el tonto. Estoy en vena. Dame una buena tirada. Dame ases y doses. —Quince y por debajo es un ganador automático, lo mismo que cuarenta y nueve y cincuenta.

—Oh. Lo siento. Estaba pensando en serio en esta superstición de los Rebeldes.

—Es una estupidez bastante persuasiva —observó Salmuera—. Crea una cierta ilusión elegante de esperanza. —Fruncí el ceño hacia él. Su sonrisa era casi tímida—. Resulta difícil perder cuando sabes que el destino está de tu lado. Los Rebeldes lo saben. Al menos, eso es lo que dice Cuervo. —Nuestro viejo gran hombre se estaba aproximando a Cuervo.

—Entonces tendremos que hacerles cambiar de modo de pensar.

—No podemos. Azótalos un centenar de veces y seguirán viniendo. Y debido a ello cumplirán con su propia profecía.

Elmo gruñó.

—Entonces tendremos que hacer algo más que azotarlos. Tendremos que humillarlos. —Nos referíamos a todo el mundo del lado de la Dama.

Eché un ocho en otra de las incontables pilas de descarte que se habían convertido en los mojones de mi vida.

—Esto se está volviendo aburrido. —Estaba inquieto. Experimentaba una vaga sensación de que tenía que hacer algo. Cualquier cosa. Elmo se encogió de hombros.

—El juego hace pasar el tiempo.

—Así es la vida —admitió Goblin—. Siéntate y espera. ¿Cuánto de esto habremos hecho a lo largo de los años?

—No he llevado la cuenta —gruñí—. Más de eso que de ninguna otra cosa.

—¡Escuchad! —dijo Elmo—. He oído una vocecilla. Dice que mi rebaño está aburrido. Salmuera, saca los blancos de tiro al arco y... —Su sugerencia murió bajo una avalancha de gruñidos.

El entrenamiento físico riguroso es la prescripción de Elmo para el aburrimiento. Una sesión de su diabólica carrera de obstáculos mata o cura.

Salmuera extendió su protesta más allá de los gruñidos obligatorios.

—Voy a tener que descargar un montón de carros, Elmo. Esa gente va a volver en cualquier momento. Si quieres que esos payasos hagan un poco de ejercicio, déjamelos a mí.

Elmo y yo intercambiamos miradas. Goblin y Un Ojo se pusieron alerta. ¿Todavía no habían vuelto? Deberían haber estado de nuevo aquí antes del mediodía. Había supuesto que estaban durmiendo. La patrulla de los nabos siempre volvía hecha polvo.

—Supuse que ya habían regresado —dijo Elmo.

Goblin arrojó su mano a la pila de descartes. Sus cartas danzaron por un momento, suspendidas por su truco de hechicería. Quería que supiéramos que dejaba la partida.

—Será mejor que vaya a comprobarlo.

Las cartas de Un Ojo se deslizaron por encima de la mesa, arrastrándose como gusanos.

—Yo iré a mirarlo, Gordinflón.

—Yo lo dije primero, Aliento de Sapo.

—Mi grado es superior al tuyo.

—Iréis los dos —sugirió Elmo. Se volvió hacia mí—. Organizaré una patrulla. Tú comunícaselo al teniente. —Echó las cartas sobre la mesa, empezó a pronunciar nombres. Se encaminó a los establos.

Los cascos golpeaban el polvo en un continuo tamborileo gruñente. Cabalgábamos rápidos pero atentos. Un Ojo buscaba posibles problemas, pero realizar hechicería a lomos de un caballo es difícil.

Sin embargo, captamos algo a tiempo; Elmo hizo señas con la mano. Nos dividimos en dos grupos, nos sumergimos en las altas hierbas al lado del camino. Los Rebeldes aparecieron y nos encontraron agarrados de pronto a sus gargantas. No tuvieron ninguna oportunidad. Estábamos de nuevo en camino a los pocos minutos.

—Espero que nadie de aquí empiece a preguntarse por qué siempre sabemos lo que van a intentar —me dijo Un Ojo.

—Dejemos que piensen que es porque tenemos espías pegados a sus culos.

—¿Cómo puede un espía enviar las noticias a Pacto tan aprisa? Nuestra suerte parece demasiado buena para ser cierta. El capitán debería conseguir que Atrapaalmas nos sacara de aquí cuando todavía somos de algún valor.

En aquello tenía razón. Una vez se supiera el secreto, los Rebeldes neutralizarían a nuestros hechiceros con los suyos. Nuestra suerte se iría al infierno.

Las murallas de Galeote flotaron ante nuestra vista. Empecé a sentir remordimientos. El teniente no había aprobado realmente aquella aventura. El propio capitán iba a darme una buena repasada. Sus imprecaciones harían arder el pelo de mi barbilla. Sería viejo antes de que acabaran las restricciones. Adiós mujeres de la calle.

Se suponía que yo era más listo que todo eso. Era medio oficial.

La perspectiva de una carrera limpiando los establos de la Compañía no intimidaba a Elmo o a sus hombres. ¡Adelante!, parecían estar pensando. Adelante, por la gloria de la banda. ¡Sin pausa!

No eran estúpidos, simplemente estaban dispuestos a pagar el precio de la desobediencia.

El idiota de Un Ojo se puso a cantar cuando entramos en Galeote. La canción era una loca y extravagante composición suya cantada por una voz absolutamente incapaz de afinar ni una sola nota.

—Cállate, Un Ojo —bufó Elmo—. Estás llamado la atención.

Su orden era inútil. Era demasiado obvio lo que éramos, e igual de obvio era que estábamos de mal humor. Esto no era una patrulla de los nabos. Íbamos en busca de problemas.

Un Ojo se lanzó de cabeza a una nueva canción.

—¡Ya basta de alboroto! —tronó Elmo—. Dedícate a tu maldito trabajo.

Doblamos una esquina. Una niebla negra se formó alrededor de los espolones de nuestros caballos al hacerlo. Húmedos hocicos negros asomaron de ella y olisquearon el fétido aire del atardecer. Se fruncieron. Quizá se habían vuelto tan campestres como yo. Brotaron unos ojos almendrados que resplandecían como las lámparas del infierno. Un susurro de miedo barrió a los peatones que observaban desde los lados de la calle.

Brotaron una docena, una veintena, cinco veintenas de fantasmas nacidos en ese pozo de serpientes que Un Ojo llama mente. Se deslizaron hacia adelante, como comadrejas, dentudas y sinuosas cosas negras que se lanzaban como dardos contra la gente de Galeote. El terror los superó. A los pocos minutos solo compartíamos la calle con fantasmas.

Aquella era mi primera visita a Galeote. La examiné como si acabara de llegar montado en la tradicional calabaza.

—Ey, mira —dijo Elmo cuando entramos en la calle donde normalmente instalaba su cuartel general la patrulla de los nabos—. Aquí tenemos al viejo Calloso.

Conocía el nombre, pero no al hombre. Calloso se ocupaba del establo donde permanecía siempre la patrulla.

Un viejo se levantó de su asiento al lado de un abrevadero.

—Oí que veníais —dijo—. Hice todo lo que pude, Elmo. Pero no pude traerles ningún doctor.

—Nosotros hemos traído el nuestro. —Aunque Calloso era viejo y no tenía el vigor necesario para mantener el paso, Elmo no disminuyó el suyo.

Olí el aire. Tenía un asomo de humo viejo.

Calloso echó a andar, giró una esquina de la calle. Cosas como comadrejas destellaron alrededor de sus piernas como la espuma de la resaca alrededor de una roca en la costa. Lo seguimos y hallamos la fuente del olor a humo.

Alguien había incendiado el establo de Calloso y luego saltado sobre nuestros chicos mientras salían corriendo. Los villanos. Todavía se alzaban al cielo volutas de humo. La calle frente al establo estaba llena con las bajas. Los menos heridos montaban guardia, desviando el tráfico.

Arrope, que lideraba la patrulla, cojeó hacia nosotros.

—¿Por dónde empiezo? —pregunté.

Señaló.

—Esos son los que están peor. Los que están mejor empiezan a partir de Cuervo, si todavía está vivo.

Me dio un vuelco el corazón. ¿Cuervo? Parecía tan invulnerable.

Un Ojo esparció a su alrededor sus animalitos de compañía. Ningún Rebelde se deslizaría hasta nosotros ahora. Seguí a Arrope hasta el lugar donde estaba tendido Cuervo. El hombre estaba inconsciente. Tenía el rostro blanco como el papel.

—¿Él es el que está peor?

—El único que pensé que no iba a salir de esta.

—Veo que hiciste lo correcto. Aplicaste los torniquetes de la forma que te enseñé, ¿no? —Miré a Arrope de pies a cabeza—. Tú deberías echarte también. —De vuelta a Cuervo. Tenía cerca de treinta tajos en su costado, algunos de ellos profundos. Preparé mi aguja.

Elmo se nos unió tras una rápida ojeada al perímetro.

—¿Está mal? —preguntó.

—No puedo decirlo seguro. Está lleno de agujeros. Perdió un montón de sangre. Será mejor que digas a Un Ojo que prepare su poción. —Un Ojo hace una sopa de hierbas y pollo que trae nuevas esperanzas a los muertos. Es mi único ayudante.

—¿Cómo ocurrió, Arrope? —preguntó Elmo.

—Incendiaron el establo y saltaron sobre nosotros cuando salimos corriendo.

—Ya veo.

93

—Los asquerosos asesinos —murmuró Calloso. Tuve sin embargo la sensación de que lamentaba más lo ocurrido a su establo que a la patrulla.

Elmo hizo una mueca como un hombre masticando un caqui verde.

—¿Y ningún muerto? ¿Cuervo es el que está peor? Eso resulta difícil de creer.

—Un muerto —corrigió Arrope—. El viejo. El compinche de Cuervo. El del poblado ese.

—Zurriago —gruñó Elmo. Se suponía que Zurriago no tenía que haber abandonado la fortaleza en Pacto. El capitán no confiaba en él. Pero Elmo pasó por alto ese quebrantamiento de las reglas—. Vamos a hacer que alguien lamente haber empezado esto —dijo. No había ni un ápice de emoción en su voz. Muy bien hubiera podido estar recitando el precio del boniato al por mayor.

Me pregunté cómo se tomaría la noticia Salmuera. Apreciaba a Zurriago. Linda se sentiría destrozada. Zurriago era su abuelo.

—Solo iban detrás de Cuervo —dijo Calloso—. Por eso está tan malherido.

Y Arrope:

—Zurriago se interpuso en su camino. —Hizo un gesto—. Todo lo demás es porque no quisimos retroceder.

Elmo hizo la pregunta que me desconcertaba.

—¿Por qué pondrían tanto empeño los Rebeldes en abatir a Cuervo?

Barrigafofa estaba merodeando por ahí, aguardando a que yo me ocupara de la herida que tenía en su antebrazo izquierdo. Dijo:

—No eran Rebeldes, Elmo. Era ese tonto del culo de capitán al que le arrebatamos a Zurriago y Linda.

Maldije.

—Tú sigue con tu hilo y tu aguja, Matasanos —dijo Elmo—. ¿Estás seguro, Barrigafofa?

—Seguro que estoy seguro. Pregúntale a Burlón. Él también lo vio. El resto eran simplemente matones callejeros. Les zurramos bien una vez nos pusimos a ello. —Señaló. Cerca del lado no incendiado del establo había una docena de cuerpos amontonados como troncos. Zurriago era el único al que reconocí. Los otros llevaban deshilachadas ropas locales.

—Yo también lo vi, Elmo —dijo Arrope—. Y él no era el que mandaba. Había otro tipo rondado por ahí, atrás en las sombras. Desapareció cuando empezamos a ganar.

Calloso se había quedado junto a nosotros, mirando atenta y discretamente. Apuntó:

—Sé de dónde vinieron. De un lugar encima de la calle Bleek.

Intercambié una mirada con Un Ojo, que estaba preparando su caldo usando esto y aquello de una bolsa negra que llevaba consigo.

—Parece como si Calloso conociera a nuestros facinerosos —dije.

—Os conozco lo suficientemente bien como para saber que no deseáis que nadie salga airoso de algo como esto.

Miré a Elmo. Elmo miró a Calloso. Siempre había habido dudas acerca del encargado del establo. Calloso se inquietó. Elmo, como cualquier sargento veterano, tenía una mirada ominosa. Finalmente dijo:

—Un Ojo, llévate a este tipo a dar un paseo. Sácale su historia.

Un Ojo tenía a Calloso bajo hipnosis en cuestión de segundos. Los dos echaron a andar charlando como viejos compinches.

Volví mi atención a Arrope.

—Ese hombre en las sombras, ¿cojeaba?

—No era el Renco. Demasiado alto.

—Aun así, el ataque tuvo que tener su bendición. ¿Correcto, Elmo?

Elmo asintió.

—Atrapaalmas se sentiría tremendamente irritado si imaginara algo así. El visto bueno para correr un riesgo de ese tipo tuvo que venir de la cúspide.

Algo parecido a un suspiro brotó de Cuervo. Bajé la vista. Sus ojos estaban entreabiertos una rendija. Repitió el sonido. Acerqué el oído a sus labios.

—Zouad... —murmuró.

Zouad. El infame coronel Zouad. El enemigo al que había renunciado. El villano especial del Renco. El caballerismo errante de Cuervo había generado perversas repercusiones.

Se lo dije a Elmo. No pareció sorprendido. Quizá el capitán había transmitido la historia de Cuervo a los líderes de su pelotón.

Un Ojo volvió. Dijo:

—El amigo Calloso trabaja para el otro equipo. —Sonrió con una sonrisa maléfica, la que practica para asustar a niños y perros—. Pensé que tal vez quisieras tomar eso en consideración, Elmo.

—Oh, sí. —Elmo pareció encantado.

Empecé a trabajar con el siguiente hombre en peor estado. Más labor de costura. Me pregunté si tendría sutura suficiente. La patrulla estaba en malas condiciones.

—¿Cuánto tiempo tardarás en tener ese caldo, Un Ojo?

—Todavía he de conseguir un pollo.

Elmo gruñó.

—Haz que alguien vaya a robar uno.

—La gente que buscamos está escondida en una madriguera en la calle Bleek. Tienen algunos amigos un tanto rudos allí.

—¿Qué piensas hacer, Elmo? —pregunté. Estaba seguro de

que haría algo. Cuervo nos había puesto en la obligación de nombrar a Zouad. Pensaba que se estaba muriendo. De otro modo no hubiera pronunciado ese nombre. Lo conocía lo bastante como para eso, aunque no conociera nada de su pasado.

—Vamos a tener que hacer algo con el coronel.

—Si buscas meterte en problemas, vas a encontrarlos. Recuerda para quién trabaja.

—Es un mal asunto, dejar que alguien se salga con la suya tras golpear a la Compañía, Matasanos. Incluso el Renco.

—Eso es cargar la alta política sobre tus hombros, ¿no?
—Pero no podía mostrarme en desacuerdo. Una derrota en el campo de batalla es algo aceptable. Esto no era lo mismo. Esto era política del imperio. Había que advertir a la gente que podía ser peliagudo meterse con nosotros. Había que decírselo al Renco y a Atrapaalmas. Pregunté a Elmo:

—¿Qué tipo de repercusiones supones?

—Un montón de quejas y refunfuños. Pero no veo que haya mucho más que podamos hacer. Demonios, Matasanos, de todos modos esto no es asunto tuyo. Te pagan para que remiendes a los chicos. —Miró pensativo a Calloso—. Supongo que cuantos menos testigos dejemos, mejor. El Renco no puede echarse a gritar si no puede probar nada. Un Ojo, ve a hablar un poco con tu chico Rebelde de ahí. Se me está ocurriendo una pequeña idea desagradable en un rincón de mi cabeza. Quizá él tenga la clave.

Un Ojo terminó de servir su sopa. Los que primero la habían recibido tenían ya mejor color en sus mejillas. Elmo dejó de cortarse las uñas. Espetó al encargado del establo con una mirada afilada como un bisturí.

—Calloso, ¿has oído hablar alguna vez del coronel Zouad?

Calloso se envaró. Dudó solo un segundo de más.

—No puedo decir que lo haya oído.

—Eso es extraño. Pensaba que sí. Dicen que es la mano izquierda del Renco. De todos modos, imagino que el Círculo haría casi cualquier cosa por echarle la mano encima. ¿No crees?

—No sé nada acerca del Círculo, Elmo. —Alzó la vista por encima de los tejados—. ¿Quieres decirme que este tipo allá en Bleek es ese Zouad?

Elmo dejó escapar una risita.

—Yo no dije en absoluto eso, Calloso. ¿Di esa impresión, Matasanos?

—Demonios, no. ¿Qué haría Zouad perdiendo el tiempo en una miserable casa de putas en Galeote? El Renco está metido hasta el culo en problemas en el este. Querrá a su lado toda la ayuda que pueda conseguir.

—¿Lo ves, Calloso? Pero mira una cosa. Quizá yo sepa dónde puede hallar al coronel el Círculo. Bien, él y la Compañía no son amigos. Por otra parte, tampoco somos amigos del Círculo. Pero eso son negocios. No hay que albergar malos sentimientos. Así que he estado pensando. Quizá pudiéramos intercambiar favor por favor. Tal vez algún Rebelde influyente pudiera dejarse caer por ese lugar de la calle Bleek y decir a sus propietarios que no cree que deban albergar a esos tipos. ¿Entiendes lo que quiero decir? Si las cosas se resolvieran de este modo, el coronel Zouad caería simplemente en el regazo del Círculo.

Calloso tenía la expresión de un hombre que sabe que está atrapado.

Había sido un buen espía cuando no habíamos tenido ninguna razón para preocuparnos por él. Había sido simplemente el buen viejo Calloso, un amigable encargado de los establos, al que le habíamos dado un poco más de propina y con el que habíamos hablado ni más ni menos que con cualquier otra persona fuera de la Compañía. No había estado bajo presión. No había tenido que ser más que él mismo.

—No me has entendido bien, Elmo. De veras. Nunca me he metido en política. La Dama o los Blancos, todos son absolutamente iguales para mí. Los caballos necesitan ser alimentados y cobijados en los establos, no importa quiénes los monten.

—Apuesto a que tienes razón en esto, Calloso. Discúlpame por mostrarme suspicaz. —Elmo le hizo un guiño a Un Ojo.

—El lugar donde se alojan esos tipos es el Amador, Elmo. Será mejor que vayáis allí antes de que alguien les diga que estáis en la ciudad. Yo será mejor que empiece a limpiar un poco este lugar.

—No tenemos prisa, Calloso. Pero tú sigue con lo que tengas que hacer.

Calloso se nos quedó mirando unos instantes. Dio unos cuantos pasos hacia lo que quedaba de su establo. Volvió a mirarnos. Elmo lo estudiaba benévolamente. Un Ojo alzó la pata delantera izquierda de su caballo para comprobar el casco. Calloso se metió entre las ruinas.

—¿Un Ojo? —preguntó Elmo.

—Directamente en el trasero. Con la punta y el talón.

Elmo sonrió.

—Mantén un ojo fijo en él. Matasanos, toma notas. Quiero saber con quién habla. Y quién habla con él. Le hemos dado algo que debería esparcirse como la gonorrea.

—Zouad fue un hombre muerto desde el minuto mismo en que Cuervo pronunció su nombre —le dije a Un Ojo—. Quizá desde el minuto mismo en que hizo lo que fuera que hizo en un principio.

Un Ojo gruñó, se descartó. Arrope tomó y abrió su juego. Un Ojo maldijo.

—No puedo jugar con esa gente, Matasanos. No juegan como corresponde.

Elmo galopó calle arriba, desmontó.

—Están entrando en esa casa de putas. ¿Conseguiste algo para mí, Un Ojo?

La lista era decepcionante. Se la di a Elmo. Maldijo, escupió, maldijo de nuevo. Pateó las tablas que usábamos como mesa de juego.

—Prestad atención a vuestros malditos trabajos.

Un Ojo controló su temperamento.

—No cometen errores, Elmo. Se están cubriendo el culo. Calloso ha estado demasiado tiempo entre nosotros para que confíen en él.

Elmo se puso a caminar arriba y abajo, escupiendo fuego.

—Está bien. Plan alternativo número uno. Vigilamos a Zouad. Vemos dónde se lo llevan después de que lo hayan agarrado. Lo rescatamos cuando esté listo para croar, eliminamos a todos los Rebeldes de los alrededores, luego cazamos a cualquiera que se asome por aquí.

—Estás decidido a sacar un beneficio, ¿eh? —observé.

—Malditamente correcto. ¿Cómo está Cuervo?

—Parece que saldrá de esta. La infección está controlada, y Un Ojo dice que ha empezado a sanar.

—Hum. Un Ojo, quiero nombres de Rebeldes. Montones de nombres.

—Sí señor, jefe, amo. —Un Ojo hizo un exagerado saludo. Se convirtió en un gesto obsceno cuando Elmo se dio la vuelta.

—Vuelve a poner bien esas tablas, Barrigafofa —sugerí—. Es tu turno, Un Ojo.

No respondió. No se quejó ni desbarró ni amenazó con convertirme en una salamandra. Simplemente se quedó allí, inmóvil como la muerte, su ojo apenas una rendija.

—¡Elmo!

Elmo regresó frente a él y lo miró fijamente a quince centímetros de distancia. Hizo crujir los dedos bajo su nariz. Un Ojo no respondió.

—¿Qué piensas tú, Matasanos?

—Está ocurriendo algo en esa casa de putas.

Un Ojo no movió ni un músculo durante diez minutos. Luego abrió el ojo, ya no velado, y se relajó como un trapo mojado.

—¿Qué demonios ha ocurrido? —preguntó Elmo.

—Dale un minuto, ¿quieres? —bramé.

Un Ojo pareció recuperarse.

—Los Rebeldes han cogido a Zouad, pero no antes de que este contactara con el Renco.

—¿Hum?

—El duende acude en su ayuda.

Elmo se puso gris pálido.

—¿Aquí? ¿A Galeote?

—Sí.

—Oh, mierda.

Y tanto. El Renco era el peor de los Tomados.

—Piensa rápido, Elmo. Rastreará nuestra participación en ello... Calloso es el eslabón.

—Un Ojo, tú descubriste toda esa vieja mierda. Albo, Quieto, Desgarbado. Tengo un trabajo para vosotros. —Dio instrucciones. Desgarbado sonrió y acarició su daga. El muy bastardo, sediento de sangre.

No puedo reflejar adecuadamente la inquietud que generó la noticia de Un Ojo. Conocíamos al Renco solo a través de las historias, pero esas historias eran siempre siniestras. Estábamos asustados. El patronazgo de Atrapaalmas no era una auténtica protección contra otro de los Tomados.

Elmo me dio un codazo.

—Lo está haciendo de nuevo.

Era evidente. Un Ojo se había vuelto a quedar rígido. Pero esta vez fue más allá de la rigidez. Se tambaleó, empezó a estremecerse y a echar espuma por la boca.

—¡Sujetadlo! —ordené—. Elmo, dame esa vara tuya. —Media docena de hombres se apilaron encima de Un Ojo. Pese a lo pequeño que era, les dio trabajo.

—¿Para qué? —preguntó Elmo.

—Se la pondré en la boca para que no se muerda la lengua. —Un Ojo emitía los más extraños sonidos que jamás haya oído, y he oído montones en los campos de batalla. Los hombres heridos producen ruidos que uno juraría que no pueden surgir de una garganta humana.

El ataque solo duró unos segundos. Tras un último y violento acceso, Un Ojo se derrumbó a una pacífica inconsciencia.

—Muy bien, Matasanos. ¿Qué demonios ha ocurrido?

—No lo sé. ¿Epilepsia?

—Dadle un poco de su propia sopa —sugirió alguien—. Quizá le vaya bien. —Apareció una pequeña taza. Forzamos su contenido garganta abajo.

Su ojo se abrió bruscamente.

—¿Qué intentáis hacer? ¿Envenenarme? ¡Augh! ¿Qué era eso? ¿Aguas fecales hervidas?

—Tu sopa —le dije.

Elmo interrumpió.

—¿Qué ocurrió?

Un Ojo escupió. Agarró un pellejo de vino cercano, se llenó la boca, hizo gárgaras, escupió de nuevo.

—Atrapaalmas ocurrió, eso es todo. ¡Huau! Ahora entiendo a Goblin.

Mi corazón empezó a saltarse uno de cada tres latidos. Un nido de abejas zumbó en mis entrañas. Primero el Renco, ahora Atrapaalmas.

—¿Qué es lo que quería el duende? —preguntó Elmo. Él también estaba nervioso. Normalmente no se muestra tan impaciente.

—Quería saber qué demonios está ocurriendo. Oyó que el Renco estaba muy alterado. Intentó averiguarlo con Goblin. Todo lo que Goblin sabía era que nos encaminábamos hacia aquí. Así que se subió a mi cabeza.

—Y quedó sorprendido ante todo el enorme espacio vacío. Así que ahora sabe todo lo que tú sabes, ¿no?

—Sí. —Evidentemente, a Un Ojo no le gustaba la idea.

Elmo aguardó varios segundos.

—¿Y bien?

—¿Y bien qué? —Un Ojo cubrió su sonrisa alzando el pellejo de vino.

—Maldita sea, ¿qué es lo que dijo?

Un Ojo rio quedamente.

—Aprueba lo que estamos haciendo. Pero cree que estamos mostrando la misma delicadeza que un toro en celo. Así que vamos a recibir un poco de ayuda.

—¿Qué clase de ayuda? —Elmo sonaba como si supiera que las cosas estaban fuera de control, pero no pudiera ver dónde.

—Envía a alguien.

Elmo se relajó. Yo también. Mientras el duende en sí permaneciera lejos...

—¿Cuándo? —me pregunté en voz alta.

—Quizá antes de lo que nos gustaría —murmuró Elmo—. Deja el vino, Un Ojo. Tienes que seguir vigilando a Zouad.

Un Ojo gruñó. Se sumió en aquel semitrance que significa que está mirando hacia algún otro lado. Estuvo fuera largo rato.

—¡¿Y?! —gruñó Elmo cuando Un Ojo salió de su trance. Seguía mirando a su alrededor como si esperara que Atrapaalmas brotara de la nada en mitad del aire.

—Tómatelo con calma. Lo tienen encerrado en un subsótano secreto a kilómetro y medio al sur de aquí.

Elmo estaba tan inquieto como un niño pequeño con una desesperada necesidad de orinar.

—¿Qué ocurre contigo? —pregunté.

—Una mala sensación. Solo una sensación mala mala, Matasanos. —Su mirada errante se detuvo de pronto. Sus ojos se hicieron muy grandes. Yo tenía razón. Oh, maldita sea, yo tenía razón.

Parecía tan alto como una casa y la mitad de ancho. Iba vestido de escarlata descolorido por el tiempo, apolillado y andrajoso. Subía por la calle con una especie de andar arrastrante, ahora rápido, ahora lento. Un cerdoso y enredado pelo gris se enmarañaba alrededor de su cabeza. El zarzal de su barba era tan denso y estaba tan lleno de suciedad que su rostro era completamente invisible. Una mano pálida y amarillenta aferraba una vara que era una cosa de infinita belleza mancillada por el contacto de su portador. Tenía un inmensamente esbelto cuerpo femenino, perfecto en todos sus detalles.

Alguien susurró:

—Dicen que fue una auténtica mujer durante la Dominación. Dicen que le engañó.

No podías culpar a la mujer. No si le echabas a Cambiaformas una buena mirada.

Cambiaformas es el más cercano aliado de Atrapaalmas entre los Diez Que Fueron Tomados. Su enemistad hacia el Renco es más virulenta que la de nuestro patrón. El Renco era el tercer ángulo del triángulo que explicaba la vara de Cambiaformas.

Se detuvo a unos pocos metros. Sus ojos ardían con un fuego de locura que hacía imposible mirarlos fijamente. No puedo recordar de qué color eran. Cronológicamente, era el primer gran rey-hechicero seducido, sobornado y esclavizado por el Dominador y su Dama.

Temblando, Un Ojo dio un paso adelante.

—Yo soy el hechicero —dijo.

—Atrapaalmas me lo dijo. —La voz de Cambiaformas era profunda y resonante, fuerte incluso para un hombre de su tamaño—. ¿Algún avance?

—Hemos rastreado a Zouad. Nada más.

Cambiaformas nos escrutó de nuevo. Algunos estábamos palideciendo. Sonrió tras su bosque facial.

Abajo en la esquina de la calle se estaban reuniendo algunos civiles boquiabiertos. Galeote todavía no había visto a ninguno de los campeones de la Dama. Este era un día de suerte para la ciudad. Dos de los más locos estaban en ella.

La mirada de Cambiaformas me rozó. Por un instante sentí su frío desdén. Yo no era más que un acre hedor en sus fosas nasales.

Halló lo que estaba buscando. Cuervo. Avanzó unos pasos. Nos apartamos de la misma forma que lo hacen los machos pequeños ante el babuino dominante en el zoo. Miró a Cuervo durante varios minutos, luego sus enormes hombros hicieron un ligero encogimiento. Aplicó los dedos de su vara sobre el pecho de Cuervo.

Jadeé. El color de Cuervo mejoró espectacularmente. Dejó de sudar. Sus rasgos se relajaron al tiempo que el dolor se desvanecía. Sus heridas formaron tejido cicatricial furiosamente rojo que se decoloró al blanco de las cicatrices viejas en cuestión de minutos. Nos reunimos en un círculo cada vez más denso, maravillados ante el espectáculo.

Desgarbado ascendió la calle al trote.

—Ey, Elmo. Lo hicimos. ¿Qué ocurre? —Echó una mirada a Cambiaformas, chilló como un ratón atrapado.

Elmo había recuperado la sangre fría.

—¿Dónde están Albo y Quieto?

—Librándose del cuerpo.

—¿El cuerpo? —preguntó Cambiaformas. Elmo le explicó. Cambiaformas gruñó—. Ese Calloso será la base de nuestro plan. Tú —alanceó a Un Ojo con un dedo del tamaño de una salchicha—. ¿Dónde están esos hombres?

Predeciblemente, Un Ojo los localizó en una taberna.

—Tú. —Cambiaformas señaló a Desgarbado—. Diles que traigan el cuerpo de vuelta aquí.

Desgarbado se puso gris por todos los poros. Podían verse las protestas acumularse en su interior. Pero asintió, tragó algo de aire y se alejó trotando. Nadie discute con los Tomados.

Comprobé el pulso de Cuervo. Era fuerte. Parecía perfectamente sano. Tan tímidamente como pude, pregunté:

—¿Puedes hacer eso mismo por los demás? ¿Mientras esperamos?

Me dirigió una mirada que pensé iba a coagularme la sangre. Pero lo hizo.

—¿Qué ocurrió? ¿Qué haces tú aquí? —Cuervo me miró con el ceño fruncido. Luego los recuerdos volvieron a él. Se sentó—. Zouad... —Miró a su alrededor.

—Has estado dos días fuera de circulación. Te ensartaron como si fueras un ganso. No creímos que salieras de esta.

Palpó sus heridas.

—¿Qué es lo que ocurre, Matasanos? Tendría que estar muerto.

—Atrapaalmas envió a un amigo, Cambiaformas. Él te remendó. —Había remendado a todos. Resultaba difícil seguir aterrado ante un tipo que había hecho eso por los tuyos.

Cuervo se puso en pie, se tambaleó mareado.

—Ese maldito Calloso. Él lo montó todo. —Un cuchillo apareció en su mano—. Maldita sea. Estoy tan débil como un gatito.

Me había preguntado cómo Calloso podía saber tanto acerca de los atacantes.

—Calloso no está aquí, Cuervo. Calloso está muerto. Ese es Cambiaformas practicando para ser Calloso. —No necesitaba practicar. Era lo suficientemente Calloso como para engañar a la madre de Calloso.

Cuervo se reclinó a mi lado.

—¿Qué es lo que ocurre?

Le puse al corriente.

—Cambiaformas desea ir usando a Calloso como credencial. Probablemente ahora confiarán en él.

—Yo estaré justo detrás de él.

—Puede que a él no le guste.

—No me importa lo que le guste. Zouad no va a salirse con la suya esta vez. La deuda es demasiado grande. —Su rostro se ablandó y se entristeció—. ¿Cómo está Linda? ¿Ha sabido ya lo de Zurriago?

—No lo creo. Nadie ha vuelto aún a Pacto. Elmo supone que puede hacer lo que quiera aquí mientras no tenga que enfrentarse al capitán hasta que todo haya acabado.

—Bien. No tendré que discutir con él.

—Cambiaformas no es el único Tomado en la ciudad —le recordé. Cambiaformas había dicho que captaba al Renco. Cuervo se encogió de hombros. El Renco no le importaba.

El simulacro de Calloso se nos acercó. Nos levantamos. Yo temblé ligeramente, pero observé que Cuervo se ponía más pálido. Bien. No era todo el tiempo una fría piedra.

—Me acompañarás —le dijo a Cuervo. Me miró—. Y tú también. Y el sargento.

—Conocen a Elmo —protesté. Sonrió.

—Pareceréis Rebeldes. Solo uno del Círculo podría detectar el engaño. Ninguno de ellos está en Galeote. El Rebelde de aquí es una mente independiente. Aprovecharemos su fallo en pedir ayuda—. El rebelde estaba tan atormentado por la política personalista que era como si estuviera de nuestro lado.

Cambiaformas hizo un gesto hacia Un Ojo.

—¿Cuál es el estado del coronel Zouad?

—Todavía no se ha derrumbado.

—Es duro —dijo Cuervo, masticando el cumplido.

—¿Tenéis nombres? —preguntó Elmo.

Había una hermosa lista. Se mostró complacido.

—Será mejor que vayamos —dijo Cambiaformas—. Antes de que ataque el Renco.

Un Ojo nos dio santo y seña. Asustado, convencido de que no estaba preparado para aquello, más convencido aún de que jamás me atrevería a enfrentarme a la selección de Cambiaformas, eché a andar tras la estela del Tomado.

No sé cuándo ocurrió. Simplemente alcé la vista y me encontré caminando entre desconocidos. Me apresuré tras Cambiaformas.

Cuervo se echó a reír. Entonces comprendí. Cambiaformas había lanzado su hechizo sobre nosotros. Ahora parecíamos capitanes del bando Rebelde.

—¿Quiénes somos? —pregunté.

Cambiaformas señaló a Cuervo.

—Empedernido, del Círculo. Cuñado de Rastrillador. Se odian el uno al otro de la misma forma que se odian Atrapaalmas y el Renco. —El siguiente, Elmo—. Mayor de campo Escollo, jefe de estado mayor de Empedernido. Tú, el sobrino de Escollo, Motrin Hanin, el asesino más perverso que jamás haya existido.

No había oído hablar de ninguno de ellos, pero Cambiaformas nos aseguró que su presencia no sería cuestionada. Empedernido entraba y salía de Forsberg constantemente, haciendo la vida difícil a la esposa de su hermano.

Correcto, pensé. Fino y espléndido. ¿Y qué hay del Renco? ¿Qué íbamos a hacer si se presentaba?

La gente en el lugar donde retenían a Zouad se sintió más azarada que curiosa cuando Calloso anunció a Empedernido. No habían delegado en el Círculo. Pero no hicieron preguntas. Al parecer el auténtico Empedernido poseía un temperamento desagradable, volátil, impredecible.

—Mostradles al prisionero —dijo Cambiaformas.

Un Rebelde lanzó a Cambiaformas una mirada que decía: «Simplemente espera, Calloso».

El lugar estaba repleto de Rebeldes. Casi pude oír a Elmo pensar en su plan de ataque.

Nos llevaron a un sótano a través de una puerta hábilmente camuflada, y luego a otro lugar más profundo, una estancia de paredes de tierra y techo sostenido por vigas y puntales. La decoración parecía extraída directamente de la imaginación de tu peor enemigo.

Existen las cámaras de tortura, por supuesto, pero la mayoría de hombres nunca las ven, así que realmente nunca creen en ellas. Yo nunca había visto ninguna antes.

Examiné los instrumentos, miré a Zouad atado a una enorme y extraña silla, y me pregunté por qué la Dama era considerada un villano tan grande. Aquella gente decía que eran los tipos buenos, que luchaban por el derecho, la libertad y la dignidad del espíritu humano, pero en métodos no eran mejores que el Renco.

Cambiaformas susurró algo a Cuervo. Cuervo asintió. Me pregunté cómo sabríamos los demás lo que teníamos que hacer. Cambiaformas no nos había explicado mucho. Esa gente esperaría que actuáramos como Empedernido y sus degolladores.

Nos sentamos y observamos el interrogatorio. Nuestra presencia inspiró a los interrogadores. Cerré los ojos. Cuervo y Elmo se mostraron menos alterados.

Al cabo de unos pocos minutos, «Empedernido» ordenó al «mayor Escollo» que fuera a buscarle alguna pieza de equipo. No recuerdo la excusa. Estaba distraído. Su finalidad era poner a Elmo de vuelta en la calle para que pudiera empezar la redada.

Cambiaformas estaba dejando pasar el tiempo. Se suponía que nosotros debíamos permanecer sentados inmóviles hasta que él nos lo indicara. Supuse que efectuaríamos nuestro movimiento cuando Elmo entrara de nuevo y el pánico empezara a rezumar desde arriba. Mientras tanto, seguiríamos observando la demolición del coronel Zouad.

El coronel no era tan impresionante como parecía, pero sus torturadores le habían bajado un poco los humos. Supuse que cualquiera parecería hundido y hueco después de soportar sus atenciones.

Permanecimos sentados como tres ídolos. Envié apresuramientos mentales a Elmo. Mi entrenamiento me condicionaba a extraer placer de la curación, no del quebrantamiento de la carne humana.

Incluso Cuervo parecía disgustado. Evidentemente había fantaseado torturas para Zouad, pero cuando se había enfrentado a la realidad su decencia básica había triunfado. Su estilo era clavar un cuchillo en el cuerpo de un hombre y terminar rápidamente.

El suelo se agitó como con las reverberaciones del pisar de una enorme bota. Se desprendió algo de tierra de las paredes y del techo. El aire se llenó de polvo. «¡Terremoto!», gritó alguien, y todos los Rebeldes se apresuraron hacia la escalera. Cambiaformas permaneció sentado inmóvil y sonrió.

El suelo se estremeció de nuevo. Luché contra el instinto de la manada y permanecí sentado. Cambiaformas no estaba preocupado. ¿Por qué debería estarlo yo?

Señaló a Zouad. Cuervo asintió, se levantó, fue hacia él. El coronel estaba consciente y lúcido y asustado por el temblor. Miró agradecido cuando Cuervo empezó a desatarle.

El gran pie pisó de nuevo. Cayó tierra. En una esquina uno de los puntales cayó. Un chorro de tierra suelta empezó a deslizarse al interior de la estancia. Las otras vigas gimieron y se sacudieron. Apenas fui capaz de controlarme.

En algún momento durante el temblor Cuervo dejó de ser Empedernido. Cambiaformas dejó de ser Calloso. Zouad los miró y comprendió. Su rostro se endureció, se puso pálido. Como si tuviera más que temer de Cuervo y Cambiaformas que de los Rebeldes.

—Sí —dijo Cuervo—. Es la hora de pagar.

La tierra se combó. Sobre nuestras cabezas hubo un remoto retumbar de mampostería cayendo. Las lámparas oscilaron y se apagaron. El polvo hizo el aire casi irrespirable. Y los Rebeldes volvieron tambaleantes bajando la escalera, mirando por encima del hombro.

—El Renco está aquí —dijo Cambiaformas. No pareció disgustado. Se levantó y se enfrentó a la escalera. Era de nuevo Calloso, y Cuervo era otra vez Empedernido.

Los Rebeldes se amontonaban en la habitación. Perdí el contacto con Cuervo en medio del tumulto y la escasa luz. Alguien selló la puerta que conducía hacia arriba. Los Rebeldes se quedaron quietos como ratones. Casi podías oír martillear sus corazones mientras miraban hacia la escalera y se preguntaban si la entrada secreta todavía estaba bien camuflada.

Pese a los varios metros de tierra intermedia, oí algo moverse por el sótano de arriba. Arrastrar-golpe. Arrastrar-golpe. El ritmo de un hombre cojo andando. Mi mirada se dirigió también hacia la puerta secreta.

La tierra se agitó más violenta que nunca. La puerta estalló hacia dentro. El extremo del fondo del subsótano se hundió. Los hombres gritaron cuando la tierra se los tragó. La horda humana se lanzó en todas direcciones en busca de una vía de escape que no existía. Solo Cambiaformas y yo no nos vimos atrapados en medio de ella. Miramos desde una isla de calma.

Todas las lámparas se habían apagado. La única luz procedía del hueco en el arranque de la escalera, y se filtraba alrededor de una silueta que, en aquel momento, parecía odiosa solo en su actitud. Tenía una piel fría y pegajosa y se estremecía violentamente. No era solo porque había oído muchas cosas sobre el Renco. Exudaba algo que me hizo sentir como se sentiría un aracnófobo si dejaras caer una enorme araña peluda sobre su regazo.

Miré a Cambiaformas. Era Calloso, simplemente otro miembro de los Rebeldes. ¿Tenía alguna razón especial para no desear ser reconocido por el Renco?

Hizo algo con las manos.

Una luz cegadora llenó el pozo. No pude ver. Oí que las vigas crujían y cedían. Esta vez no vacilé. Me uní a la corriente general hacia la escalera.

Supongo que el Renco se sobresaltó más que nadie. No había esperado ninguna oposición seria. El truco de Cambiaformas lo había sorprendido con la guardia baja. La oleada lo barrió antes de que pudiera protegerse.

Cambiaformas y yo fuimos los últimos escaleras arriba. Salté por encima del Renco, un hombre pequeño vestido de color pardo que no parecía en absoluto terrible mientras se agitaba en el suelo. Busqué la escalera que conducía al nivel de la calle. Cambiaformas me sujetó el brazo. Su presa era inconfundible: «Ayúdame». Plantó una bota contra las costillas del Renco, empezó a hacerlo rodar a través de la entrada hasta el subsótano.

Allá abajo, los hombres gemían y gritaban pidiendo ayuda. En nuestro nivel, secciones del suelo se estaban agitando y colapsando. Más por el temor de verme atrapado si no nos apresurábamos que por ningún deseo de ponerle las cosas difíciles al Renco, ayudé a Cambiaformas a arrojar al Tomado al pozo.

Cambiaformas sonrió, me hizo un signo con los pulgares hacia arriba. Hizo algo con los dedos. El derrumbe se aceleró. Aferró mi brazo y nos encaminamos hacia las escaleras. Salimos a la calle en medio del más grande rugir en la historia reciente de Galeote.

Los zorros estaban en el gallinero. Los hombres corrían de un lado para otro gritando incoherentemente. Elmo y la Compañía estaban a su alrededor, empujándolos hacia dentro, cortándoles la retirada. Los Rebeldes estaban demasiado confusos para defenderse.

De no ser por Cambiaformas, supongo, yo no habría sobrevivido a aquello. Hizo algo que desvió las puntas de las flechas y las espadas. Como la bestia astuta que soy, permanecí a su sombra hasta que estuvimos bien seguros detrás de las filas de la Compañía.

Fue una gran victoria para la Dama. Excedió las más locas expectativas de Elmo. Antes de que se posara el polvo la purga había dado cuenta de todo Rebelde comprometido en Galeote. Cambiaformas se mantuvo en medio de todo ello. Nos proporcionó una ayuda valiosísima y se lo pasó en grande aplastando cosas. Se mostró tan feliz como un niño provocando fuegos.

Luego desapareció tan por completo como si nunca hubiera existido. Y nosotros, arrastrándonos exhaustos como lagartos, nos reunimos fuera del establo de Calloso. Elmo pasó lista.

Todos respondimos excepto uno.

—¿Dónde está Cuervo? —preguntó Elmo.

Se lo dije.

—Creo que quedó sepultado cuando esa casa se derrumbó. Él y Zouad.

—No deja de ser adecuado —observó Un Ojo—. Irónico pero adecuado. Sin embargo, lamento verlo desaparecer. Jugaba de una manera realmente curiosa al tonk.

—¿El Renco está ahí abajo también? —preguntó Elmo.

Sonreí.

—Yo mismo ayudé a enterrarlo.

—Y Cambiaformas se ha ido.

Yo había empezado a captar un inquietante esquema en todo aquello. Deseaba saber si era tan solo mi imaginación. Lo suscité mientras los hombres se estaban preparando para regresar a Pacto.

—¿Sabéis?, las únicas personas que vieron a Cambiaformas como tal fueron los de nuestro lado. Los Rebeldes y el Renco nos vieron mucho a nosotros. Especialmente a ti, Elmo. Y a mí y a Cuervo. Calloso resultó muerto. Tengo la sensación de que la sutileza de Cambiaformas no tiene mucho que ver con atrapar a Zouad o eliminar la jerarquía local Rebelde. Creo que fuimos colocados en el lugar exclusivamente en honor al Renco. Y muy hábilmente.

A Elmo le gusta presentarse como un gran y estúpido muchacho campesino convertido en soldado, pero es agudo. No solo vio lo que yo quería decir, sino que inmediatamente lo conectó con el cuadro más amplio del politiqueo entre los Tomados.

—Tenemos que salir de aquí como si nos persiguiera el infierno antes de que el Renco cave su camino de salida. Y no quiero decir simplemente irnos de Galeote. Quiero decir de Forsberg. Atrapaalmas nos ha puesto en el tablero como sus peones de primera filas. Tenemos muchas posibilidades de ser atrapados entre una roca y una superficie dura. —Se mordió el labio por un segundo, luego empezó a actuar como un sargento, gritándole a todo el mundo que no se movía lo bastante rápido para él.

Estaba casi presa del pánico, pero era un soldado hasta los huesos. Nuestra partida no fue una huida. Salimos escoltando los carros de provisiones que la patrulla de Arrope había acudido a buscar. Me dijo:

—Me volveré loco cuando hayamos vuelto. Saldré y morderé un árbol o algo así. —Y al cabo de unos pocos kilómetros, pensativamente—: He estado intentando decidir quién debe darle la noticia a Linda. Matasanos, acabas de nombrarte voluntario. Tienes el toque necesario.

Así que tuve algo en que ocupar mi mente durante el viaje. ¡Maldito Elmo!

El gran alboroto en Galeote no fue el final del asunto. Las olas se extendieron en círculos. Las consecuencias se acumularon. El destino clavó su dedo malo.

Rastrillador lanzó una importante ofensiva mientras el Renco cavaba su camino fuera de los cascotes. Lo hizo totalmente inconsciente de que su enemigo se había ausentado del campo, pero el efecto fue el mismo. El ejército del Renco se desmoronó. Nuestra victoria no sirvió para nada. Las bandas Rebeldes se lanzaron por todo Galeote, cazando a los agentes de la Dama.

Nosotros, gracias a la previsión de Atrapaalmas, nos dirigíamos al sur cuando se produjo el colapso, así que evitamos vernos implicados. Llegamos a la guarnición de Olmo con el crédito de varias victorias espectaculares, y el Renco huyó al Saliente con los restos de sus fuerzas, etiquetado como un incompetente. Sabía quién le había hecho aquello, pero no había nada que pudiera hacer. Su relación con la Dama era demasiado precaria. No se atrevía a hacer nada excepto seguir siendo su fiel perro faldero. Tendría que conseguir algunas victorias sobresalientes antes de que pudiera pensar en arreglar cuentas con nosotros o con Atrapaalmas.

Yo no me sentía tan cómodo. El gusano tenía formas de revolverse, si se le daba tiempo.

Rastrillador se sentía tan entusiasmado con su éxito que no se detuvo después de conquistar Forsberg. Se dirigió al sur. Atrapaalmas nos ordenó que saliéramos de Olmo solo una semana después de que nos hubiéramos aposentado en ella.

¿Estaba preocupado el capitán por lo que había ocurrido? ¿Estaba irritado porque tantos de sus hombres habían actuado por iniciativa propia, excediéndose o prescindiendo de sus instrucciones? Digamos solamente que las asignaciones de trabajos extra fueron suficientes como para deslomar un buey. Digamos que las mujeres de la noche en Olmo se vieron severamente decepcionadas con la Compañía Negra. No quiero pensar en ello. El hombre es un genio diabólico.

Los pelotones pasaron revista. Los carros fueron cargados y preparados para partir. El capitán y el teniente conferenciaron con sus sargentos. Un Ojo y Goblin estaban jugando a algún tipo de juego con pequeñas figuras oscuras que guerreaban en las esquinas del complejo. La mayoría de nosotros observábamos y apostábamos por este o ese lado según los vaivenes de la fortuna. El guardia de la puerta gritó:

—¡Se acerca un jinete!

Nadie prestó la menor atención. Los mensajeros iban y venían durante todo el día.

La puerta se abrió hacia dentro. Y Linda empezó a aplaudir. Corrió hacia la puerta.

Por ella, con el aspecto tan desastrado como el día que lo

conocimos, entró nuestro Cuervo. Agarró a Linda y le dio un enorme abrazo, la perchó a horcajadas en su montura delante de él, y se presentó al capitán. Le oí decir que todas sus deudas estaban saldadas, y que ya no tenía ningún interés fuera de la Compañía.

El capitán se lo quedó mirando largo rato, luego asintió y le dijo que ocupara su lugar en los rangos.

Nos había utilizado, y mientras lo hacía había hallado un nuevo hogar. Fue bienvenido a la familia.

Salimos hacia una nueva guarnición en el Saliente.

3

Rastrillador

El viento rodaba y zumbaba y aullaba alrededor de Meystrikt. Trasgos árticos se reían y soplaban su helado aliento a través de las grietas en las paredes de mis aposentos. Mi lámpara parpadeaba y danzaba, sobreviviendo apenas. Cuando mis dedos se pusieron rígidos, los doblé alrededor de la llama y dejé que se tostaran.

El viento era un duro golpe procedente del norte, que arrastraba consigo nieve en polvo. Un palmo de ella había caído durante la noche. Venía más. Traería más miseria consigo. Compadecí a Elmo y a su pandilla. Estaban fuera persiguiendo Rebeldes.

La fortaleza de Meystrikt. Perla de las defensas del Saliente. Helada en invierno. Pantanosa en primavera. Un horno en verano. Los Profetas de la Rosa Blanca y los seguidores Rebeldes eran el más pequeño de nuestros problemas.

El Saliente es una larga punta de flecha de tierra llana orientada al sur, entre cadenas montañosas. Meystrikt se halla en su punta. Canaliza tiempo y enemigos hacia la fortaleza. Nuestra misión es mantener esta ancla de las defensas septentrionales de la Dama.

¿Por qué la Compañía Negra?

Somos los mejores. La infección Rebelde empezó a infil-

trarse a través del Saliente poco después de la caída de Forsberg. El Renco intentó detenerla y fracasó. La Dama nos envió para limpiar la confusión dejada por el Renco. Su única
alternativa era abandonar otra provincia.

La guardia de la puerta hizo sonar una trompeta. Elmo volvía.

Nadie se apresuró a recibirle. Las reglas piden indiferencia,
fingir que tus entrañas no hierven de temor. En vez de ello, los
hombres miraron desde sus escondites, preguntándose qué
hermanos habrían caído en la caza. ¿Alguna baja? ¿Algún herido grave? Los conoces mejor que si fueran de tu misma familia. Has luchado con ellos lado a lado durante años. No todos eran amigos, pero todos eran familia. La única familia que
tenías.

El guardia de la puerta martilleó el hielo del torno. Chillando su protesta, el rastrillo se alzó. Como historiador de la Compañía podía salir a recibir a Elmo sin violar las reglas no escritas. Estúpido que soy, salí al viento y al frío.

Un lamentable conjunto de sombras avanzaba por la arremolinada nieve. Los caballos arrastraban las patas. Sus jinetes
estaban medio derrumbados sobre sus heladas crines. Hombres
y animales avanzaban a paso cansino, intentando escapar al viento que arañaba sus talones. Las volutas de sus alientos brotaban
de las bocas de monturas y hombres y eran arrastradas rápidamente. Aquel jadear hubiera hecho estremecer a un hombre de
las nieves.

De toda la Compañía, solo Cuervo había visto la nieve
antes de aquel invierno. Una bienvenida al servicio de la
Dama.

Los jinetes se acercaron. Parecían más refugiados que hermanos de la Compañía Negra. Diamantes de hielo se enreda-
ban en el bigote de Elmo. La tela ocultaba el resto de su rostro.
Los demás estaban tan embozados que no podía decirse quién

era quién. Solo Silencioso cabalgaba resueltamente erguido. Miraba directamente al frente, desdeñando el despiadado viento.

Elmo hizo una inclinación de cabeza cuando cruzó la puerta.

—Empezábamos a preguntarnos —dije. Preguntarnos significaba preocuparnos. Las reglas exigían mostrar indiferencia.

—El viaje ha sido duro.

—¿Cómo ha ido?

—Compañía Negra veintitrés, Rebeldes cero. No hay trabajo para ti, Matasanos, excepto Jo-Jo, que sufre algo de congelación.

—¿Cogisteis a Rastrillador?

Las lúgubres profecías, la hábil hechicería y la astucia en el campo de batalla de Rastrillador habían convertido al Renco en un estúpido. El Saliente había estado a punto de colapsarse antes de que la Dama nos ordenara tomarlo. El movimiento había enviado ondas de choque por todo el imperio. ¡A un capitán mercenario se le habían asignado fuerzas y poderes normalmente reservados a uno de los Diez!

Siendo invierno en Saliente, solo un ataque directo al Rastrillador provocaría que el capitán enviara su patrulla.

Elmo se descubrió el rostro y sonrió. No dijo nada. No deseaba tener que repetirlo luego de nuevo para el capitán.

Estudié a Silencioso. Ninguna sonrisa en su largo y melancólico rostro. Respondió con un ligero movimiento de cabeza. Bien. Otra victoria que se resolvía en un fracaso. Rastrillador había escapado de nuevo. Quizá nos enviara correteando tras el Renco, chillantes ratones que se habían vuelto demasiado atrevidos y habían desafiado al gato.

De todos modos, acabar con veintitrés hombres de la jerarquía regional Rebelde contaba para algo. De hecho, no había sido un mal día. Mejor que cualquiera que hubiera tenido el Renco.

Acudieron hombres a hacerse cargo de las monturas de la patrulla. Otros trajeron vino tibio y comida caliente a la sala principal. Entré con Elmo y Silencioso. Iban a contar su historia dentro de poco.

La sala principal de Meystrikt es solo ligeramente menos ventosa que sus aposentos. Todos atacaron la comida. Un festín completo. Elmo, Silencioso, Un Ojo y Nudillos se reunieron alrededor de una mesa pequeña. Las cartas se materializaron de la nada. Un Ojo frunció el ceño hacia mí.

—¿Vas a quedarte aquí con el pulgar en el culo, Matasanos? Necesitamos un primo.

Un Ojo tiene al menos cien años. Los Anales mencionan el volcánico temperamento del curtido hombrecillo negro a lo largo del último siglo. No hay forma de decir cuándo se unió a la Compañía. Setenta años de Anales se perdieron cuando las posiciones de la Compañía fueron tomadas en la Batalla de Urbana. Un Ojo se niega a iluminar los años que faltan. Dice que no cree en la historia.

Elmo repartió. Cinco cartas a cada jugador y una mano a una silla vacía.

—¡Matasanos! —gritó Un Ojo—. ¿Vas a jugar?

—No. Más pronto o más tarde Elmo va a hablar. —Me di golpecitos con la pluma contra los dientes.

Un Ojo estaba en rara forma. Salía humo de sus orejas. Un chillante murciélago brotó de su boca.

—Parece irritado —observé. Los demás sonrieron. Incordiar a Un Ojo es un pasatiempo favorito.

Un Ojo odia el trabajo de campo. Y odia aún más perdérselo. Las sonrisas de Elmo y las benevolentes miradas de Silencioso le convencieron de que se había perdido algo realmente bueno.

Elmo redistribuyó sus cartas, las miró desde unos pocos centímetros de distancia. Los ojos de Silencioso brillaron. No había dudas al respecto. Tenían una sorpresa especial.

Cuervo ocupó la silla que me habían ofrecido. Nadie objetó. Ni siquiera Un Ojo pone objeciones a nada que Cuervo decida hacer.

Cuervo. Más frío que el tiempo desde Galeote. Un alma ahora muerta, quizá. Puede hacer que un hombre se estremezca con una simple mirada. Exuda el hedor de la tumba. Y sin embargo, Linda lo adora. Pálida, frágil, etérea, apoyó una mano en su hombro mientras él ordenaba sus cartas. Le sonrió.

Cuervo es una ventaja en cualquier partida que incluya a Un Ojo. Un Ojo hace trampas. Pero nunca cuando Cuervo juega.

—Está en la Torre, mirando hacia el norte. Tiene sus delicadas manos cruzadas ante ella. Una brisa penetra suave por su ventana. Agita la seda color medianoche de su pelo. Lágrimas como diamantes destellan en la suave curva de su mejilla.

—¡Huuu-huuu!

—¡Oh, uau!

—¡El autor! ¡El autor!

—Que una cerda dé a luz en tu saco de dormir, Willie. —Aquellos aullidos me arrancaron de mis fantasías acerca de la Dama.

Estas escenas son un juego que juego conmigo mismo. Infiernos, por todo lo que ellos saben, mis invenciones pueden ser reales. Solo los Diez Que Fueron Tomados ven a la Dama. ¿Quién sabe si es fea, hermosa o qué?

—Lágrimas como diamantes destellando, ¿eh? —dijo Un Ojo—. Me gusta eso. ¿Significa que suspira por ti, Matasanos?

—Que te jodan. Yo no me burlo de tus juegos.

Entró el teniente, se sentó, nos miró ceñudo. Últimamente su misión en la vida ha sido desaprobar.

Su llegada significaba que el capitán estaba de camino. Elmo cerró sus cartas, se compuso.

El lugar quedó en silencio. Aparecieron hombres como por arte de magia.

—¡Cerrad la maldita puerta! —bramó Un Ojo—. Si siguen entrando así se me congelará el culo. Juega tu mano, Elmo.

Entró el capitán, ocupó su silla habitual.

—Oigámoslo, sargento.

El capitán no es uno de nuestros personajes más coloristas. Demasiado tranquilo. Demasiado serio.

Elmo depositó sus cartas boca abajo, alineó sus esquinas, ordenó sus pensamientos. Puede obsesionarse con la brevedad y la precisión.

—¿Sargento?

—Silencioso divisó una fila de piquetes al sur de la granja, capitán. Rodeamos hacia el norte. Atacamos después de anochecer. Intentaron dispersarse. Silencioso distrajo a Rastrillador mientras nosotros nos ocupábamos de los demás. Treinta hombres. Abatimos veintitrés. Aullamos mucho acerca de no herir a nuestro espía. Rastrillador se nos escapó.

La furtividad hace que nuestro truco funcione. Queremos que los Rebeldes crean que sus rangos están plagados de informadores. Eso entorpece sus comunicaciones y sus tomas de decisiones, y hace la vida menos azarosa para Silencioso, Un Ojo y Goblin.

Plantar rumores. Crear desconfianza. Un toque de soborno o chantaje. Esas son las mejores armas. Optamos por la lucha solamente cuando tenemos atrapados a nuestros oponentes. Al menos idealmente.

—¿Volvisteis directamente a la fortaleza?

—Sí, señor. Después de incendiar la granja y los edificios anexos. Rastrillador ocultó bien su rastro.

El capitán estudió las vigas oscurecidas por el humo encima de su cabeza. Solo Un Ojo haciendo restallar sus cartas rompió el silencio. El capitán bajó la mirada.

—Entonces, pregunto, ¿por qué no estáis tú y Silencioso sonriendo como un par de estúpidos que acaban de ganar el primer premio?

—Orgullosos, volvieron a casa con las manos vacías —murmuró Un Ojo.

Elmo sonrió un poco más.

—Pero no lo hicimos.

Silencioso rebuscó dentro de su sucia camisa, extrajo la pequeña bolsa de cuero que siempre cuelga de una cuerda alrededor de su cuello. Su bolsa de trucos. Está llena de extrañas cosas nocivas como pútridas orejas de murciélago o elixir de pesadilla. Esta vez extrajo un trozo de papel doblado. Lanzó dramáticas miradas a Un Ojo y Goblin, desdobló el papel pliegue a pliegue. Incluso el capitán abandonó su silla, se inclinó sobre la mesa.

—¡Mirad! —dijo Elmo.

—Eso no es más que pelo. —Las cabezas se sacudieron. Las gargantas gruñeron. Alguien cuestionó el contacto de Elmo con la realidad. Pero Un Ojo y Goblin mostraron tres grandes ojos muy abiertos entre los dos. Un Ojo dejó escapar un chirrido inarticulado. Goblin chilló unas cuantas veces, pero Goblin siempre chilla.

—¿Es realmente suyo? —consiguió decir al fin—. ¿Realmente suyo?

Elmo y Silencioso irradiaron la vanidosa presunción de los conquistadores coronados por un gran éxito.

—Total y absolutamente —dijo Elmo—. De la cúspide misma de su coco. Teníamos cogido al viejo por las pelotas y él lo sabía. Salió corriendo de allí tan rápido que se dio con la cabeza contra el dintel de la puerta. Lo vi yo mismo, y también Silencioso. Dejó estos pegados a la madera. ¡Huau, tenemos al viejo!

Y Goblin, una octava por encima de su habitual chirriar de bisagra oxidada, danzando de excitación, dijo:

—Gente, lo tenemos. Es como si en este momento ya estuviera colgando de un gancho del matadero. De uno de los grandes. —Maulló a Un Ojo—: ¿Qué piensas de esto, pequeño y lastimoso duende?

Una horda de minúsculos y brillantes bichos brotó de las fosas nasales de Un Ojo. Buenos soldados todos, cayeron en formación, deletreando las palabras «Goblin es un marica». Sus pequeñas alas zumbaron las palabras en beneficio de los analfabetos.

Aquello no era cierto. Goblin es absolutamente heterosexual. Un Ojo estaba intentando empezar algo.

Goblin hizo un gesto. Una gran figura sombría, como Atrapaalmas pero lo bastante alta como para rozar las vigas del techo, se inclinó y clavó un dedo acusador en Un Ojo. Una voz sin fuente aparente susurró:

—Fuiste tú quien corrompiste al muchacho, sodomita.

Un Ojo bufó, sacudió la cabeza, sacudió la cabeza, bufó. Sus ojos brillaron. Goblin rio, se envaró, rio de nuevo. Se alejó, giró sobre sí mismo, bailó una alocada giga victoriosa delante de la chimenea.

Nuestros hermanos menos intuitivos gruñeron. Un par de pelos. Con eso y dos monedas de plata podías conseguir una de las prostitutas del pueblo.

—¡Caballeros! —El capitán comprendió.

El espectáculo de bichos y sombra cesó. El capitán estudió

a sus hechiceros. Pensó. Caminó arriba y abajo. Asintió para sí mismo. Finalmente preguntó:

—Un Ojo, ¿son suficientes?

Un Ojo dejó escapar una risita, un sonido sorprendentemente profundo para un hombre tan pequeño.

—Un pelo, señor, o el recorte de una uña, es suficiente. Señor, lo tenemos.

Goblin siguió con su extraña danza. Silencioso seguía sonriendo. Todos eran unos lunáticos.

El capitán pensó un poco más.

—No podemos manejar esto nosotros solos. —Rodeó la sala, dando largas zancadas—. Tendremos que traer a uno de los Tomados.

Uno de los Tomados. Naturalmente. Nuestros tres hechiceros son nuestro más precioso recurso. Tienen que ser protegidos. Pero... El frío nos heló y nos dejó como estatuas. Uno de los discípulos sombra de la Dama... ¿Uno de aquellos oscuros señores aquí? No...

—El Renco, no. Tiene algo contra nosotros.

—Cambiaformas me produce escalofríos.

—Nocherniego es peor.

—¿Cómo demonios lo sabes? Nunca lo has visto.

—Podemos manejarlo, capitán —dijo Un Ojo.

—Y los primos de Rastrillador caerán sobre vosotros como moscas sobre una boñiga.

—Atrapaalmas —sugirió el teniente—. Él es nuestro patrón, más o menos.

La sugerencia fue aceptada. El capitán dijo:

—Contacta con él, Un Ojo. Estad preparados para moveros cuando llegue.

Un Ojo asintió, sonrió. Estaba encantado. Complicadas y desagradables tramas estaban empezando a formarse ya en su retorcida mente.

En realidad aquello hubiera debido ser misión de Silencioso. El capitán se la dio a Un Ojo porque no podía soportar la negativa de Silencioso a hablar. Eso lo asusta por alguna razón.

Silencioso no protestó.

Algunos de nuestros sirvientes nativos son espías. Sabemos quiénes son, gracias a Un Ojo y Goblin. Uno, que no sabía nada acerca del pelo, fue dejado huir con la noticia de que estábamos instalando un cuartel general de espionaje en la ciudad libre de Rosas.

Cuando tus batallones son más pequeños aprendes astucia.

Cada gobernante se crea sus enemigos. La Dama no es una excepción. Los Hijos de la Rosa Blanca están por todas partes... Si uno elige bando guiándose por las emociones, entonces el Rebelde es el bando con el que alinearse. Está luchando por todo lo que los hombres afirman honrar: libertad, independencia, verdad, derecho... Todas las ilusiones subjetivas, todas las eternas palabras desencadenantes. Nosotros somos esbirros del villano de la obra. Confesamos la ilusión y negamos la sustancia.

No hay villanos autoproclamados, solo regimientos de santos autoproclamados. Historiadores victoriosos gobiernan allá donde residen el bien y el mal.

Abjuramos de las etiquetas. Luchamos por dinero y por un orgullo indefinible. La política, la ética y la moralidad son irrelevantes.

Un Ojo había contactado con Atrapaalmas. Estaba viniendo. Goblin dijo que el viejo duende aullaba de alegría. Olía la oportunidad de elevar sus bases y minar las del Renco. Los Diez se peleaban entre sí y se mordían peor que niños malcriados.

El invierno relajó brevemente su asedio. Los hombres y el personal nativo empezaron a limpiar los patios de Meystrikt. Uno de los nativos desapareció. En la sala principal, Un Ojo y Silencioso parecían relamidamente satisfechos sobre sus cartas. Los Rebeldes estaban oyendo exactamente lo que deseaban.

—¿Qué ocurre en la muralla? —pregunté. Elmo había dispuesto un aparejo de poleas y estaba soltando una de las piedras de las almenas—. ¿Qué pensáis hacer con ese bloque?

—Una pequeña escultura, Matasanos. Me estoy dedicando a un nuevo pasatiempo.

—No me digas. Veré si me gusta.

—Toma esa actitud si quieres. Iba a pedirte que vinieras tras Rastrillador con nosotros. Para que pudieras ponerlo todo correctamente en los Anales.

—¿Con alguna que otra palabra acerca del genio de Un Ojo?

—Hay que darle crédito a quien se lo merece, Matasanos.

—Entonces Silencioso necesitará todo un capítulo, ¿no?

Espumeó. Barbotó. Maldijo.

—¿Quieres jugar una mano? —Tenían solo tres jugadores, uno de los cuales era Cuervo. El tonk es más interesante con cuatro o cinco.

Gané tres manos consecutivas.

—¿No tienes ninguna otra cosa que hacer? ¿Una verruga que extirpar o algo parecido?

—Tú le pediste que jugara —observó uno de los soldados que miraban la partida.

—¿Te gustan las moscas, Otto?

—¿Las moscas?

—Voy a convertirte en un sapo si no cierras la boca.

Otto no pareció impresionado.

—No puedes convertir ni un renacuajo en un sapo.

Me eché a reír.

—Tú lo pediste, Un Ojo. ¿Cuándo va a presentarse Atrapaalmas?

—Cuando llegue aquí.

Asentí. No hay ningún orden o razón aparentes a la forma en que los Tomados hacen las cosas.

—Hoy estamos inspirados, ¿eh? ¿Cuánto lleva perdido Un Ojo, Otto?

Otto se limitó a hacer una mueca.

Cuervo ganó las siguientes dos manos.

Un Ojo juró que abandonaría la partida. Adiós a la oportunidad de descubrir la naturaleza de su proyecto. Probablemente sería lo mejor. Una explicación nunca hecha no podría llegar a ser oída por los espías Rebeldes.

Seis pelos y un bloque de piedra caliza. ¿Qué demonios?

Durante varios días, Silencioso, Goblin y Un Ojo se turnaron trabajando en aquella piedra. Visité ocasionalmente el establo. Me dejaron mirar, y se limitaron a gruñir cuando no quisieron responder preguntas.

El capitán asomaba también ocasionalmente la cabeza, se encogía de hombros y regresaba a sus aposentos. Estaba manejando estrategias para una campaña de primavera que arrojaría todo el poder imperial disponible contra los Rebeldes. Sus habitaciones eran impenetrables, tan llenas estaban de mapas e informes.

Teníamos intención de golpear a los Rebeldes una vez cambiara el tiempo.

Puede parecer cruel, pero la mayoría de nosotros disfrutábamos con lo que hacíamos..., y el capitán más que nadie. Este es su juego favorito, enfrentar ingenios con Rastrillador. Permanece ciego a los muertos, a los poblados incendiados, a los niños que se mueren de hambre. Igual que el Rebelde. Dos ejércitos ciegos, incapaces de ver nada excepto el uno al otro.

Atrapaalmas llegó de madrugada, en medio de una ventisca que volvía pequeña la que Elmo había soportado. El viento gemía y aullaba. La nieve derivaba contra la esquina nordeste de la fortaleza y se derramaba por encima del almenaje. La madera y las reservas de heno se estaban convirtiendo en una preocupación. Los locales decían que era la peor ventisca de la historia.

En su punto más álgido llegó Atrapaalmas. El bum-bum-bum de su llamada despertó a todo Meystrikt. Sonaron los cuernos. Retumbaron los tambores. Las cadenas chirriaron contra el viento. No consiguieron abrir la puerta.

Atrapaalmas pasó por encima de la muralla con la ventisca. Cayó, casi desapareció en la nieve suelta del patio delantero. Una llegada muy poco digna para uno de los Diez.

Me apresuré a la sala principal. Un Ojo, Silencioso y Goblin estaba ya allí, con el fuego ardiendo alegremente. Apareció el teniente, seguido por el capitán. Elmo y Cuervo iban con el capitán.

—Enviad a los demás de vuelta a la cama —gritó el teniente.

Entró Atrapaalmas, se quitó su grande y pesada capa negra y se acuclilló delante del fuego. ¿Un gesto calculadamente humano? Lo dudé.

El delgado cuerpo de Atrapaalmas va siempre enfundado en piel negra. Lleva ese morrión negro que oculta su cabeza, y guantes negros y botas negras. Solo un par de insignias de plata rompen la monotonía. El único color en él es el rubí sin tallar que forma la empuñadura de su daga. Una garra de cinco curvados dedos aferra la gema al mango del arma.

Suaves y pequeñas curvas interrumpen la tersura de su pecho. Hay como algo femenino en sus caderas y piernas. Tres de los Tomados son mujeres, pero cuáles son es algo que solo sabe la Dama. Los llamamos a todos con apelativos masculinos. Su sexo nunca ha significado nada para nosotros.

Atrapaalmas afirma ser nuestro amigo, nuestro campeón. Aun así, su presencia proporcionaba un helor diferente a la sala. Su frío no tenía nada que ver con la temperatura del aire. Incluso Un Ojo se estremece cuando él está por ahí.

¿Y Cuervo? No lo sé. Cuervo parece incapaz de sentir ya nada, excepto en lo que a Linda se refiere. Algún día ese gran rostro de piedra se hará pedazos. Espero estar ahí para verlo.

Atrapaalmas volvió su rostro hacia el fuego.

—Sí —dijo con una voz aguda—. Un tiempo espléndido para una aventura. —Barítono. Siguieron unos extraños sonidos. Risa. El Tomado había hecho un chiste.

Nadie rio.

No se suponía que debiéramos reír. Atrapaalmas se volvió hacia Un Ojo.

—Dime. —Ahora tenor, lento y suave, con una cualidad ahogada, como si su voz llegara a través de una delgada pared. O, como dice Elmo, de más allá de la tumba.

No hubo bravata ni exhibición en Un Ojo ahora.

—¿Empezamos desde el principio, capitán?

El capitán dijo:

—Uno de nuestros informantes captó la noticia de una reunión de los capitanes Rebeldes. Un Ojo, Goblin y Silencioso siguieron los movimientos de Rebeldes conocidos...

—¿Los dejasteis ir por ahí libremente?

—Nos condujeron a sus amigos.

—Por supuesto. Uno de los fallos del Renco. No tiene imaginación. Los mata cuando los encuentra..., junto con todos los demás a la vista. —De nuevo aquella extraña risa—. Menos efectivo, ¿no? —Hubo otra frase, pero no en ninguna lengua que yo conociera.

El capitán asintió.

—¿Elmo?

Elmo contó su parte tal como había hecho antes, palabra por palabra. Pasó el relato a Un Ojo, que esbozó el plan para coger a Rastrillador. No lo entendí, pero Atrapaalmas lo captó al instante. Se echó a reír por tercera vez.

Entendí que íbamos a desatar el lado oscuro de la naturaleza humana.

Un Ojo llevó a Atrapaalmas a ver su piedra misteriosa. Nos acercamos más al fuego. Silencioso sacó una baraja. Nadie se apuntó.

A veces me pregunto cómo los regulares se mantienen cuerdos. Están alrededor de los Tomados todo el tiempo. Atrapaalmas es un pedazo de pan comparado con los demás.

Un Ojo y Atrapaalmas regresaron, riendo.

—Dos de la misma especie —murmuró Elmo, en una rara afirmación de una opinión.

Atrapaalmas recapturó el fuego.

—Bien hecho, caballeros. Muy bien hecho. Imaginativo. Esto puede quebrantarlos en el Saliente. Partiremos para Rosas cuando cambie el tiempo. Un grupo de ocho, capitán, incluidos dos de tus hechiceros. —Cada frase era seguida por una pausa. Cada una era pronunciada con una voz distinta. Extraño.

He oído decir que esas son las voces de todas las personas de cuyas almas se ha apoderado Atrapaalmas.

Más osado de lo que debería, me presenté voluntario para la expedición. Deseaba ver cómo podía ser cogido Rastrillador con un pelo y un bloque de piedra caliza. El Renco había fracasado con todo su furioso poder.

El capitán se lo pensó.

—De acuerdo, Matasanos. Un Ojo y Goblin, tú, Elmo. Y elige dos más.

—Eso solo hace siete, capitán.

—Cuervo es el que hace ocho.

—Oh. Cuervo. Por supuesto.

Por supuesto. El silencioso, mortífero Cuervo sería el *alter ego* del capitán. El vínculo entre esos dos hombres sobrepasa toda comprensión. Supongo que me preocupa porque últimamente Cuervo me asusta a morir.

Cuervo captó la mirada del capitán. Su ceja derecha se alzó. El capitán respondió con el fantasma de un asentimiento de cabeza. Cuervo agitó un hombro. ¿Cuál era el mensaje? No pude adivinarlo.

Había algo inusual en el aire. Aquellos en el ajo lo encontraban delicioso. Aunque no podía imaginar de qué se trataba, sabía que tenía que ser algo elusivo y desagradable.

La tormenta cesó. Pronto la carretera a Rosas quedó abierta. Atrapaalmas tenía prisa. Rastrillador llevaba dos semanas de ventaja. Nos llevaría una semana alcanzar Rosas. Las historias plantadas por Un Ojo podían perder su eficacia antes de que llegáramos.

Nos marchamos antes del amanecer, con el bloque de piedra caliza en un carro. Los hechiceros habían hecho poco más que vaciar en ella una modesta depresión del tamaño de un melón grande. No podía imaginar su utilidad. Un Ojo y Goblin se agitaban sobre ella como el novio ante la recién casada. Un Ojo respondió a mis preguntas con una amplia sonrisa. El muy bastardo.

El tiempo se mantuvo bueno. Cálidos vientos soplaron del sur. Encontramos largos tramos de lodosa carretera. Y fui testigo de un fenómeno ridículo. Atrapaalmas saltó al barro y arrastró el carro con el resto de nosotros. Ese gran señor del imperio.

Rosas es la ciudad reina del Saliente, un floreciente feudo, una ciudad libre, una república. La Dama no ha considerado conveniente revocar su autonomía tradicional. El mundo necesita lugares donde hombres de toda clase y condición puedan salirse de las limitaciones usuales.

Rosas. Una ciudad sin amo. Llena de agentes y espías y aquellos que viven en el lado oscuro de la ley. En ese entorno, afirmaba Un Ojo, su plan tenía que prosperar.

Las rojas murallas de Rosas se alzaron ante nosotros, oscuras como sangre vieja a la luz del sol poniente, cuando llegamos.

Goblin entró en la habitación que habíamos tomado.

—He encontrado el lugar —chirrió a Un Ojo.

—Bien.

Curioso. No habían intercambiado una palabra en semanas. Normalmente una hora sin una discusión era un milagro.

Atrapaalmas se agitó en la penumbrosa esquina donde permanecía plantado como un cenceño arbusto negro, debatiendo consigo mismo.

—Adelante.

—Es una vieja plaza pública. Una docena de calles y callejones entran y salen de ella. Poco iluminada por la noche. No hay ninguna razón para que haya gente después de oscurecer.

—Suena perfecto —dijo Un Ojo.

—Lo es. He alquilado una habitación que la domina.

—Iremos a echar una ojeada —dijo Elmo. Todos sufríamos fiebre de cabina. Se inició un éxodo. Solo Atrapaalmas se quedó allí. Quizá comprendía nuestra necesidad de alejarnos de él.

Al parecer Goblin tenía razón acerca de la plaza.

—Y ahora, ¿qué? —pregunté. Un Ojo sonrió. Grité—: ¡Malditos labios sellados! Dilo de una vez.

—¿Esta noche? —preguntó Goblin.

Un Ojo asintió.

—Si el viejo duende dice adelante.

—Me siento frustrado —anuncié—. ¿Qué es lo que ocurre? Todo lo que hacéis, malditos payasos, es jugar a las cartas y observar a Cuervo afilar sus cuchillos. —Era algo que hacía durante horas consecutivas, y el movimiento de la piedra de afilar a través del acero enviaba estremecimientos a toda mi espina dorsal. Era un presagio. Cuervo nunca hace eso a menos que espere que la situación se ponga desagradable.

Un Ojo hizo un sonido como el graznido de un cuervo.

Sacamos el carro a medianoche. El encargado del establo nos llamó locos. Un Ojo le obsequió con una de sus famosas sonrisas. Él condujo. El resto caminamos rodeando el carro.

Había habido cambios. Se había añadido algo. Alguien había tallado la piedra con un mensaje. Un Ojo, probablemente, durante una de sus inexplicadas excursiones fuera de nuestro cuartel general.

Abultados sacos de cuero y una recia tabla de planchas se habían unido a la piedra. La mesa parecía capaz de soportar el bloque. Sus patas eran de una madera oscura y pulida. En ellas había taraceados símbolos en plata y marfil, muy complejos, jeroglíficos, místicos.

—¿Dónde habéis conseguido la mesa? —pregunté. Goblin chirrió, rio. Gruñí—: ¿Por qué demonios no me lo decís?

—Está bien —dijo Un Ojo, riendo desagradablemente—. La hicimos.

—¿Para qué?

—Para apoyar nuestra piedra en ella.

—No me lo estáis contando todo.

—Paciencia, Matasanos. Todo a su debido tiempo. —El muy bastardo.

Había algo extraño acerca de nuestra plaza. Estaba llena de bruma. No había bruma en ninguna otra parte.

Un Ojo detuvo el carro en el centro de la plaza.

—Sacad esa mesa, muchachos.

—Sácala tú —graznó Goblin—. ¿Crees que vas a salir de esta fingiendo que estás enfermo? —Se volvió hacia Elmo—. El maldito viejo tullido siempre encuentra alguna excusa.

—Tiene razón, Un Ojo. —Un Ojo protestó. Elmo bramó—: Saca el culo de aquí.

Un Ojo miró furioso a Goblin.

—Algún día te pillaré, gordinflón. Un buen hechizo de impotencia. ¿Qué tal te suena eso?

Goblin no se mostró impresionado.

—Pondría un hechizo de estupidez sobre ti si con ello no mejorara lo que te ha dado la naturaleza.

—Bajad la maldita mesa —gritó Elmo.

—¿Estás nervioso? —pregunté. Nunca se deja atrapar por sus discusiones. Las considera parte de la diversión.

—Sí. Tú y Cuervo, subid ahí arriba y empujad.

La mesa era más pesada de lo que parecía. Nos costó bajarla del carro. Los fingidos gruñidos y maldiciones de Un Ojo no ayudaron. Le pregunté cómo la había subido.

—La construí aquí, tonto —dijo, luego despotricó contra nosotros, pidiendo que la moviéramos un centímetro hacia este lado, luego un centímetro hacia ese otro.

—Ya basta —dijo Atrapaalmas—. No tenemos tiempo para

esto. —Su irritación tuvo un efecto saludable. Ni Goblin ni Un Ojo dijeron palabra.

Deslizamos la piedra sobre la mesa. Retrocedí, me sequé el sudor del rostro. Estaba empapado en mitad del invierno. Esa roca irradiaba calor.

—Las bolsas —dijo Atrapaalmas. Su voz sonó como la de una mujer a la que no me hubiera importado conocer.

Agarré una, gruñí. Era pesada.

—Ey. Esto es dinero.

Un Ojo rio burlonamente. Deposité la bolsa en el montón debajo de la mesa. Había una maldita fortuna allí. De hecho, nunca había visto tanto dinero en un solo lugar.

—Cortad las bolsas —ordenó Atrapaalmas—. ¡Apresuraos!

Cuervo rasgó las bolsas. El tesoro se derramó sobre los adoquines. Miramos con la codicia en nuestros corazones.

Atrapaalmas aferró a Un Ojo por el hombro, sujetó el brazo de Goblin. Ambos hechiceros parecieron encogerse. Miraron la mesa y la piedra. Atrapaalmas dijo:

—Moved el carro.

Yo todavía no había leído el inmortal mensaje que habían grabado en la piedra. Me apresuré a echar una mirada.

QUE EL QUE QUIERA RECLAMAR ESTA RIQUEZA
DEPOSITE LA CABEZA DE LA CRIATURA
RASTRILLADOR
DENTRO DE ESTE TRONO DE PIEDRA

Ah. Ajá. Bien dicho. Directo. Simple. Nuestro estilo. Ja.

Retrocedí, intenté evaluar la magnitud de la inversión de Atrapaalmas. Divisé oro por entre la colina de plata. Una bolsa rezumaba piedras sin tallar.

—El pelo —pidió Atrapaalmas. Un Ojo extrajo las hebras.

Atrapaalmas las pegó con el dedo a las paredes de la cavidad del tamaño de una cabeza. Retrocedió unos pasos, unió sus manos a las de Un Ojo y Goblin.

Hicieron magia.

Tesoro, mesa y piedra empezaron a emitir un resplandor dorado.

Nuestro archienemigo era hombre muerto. La mitad del mundo intentaría conseguir aquel botín. Era demasiado grande para resistirse. Su propia gente se volvería contra él.

Vi una pequeña posibilidad para él. Podía robar el tesoro. Pero era un trabajo arduo. Ningún Profeta rebelde podía superar la magia de uno de los Tomados.

Completaron el lanzamiento del conjuro.

—Que alguien lo compruebe —dijo Un Ojo.

Hubo un perverso crujir cuando la punta de la daga de Cuervo entró en contacto con las tablas de la mesa. Maldijo, frunció el ceño a su arma. Elmo golpeó con su espada. ¡Crac! La punta de su hoja brilló blanca.

—Excelente —dijo Atrapaalmas—. Llevaos el carro.

Elmo dejó destacado a un hombre. El resto nos dirigimos a la habitación que había alquilado Goblin.

Al principio nos apiñamos en la ventana, deseosos de que ocurriera algo. Eso palideció muy pronto. Rosas no descubrió la condenación que habíamos arrojado sobre Rastrillador hasta el amanecer.

Cautelosos emprendedores hallaron un centenar de formas de ir tras aquel dinero. Las multitudes acudieron solo para mirar. Una banda imaginativa empezó a cavar debajo de la calle. La policía los echó.

Atrapaalmas se sentó junto a la ventana y no se movió. En una ocasión dijo:

—Habrá que modificar los conjuros. No anticipé tanto ingenio.

Sorprendido por mi propia audacia, pregunté:

—¿Cómo es la Dama? —Acababa de terminar una de mis escenas de fantasía.

Se volvió lentamente, me dirigió una breve mirada.

—Algo que puede morder el acero. —Su voz era femenina y gatuna. Una extraña respuesta. Luego—: Tengo que impedir que usen herramientas.

Demasiado para el informe de un testigo ocular. Hubiera debido imaginarlo. Nosotros los mortales somos meros objetos para los Tomados. Nuestras curiosidades son de una suprema indiferencia para ellos. Me retiré a mi secreto reino y su espectro de Damas imaginarias.

Atrapaalmas modificó aquella noche la hechicería. A la mañana siguiente había cadáveres en la plaza.

Un Ojo lo despertó la tercera noche.

—Tenemos un cliente.

—¿Eh?

—Un tipo con una cabeza. —Parecía complacido.

Me tambaleé a la ventana. Goblin y Cuervo estaban ya allí. Nos apiñamos a un lado. Nadie deseaba estar demasiado cerca de Atrapaalmas.

Había un hombre en la plaza allá abajo. Una cabeza colgaba de su mano izquierda. La llevaba sujeta por el pelo. Dije:

—Me preguntaba cuánto tiempo pasaría antes de que empezara esto.

—Silencio —siseó Atrapaalmas—. Él está ahí fuera.

—¿Quién?

Era paciente. Notablemente paciente. Otro de los Tomados me hubiera derribado de un golpe.

—Rastrillador. ¿Quién creías?

No pude imaginar cómo lo sabía. Quizá no deseaba imaginarlo. Esas cosas me asustan.

—Una visita discreta era algo que estaba en el escenario —susurró Goblin, chillando. ¿Cómo puede uno chillar cuando susurra?—. Rastrillador tiene que descubrir a lo que se enfrenta. No puede hacerlo desde ningún otro sitio. —El regordete hombre parecía orgulloso de sí mismo.

El capitán llama a la naturaleza humana nuestra hoja más afilada. La curiosidad y la voluntad de sobrevivir habían atraído a Rastrillador a nuestro caldero. Quizá lo volvería contra nosotros. Tenemos un montón de asas a las que estamos agarrados.

Pasaron semanas. Rastrillador vino una y otra vez, al parecer contento con observar. Atrapaalmas nos dijo que lo dejáramos tranquilo, no importaba el blanco fácil en que se convirtiera.

Nuestro mentor podía ser considerado como nosotros, pero tenía su rasgo cruel. Parecía que deseaba atormentar a Rastrillador con la incertidumbre de su destino.

—Este lugar se está volviendo loco con la recompensa —chilló Goblin. Danzó una de sus gigas—. Deberías salir más, Matasanos. Están convirtiendo a Rastrillador en una industria. —Me hizo seña de que fuera a la esquina más alejada de Atrapaalmas, abrió una bolsa—. Mira aquí —susurró.

Tenía un doble puñado de monedas. Algunas eran de oro. Observé:

—Vas a caminar ladeado.

Sonrió. Goblin sonriendo es un espectáculo digno de ver.

—Las conseguí vendiendo información sobre dónde encontrar a Rastrillador —susurró. Con una mirada de soslayo hacia Atrapaalmas—. Se paga a buen precio. —Apoyó una mano en mi hombro. Tuvo que empinarse para hacerlo—. Puedes hacerte rico ahí fuera.

—No sabía que estuvieras aquí para hacerte rico.

Frunció el ceño, y su redondo y pálido rostro se volvió todo arrugas.

—¿Qué demonios eres? ¿Algún tipo de...?

Atrapaalmas se volvió. Goblin croó:

—Solo una discusión sobre una apuesta, señor. Solo una apuesta.

Reí fuertemente.

—Muy convincente, amigo. ¿Por qué simplemente no te cuelgas del cuello?

Se enfurruñó, pero no durante mucho tiempo. Goblin es irreprimible. Su humor estalla en las situaciones más depresivas. Susurró:

—Mierda, Matasanos, deberías ver lo que está haciendo Un Ojo. Vende amuletos. Garantizados que señalan si hay algún Rebelde por las inmediaciones. —Una mirada furtiva hacia Atrapaalmas—. Y realmente funcionan. Bueno, más o menos.

Sacudí la cabeza.

—Al menos podrá pagar sus deudas de juego. —Así era Un Ojo siempre. Tenía que hacer algo en Meystrikt, donde no había espacio para sus habituales incursiones en el mercado negro.

—Se supone que vosotros plantáis rumores. Mantenéis hirviendo el caldero, no...

—¡Chisss! —Miró de nuevo a Atrapaalmas—. Eso es lo que hacemos. Cada vez que vamos a la ciudad. Demonios, el molino de rumores se ha vuelto loco ahí fuera. Ven. Te lo mostraré.

—No. —Atrapaalmas estaba hablando cada vez más. Tenía esperanzas de enzarzarme en una auténtica conversación.

—Tú te lo pierdes. Sé de un librero que acepta apuestas sobre cuándo perderá Rastrillador la cabeza. Tú tienes información privilegiada, ¿sabes?

—Salte de aquí antes de que pierdas la tuya.

Fui a la ventana. Un minuto más tarde Goblin cruzó la plaza de abajo. Pasó nuestra trampa sin mirarla.

—Dejemos que juegue a sus juegos —dijo Atrapaalmas.

—¿Señor? —Mi nuevo enfoque. Adulación.

—Mis oídos son más finos de lo que tu amigo cree.

Escruté el rostro de aquel morrión negro, intentando captar algún atisbo de los pensamientos detrás del metal.

—No importa. —Se agitó ligeramente, miró más allá de mí—. El submundo está paralizado por el desánimo.

—¿Señor?

—El mortero de esa casa se está pudriendo. Pronto se desmoronará. Eso no hubiera ocurrido si hubiéramos cogido a Rastrillador inmediatamente. Lo hubieran convertido en un mártir. La pérdida los hubiera entristecido, pero hubieran seguido adelante. El Círculo hubiera reemplazado a Rastrillador a tiempo para las campañas de primavera.

Miré la plaza. ¿Por qué me estaba contando aquello Atrapaalmas? Y todo en una misma voz. ¿Era la voz del auténtico Atrapaalmas?

—Porque pensaste que yo estaba siendo cruel por pura crueldad.

Di un salto.

—¿Cómo has podido...?

Atrapaalmas dejó escapar un sonido que podría pasar por una risa.

—No, no he leído tu mente. Sé cómo funcionan las mentes. Soy el que Atrapa las Almas, ¿recuerdas?

¿Llegaban a sentirse solitarios los Tomados? ¿Anhelaban la simple compañía? ¿La amistad?

—A veces. —Esto en una de las voces femeninas. Una voz seductora.

Medio me volví, luego me enfrenté rápidamente a la plaza, asustado.

Atrapaalmas leyó eso también. Volvió a Rastrillador.

—La simple eliminación no fue nunca mi plan. Quiero que el héroe de Forsberg se desacredite a sí mismo.

Atrapaalmas conocía a nuestro enemigo mejor de lo que sospechábamos. Rastrillador estaba jugando a su juego. Ya había efectuado dos espectaculares y vanos intentos sobre nuestra trampa. Esos fracasos habían arruinado su prestigio con sus compañeros de viaje. Según todos los rumores, Rosas hervía con sentimientos proimperio.

—Se pondrá en ridículo, y entonces lo aplastaremos. Como a un molesto escarabajo.

—No lo subestimes. —Qué audacia. Dar consejos a uno de los Tomados—. El Renco...

—No lo subestimo. No soy el Renco. Él y Rastrillador son dos de la misma clase. En los viejos tiempos... El Dominador lo hubiera convertido en uno de nosotros.

—¿Cómo era? —Hazle seguir hablando, Matasanos. Desde el Dominador solo hay un paso hasta la Dama.

La mano de Atrapaalmas giró con la palma hacia arriba, se abrió, se convirtió lentamente en una garra. El gesto me sobresaltó. Imaginé aquella garra rasgando mi alma. Fin de la conversación.

Más tarde le dije a Elmo:

—¿Sabes?, esa cosa de ahí fuera no necesitaba ser real. Cualquier cosa hubiera podido hacer el trabajo si la gente no podía llegar hasta ella.

—Falso —dijo Atrapaalmas—. Rastrillador tenía que saber que era real.

A la mañana siguiente supimos del capitán. Noticias, principalmente. Unos pocos partisanos Rebeldes estaban rindiendo sus armas en respuesta a una oferta de amnistía. Algunas fuerzas que habían venido al sur con Rastrillador estaban desertando. La confusión había alcanzado el Círculo. El fracaso de Rastrillador en Rosas los preocupaba.

—¿Cómo es posible eso? —pregunté—. En realidad no ha ocurrido nada.

—Está ocurriendo en el otro lado —respondió Atrapaalmas—. En la mente de la gente. —¿Había un asomo de presunción allí?—. Rastrillador, y por extensión el Círculo, parecen impotentes. Hubiera debido ceder el Saliente a otro comandante.

—Si yo fuera un gran general, probablemente tampoco admitiría haberla cagado —dije.

—Matasanos —jadeó Elmo, asombrado. Normalmente no digo lo que pienso.

—Es cierto, Elmo. ¿Puedes imaginar a algún general, nuestro o de ellos, pidiéndole a alguien que ocupe su puesto?

El negro morrión me miró directamente.

—Su fe está muriendo. Un ejército sin fe en sí mismo es derrotado con más seguridad que un ejército derrotado en batalla. —Cuando Atrapaalmas aborda un tema, nada lo desvía.

Tuve la extraña sensación de que él podía ser el tipo que cediera el mando a alguien más capaz de ejercerlo.

—Ahora hay que apretar más los tornillos. Todos vosotros. Decidlo en las tabernas. Susurradlo por las calles. Hacedlo arder. Volvedlo loco. Empujadlo tan duro que no tenga tiempo de pensar. Lo quiero tan desesperado que intente algo estúpido.

Pensé que Atrapaalmas había tenido la idea correcta. Este fragmento de la guerra de la Dama no sería ganado en ningún campo de batalla. La primavera estaba a mano, pero la lucha todavía no había empezado. Los ojos del Saliente estaban fijos en la ciudad libre, aguardando el resultado de este duelo entre Rastrillador y el campeón de la Dama.

Atrapaalmas observó:

—Ya no es necesario matar a Rastrillador. Su credibilidad está muerta. Ahora estamos destruyendo la confianza en su movimiento. —Reanudó su vigilia en la ventana.

—El capitán dice que el Círculo ordenó expulsar a Rastrillador —dijo Elmo—. Él no quiso irse.

—¿Se revolvió contra su propia revolución?

—Desea ganarle a esta trampa.

Otra faceta de la naturaleza humana trabajando a nuestro lado. El orgullo arrogante.

—Pongamos algunas cartas sobre la mesa. Goblin y Un Ojo han estado robando de nuevo a viudas y huérfanos. Es hora de sacarlos de aquí.

Rastrillador estaba a sus propios medios, perseguido, cazado, un perro azotado que corría de noche por los callejones. No podía confiar en nadie. Sentí pena por él. Casi.

Era un idiota. Solo un idiota sigue apostando con todas las posibilidades en contra. Las posibilidades en contra de Rastrillador se estaban haciendo más grandes a cada hora que pasaba.

Señalé con el pulgar la oscuridad junto a la ventana.

—Suena como una convención de la Hermandad de los Susurros.

Cuervo miró por encima de mi hombro, no dijo nada. Estábamos jugando al tonk, solo nosotros dos, una aburrida forma de matar el tiempo.

Una docena de voces murmuraban ahí fuera. «Lo huelo.» «Estás equivocado.» «Viene del sur.» «Ahora ya ha acabado.» «Todavía no.» «Es la hora.» «Se necesita un poco más de tiempo.» «Estamos tensando nuestra suerte. El juego puede cambiar.» «Cuidado con el orgullo.» «Está aquí. Su hedor le precede como el aliento de un chacal.»

—Me pregunto si alguna vez pierde alguna discusión consigo mismo.

Cuervo siguió sin decir nada. En mis estados de ánimo más atrevidos he estado intentando sonsacarle. Sin suerte. Me las arreglaba mejor con Atrapaalmas.

Atrapaalmas se levantó de pronto, con un sonido furioso brotando de lo más profundo de él.

—¿Qué ocurre? —pregunté. Estaba harto de Rosas. Estaba hastiado de Rosas. Rosas me aburría y me asustaba. No valía la vida de un hombre ir por aquellas calles solo.

Una de aquellas voces fantasma tenía razón. Nos estábamos acercando a un punto de cada vez menor retorno. Yo mismo estaba desarrollando una reacia admiración por Rastrillador. El hombre se negaba a rendirse o a huir.

—¿Qué ocurre? —pregunté de nuevo.

—El Renco. Está en Rosas.

—¿Aquí? ¿Por qué?

—Huele una gran presa. Desea atribuirse el mérito.

—¿Quieres decir entrometerse en nuestra acción?

—Ese es su estilo.

—Pero la Dama...

—Esto es Rosas. Ella está a mucha distancia. Y no le importa quién se ocupe de él.

La política entre los virreyes de la Dama. Es un mundo extraño. No comprendo a la gente fuera de la Compañía.

Llevamos una vida simple. No se requiere pensar. El capitán se ocupa de eso. Nosotros simplemente acatamos órdenes. Para la mayoría de nosotros la Compañía Negra es un escondite, un refugio del ayer, un lugar donde convertirse en un nuevo hombre.

—¿Qué vamos a hacer? —pregunté.

—Yo me ocuparé del Renco. —Empezó a reunir sus cosas.

Goblin y Un Ojo entraron tambaleantes. Estaban tan borrachos que tenían que sostenerse el uno al otro.

—Mierda —chilló Goblin—. Nieva de nuevo. Maldita nieve. Creía que el invierno había acabado.

Un Ojo se puso a cantar. Algo acerca de las bellezas del invierno. No pude seguirle. Su voz era confusa y había olvidado la mitad de las palabras.

Goblin se dejó caer en una silla, olvidando a Un Ojo. Un Ojo se derrumbó a sus pies. Vomitó sobre las botas de Goblin, intentó continuar su canción. Goblin murmuró:

—¿Dónde demonios está todo el mundo?

—Dando vueltas por ahí. —Intercambié una mirada con Cuervo—. ¿Puedes creer esto? ¿Esos dos emborrachándose juntos?

—¿Adónde ibas, viejo duende? —chilló Goblin a Atrapaalmas. Atrapaalmas salió sin responder—. Bastardo. Ey, Un Ojo, viejo compinche. ¿No es cierto? ¿No es el viejo duende un bastardo?

Un Ojo intentó levantarse trabajosamente del suelo, miró a su alrededor. No creo que estuviera mirando con el ojo que tenía.

—Es crto. —Me miró con el ceño fruncido—. Bstardos. Todos bstardos. —Algo de aquello le pareció divertido. Dejó escapar una risita.

Goblin se le unió. Cuando Cuervo y yo no captamos el chiste, puso una cara muy digna y dijo:

—No son de los nuestros ahí dentro, viejo compinche. Vamos a calentarnos fuera en la nieve. —Ayudó a Un Ojo a acabar de ponerse en pie. Se tambalearon hacia la puerta.

—Espero que no hagan nada estúpido. Más estúpido que de costumbre. Como ponerse en evidencia. Se suicidarán.

—Tonk —dijo Cuervo. Enseñó sus cartas. Para él aquellos dos parecían no haber entrado siquiera.

Diez o quince manos más tarde uno de los soldados que habíamos traído con nosotros entró en tromba.

—¿Habéis visto a Elmo? —preguntó.

Le eché una ojeada. La nieve se estaba fundiendo en su pelo. Estaba pálido, asustado.

—No. ¿Qué ha ocurrido, Hagop?

—Alguien apuñaló a Otto. Creo que fue Rastrillador. Le hice huir.

—¿Apuñalado? ¿Está muerto? —Fui en busca de mi maletín. Otto me necesitaría a mí más de lo que necesitaría a Elmo.

—No. Solo está malherido. Ha perdido mucha sangre.

—¿Por qué no lo has traído aquí?

—No podía cargar con él.

También estaba borracho. El ataque a su amigo lo había serenado un poco, pero eso no iba a durar mucho.

—¿Estás seguro de que era Rastrillador? —¿Estaba el viejo idiota intentando devolver el golpe?

—Seguro. Ey, Matasanos. Ven conmigo. Se va a morir.

—Ya voy. Ya voy.

—Esperad. —Cuervo estaba reuniendo sus cosas—. Voy con vosotros. —Sopesó un par de espléndidos cuchillos, dudando en la elección. Se encogió de hombros, se metió ambos en el cinturón—. Ponte una capa, Matasanos. Hace frío ahí fuera.

Mientras buscaba una asaetó a Hagop acerca de Otto, le dijo que se quedara allí hasta que apareciera Elmo. Luego:

—Vamos, Matasanos.

Escaleras abajo. A la calle. La forma de andar de Cuervo es engañosa. Nunca parece tener prisa, pero has de echar el bofe para seguirle.

La nevada no era ni la mitad del problema. Incluso donde las calles estaban iluminadas no podías ver a seis metros. La niebla era densa y húmeda. ¿Otra ventisca? ¡Maldita sea! ¿No habíamos tenido suficiente?

Encontramos a Otto a media manzana de donde se suponía que estaba. Se había arrastrado hasta debajo de unas escaleras. Cuervo fue directamente hacia él. Cómo sabía dónde buscar es algo que nunca comprenderé. Arrastramos a Otto hasta la luz más cercana. Él no pudo ayudar: había perdido el conocimiento.

Bufé.

—Completamente borracho. El único peligro que corre es el de morir congelado. —Tenía sangre por todas partes, pero su herida no era grave. Necesitaba algunos puntos, eso era todo. Lo llevamos de vuelta a la habitación. Lo desnudé, y empecé a coser mientras todavía no estaba en forma para protestar.

El compañero de Otto estaba dormido. Cuervo lo pateó hasta que despertó.

—Quiero la verdad —dijo Cuervo—. ¿Cómo ocurrió?

Hagop se lo dijo. Insistió:

—Fue Rastrillador, hombre. Fue Rastrillador.

Lo dudé. Lo mismo hizo Cuervo. Pero cuando terminé mi labor de aguja, Cuervo dijo:

—Toma tu espada, Matasanos. —Tenía la expresión del cazador. Yo no deseaba volver a salir, pero menos todavía deseaba discutir con Cuervo cuando estaba de ese humor. Tomé el cinto con la espada.

El aire era más frío. El viento más fuerte. Los copos de nieve eran más pequeños y mordían más fuerte cuando golpeaban las mejillas. Caminé detrás de Cuervo, preguntándome qué demonios estábamos haciendo.

Halló el lugar donde Otto había sido acuchillado. La nueva

nieve todavía no había borrado las marcas en la antigua. Cuervo se acuclilló, miró. Me pregunté qué veía. No había luz suficiente para decir nada, por lo que podía ver.

—Quizá no estaba mintiendo —dijo al fin. Miró a la oscuridad del callejón de donde había surgido el atacante.

—¿Cómo lo sabes?

No me lo dijo.

—Ven. —Echó a andar hacia el callejón.

No me gustan los callejones. En especial no me gustan en ciudades como Rosas, donde se albergan todos los males conocidos por el hombre y probablemente unos cuantos aún por descubrir. Pero Cuervo estaba entrando en uno... Cuervo deseaba mi ayuda... Cuervo era mi hermano en la Compañía Negra... Pero maldita sea, un fuego caliente y un poco de vino tibio hubieran sido mucho mejores.

No creo que hubiera pasado más de tres o cuatro horas explorando la ciudad. Cuervo todavía menos que yo. Sin embargo, parecía saber hacia dónde iba. Me condujo por calles laterales y callejones estrechos, a través de intersecciones y cruzando puentes. Rosas está atravesada por tres ríos, y toda una red de canales los conectan. Los puentes son uno de los motivos de orgullo y fama de la ciudad.

Los puentes no me intrigaban por el momento. Estaba más preocupado por seguir el paso e intentar mantenerme caliente. Mis pies eran pedazos de hielo. La nieve seguía metiéndoseme en las botas, y Cuervo no estaba de humor para detenerse cada vez que ocurría eso.

Seguimos y seguimos. Kilómetros y horas. Nunca había visto tantos barrios bajos y lupanares...

—¡Alto! —Cuervo me cortó el paso con un brazo.

—¿Qué?

—Quieto. —Escuchó. Escuché. No oí nada. No había visto mucho durante nuestro camino tampoco. ¿Cómo podía

Cuervo estar rastreando al asaltante de Otto? No dudaba de que lo estaba haciendo, simplemente no podía imaginarlo.

A decir verdad, nada en Cuervo me sorprendía. Nada lo había hecho desde el día en que le vi estrangular a su esposa.

—Ya casi lo tenemos. —Escrutó la arremolinada nieve—. Sigue adelante, al mismo paso que hemos llevado hasta ahora. Lo atraparás dentro de un par de manzanas.

—¿Qué? ¿Adónde vas tú? —Le estaba hablando a una sombra que se desvanecía—. Maldito seas. —Inspiré profundamente, maldije de nuevo, extraje mi espada y eché a andar. Todo lo que podía pensar era: «¿Cómo voy a explicarme si nos topamos con el hombre equivocado?».

Entonces lo vi a la luz de la puerta de una taberna. Un hombre alto y delgado que arrastraba cansadamente los pies, ajeno a todo lo que le rodeaba. ¿Rastrillador? ¿Cómo podía saberlo? Elmo y Otto eran los únicos que habían estado en la incursión de la granja...

Algo se iluminó dentro de mí. Solo ellos podían identificar a Rastrillador para el resto de nosotros. Otto estaba herido y no sabíamos nada de Elmo desde... ¿Dónde estaba? ¿Bajo un manto de nieve en algún callejón, frío como aquella horrible noche?

Mi miedo se retiró ante la furia.

Enfundé mi espada y extraje una daga. La mantuve oculta debajo de mi capa. La figura allá delante no miró hacia atrás cuando me acerqué.

—Mala noche, ¿eh, amigo?

Gruñó sin comprometerse a nada. Luego me miró, los ojos entrecerrados, cuando ajusté mi paso al suyo. Se apartó un poco, me examinó atentamente. No había miedo en sus ojos. Estaba seguro de sí mismo. No era el tipo de viejo que encuentras vagando por las calles de los barrios bajos. Se asustan de sus propias sombras.

—¿Qué es lo que quieres? —Era una pregunta tranquila, directa. No tenía por qué estar asustado. Yo lo estaba lo suficiente por los dos.

—Apuñalaste a un amigo mío, Rastrillador.

Se detuvo. El destello de algo extraño brilló en sus ojos.

—¿La Compañía Negra?

Asentí.

Se me quedó mirando, los ojos pensativamente entrecerrados.

—El médico. Tú eres el médico. El que llaman Matasanos.

—Encantado de conocerte. —Estoy seguro de que mi voz sonó más fuerte de como me sentía.

Pensé: «¿Qué demonios hago ahora?»

Rastrillador abrió su capa. Una corta espada de punta afilada partió en mi dirección. Me eché a un lado, abrí mi propia capa, eludí de nuevo e intenté desenvainar mi espada.

Rastrillador se inmovilizó. Sus ojos se clavaron en los míos. Parecieron hacerse más grandes, más grandes..., tuve la impresión de estar cayendo al interior de dos pozos grises gemelos... Una sonrisa tironeó de las comisuras de su boca. Avanzó hacia mí, su hoja alzada...

Y de pronto gruñó. Una expresión de sorpresa total se apoderó de su rostro. Me desprendí de su hechizo, retrocedí, me puse en guardia.

Rastrillador se volvió lentamente, miró la oscuridad. El cuchillo de Cuervo asomaba de su espalda. Rastrillador llevó la mano hasta allí y lo arrancó. Un maullido de dolor brotó de sus labios. Miró fijamente el cuchillo, luego, con la misma lentitud, empezó a canturrear.

—¡Muévete, Matasanos!

¡Un conjuro! ¡Idiota! Había olvidado lo que era Rastrillador. Cargué.

Cuervo llegó en el mismo instante.

Contemplé el cuerpo.

—¿Y ahora qué?

Cuervo se arrodilló, extrajo otro cuchillo. Tenía un filo aserrado.

—Alguien reclama el premio de Atrapaalmas.

—Le dará un ataque.

—¿Vas a decírselo?

—No. Pero ¿qué vamos a hacer con él? —Había habido tiempos en los que la Compañía Negra había sido próspera, pero nunca había sido rica. La acumulación de riqueza no es nuestra finalidad.

—Yo podría usar parte de él. Viejas deudas. El resto... Dividirlo entre todos. Enviarlo de vuelta a Berilo. Cualquier cosa. Está ahí. ¿Por qué dejar que los Tomados lo conserven?

Me encogí de hombros.

—Eso es cosa tuya. Simplemente espero que Atrapaalmas no piense que le hemos engañado.

—Solo tú y yo los sabemos. Yo no se lo diré. —Apartó la nieve del rostro del viejo. Rastrillador se estaba enfriando rápidamente.

Cuervo usó su cuchillo.

Soy médico. He extirpado miembros. Soy soldado. He visto algunos sangrientos campos de batalla. Sin embargo, me sentí mareado. Decapitar a un hombre muerto no parece correcto.

Cuervo aseguró nuestro horrible trofeo en el interior de su capa. No le preocupó en lo más mínimo. En un momento determinado, en nuestro camino de vuelta a nuestra parte de la ciudad, pregunté:

—¿Por qué hemos ido exactamente tras él?

No respondió de inmediato. Luego:

—La última carta del capitán dijo que acabara con él si tenía la oportunidad.

Cuando nos acercamos a la plaza, Cuervo dijo:

—Sube arriba. Mira si el duende está ahí. Si no, envía al hombre más sobrio a buscar nuestro carro. Luego vuelve aquí.

—De acuerdo. —Suspiré, me apresuré a nuestros aposentos. Cualquier cosa por un poco de calor.

La nieve tenía ahora más de un palmo de profundidad. Temía que mis pies resultaran permanentemente dañados.

—¿Dónde demonios habéis estado? —preguntó Elmo cuando crucé tambaleante la puerta—. ¿Dónde está Cuervo?

Miré a mi alrededor. Ningún signo de Atrapaalmas. Goblin y Un Ojo estaban de vuelta, muertos para el mundo. Otto y Hagop roncaban como gigantes.

—¿Cómo está Otto?

—Saldrá de esta. ¿Qué habéis estado haciendo?

Me dirigí al lado del fuego, me quité las botas. Mis pies estaban azulados y ateridos pero no helados. Pronto empezaron a hormiguear dolorosamente. Las piernas me dolían también tras todo aquel caminar sobre la nieve. Le conté a Elmo toda la historia.

—¿Lo matasteis?

—Cuervo dijo que el capitán deseaba terminar con el proyecto.

—Sí. Pensé que Cuervo terminaría cortándole la garganta.

—¿Dónde está Atrapaalmas?

—No ha vuelto. —Sonrió—. Iré a traer el carro. No le digas nada a nadie. Hay demasiados bocazas. —Se pasó la capa por los hombros, salió.

Mis manos y mis pies empezaban a ser de nuevo medio humanos. Rebusqué por el lugar y tomé las botas de Otto. Eran más o menos de mi tamaño, y él no las necesitaba.

De nuevo fuera a la noche. Casi por la mañana. Pronto amanecería.

Si esperaba alguna reconvención por parte de Cuervo, me sentí decepcionado. Se limitó a mirarme. Creo que incluso se estremeció. Recuerdo haber pensado: «Quizá sea humano después de todo».

—Tuve que cambiarme las botas. Elmo trae el carro. Con los demás no puede contarse.

—¿Atrapaalmas?

—Todavía no ha vuelto.

—Plantemos su semilla. —Avanzó por entre los girantes copos. Me apresuré tras él.

La nieve no se había acumulado en nuestra trampa. Estaba allí delante de nosotros, resplandeciendo oro. El agua se encharcaba debajo y se alejaba en pequeños riachuelos para convertirse en hielo.

—¿Crees que Atrapaalmas lo sabrá cuando esa cosa se descargue? —pregunté.

—Es muy probable. Y Goblin y Un Ojo también.

—El lugar podría arder alrededor de esos dos y ni siquiera se darían cuenta.

—Sin embargo... ¡Chisss! Hay alguien ahí fuera. Ve hacia allí. —Se dirigió en la otra dirección, trazando un círculo.

«¿Por qué estoy haciendo esto?», me pregunté mientras avanzaba por la nieve, arma en mano. Llegué de nuevo junto a Cuervo.

—¿Ves algo?

Miró fijamente a la oscuridad.

—Había alguien ahí. —Olisqueó el aire, volvió lentamente la cabeza a derecha e izquierda. Dio una docena de rápidos pasos, señaló hacia abajo.

Tenía razón. El rastro era fresco. La mitad que volvía sobre sus pasos parecía apresurada. Contemplé aquellas huellas.

—No me gusta, Cuervo. —El rastro de nuestro visitante indicaba que arrastraba el pie derecho—. El Renco.

—No lo sabemos seguro.

—¿Quién más? ¿Dónde está Elmo?

Regresamos a la trampa de Rastrillador, aguardamos impacientes. Cuervo caminó arriba y abajo. Murmuró algo para sí mismo. No podía recordar haberle visto nunca tan inquieto. En un momento determinado dijo:

—El Renco no es Atrapaalmas.

Claramente. Atrapaalmas es casi humano. Renco es del tipo que disfruta atormentando bebés.

Un resonar de arreos y el chirriar de ruedas mal engrasadas entró en la plaza. Aparecieron Elmo y el carro. Elmo tiró de las riendas y saltó al suelo.

—¿Dónde demonios estabas? —El miedo y el cansancio me hacían decir estupideces.

—Toma su tiempo despertar al chico del establo y preparar los caballos. ¿Qué ocurre? ¿Ha pasado algo?

—El Renco ha estado aquí.

—Oh, mierda. ¿Qué ha hecho?

—Nada. Simplemente...

—Movámonos —gritó Cuervo—. Antes de que vuelva. —Llevó la cabeza a la piedra. Era como si los conjuros guardianes nunca hubieran existido. Encajó nuestro trofeo en el hueco, que parecía estar aguardando. El resplandor dorado parpadeó y se apagó. Los copos de nieve empezaron a acumularse sobre cabeza y piedra.

—Vamos —jadeó Elmo—. No tenemos mucho tiempo.

Agarré una bolsa y la llevé hasta el carro. El previsor Elmo había extendido una lona embreada para impedir que las monedas sueltas se pudiesen escurrir entre las planchas del piso.

Cuervo me dijo que recogiera todo lo suelto debajo de la mesa.

—Elmo, vacía algunas de esas bolsas y dáselas a Matasanos.

Fueron trasladando bolsas. Yo fui recogiendo las monedas sueltas.

—Un minuto —dijo Cuervo. La mitad de las bolsas estaban ya en el carro.

—Demasiadas monedas sueltas —me quejé.

—Las dejaremos si no queda más remedio.

—¿Qué vamos a hacer con todo esto? ¿Cómo lo ocultaremos?

—En el heno del establo —dijo Cuervo—. Por ahora. Más tarde pondremos un falso fondo en el carro. Dos minutos.

—¿Qué hay de las huellas del carro? —preguntó Elmo—. Podría seguirlas hasta el establo.

—¿Por qué debería preocuparse por ello? —pregunté en voz alta.

Cuervo me ignoró. Preguntó a Elmo:

—¿No te ocultaste para venir aquí?

—No pensé en ello.

—¡Maldita sea!

Todas las bolsas estaban en el carro. Elmo y Cuervo ayudaron con lo suelto.

—Tres minutos —dijo Cuervo, y luego—: ¡Quietos! —Escuchó—. Atrapaalmas no puede estar ya de vuelta, ¿verdad? No. El Renco de nuevo. Vamos. Tú conduces, Elmo. Ve hacia una arteria principal. Perdámonos en el tráfico. Yo te seguiré. Matasanos, intenta cubrir el rastro de Elmo.

—¿Dónde está? —preguntó Elmo, mirando la nieve que caía.

Cuervo señaló.

—Tendremos que despistarlo o se lo llevará. Adelante, Matasanos. Muévete, Elmo.

—¡En marcha! —Elmo hizo restallar las riendas. El carro crujió y se alejó.

Me agaché debajo de la mesa y me llené los bolsillos, luego me alejé corriendo de donde Cuervo había dicho que estaba el Renco.

No sé si tuve mucha suerte oscureciendo el rastro de Elmo. Creo que nos ayudó más el tráfico matutino que cualquier cosa que yo hiciera. Me desembaracé del chico del establo. Le di un saquito lleno de oro y plata, más de lo que ganaría en años trabajando en el establo, y le pregunté si podía perderse. Lejos de Rosas, preferiblemente. Me dijo:

—No voy a pararme ni siquiera a recoger mis cosas. —Dejó caer su horca y salió, y nunca más volvió a vérsele.

Regresé a nuestra habitación.

Todo el mundo dormía menos Otto.

—Oh, Matasanos —dijo—. Lo estoy pasando mal.

—¿Dolor?

—Sí.

—¿Resaca?

—Eso también.

—Veamos lo que podemos hacer. ¿Cuánto tiempo llevas despierto?

—Una hora, calculo.

—¿Atrapaalmas ha estado aquí?

—No. ¿Qué le ocurrió, de todos modos?

—No lo sé.

—Ey. Esas son mis botas. ¿Qué demonios crees que estás haciendo, llevando mis botas?

—Tranquilo. Bebe esto.

Bebió.

—Vamos. ¿Qué haces llevando mis botas?

Me quité las botas y las coloqué cerca del fuego, que estaba ya bajo. Otto me siguió mientras añadía unos troncos.

—Si no te calmas se te van a abrir los puntos.

Diré esto de nuestra gente. Me escuchan cuando mi consejo es médico. Por furioso que estuviera, volvió a echarse, se forzó a permanecer quieto. No dejó de imprecarme.

Me quité mi ropa mojada y me puse una camisa de noche que encontré por allí. No sé de dónde había salido. Era demasiado corta. Me serví un pote de té, luego me volví hacia Otto.

—Echemos una mirada más de cerca. —Traje mi maletín.

Estaba limpiando alrededor de la herida y Otto estaba maldiciendo suavemente cuando oí el sonido. Raspar-golpe, raspar-golpe. Se detuvo al otro lado de la puerta.

Otto captó mi miedo.

—¿Qué ocurre?

—Es... —La puerta se abrió detrás de mí. Volví la mirada. Mis sospechas eran correctas.

El Renco fue hasta la mesa, se dejó caer en una silla, examinó la habitación. Su mirada se clavó en mí como un espetón. Me pregunté si recordaba lo que le había hecho en Galeote.

Dije estúpidamente:

—Estaba preparando té.

Miró sus mojadas botas y capa, luego a cada hombre en la habitación. Luego de nuevo a mí.

El Renco no es un hombre grande. Si me cruzara con él en la calle, sin saber quién era, no me sentiría impresionado. Como Atrapaalmas, iba vestido de un solo color, un pardo deslustrado. Sus ropas estaban ajadas. Su rostro quedaba oculto por una maltratada máscara de cuero que colgaba. Enmarañados mechones de pelo asomaban de debajo de su capucha y alrededor de la máscara. Eran grises salpicados de negro.

No dijo una palabra. Simplemente se quedó allí sentado y

miró. Sin saber qué otra cosa hacer, terminé de atender a Otto, luego hice el té. Serví tres tazas pequeñas, le di una a Otto, coloqué otra delante del Renco, tomé la tercera para mí.

Y ahora, ¿qué? No servía de nada fingir estar atareado en algo. No había ningún lugar donde sentarse excepto junto a aquella mesa... ¡Oh, mierda!

El Renco retiró su máscara. Alzó la taza...

No pude apartar la vista de él.

Era el rostro de un hombre muerto, de una momia inadecuadamente conservada. Sus ojos estaban vivos y eran maléficos, pero directamente debajo de uno había un trozo de carne que se había podrido. Debajo de su nariz, en la comisura derecha de su boca, faltaban seis centímetros cuadrados de labio, revelando la encía y unos dientes amarillentos.

El Renco sorbió su té, cruzó su mirada con la mía y sonrió.

Casi derramé el té encima de mi pierna.

Fui a la ventana. Había ya algo de luz ahí fuera, y la nevada estaba menguando, pero no podía ver la piedra.

Sonaron botas en la escalera. Elmo y Cuervo entraron en la habitación. Elmo gruñó:

—Ey, Matasanos, ¿cómo demonios te libraste de ese...? —Sus palabras se hicieron pequeñas cuando reconoció al Renco.

Cuervo me lanzó una mirada interrogadora. El Renco se volvió. Me encogí de hombros cuando lo tuve de espaldas. Cuervo se dirigió hacia un lado, empezó a quitarse su ropa mojada.

Elmo captó la idea. Fue hacia el otro lado, se despojó de su ropa junto al fuego.

—Maldita sea, qué bien sienta despejarse de eso. ¿Cómo está el chico, Otto?

—Aquí hay té recién hecho —dije.

—Duele por todas partes, Elmo —respondió Otto.

El Renco nos miró uno a uno, y a Un Ojo y a Goblin, que seguían sin moverse.

—Bien. Atrapaalmas trae lo mejor de la Compañía Negra. —Su voz era un susurro, pero llenó la habitación—. ¿Dónde está?

Cuervo lo ignoró. Se puso unos pantalones secos, se sentó al lado de Otto, comprobó mi trabajo.

—Un buen zurcido, Matasanos.

—He adquirido mucha práctica con la aguja.

Elmo se encogió de hombros en respuesta al Renco. Vació su taza, derramó té por todas partes, luego llenó el pote de una de las jarras. Clavó una bota en las costillas de Un Ojo mientras el Renco miraba fijamente a Cuervo.

—¡Tú! —bramó el Renco—. No he olvidado lo que hiciste en Ópalo. Ni durante la campaña en Forsberg.

Cuervo apoyó la espalda contra la pared. Extrajo uno de sus más perversos cuchillos y empezó a limpiarse las uñas con él. Sonrió. Le sonrió al Renco, y había burla en sus ojos.

¿Nada asustaba a ese hombre?

—¿Qué hiciste con el dinero? No era de Atrapaalmas. La Dama me lo dio a mí.

Reuní valor del desafío de Cuervo.

—¿No se supone que debías estar en Olmo? La Dama te ordenó que te alejaras del Saliente.

La ira distorsionó aquel deformado rostro. Una cicatriz descendía por su frente y su mejilla izquierda. Muy visible. Supuestamente continuaba descendiendo por su pecho izquierdo. El golpe había sido asestado por la propia Rosa Blanca.

El Renco se puso en pie. Y aquel maldito Cuervo dijo:

—¿Tienes las cartas, Elmo? La mesa está libre.

El Renco frunció el ceño. El nivel de tensión ascendió rápido. Gritó:

—Quiero ese dinero. Es mío. Vuestra elección es cooperar o no. No creo que os guste si no lo hacéis.

—Si lo quieres, consíguelo —dijo Cuervo—. Atrapa a Rastrillador. Rebánale la cabeza. Llévala a la piedra. Eso debería de ser fácil para el Renco. Rastrillador es solo un bandido. ¿Qué posibilidades tiene contra el Renco?

Pensé que el Tomado iba a estallar. No lo hizo. Por un instante se mostró desconcertado.

No lo estuvo durante mucho tiempo.

—De acuerdo. Si lo deseas de la manera difícil. —Su sonrisa era amplia y cruel.

La tensión se acercaba al punto de ruptura.

Una sombra se movió en la abierta puerta. Apareció una figura delgada y oscura, miró la espalda del Renco. Suspiré aliviado.

El Renco se dio la vuelta. Por un momento el aire pareció chasquear entre los dos Tomados.

Por el rabillo del ojo observé que Goblin se estaba sentando. Sus dedos danzaban en complejos ritmos. Un Ojo, de cara a la pared, estaba susurrando en su saco de dormir. Cuervo invirtió su cuchillo para un lanzamiento. Elmo aferró el pote de té, dispuesto a arrojar agua hirviendo.

No había ningún proyectil a mi alcance. ¿Cómo demonios podía contribuir? ¿Una crónica del golpe luego, si sobrevivía?

Atrapaalmas hizo un diminuto gesto, avanzó rodeando al Renco, se dejó caer en su silla habitual. Alzó un pie, agarró con él una de las sillas y la separó de la mesa, puso los pies encima. Miró al Renco, con los dedos formando pirámide delante de su boca.

—La Dama envió un mensaje. En caso de que me topara

contigo. Quiere verte. —Atrapaalmas usó una sola voz durante todo el tiempo. Una dura voz femenina—. Desea preguntarte acerca del levantamiento en Olmo.

El Renco se sobresaltó. Una de sus manos, extendida sobre la mesa, se retorció nerviosamente.

—¿Levantamiento? ¿En Olmo?

—Los Rebeldes atacaron el palacio y los acuartelamientos.

El correoso rostro del Renco perdió color. El retorcer de su mano se hizo más pronunciado.

—Quiere saber por qué no estabas allí para evitarlo —dijo Atrapaalmas.

El Renco permaneció inmóvil tres segundos más. En aquel tiempo su rostro se volvió grotesco. Raras veces he visto un miedo tan desnudo. Luego se dio la vuelta y huyó.

Cuervo lanzó su cuchillo. Golpeó el marco de la puerta. El Renco ni se dio cuenta.

Atrapaalmas se echó a reír. No era la risa de los anteriores días, sino una risa profunda, dura, sólida, vengativa. Se levantó, se dirigió a la ventana.

—Ah. ¿Alguien ha reclamado nuestro premio? ¿Cuándo ocurrió?

Elmo enmascaró su respuesta yendo a cerrar la puerta. Cuervo dijo:

—Lánzame el cuchillo, Elmo. —Se acercó al lado de Atrapaalmas, miró fuera. La nevada había cesado. La piedra era visible. Fría, sin ningún brillo, con un par de centímetros de blancura encima.

—No lo sé. —Esperé sonar sincero—. La nevada fue densa toda la noche. La última vez que miré, antes de que él apareciera, no pude ver nada. Quizá sería mejor bajar.

—No te preocupes. —Ajustó su silla para poder observar la plaza. Más tarde, después de aceptar el té de manos de Elmo y apurarlo, ocultando su rostro volviéndose hacia un lado, murmuró—: Rastrillador eliminado. Esas sabandijas presas del pánico. Y, lo más dulce, el Renco de nuevo en una situación embarazosa. No ha sido un mal trabajo.

—¿Era eso cierto? —pregunté—. ¿Lo de Olmo?

—Hasta la última palabra. —Con una voz cantarina y alegre—. Cabe preguntarse cómo sabían los Rebeldes que el Renco estaba fuera de la ciudad. Y cómo supo Cambiaformas del problema lo bastante rápido como para presentarse y aplastar el levantamiento antes de que consiguiera nada. —Otra pausa—. Sin duda el Renco meditará en esto mientras se recupera. —Rio de nuevo, más suavemente, más sombríamente.

Elmo y yo nos atareamos preparando el desayuno. Normalmente Otto se ocupaba de la cocina, así que teníamos una excusa para romper la rutina. Al cabo de un rato, Atrapaalmas observó:

—No tiene ningún sentido que sigáis aquí. Las plegarias de vuestro capitán han sido respondidas.

—¿Podemos irnos? —preguntó Elmo.

—No hay ninguna razón para quedarse, ¿no?

Un Ojo sí tenía razones. Las ignoramos.

—Empezad a recoger las cosas después del desayuno —nos dijo Elmo.

—¿Vais a viajar con este tiempo? —preguntó Un Ojo.

—El capitán desea que volvamos.

Llevé a Atrapaalmas una bandeja de huevos revueltos. No sé por qué. No comía a menudo, y prácticamente nunca desayunaba. Pero lo aceptó, se volvió de espaldas.

Miré hacia fuera por la ventana. La gente había descubierto el cambio. Alguien había retirado la nieve del rostro de Rastrillador. Sus ojos estaban abiertos, parecía estar vigilando. Extraño.

Los hombres se estaban metiendo debajo de la mesa, peleándose por las monedas que habían quedado atrás. El montón se agitaba como gusanos sobre un pútrido cadáver.

—Alguien tendría que hacerle los honores —murmuré—. Fue un maldito oponente.

—Tienes tus Anales —me dijo Atrapaalmas. Y—: Solo un conquistador se molesta en honrar a un enemigo caído.

Por aquel entonces yo estaba dedicado a mi plato. Me pregunté lo que querría decir, pero en aquel momento una comida caliente era más importante.

Todos estaban en el establo excepto Otto y yo. Iban a traer el carro fuera para el soldado herido. Yo le había administrado algo para el rudo transporte que le aguardaba.

Se estaban tomando su tiempo. Elmo deseaba instalar una especie de dosel para resguardar a Otto de las inclemencias del tiempo. Jugué un solitario mientras aguardaba.

Surgido de la nada, Atrapaalmas dijo:

—Es muy hermosa, Matasanos. De aspecto joven. Fresca. Deslumbrante. Con un corazón de pedernal. El Renco es un cariñoso cachorrillo en comparación. Reza para que nunca te ponga el ojo encima.

Miraba a través de la ventana. Sentí deseos de hacerle preguntas, pero no me vino ninguna en aquel momento. Maldita sea. Realmente eché a perder una oportunidad.

¿De qué color tenía el pelo? ¿Los ojos? ¿Cómo sonreía? Todo significaba mucho para mí cuando no podía saberlo.

Atrapaalmas se levantó, se echó la capa por encima.

—Aunque solo haya sido por el Renco, ha valido la pena —dijo. Hizo una pausa en la puerta, me atravesó con la mirada—. Tú, Elmo y Cuervo. Haced un brindis por mí. ¿De acuerdo?

Luego desapareció.

Elmo llegó un minuto más tarde. Alzamos a Otto y emprendimos el camino de vuelta a Meystrikt. Mis nervios no valieron una mierda durante largo tiempo.

4

Susurro

La misión nos proporcionó el mayor beneficio a cambio del menor esfuerzo que pueda recordar. Fue pura suerte cruzada en nuestro camino al cien por cien. Fue un desastre para los Rebeldes.

Huíamos del Saliente, donde las defensas de la Dama se habían desmoronado casi de la noche a la mañana. Corriendo con nosotros iban quinientos o seiscientos regulares que habían perdido sus unidades. En bien de la rapidez, el capitán había decidido cortar directamente a través del Bosque Nuboso hasta Lords, en vez de seguir la más larga carretera meridional que lo rodeaba.

Un batallón de las fuerzas Rebeldes estaba a uno o dos días detrás de nosotros. Hubiéramos podido volvernos y plantarles cara, pero el capitán deseaba eludirlos. Me gustó su modo de pensar. La lucha alrededor de Rosas había sido espantosa. Habían caído a miles. Con tantos cuerpos extras aferrados a la Compañía, había ido perdiendo hombres por falta de tiempo para tratarlos.

Nuestras órdenes eran presentarnos a Nocherniego en Lords. Atrapaalmas creía que Lords iba a ser el blanco del próximo empuje Rebelde. Agotados como estábamos, esperábamos ver una lucha más acerba antes de que el invierno frenara el ritmo de la guerra.

—¡Matasanos! ¡Mira aquí! —Albo llegó a la carga al lugar donde yo estaba sentado con el capitán y Silencioso y uno o dos más. Llevaba a una mujer desnuda al hombro. Hubiera podido ser atractiva si no hubieran abusado tanto de ella.

—No está mal, Albo. No está mal —dije, y volví a mi diario. Detrás de Albo siguieron los gritos y los vítores. Los hombres estaban cosechando los frutos de la victoria.

—Son bárbaros —observó el capitán sin rencor.

—Debemos dejarlos sueltos algunas veces —le recordé—. Mejor aquí que con la gente de Lords.

El capitán aceptó aquello, reluctante. Simplemente no tiene demasiado estómago para el saqueo y la violación, por mucho que formen parte de nuestro negocio. Creo que en secreto es un romántico, al menos en lo que a mujeres se refiere.

Intenté ablandar su humor.

—Ellos lo pidieron, levantándose en armas.

Débilmente, me preguntó:

—¿Cuánto tiempo hace que dura esto, Matasanos? Parece una eternidad, ¿no? ¿Puedes recordar alguna vez en la que no fuiste soldado? ¿Por qué todo esto? ¿Por qué estamos aquí? Seguimos ganando batallas, pero la Dama está perdiendo la guerra. ¿Por qué simplemente no lo dejan correr y volvemos todos a casa?

En parte tenía razón. Desde Forsberg había sido una retirada tras otra, aunque lo habíamos hecho bien. El Saliente había estado seguro hasta que Cambiaformas y el Renco entraron en acción.

Nuestra última retirada nos había llevado tambaleantes hasta este campamento base Rebelde. Suponíamos que era el centro principal de estancia y entrenamiento para la campaña contra Nocherniego. Afortunadamente, divisamos a los Rebeldes antes de que ellos nos divisaran a nosotros. Rodeamos el lugar y entramos rugiendo antes del amanecer. Nos superaban con mucho en número, pero los Rebeldes no ponían mucho tesón en la lucha. La mayoría eran voluntarios que todavía estaban completamente verdes. El aspecto más sorprendente era la presencia de un regimiento de amazonas.

Habíamos oído hablar de ellas, por supuesto. Había varios de esos regimientos en el este, alrededor de Orín, donde la lucha es más encarnizada y sostenida que aquí. Este fue nuestro primer encuentro. Dejó a los hombres desdeñosos respecto a las mujeres guerreras, pese a que lucharon mucho mejor que sus compatriotas masculinos.

El humo empezó a moverse en nuestra dirección. Los hombres estaban incendiando los acuartelamientos y los edificios administrativos. El capitán murmuró:

—Matasanos, asegúrate de que estos imbéciles no prenden fuego al bosque.

Me levanté, tomé mi bolsa y salí al estruendo.

Había cuerpos por todas partes. Los imbéciles debían de haberse sentido completamente a salvo. No habían levantado ninguna empalizada ni habían cavado trincheras alrededor del campamento. Idiotas. Eso es lo primero que haces, aunque sepas que no hay enemigos en un centenar de kilómetros a la redonda. Luego pones un techo sobre tu cabeza. Estar mojado es mejor que estar muerto.

Debería de estar acostumbrado a esto. He estado largo tiempo con la Compañía. Y me preocupa menos de lo que acostumbraba a hacerlo. He colgado una armadura sobre mis puntos blandos morales. Pero todavía intento evitar el mirar lo peor.

Tú que vendrás detrás de mí en la redacción de estos Anales, te darás cuenta ahora de que siento reparos a la hora de reflejar toda la verdad acerca de nuestra banda de sinvergüenzas. Sabes que son viciosos, violentos e ignorantes. Son unos completos bárbaros, que viven sus crueles fantasías, con su comportamiento atemperado tan solo por la presencia de unos pocos hombres decentes. No muestro a menudo ese lado porque estos hombres son mis hermanos, mi familia, y desde pequeño se me enseñó a no hablar mal de la familia. Las viejas lecciones tardan en morir.

Cuervo ríe cuando lee mis crónicas. «Azúcar y especia», las llama, y amenaza con retirar los Anales y escribir las historias de la forma en que las ve ocurrir.

Maldito Cuervo. Burlándose de mí. ¿Y quién era él, merodeando por todo el campamento, metiéndose allá donde los hombres se estaban divirtiendo con un poco de tortura? ¿Quién llevaba a una niña muda de diez años arrastrada de sus faldones? No Matasanos, hermanos. No Matasanos. Matasanos no es un romántico. Esa es una pasión reservada para el capitán y para Cuervo.

Naturalmente, Cuervo se ha convertido en el mejor amigo del capitán. Se sientan juntos como un par de rocas, hablando de las mismas cosas que lo hacen los peñascos. Se contentan con compartir el uno la compañía del otro.

Elmo conducía a los pirómanos. Eran viejos hombres de la Compañía que habían saciado su menos intensa hambre de carne. Aquellos que todavía perseguían a las damas eran en su mayor parte nuestros jóvenes regulares.

Habían proporcionado a los Rebeldes una buena pelea en Rosas, pero había sido demasiado fuerte. La mitad del Círculo de los Dieciocho se había alineado contra nosotros allí. Solo habíamos tenido al Renco y a Cambiaformas a nuestro lado. Esos dos pasaron más tiempo intentando sabotearse el uno al otro que intentando repeler al Círculo. Resultado: una debacle. La derrota más humillante de la Dama en una década.

El Círculo se mantiene unido la mayor parte del tiempo. No gastan más energía abusando los unos de los otros de la que gastan sobre sus enemigos.

—¡Ey! ¡Matasanos! —llamó Un Ojo—. Únete a la diversión. —Arrojó una antorcha encendida a través de la puerta de un barracón. El edificio no tardó en estallar. Pesadas contraventanas de roble saltaron de las ventanas. Un chorro de llamas envolvió a Un Ojo. Salió a la carga, con su extraño pelo fundiéndose debajo de la banda de su extraño sombrero. Lo arrojé al suelo, usé el sombrero para apagar su pelo.

—De acuerdo, de acuerdo —gruñó—. No necesitas divertirte tanto.

Incapaz de reprimir una sonrisa, lo ayudé a levantarse.

—¿Estás bien?

—Perfectamente —dijo, adoptando ese aire de falsa dignidad que adoptan los gatos después de alguna actuación particularmente inepta. Algo así como: «Eso es lo que pretendía hacer desde un principio».

El fuego rugió. Trozos del techo de paja se elevaron en el aire y oscilaron sobre el edificio. Observé:

—El capitán me ha enviado a asegurarme de que no provocáis un incendio forestal. —Justo entonces apareció Goblin doblando la esquina del edificio en llamas. Su amplia boca estaba distendida en una burlona sonrisa.

Un Ojo echó una mirada y chilló:

—¡Cerebro de gusano! Tú provocaste eso. —Lanzó un tembloroso aullido y se puso a bailar. El rugir de las llamas se hizo más profundo, se volvió rítmico. Pronto creí poder ver algo que danzaba entre las llamas detrás de las ventanas.

Goblin también lo vio. Su sonrisa se desvaneció. Tragó saliva, se puso blanco, empezó una pequeña danza propia. Él y Un Ojo aullaron y chillaron y prácticamente se ignoraron el uno al otro.

Un camellón de agua vertió su contenido, que trazó un arco a través del aire y chapoteó sobre las llamas. Le siguió el contenido de un barril de agua. El rugir del fuego bajó.

Un Ojo saltó de un lado para otro y aguijoneó a Goblin, intentando romper su concentración, Goblin agitó las manos y se tambaleó y chilló y siguió danzando. Más agua golpeó el fuego.

—Vaya par.

Me volví. Elmo había acudido a mirar.

—Vaya par, ciertamente —reconocí. Agitados, peleones, chillones, podían ser una alegoría de sus hermanos mayores en el oficio. Excepto que su conflicto no llegaba ni a la mitad del camino hasta el hueso, como ocurría entre Cambiaformas y el Renco. Cuando buceas más allá de la bruma, descubres que esos dos son amigos. No hay amigos entre los Tomados.

—Tengo algo que mostrarte —dijo Elmo. No iba a decir nada más. Asentí y le seguí.

Goblin y Un Ojo siguieron con lo suyo. Goblin parecía ir en cabeza. Dejé de preocuparme por el fuego.

—¿Imaginas una forma de leer esas huellas de patas de pollo norteñas? —preguntó Elmo. Me había conducido a lo que debía de haber sido el cuartel general de todo el campamento. Señaló una montaña de papeles que sus hombres habían apilado en el suelo, evidentemente como combustible para otro fuego.

—Creo que puedo desentrañar algo.

—Pensé que podrías hallar algo en toda esta mierda.

Seleccioné un papel al azar. Era una copia dando instrucciones a un batallón Rebelde específico de infiltrarse en Lord y desaparecer en las casas de los simpatizantes locales hasta que se les ordenara golpear a los defensores de Lords desde dentro. Estaba firmada Susurro. Se añadía una lista de contactos.

—Te diré —murmuré, de pronto sin aliento. Aquella orden traicionaba media docena de secretos Rebeldes, e implicaba varios más—. Te diré. —Agarré otro. Como la primera, era una directriz a una unidad específica. Como la primera, era una ventana al corazón de la estrategia Rebelde actual—. Trae al capitán —le dije a Elmo—. Trae a Goblin y a Un Ojo y al teniente y a cualquiera que pueda...

Mi expresión debía de ser muy extraña. Elmo me miró de una forma rara y nerviosa cuando interrumpió:

—¿Qué demonios es eso, Matasanos?

—Todas las órdenes y planes para la campaña contra Lords. Las órdenes completas de batalla. —Pero aquella no era la línea de fondo. Eso me lo reservaba para el capitán en persona—. Y apresúrate. Los minutos pueden ser críticos. Dejad de quemar nada. Por todos los demonios, dejad de hacerlo. Esto es un auténtico hallazgo. No lo convirtáis en humo.

Elmo atravesó la puerta a la carrera. Oí sus gritos desvanecerse en la distancia. Un buen sargento, Elmo. No pierde el tiempo haciendo preguntas. Gruñendo, me senté en el suelo y empecé a examinar documentos.

La puerta crujió. No alcé la vista. Estaba febril, mirando los documentos tan aprisa como podía arrancarlos de la pila, distribuyéndolos en montones más pequeños. Unas lodosas botas aparecieron en mi campo de visión.

—¿Puedes leer eso, Cuervo? —Había reconocido sus pasos.

—¿Poder? Sí.

—Ayúdame a ver qué tenemos aquí.

Cuervo se sentó delante de mí. La pila estaba entre los dos, casi bloqueando nuestra vista el uno del otro. Linda se situó detrás de él, fuera de su camino pero, bien dentro de la sombra de su protección. Sus tranquilos y apagados ojos todavía reflejaban el horror de aquel lejano poblado.

De alguna forma, Cuervo es un paradigma para la Compañía. La diferencia entre él y el resto de nosotros es que es un poco más de todo, un poco más grande que la vida. Quizá, siendo el recién llegado, el único hermano del norte, sea un símbolo de nuestra vida al servicio de la Dama. Sus agonías morales se han convertido en nuestras agonías morales. Su silencioso rechazo de aullar y golpearse el pecho en la adversidad es nuestro también. Preferimos hablar con la voz metálica de nuestras armas.

Ya basta. ¿Por qué aventurarme en el significado de todo ello? Elmo había tropezado con un filón. Cuervo y yo empezamos a buscar las pepitas.

Entraron Goblin y Un Ojo. Ninguno de los dos sabía leer la escritura norteña. Empezaron a divertirse arrojando sombras sin fuente a perseguirse por las paredes. Cuervo les lanzó una mirada ominosa. Sus incesantes payasadas y altercados podían llegar a cansar cuando tenías algo en la cabeza.

Lo miraron, dejaron el juego, se sentaron en silencio, casi como niños regañados. Cuervo tiene esa cualidad, esa energía, ese impacto de personalidad, que hace que hombres más peligrosos que él se estremezcan ante su frío viento oscuro.

Llegó el capitán, acompañado por Elmo y Silencioso. A través de la puerta divisé a varios hombres merodeando por los alrededores. Resulta curioso la forma en que la gente huele las cosas.

—¿Qué has encontrado, Matasanos? —preguntó el capitán.

Imaginé que había ordeñado a Elmo hasta dejarlo seco, de modo que fui directamente al grano.

—Esas órdenes. —Palmeé uno de mis montones—. Todos esos informes. —Palmeé otro—. Todos están firmados por

Susurro. Estamos pateando los parterres del jardín privado de Susurro. —Mi voz adquirió un tono agudo.

Durante unos momentos nadie dijo nada. Goblin emitió unos cuantos sonidos chirriantes cuando Arrope y los demás sargentos entraron a toda prisa. Finalmente el capitán preguntó a Cuervo:

—¿Es eso correcto?

Cuervo asintió.

—A juzgar por los documentos, ha estado entrando y saliendo desde principios de la primavera.

El capitán cruzó los brazos, se puso a pasear arriba y abajo. Parecía como un viejo monje cansado camino de las plegarias del anochecer.

Susurro es el más conocido de todos los generales Rebeldes. Es una mujer. Su testarudo genio ha mantenido unido el frente oriental pese a todos los esfuerzos de los Diez. También es el miembro más peligroso del Círculo de los Dieciocho. Es conocida por la meticulosidad con la que planea las campañas. En una guerra que demasiado a menudo se parece por ambos lados a un caos armado, sus fuerzas destacan por su firme organización, disciplina y claridad de objetivos.

—Se supone que está mandando el ejército Rebelde en Orín, ¿correcto? —meditó el capitán. La lucha por Orín duraba ya tres años. Los rumores decían que cientos de kilómetros cuadrados yacían devastados. Durante el pasado invierno ambos bandos se habían visto obligados a comerse sus propios muertos para sobrevivir.

Asentí. La cuestión era retórica. Estaba pensando en voz alta.

—Y Orín ha sido un matadero durante años. Susurro no se rendirá. La Dama no retrocederá. Pero si Susurro viene de camino hacia aquí, entonces el Círculo ha decidido dejar caer Orín.

—Eso significa —añadí— que están cambiando de una estrategia oriental a una septentrional. —El norte sigue siendo el flanco débil de la Dama. El oeste está postrado. Los aliados de la Dama gobiernan el mar al sur. El norte ha sido ignorado desde que las fronteras del imperio alcanzaron los grandes bosques encima de Forsberg. Es en el norte donde los Rebeldes han conseguido sus éxitos más espectaculares.

El teniente observó:

—Tenemos el impulso necesario, con Forsberg tomado, el Saliente dominado, Rosas eliminada y Centeno asediada. Hay fuerzas Rebeldes encaminándose a Ingenio y Doncella. Serán detenidas, pero el Círculo debe saberlo. Así que están danzando sobre el otro pie y acudiendo a Lords. Si Lords cae, están casi al borde del País Ventoso. Si cruzan el País Ventoso y suben la Escalera Rota, estarán mirando a Hechizo desde un centenar de kilómetros de distancia.

Seguí leyendo y clasificando.

—Elmo, podrías mirar a tu alrededor y ver si puedes encontrar alguna otra cosa. Puede que tengan algo metido por alguna parte.

—Usa a Un Ojo, Goblin y Silencioso —sugirió Cuervo—. Tienen más posibilidades de encontrar algo.

El capitán dio su aprobación a la propuesta. Le dijo al teniente:

—Ocúpate de esto. Quejica, tú y Arrope preparad a los hombres para la marcha. Mecha, dobla la guardia del perímetro.

—¿Señor? —preguntó Arrope.

—No querrás estar aquí cuando vuelva Susurro, ¿verdad? Goblin, ven acá. Ponte en contacto con Atrapaalmas. Esto tiene prioridad. Ahora.

Goblin hizo una horrible mueca, luego fue a un rincón y empezó a murmurar para sí mismo. Era pequeña y tranquila hechicería..., para empezar.

El capitán se volvió.

—Matasanos, tú y Cuervo empaquetad estos documentos cuando terminéis con ellos. Querremos llevárnoslos.

—Quizá sea mejor guardar los mejores para Atrapaalmas —dije—. Algunos necesitarán una atención inmediata si queremos que sean de alguna utilidad. Quiero decir, habrá que hacer algo antes de que Susurro pueda captar algo.

—De acuerdo —me interrumpió—. Te enviaré un carro. No perdáis el tiempo. —Parecía cansado cuando salió.

Un nuevo ramalazo de terror entró con los gritos procedentes de fuera. Desenredé mis doloridas piernas y fui a la puerta. Estaban conduciendo a los Rebeldes al campo de entrenamiento. Los prisioneros captaban la repentina ansia de la Compañía por terminar e irse. Creían que iban a morir solo unos minutos antes de que llegara la salvación.

Sacudí la cabeza y regresé a mi lectura. Cuervo me lanzó una mirada que podía significar que compartía mi dolor. Por otra parte, podía contener también desdén hacia mi debilidad. Con Cuervo resulta difícil decirlo.

Un Ojo entró por la puerta, avanzó con paso fuerte, dejó caer un puñado de paquetes envueltos con tela embreada. Había húmedos terrones pegados a ellos.

—Tenías razón. Desenterramos esto detrás de los dormitorios. Goblin dejó escapar un largo y agudo chirrido tan estremecedor como el de un búho cuando estás solo en los bosques a medianoche. Un Ojo hizo eco al sonido.

Tales momentos me hacen dudar de la sinceridad de su animosidad.

—Está en la Torre —gimió Goblin—. Está con la Dama. La veo a través de sus ojos... sus ojos... sus ojos... ¡La oscuridad!

¡Oh, Dios, la oscuridad! ¡No! ¡Oh, Dios, no! ¡No! —Sus palabras se retorcieron en un chillido de puro terror. Eso también se desvaneció—. El Ojo. Veo el Ojo. Está mirando directamente a través de mí.

Cuervo y yo intercambiamos ceños fruncidos y encogimientos de hombros. No sabíamos de qué estaba hablando.

Goblin sonaba como si estuviera regresando a su infancia.

—Haced que deje de mirarme. Haced que no me mire. He sido bueno. Haced que se vaya.

Un Ojo estaba de rodillas al lado de Goblin.

—Todo está bien. Todo está bien. No es real. Todo va a estar bien.

Intercambié miradas con Cuervo. Se volvió, empezó a hacer gestos a Linda.

—La envío a buscar al capitán.

Linda se marchó reacia. Cuervo tomó otra hoja de la pila y siguió leyendo. Frío como la piedra, ese Cuervo.

Goblin gritó durante un rato, luego se quedó quieto como la muerte. Hice ademán de ir hacia él. Un Ojo alzó una mano para decirme que no era necesario. Goblin había acabado de transmitir su mensaje.

Goblin se relajó lentamente. El terror abandonó su rostro. Su color mejoró. Me arrodillé, palpé su carótida. Su corazón martilleaba, pero el ritmo iba descendiendo.

—Me sorprende que no lo matara esta vez —dije—. ¿Ha estado alguna vez tan mal antes?

—No. —Un Ojo dejó caer la mano de Goblin—. Será mejor que no lo pongamos a él la próxima vez.

—¿Es progresivo? —Mi oficio bordea el suyo a lo largo de sombríos bordes, pero solo en pequeños aspectos. No lo sabía.

—No. Su confianza necesitará apoyo durante un tiempo. Sonaba como si hubiera contactado con Atrapaalmas justo en el corazón mismo de la Torre. Creo que eso dejaría tambaleante a cualquiera.

—Mientras estaba en presencia de la Dama —jadeé. No pude contener mi excitación. ¡Goblin había visto el interior de la Torre! ¡Era posible que hubiera visto a la Dama! Solo los Diez Que Fueron Tomados salen alguna vez de la Torre. La imaginación popular puebla su interior con un millar de horribles posibilidades. ¡Y yo tenía conmigo a un testigo directo!

—Déjalo tranquilo, Matasanos. Te lo dirá cuando esté preparado para ello. —Había un filo cortante en la voz de Un Ojo.

Se ríen de mis pequeñas fantasías, me dicen que me he enamorado de un duende. Quizá tengan razón. A veces mi propio interés me asusta. Llega a convertirse en una obsesión.

Durante un rato olvidé mi deber hacia Goblin. Por un momento dejé de ser un hombre, un hermano, un viejo amigo. Él se convirtió simplemente en una fuente de información. Luego, avergonzado, me retiré a mis papeles.

Llegó el capitán, desconcertado, arrastrado por una decidida Linda.

—Oh. Ya veo. Ha establecido contacto. —Estudió a Goblin—. ¿Todavía no ha dicho nada? ¿No? Despiértalo, Un Ojo.

Un Ojo empezó a protestar, se lo pensó mejor, sacudió suavemente a Goblin. Goblin se tomó su tiempo en despertar. Su sueño parecía casi tan profundo como un trance.

—¿Fue duro? —me preguntó el capitán.

Se lo expliqué. Gruñó, dijo:

—Ese carro está de camino. Que uno de vosotros empiece a empaquetar.

Me dispuse a enderezar mis montones.

—Uno de vosotros quiere decir Cuervo, Matasanos. Tú quédate aquí. Goblin no parece estar demasiado bien.

No lo estaba. Se había puesto de nuevo pálido. Su aliento se volvía por momentos más somero y rápido, parecía afanoso.

—Dale un cachete, Un Ojo —dije—. Puede que piense que todavía está ahí fuera.

El bofetón hizo su trabajo. Goblin abrió unos ojos llenos de pánico. Reconoció a Un Ojo, se estremeció, inspiró profundamente, chilló:

—¿Tengo que volver a esto? ¿Después de eso? —Pero su voz desmentía su protesta. El alivio era tan denso que casi podía cortarse.

—Está bien —dije—. Es capaz de quejarse.

El capitán se acuclilló. No dijo nada. Goblin hablaría cuando estuviera preparado.

Le tomó varios minutos centrarse, luego señaló:

—Atrapaalmas dice que salgamos de aquí como perseguidos por todos los diablos. Rápido. Se encontrará con nosotros de camino a Lords.

—¿Eso es todo?

Eso era todo lo que había, pero el capitán seguía esperando más. Los resultados no parecían justificar las molestias cuando veías por lo que había pasado Goblin.

Lo miré fijamente. Era una maldita tentación. Me devolvió la mirada.

—Más tarde, Matasanos. Dame tiempo a ponerlo todo en orden en mi propia cabeza.

Asentí, dije:

—Un poco de té de hierbas te ayudará.

—Oh, no. No vas a darme nada de ese meado de ratas de Un Ojo.

—No ese. El mío. —Medí la cantidad suficiente para una infusión fuerte, se la di a Un Ojo, cerré mi maletín, regresé a los papeles mientras el carro crujía fuera.

Mientras sacaba mi primera carga, observé que los hombres estaban en el estadio del golpe de gracia en el campo de entrenamiento. El capitán no tenía intención de entretenerse. Deseaba poner mucha distancia entre él y el campamento antes de que regresara Susurro.

No puedo decir que le culpe por ello. La reputación de Susurro es absolutamente vil.

No me ocupé de los paquetes envueltos en papel embreado hasta que estuvimos de camino. Me senté al lado del conductor y abrí el primero, intentando en vano ignorar los salvajes botes del vehículo sin muelles.

Examiné dos veces los paquetes, cada vez más inquieto.

Un auténtico dilema. ¿Debo decirle al capitán lo que he averiguado? ¿Debo decírselo a Un Ojo o a Cuervo? Todos se sentirán interesados. ¿Debo reservarlo todo para Atrapaalmas? Sin duda él lo preferirá. Mi pregunta es: ¿Cae esta información dentro o fuera de mis obligaciones para con la Compañía? Necesito un consejero.

Salté del carro, dejé que la columna pasara por mi lado hasta que llegué a Silencioso. Ocupaba un lugar en el centro. Un Ojo estaba en vanguardia y Goblin en la parte de atrás. Cada uno valía lo que un pelotón de exploradores.

Silencioso bajó la vista desde el lomo del gran caballo negro que monta cuando se halla de un humor abominable. Frunció el ceño. De nuestros hechiceros, es el que está más cerca de lo que podrías llamar maldad, aunque, como en muchos de nosotros, es más imagen que sustancia.

—Tengo un problema —le dije—. Grande. Tú eres el mejor receptor. —Miré a mi alrededor—. No quiero que nadie más oiga esto.

Silencioso asintió. Hizo una serie de complicados y fluidos gestos demasiado rápidos para poder seguirlos. De pronto no pude oír nada de lo que se producía a más de metro y medio de distancia. Es sorprendente en cuántos sonidos no reparas hasta que desaparecen. Le dije a Silencioso lo que había hallado.

Silencioso es difícil de impresionar. Ha visto y ha oído de todo. Pero pareció adecuadamente sorprendido esta vez.

Por un momento pensé que iba a decir algo.

—¿Debo comunicárselo a Atrapaalmas?

Un vigoroso asentimiento con la cabeza. Muy bien. No había dudado ni un momento en aquello. La noticia era demasiado grande para la Compañía. Nos devoraría si la guardábamos para nosotros.

—¿Qué hay del capitán? ¿Un Ojo? ¿Algunos de los demás?

Fue menos rápido en responder, y menos decisivo. Su consejo fue negativo. Con unas cuantas preguntas y la intuición que uno desarrolla tras una larga exposición, comprendí que Silencioso creía que Atrapaalmas desearía difundir la noticia sobre la base de quién necesitaba saberla.

—De acuerdo entonces —dije, y—: Gracias. —Y troté columna arriba. Cuando estuve fuera de la vista de Silencioso pregunté a uno de los hombres—: ¿Has visto a Cuervo?

—Está delante con el capitán.

Era de esperar. Seguí trotando.

Tras un momento de reflexión había decidido comprarme un pequeño seguro adicional. Cuervo era la mejor política que podía imaginar.

—¿Lees alguna de las antiguas lenguas? —le pregunté. Resultaba difícil hablar con él. Él y el capitán iban montados, y

Linda iba directamente detrás de ellos. Su mula no dejaba de pisarme los talones.

—Algunas. Forma parte de una educación clásica. ¿Por qué?

Me adelanté unos pocos pasos.

—Vamos a tener pronto guiso de mula si no cuidas tu paso, animal —maldije, y la mula se rio. Le dijo a Cuervo—: Algunos de esos papeles no son modernos. Los que desenterró Un Ojo.

—No son importantes, supongo.

Me encogí de hombros y caminé a su lado, escogiendo con cuidado mis palabras.

—Nunca se sabe. La Dama y los Diez se remontan a hace mucho tiempo. —Dejé escapar un grito, giré en redondo, corrí hacia atrás agarrándome el hombro allá donde la mula me había mordisqueado. El animal parecía inocente, pero Linda sonreía de forma divertida.

Casi valió la pena el dolor por ver su sonrisa. Sonreía muy pocas veces.

Crucé la columna y retrocedí hasta que estuve caminando al lado de Elmo. Preguntó:

—¿Ocurre algo, Matasanos?

—¿Hum? No. De veras, no.

—Pareces asustado.

Estaba asustado. Había levantado la tapa de una pequeña caja, solo para ver lo que había dentro, y la había hallado llena de cosas horribles. Lo que había leído no era algo que pudiera olvidarse.

Cuando vi a Cuervo la siguiente vez su rostro estaba tan gris como el mío. Quizá más aún. Caminamos juntos mientras él esbozaba lo que había averiguado de los documentos que yo no había sido capaz de leer.

—Algunos de ellos pertenecieron al hechicero Bomanz

—me dijo—. Otros datan de la Dominación. Algunos están en tellekurre. Solo los Diez utilizan todavía ese lenguaje.

—¿Bomanz? —pregunté.

—Exacto. El que despertó a la Dama. Susurro echó mano de alguna forma a sus papeles secretos.

—Oh.

—Sí. Exacto. Oh.

Nos separamos para estar cada uno a solas con sus temores.

Atrapaalmas llegó sigilosamente. Llevaba ropas no muy distintas de las nuestras, fuera de sus habituales pieles. Se deslizó dentro de la columna sin que nadie reparara en él. Fui incapaz de decir cuánto tiempo llevaba allí. Me di cuenta de su presencia cuando abandonamos el bosque, después de tres días de dieciocho horas de pesada marcha. Ponía cansadamente un pie delante de otro mientras murmuraba acerca de hacerme demasiado viejo cuando una suave voz femenina preguntó:

—¿Cómo te encuentras hoy, médico? —Tenía un asomo de regocijo.

Si hubiera estado menos cansado hubiera chillado y dado un salto de tres metros. Tal como estaban las cosas, di simplemente mi siguiente paso, volví la cabeza y murmuré:

—Por fin te dejas ver, ¿eh? —Una profunda apatía era la orden del momento.

La oleada de alivio llegaría más tarde, pero justo entonces mi cerebro estaba funcionando tan torpemente como mi cuerpo. Tras una marcha tan larga resultaba difícil seguir bombeando adrenalina. El mundo no albergaba excitaciones o terrores repentinos.

Atrapaalmas avanzó a mi lado, igualando paso con paso, mirándome ocasionalmente. No podía ver su rostro, pero captaba su regocijo.

Llegó el alivio, y fue seguido por una oleada de asombro ante mi propia temeridad. Le había hablado como si Atrapaalmas fuera uno de los chicos. Era el momento de los rayos y centellas.

—Entonces, ¿por qué no echamos una mirada a esos documentos? —preguntó. Parecía positivamente alegre. Lo conduje al carro. Subimos. El conductor nos lanzó una mirada con los ojos muy abiertos, luego volvió la vista decididamente hacia adelante, con un ligero estremecimiento e intentando volverse completamente sordo.

Fui directo a los paquetes que habían estado enterrados, empecé a sacarlos.

—Espera —dijo—. Todavía no necesitan saberlo. —Captó mi miedo, rio como una jovencita—. Estás a salvo, Matasanos. De hecho, la Dama te envía su agradecimiento personal. —Se echó a reír de nuevo—. Desea saberlo todo de ti, Matasanos. Todo de ti. Has capturado también su imaginación.

Otro martillazo de miedo. Nadie desea llamar la atención de la Dama.

Atrapaalmas gozaba con mi desconcierto.

—Puede que te conceda una entrevista, Matasanos. Oh, vamos. Te has puesto tan pálido. Bueno, no es obligatorio. Al trabajo, entonces.

Nunca he visto a nadie leer tan rápido. Revisó los antiguos documentos y los nuevos en un abrir y cerrar de ojos.

—No pudiste leerlos todos —dijo. Usó su voz femenina más profesional.

—No.

—Yo tampoco. Algunos de ellos solo puede descifrarlos la Dama.

Extraño, pensé. Esperaba más entusiasmo. El haber conseguido aquellos documentos representaba un buen golpe para él, puesto que era él quien había tenido el buen juicio de alistar a la Compañía Negra.

—¿Cuánto conseguiste leer?

Le hablé de los planes Rebeldes de un golpe a través de Lords, y acerca de lo que implicaba la presencia de Susurro.

Rio quedamente.

—Los viejos documentos, Matasanos. Háblame de los viejos documentos.

Me di cuenta de que estaba sudando. Cuanto más suave y gentil se volvía, más sentía que debía temerle.

—El viejo hechicero. El que os despertó a todos. Algunos de estos eran sus papeles. —Maldita sea. Supe que hubiera debido meterme el pie en la boca antes de terminar. Cuervo era el único hombre en la Compañía que podía haber identificado los papeles de Bomanz como suyos.

Atrapaalmas dejó escapar una risita, me dio una palmada de camarada en el hombro.

—Eso pensé, Matasanos. No estaba seguro, pero lo supuse. No creo que te resistieras a decírselo a Cuervo.

No respondí. Deseé mentir, pero él sabía.

—No podías haberlo sabido de ninguna otra forma. Le hablaste de las referencias al auténtico nombre del Renco, de modo que él simplemente tuvo que leer todo lo que pudo. ¿Correcto?

Seguí manteniendo mi paso. Era cierto, aunque mis motivos no habían sido totalmente de hermano. Cuervo tiene sus cosas que solucionar, pero el Renco nos quiere a todos nosotros.

El secreto más celosamente guardado de cualquier hechicero, por supuesto, es su auténtico nombre. Un enemigo armado con eso puede apuñalarle a través de cualquier magia o ilusión directo al corazón de su alma.

—Tú simplemente imaginaste la magnitud de lo que habías hallado, Matasanos. Incluso yo solo puedo imaginarlo. Pero lo que surgirá de todo ello es predecible. El mayor desastre para los ejércitos Rebeldes, y un montón de animación y estrépito entre los Diez. —Me palmeó de nuevo el hombro—. Me has convertido en la segunda persona más poderosa del Imperio. La Dama conoce todos nuestros auténticos nombres. Ahora yo conozco tres de los otros, y he obtenido el mío de vuelta.

No era extraño que se mostrara efusivo. Había eludido una flecha que no sabía que le llegaba, y al mismo tiempo tenía cogido al Renco por donde más le dolía. Había topado con la olla del arcoíris del poder.

—Pero Susurro...

—Susurro tendrá que renunciar. —La voz que usó era profunda y helada. Era la voz de un asesino, una voz acostumbrada a pronunciar sentencias de muerte—. Susurro ha de morir pronto. De otro modo no se ganará nada.

—Supongamos que se lo dice a alguien.

—No lo hará. Oh, no. Conozco a Susurro. Luché con ella en Orín antes de que la Dama me enviara a Berilo. Luché con ella en Era. La perseguí a través de los menhires parlantes por la Llanura del Miedo. Conozco a Susurro. Es un genio, pero es una solitaria. De haber vivido durante la primera era, el Dominador la hubiera hecho uno de los suyos. Sirve a la Rosa Blanca, pero su corazón es tan negro como la noche del infierno.

—Eso me suena como la totalidad del Círculo.

Atrapaalmas se echó a reír.

—Sí. Todos son unos hipócritas. Pero no hay nadie como Susurro. Es increíble, Matasanos. ¿Cómo consiguió desenterrar tantos secretos? ¿Cómo consiguió mi nombre? Lo había ocultado perfectamente. La admiro. De veras. Un genio tan grande. Tanta audacia. Un golpe a través de Lords, a través del País Ventoso, y hacia arriba por la Escalera Rota. Increíble. Imposible. Y hubiera funcionado de no ser por el accidente de la Compañía Negra y por ti. Serás recompensado. Te lo garantizo. Pero ya basta de esto. Tenemos trabajo que hacer. Nocherniego necesita más información. La Dama tiene que ver estos papeles.

—Espero que tengas razón —gruñí—. Mueve el culo, luego tómate una pausa. Estoy agotado. Llevamos yendo de un lado para otro y luchando desde hace un año.

Una observación estúpida, Matasanos. Sentí el estremecimiento del fruncimiento de cejas dentro del morrión negro. ¿Cuánto tiempo llevaba Atrapaalmas yendo de un lado para otro y luchando? Eras.

—Ahora vete —me dijo—. Hablaré contigo y con Cuervo más tarde. —Una voz fría, fría. Tenía que salir de allí como si me persiguieran los demonios.

Todo había terminado en Lords cuando llegamos allí. Nocherniego se había movido rápido y había golpeado duro. No podías ir a ninguna parte sin hallar Rebeldes colgados de los árboles y los postes de las luces. La Compañía fue a los acuartelamientos esperando un invierno tranquilo y aburrido y pasar la primavera persiguiendo Rebeldes rezagados en los grandes bosques del norte.

Oh, fue una dulce ilusión mientras duró.

—¡Tonk! —dije, colocando cinco figuras que me habían venido desde un principio—. ¡Ja! Doblo, chicos. Doblo. Pagad.

Un Ojo gruñó y se quejó y empujó sus monedas sobre la mesa. Cuervo soltó una risita. Incluso Goblin consiguió esbozar una sonrisa. Un Ojo no había ganado una mano en toda la mañana, pese a hacer trampas.

—Gracias, caballeros. Gracias. Reparte, Un Ojo.

—¿Qué estás haciendo, Matasanos? ¿Eh? ¿Cómo lo consigues?

—La mano es más rápida que el ojo —sugirió Elmo.

—Solo una vida honesta, Un Ojo. Solo una vida honesta.

El teniente asomó la cabeza por la puerta, el rostro tenso y ceñudo.

—Cuervo. Matasanos. El capitán quiere veros. Ya. —Examinó las varias partidas de cartas—. Degenerados.

Un Ojo bufó, luego esbozó una pálida sonrisa. El teniente era peor jugador que él.

Miré a Cuervo. El capitán era su compinche. Pero se encogió de hombros, arrojó sus cartas. Me llené los bolsillos con mis ganancias y le seguí a la oficina del capitán.

Atrapaalmas estaba allí. No nos habíamos visto desde aquel día en el linde del bosque. Yo había esperado que estuviera demasiado atareado para volver con nosotros. Miré al capitán, intentando adivinar el futuro en su rostro. Vi que no era halagüeño.

Si el capitán no estaba alegre, tampoco lo estaba yo.

—Sentaos —dijo. Dos sillas aguardaban. Se puso a caminar arriba y abajo, como inquieto. Finalmente dijo—: Tenemos órdenes de movernos. Directamente desde Hechizo. Nosotros y toda la brigada de Nocherniego. —Hizo un gesto hacia Atrapaalmas, pasando la explicación a él.

Atrapaalmas parecía sumido en sus pensamientos. Apenas audible, finalmente preguntó:

—¿Cómo eres con el arco, Cuervo?

—Regular. No soy ningún campeón.

—Mejor que regular —contradijo el capitán—. Malditamente bueno.

—¿Y tú, Matasanos?

—Solía ser bueno. No he disparado desde hace años.

—Practica un poco. —Atrapaalmas empezó a pasear también arriba y abajo. La oficina era pequeña. Esperé una colisión en cualquier momento. Al cabo de un minuto dijo—: Se han producido acontecimientos. Intentamos atrapar a Susurro en su campamento. Fallamos por poco. Olió la trampa. Todavía está ahí fuera, en alguna parte, oculta. La Dama está enviando tropas desde todos lados.

Eso explicaba la observación del capitán. No me dijo por qué se suponía que debía afinar mis habilidades con el arco.

—Por todo lo que podemos decir —continuó Atrapaalmas—, los Rebeldes no saben lo que ocurrió ahí fuera. Todavía. Susurro no ha reunido el valor de vocear su fracaso. Es una mujer orgullosa. Parece como si primero quisiera intentar reagruparse.

—¿Con qué? —preguntó Cuervo —. No puede reunir ni siquiera un pelotón.

—Con recuerdos. Recuerdos del material que hallasteis enterrado. No creo que sepa que lo tenemos nosotros. No se había acercado a su cuartel general antes de que el Renco inclinara la balanza hacia nuestro lado y ella huyera al bosque. Y solo nosotros cuatro, y la Dama, sabemos lo de los documentos.

Cuervo y yo asentimos. Ahora comprendíamos la inquietud de Atrapaalmas. Susurro conocía su auténtico nombre. Estaba en el ojo del huracán.

—¿Qué es lo que quieres de nosotros? —preguntó Cuervo suspicazmente. Temía que Atrapaalmas pensara que nosotros también habíamos descifrado el nombre. Incluso había sugerido que matáramos al Tomado antes de que él nos matara a nosotros. Los Diez no son ni inmortales ni invulnerables, pero son terriblemente difíciles de alcanzar. Yo no desearía tener que intentarlo nunca.

—Nosotros tres tenemos una misión especial.

Cuervo y yo intercambiamos miradas. ¿Estaba preparando algo?

Atrapaalmas dijo:

—Capitán, ¿te importaría salir un minuto?

El capitán cruzó la puerta arrastrando los pies. Su acto es pura fachada. No creo que se percate de que nos hemos dado cuenta de ello desde hace años. Sigue con él, intentando causar efecto.

—No voy a llevaros donde pueda mataros tranquilamente —nos dijo Atrapaalmas—. No, Cuervo, no creo que hayas imaginado cuál es mi auténtico nombre.

Curioso. Hundí la cabeza entre mis hombros. Cuervo agitó una mano. Apareció un cuchillo. Empezó a limpiarse unas uñas ya inmaculadamente limpias.

—El desarrollo crítico es este: Susurro sobornó al Renco después de que lo pusiéramos en ridículo en el asunto del Rastrillador.

—Eso explica lo que ocurrió en el Saliente —estallé—. Acabamos con él. Se hizo pedazos de la noche a la mañana. Y no era más que una pura mierda durante la batalla en Rosas.

Cuervo se mostró de acuerdo.

—Rosas fue culpa suya. Pero nadie pensó que fuera traición. Después de todo, es uno de los Diez.

—Sí —dijo Atrapaalmas—. Eso explica muchas cosas. Pero el Saliente y Rosas son ayer. Nuestro interés ahora es mañana. Es librarnos de Susurro antes de que ella nos obsequie con otro desastre.

Cuervo miró a Atrapaalmas, me miró a mí, siguió con su innecesaria manicura. No estaba considerando tampoco a los Tomados según su valor facial. Nosotros los mortales menores no somos más que juguetes y herramientas para ellos. Son el tipo de gente que desenterrará los huesos de su abuela para ganar algunos puntos con la Dama.

—Esta es nuestra ventaja sobre Susurro —dijo Atrapaalmas—. Sabemos que ha acordado encontrarse con el Renco mañana...

—¿Cómo? —preguntó Cuervo.

—Yo no lo sé. La Dama me lo dijo. El Renco no sabe que nosotros sabemos nada sobre él, pero sabe que no puede durar mucho más tiempo. Probablemente intentará hacer un trato de modo que el Círculo lo proteja. Sabe que si no lo hace está muerto. Lo que la Dama desea es que mueran juntos a fin de que el Círculo sospeche que ella se estaba vendiendo al Renco en lugar de al revés.

—No colará —gruñó Cuervo.

—Lo creerán.

—Así que nosotros vamos a frustrarlo —dije—. Yo y Cuervo. Con arcos. ¿Y cómo se supone que lo encontraremos?

—Atrapaalmas no estaría allí en persona, no importaba lo que dijera. Tanto el Renco como Susurro podían captar su presencia mucho antes de que llegara a tiro de arco.

—El Renco estará con las fuerzas que se mueven por el bosque. Puesto que no sabe que es sospechoso, no se ocultará del Ojo de la Dama. Esperará que sus movimientos sean considerados como parte de la búsqueda. La Dama me informará de sus movimientos. Yo os pondré sobre su rastro. Cuando se encuentren, los liquidáis.

—Seguro —se burló Cuervo—. Por supuesto. Será un tiro al pato. —Arrojó su cuchillo. Se clavó profundamente en el alféizar de la ventana. Salió pisando fuerte de la habitación.

El asunto no me sonaba mejor a mí. Miré a Atrapaalmas y me debatí conmigo mismo durante dos segundos antes de dejar que el miedo me empujara tras la estela de Cuervo.

Mi último atisbo de Atrapaalmas fue el de una persona cansada hundida en la infelicidad. Supongo que resulta duro para ellos vivir según su reputación. Todos deseamos que la gente nos quiera.

Estaba sumido en una de mis pequeñas fantasías acerca de la Dama mientras Cuervo clavaba sistemáticamente flechas en un blanco rojo clavado sobre una bala de paja. Yo había tenido problemas para acertar el blanco en mi primera ronda, casi me atrevería a decir que incluso la bala. Al parecer Cuervo era incapaz de no acertar.

Esta vez jugaba con su infancia. Esto es algo que me gusta examinar en cualquier villano. ¿Qué giros y nudos presentaba el hilo que ataba a la criatura de Hechizo con la niña pequeña que fue una vez? Consideremos los niños pequeños. No hay muchos de ellos que no sean listos y adorables y preciosos, dulces como miel y crema batidas. Así que, ¿de dónde procede toda la gente perversa? Recorro nuestros barracones y me pregunto cómo un riente e inquisitivo bebé que aún anda a cuatro patas puede llegar a convertirse en un Tres Dedos, un Burlón o un Silencioso.

Las niñas pequeñas son dos veces más preciosas e inocentes que los niños pequeños. No conozco ninguna cultura en las que no sean de esa forma.

Así que, ¿de dónde viene la Dama? ¿O, incidentalmente, Susurro? Estaba especulando sobre ello.

Goblin se sentó a mi lado. Leyó lo que yo había escrito.

—No lo creo así —dijo—. Pienso que tomó una decisión consciente desde un principio.

Me volví despacio hacia él, agudamente consciente de Atrapaalmas de pie a tan solo unos pocos metros a mis espaldas, viendo volar las flechas.

—Realmente no pensé que fuera de esa forma, Goblin. Es... Bueno, ya sabes. Quieres comprender, así que lo pones de una forma que puedas manejarlo.

—Todos hacemos eso. En la vida cotidiana se le llama crear excusas. —Cierto, los motivos en crudo son demasiado difíciles de engullir. Cuando la mayoría de la gente alcanza mi edad, han pulido tanto y tan a menudo sus motivos que pierden completamente el contacto con ellos.

Me di cuenta de que una sombra cruzaba mis rodillas. Alcé la vista. Atrapaalmas extendió una mano, invitándome a tomar mi turno con el arco. Cuervo había recuperado sus flechas y ahora estaba de pie, aguardando a que yo me situara en la marca.

Mis primeras tres flechas se clavaron en la bala.

—Vaya éxito —dije, y me volví para tomar otra flecha. Atrapaalmas estaba leyendo mi pequeña fantasía. Alzó la vista hasta que sus ojos se cruzaron con los míos.

—¡Vamos, Matasanos! No fue así en absoluto. ¿No sabías que asesinó a su hermana gemela cuando tenía catorce años?

Ratas con garras de hielo treparon por mi espina dorsal. Me volví, lancé una flecha. Pasó inofensivamente a la derecha de la diana. Esparcí unas cuantas más por los alrededores, sin conseguir más que irritar a las palomas al fondo.

Atrapaalmas tomó el arco.

—Tus nervios te traicionan, Matasanos. —Una tras otra, en rápida sucesión, clavó tres flechas en un círculo de apenas un par de centímetros—. Sigue practicando. Estarás bajo más presión ahí fuera. —Me tendió de vuelta el arco—. El secreto es concentración. Imagina que estás practicando cirugía.

Imaginar que estoy practicando cirugía. Sí. He conseguido efectuar algún excelente trabajo de emergencia en mitad de un campo de batalla. Sí. Pero esto era diferente.

La vieja gran excusa. Sí, pero... Esto es diferente.

Me calmé lo suficiente para alcanzar el blanco con el resto de mis flechas. Tras recuperarlas, me aparté a un lado para dejar sitio a Cuervo.

Goblin me tendió los materiales de escritura. Irritado, estrujé mi pequeña fábula.

—¿Necesitas algo para los nervios? —preguntó Goblin.

—Sí. Limaduras de hierro o lo que sea que come Cuervo. —Mi autoestima estaba más bien vapuleada.

—Prueba esto. —Goblin me ofreció una pequeña estrella de plata de seis puntas que colgaba de una cadena para el cuello. En su centro había una cabeza de medusa en azabache.

—¿Un amuleto?

—Sí. Pensamos que tal vez podrías necesitarlo mañana.

—¿Mañana? —Se suponía que nadie sabía lo que estaba ocurriendo.

—Tenemos ojos, Matasanos. Esto es la Compañía. Quizá no sepamos qué, pero podemos sentir cuándo está a punto de ocurrir algo.

—Sí. Supongo que sí. Gracias, Goblin.

—Yo y Un Ojo y Silencioso, todos hemos trabajado en él.

—Gracias. ¿Qué pasa con Cuervo? —Cuando alguien hace un gesto así, me siento más cómodo cambiando de tema.

—Cuervo no necesita ninguno. Cuervo es su propio amuleto. Siéntate. Hablemos.

—No puedo decirte nada sobre ello.

—Lo sé. Creí que querías saber cosas de la Torre. —Todavía no había hablado de su visita. Yo lo había dejado para que lo hiciera cuando quisiese.

—Muy bien. Cuéntame. —Miré a Cuervo. Flecha tras flecha se clavaban en el blanco.

—¿Vas a escribirlo?

—Oh, sí. —Preparé pluma y papel. Los hombres se sienten tremendamente impresionados por el hecho de que redacte estos Anales. Su propia inmortalidad está en ellos—. Me alegra no haber apostado con él.

—¿Apostado qué?

—Cuervo quería hacer una apuesta sobre nuestra puntería.

Goblin bufó.

—Eres demasiado listo para dejarte embaucar con una apuesta así. Prepara tu pluma. —Empezó su historia.

No añadió mucho a los rumores que había recogido de aquí y de allá. Describió el lugar como una estancia parecida a una caja, grande y ventosa, oscura y polvorienta. Casi lo que yo esperaba de la Torre. O de cualquier castillo.

—¿Qué aspecto tenía ella? —Esa era la parte más intrigante del rompecabezas. Yo tenía una imagen mental de una belleza sin edad de pelo oscuro, con una presencia sexual que golpeaba a los meros mortales con el impacto de una maza. Atrapaalmas decía que era hermosa, pero yo no tenía ninguna corroboración independiente.

—No lo sé. No lo recuerdo.

—¿Qué quieres decir con que no lo recuerdas? ¿Cómo puedes no recordar?

—No te alteres, Matasanos. No puedo recordar. Estaba ahí delante de mí, luego... Luego todo lo que pude ver fue ese gigantesco ojo amarillo que se hacía más y más grande y miraba directamente a través de mí, escrutando cada secreto que yo hubiera tenido nunca. Eso es todo lo que recuerdo. Todavía tengo pesadillas acerca de ese ojo.

Suspiré, exasperado.

—Supongo que hubiera debido esperar eso. ¿Sabes?, ella podría pasearse por nuestro lado en este mismo momento y nadie sabría que era ella.

—Supongo que así es como lo desea, Matasanos. Si todo se desmorona de la forma en que era antes de que encontraras esos papeles, simplemente podrá marcharse sin que nadie la moleste. Solo los Diez pueden identificarla, y de alguna forma ella está segura de ellos.

Dudo que fuera tan simple. La gente como la Dama tiene problemas para adoptar un papel inferior. Los príncipes depuestos siguen actuando como príncipes.

—Gracias por tomarte la molestia de hablarme de ello, Goblin.

—Ninguna molestia. No tenía nada que decir. La única razón de todo esto es que me trastornó enormemente.

Cuervo terminó de recuperar sus flechas. Se acercó y le dijo a Goblin:

—¿Por qué no te vas a poner un bicho en el saco de dormir de Un Ojo o algo así? Tenemos trabajo que hacer. —Estaba nervioso por mi errática puntería.

Íbamos a tener que depender el uno del otro. Si cualquiera de los dos fallaba, habría muchas posibilidades de que muriéramos antes de poder disparar una segunda flecha. No deseaba pensar en ello.

Pero pensar en ello mejoró mi concentración. Esta vez metí todas mis flechas dentro de la diana.

Era como un grano en el culo tener que hacerlo, la noche antes de lo que fuera a lo que teníamos que enfrentarnos Cuervo y yo, pero el capitán se negó a pasar de una tradición que tenía tres siglos de antigüedad. También se negó a aceptar las protestas acerca de haber sido reclutados por Atrapaalmas, o las peticiones de información adicional que él evidentemente tenía. Quiero decir, comprendía lo que Atrapaalmas deseaba hacer y por qué, simplemente no podía extraerle sentido a por qué deseaba que lo hiciéramos Cuervo y yo. Tener al capitán respaldándole no hacía otra cosa que complicar aún más el asunto.

—¿Por qué, Matasanos? —dijo finalmente—. Porque te he dado una orden, por eso. Ahora sal de aquí y cumple con lo que se te ha ordenado.

Una vez al mes, al anochecer, toda la Compañía se reúne para que el Analista pueda leer los textos de sus predecesores. Se supone que las lecturas son para poner a los hombres en contacto con la historia y tradiciones de la tropa, que se extendían a lo largo de varios siglos y de muchos miles de kilómetros.

Coloqué mi selección en un tosco atril y empecé con la fórmula habitual.

—Buenas noches, hermanos. Una lectura de los Anales de la Compañía Negra, la última de las Compañías Libres de Khatovar. Esta noche voy a leer del Libro de Kette, compuesto a principios del segundo siglo de la Compañía por los Analistas Posos, Agrip, Vega y Bagatela. La Compañía estaba por aquel entonces al servicio del Dios del Dolor de Cho'n Delor. Eso fue cuando la Compañía era realmente negra.

»La lectura es del Analista Bagatela. Se refiere al papel de la Compañía en los acontecimientos que rodearon la caída de Cho'n Delor. —Empecé a leer, reflexionando privadamente que la Compañía había servido a muchas causas perdidas.

La era de Cho'n Delor tenía muchas semejanzas con la nuestra, aunque entonces, con más de seis mil elementos en sus filas, la Compañía se hallaba en mejor posición para modelar su propio destino.

Me perdí enteramente en el hilo del relato. El viejo Bagatela era un diablo con la pluma. Leí durante tres horas, agitando los brazos como un profeta loco, y los mantuve hechizados. Me dieron una ovación cuando terminé. Me retiré del atril con una sensación como si mi vida se hubiera visto llenada.

El precio físico y mental de mi histrionismo me golpeó

cuando entré en mi barracón. Siendo un semioficial, disponía de un pequeño cubículo propio. Me dirigí tambaleante hacia él.

Cuervo estaba esperándome. Estaba sentado en mi baúl, haciendo algo artístico con una flecha. Su astil tenía una banda de plata alrededor. Parecía estar grabando algo en ella. Si no hubiera estado tan cansado habría sentido curiosidad.

—Estuviste soberbio —me dijo Cuervo—. Incluso yo lo sentí.

—¿Eh?

—Me hiciste comprender lo que significaba entonces ser un hermano de la Compañía Negra.

—Todavía significa lo mismo para algunos.

—Sí. Y más. Los alcanzaste allá donde estaban sus vidas.

—Sí. Seguro. ¿Qué estás haciendo?

—Preparando una flecha para el Renco. Con su auténtico nombre en ella. Atrapaalmas me lo dio.

—Oh. —El agotamiento me impidió seguir el asunto—. ¿Qué querías?

—Me hiciste sentir algo por primera vez desde que mi esposa y sus amantes intentaron asesinarme y robarme mis derechos y mis títulos. —Se levantó, cerró un ojo, recorrió con la vista toda la longitud de la flecha—. Gracias, Matasanos. Por unos momentos me sentí humano de nuevo. —Salió.

Me derrumbé en mi camastro y cerré los ojos, recordando a Cuervo estrangular a su esposa, tomar su anillo de boda, y todo ello sin decir una palabra. Había revelado más en esta corta frase que desde el día que nos habíamos conocido. Extraño.

Me quedé dormido pensando en que había nivelado las cosas con todo el mundo menos con la fuente última de su desesperación. El Renco había sido intocable porque era uno de los hombres de la Dama. Pero ya no.

Cuervo aguardaba ansiosamente el día de mañana. Me pregunté con qué soñaría aquella noche. Y si le quedaría mucho por desear si el Renco moría. Un hombre no puede sobrevivir solo de odio. ¿Se molestaría en intentar sobrevivir a lo que venía?

Quizá era eso lo que en definitiva deseaba decir.

Estaba asustado. Un hombre que pensaba de esa forma podía ser un poco impetuoso, un poco peligroso para todos aquellos a su alrededor.

Una mano se cerró en mi hombro.

—Es la hora, Matasanos. —El capitán en persona estaba despertando a la gente.

—Sí. Estoy despierto. —No había dormido bien.

—Atrapaalmas está preparado para partir.

Todavía era de noche fuera.

—¿Qué hora es?

—Casi las cuatro. Quiere haber salido antes de la primera luz.

—Oh.

—¿Matasanos? Ve con cuidado ahí fuera. Te quiero de vuelta.

—Por supuesto, capitán. Sabes que no corro riesgos. ¿Capitán? ¿Por qué Cuervo y yo? —Quizá me lo dijera ahora.

—Dice que la Dama lo considera una recompensa.

—¿Bromeas? Una recompensa. —Tanteé en busca de mis botas mientras él se dirigía a la puerta—. ¿Capitán? Gracias.

—De nada. —Sabía que le daba las gracias por su preocupación.

Cuervo asomó la cabeza mientras estaba abrochándome los lazos del chaleco.

—¿Listo?

—Un minuto. ¿Hace frío ahí fuera?

—No mucho.

—¿Me llevo un sobretodo?

—No te hará ningún daño. ¿Cota de mallas? —Palpó mi pecho.

—Sí. —Me puse el sobretodo, tomé el arco que iba a llevarme, saltó en mi palma. Por un instante el amuleto de Goblin se posó frío en mi esternón. Deseé que funcionara.

Cuervo hendió su boca en una sonrisa.

—Yo también.

Le devolví la sonrisa.

—Entonces vamos a por ellos.

Atrapaalmas nos esperaba en el patio donde habíamos practicado con los arcos. Su silueta estaba recortada por la luz procedente de las cocinas de la Compañía. Los panaderos ya estaban trabajando intensamente. Atrapaalmas aguardaba rígido en posición de descanso de desfile, con un fardo bajo el brazo izquierdo. Miraba hacia el Bosque Nuboso. Solo llevaba su atuendo de piel y el morrión. Al contrario que algunos de los Tomados, raras veces llevaba armas. Prefería confiar en sus habilidades taumatúrgicas.

Estaba hablando consigo mismo. Algo extraño. «Quiero verle caer. He estado aguardando cuatrocientos años.» «No podemos acercarnos tanto. Nos olerá llegar.» «Pon a un lado todo el Poder.» «¡Oh, es demasiado arriesgado!» Todo un coro de voces en acción. Era realmente extraño cuando dos de ellas hablaban a la vez.

Cuervo y yo intercambiamos miradas. Se encogió de hombros. Atrapaalmas no le impresionaba. Él había crecido en los dominios de la Dama. Había visto a todos los Tomados. Supuestamente Atrapaalmas era uno de los menos extraños.

Escuchamos durante unos minutos. Nada de aquello tenía sentido. Finalmente, Cuervo gruñó:

—¿Señor? Estamos preparados. —Su voz sonó un poco temblorosa.

Yo me sentía incapaz de hablar. En todo lo que podía pensar era en un arco, una flecha, y un trabajo que se esperaba que hiciera. Revisé el acto de tensar y soltar el arco una y otra vez. Inconscientemente, froté el regalo de Goblin. Me descubrí haciendo aquello a menudo.

Silencioso se estremeció como un perro mojado, se recompuso. Sin mirarnos, hizo un gesto.

—Vamos —dijo, y echó a andar.

Cuervo se volvió. Gritó a sus espaldas:

—Linda, vuelve dentro como te dije. Nos vamos.

—¿Cómo se supone que va a oírte? —pregunté, mirando a la niña que nos observaba desde la oscuridad de un portal.

—No me oirá. Pero el capitán sí. Vamos. —Hizo un gesto violento. El capitán apareció momentáneamente. Linda desapareció. Seguimos a Atrapaalmas. Cuervo murmuró algo para sí mismo. Estaba preocupado por la niña.

Atrapaalmas adoptó un paso rápido fuera del complejo, fuera del propio Lords, a través de los campos, sin mirar nunca hacia atrás. Nos condujo hasta un amplio grupo de árboles a varios tiros de arco de la muralla, hasta un claro en el corazón de los árboles. Allá, a la orilla de un arroyo, había una deshilachada alfombra sujeta a unos treinta centímetros del suelo sobre un tosco marco de madera de dos metros por dos y medio. Atrapaalmas dijo algo. La alfombra se retorció, se agitó un poco, se tensó.

—Cuervo, tú siéntate aquí. —Atrapaalmas indicó la esquina de la derecha más cercana a nosotros—. Matasanos, tú aquí. —Indicó la esquina de la izquierda.

Cuervo colocó cautelosamente un pie sobre la alfombra, pareció sorprendido al ver que no se hundía bajo su peso.

—Siéntate. —Atrapaalmas le indicó cómo hacerlo, con las piernas cruzadas y sus armas descansando a su lado cerca del borde de la alfombra. Hizo lo mismo conmigo. Me sorprendió comprobar que la alfombra era rígida. Era como sentarse sobre una mesa—. Es imperativo que no os mováis —dijo Atrapaalmas, situándose en posición delante de nosotros, centrado un palmo por delante de la línea media de la alfombra—. Si no permanecemos equilibrados nos caeremos. ¿Comprendido?

No comprendía nada, pero estuve de acuerdo con Cuervo cuando él dijo sí.

—¿Preparados?

Cuervo dijo sí de nuevo. Supongo que sabía lo que estaba ocurriendo. Yo había sido tomado por sorpresa.

Atrapaalmas colocó las manos con las palmas hacia arriba a los lados, pronunció unas extrañas palabras, alzó lentamente las manos. Jadeé, me incliné. El suelo se estaba alejando.

—¡Permanece quieto! —exclamó Cuervo—. ¿Intentas matarnos?

El suelo estaba a tan solo dos metros de distancia. Entonces. Me enderecé y permanecí rígido. Pero volví la cabeza lo suficiente para comprobar el movimiento entre la maleza.

Sí. Linda. Con la boca convertida en una O de sorpresa. Miré fijamente hacia delante, agarrando mi arco tan fuertemente que pensé que iba a dejar grabadas las huellas de mis manos en él. Deseé atreverme a sujetar mi amuleto entre los dedos.

—Cuervo, ¿arreglaste las cosas para Linda? En caso, ya sabes...

—El capitán se ocupará de ella.

—Olvidé hacer lo mismo para los Anales.

—No seas tan optimista —dijo sarcásticamente. Me estremecí de forma incontrolable.

Atrapaalmas hizo algo. Empezamos a deslizarnos por encima de las copas de los árboles. El frío aire susurraba a nuestro lado. Miré por el lado. Había sus buenos cinco pisos de altura, y seguíamos subiendo.

Las estrellas se retorcieron sobre nuestras cabezas cuando Atrapaalmas cambió de rumbo. El viento aumentó hasta que pareció que estábamos volando frente a un ventarrón. Me incliné más y más hacia adelante, temeroso de que me empujara hacia atrás por encima del borde. No había nada a mis espaldas excepto una caída de más de cien metros y una brusca parada. Los dedos me dolían de sujetar el arco.

He aprendido una cosa, me dije. Cómo Atrapaalmas consigue aparecer tan aprisa hallándose siempre tan lejos de la acción cuando entramos en contacto.

Fue un viaje silencioso. Atrapaalmas permaneció atareado haciendo lo que fuera que conseguía que nuestra montura volara. Cuervo estaba encerrado en sí mismo. Yo también. Estaba mortalmente asustado. Mi estómago se revolvía. No sé cómo se encontraría Cuervo.

Las estrellas empezaron a desaparecer. El horizonte oriental se iluminó. La tierra se materializó a nuestros pies. Me arriesgué a echar una mirada. Estábamos encima del Bosque Nuboso. Un poco más de luz. Atrapaalmas gruñó, estudió el este, luego las distancias al frente. Pareció escuchar por un momento, luego asintió.

La alfombra alzó la nariz. Subimos. La tierra se inclinó y se empequeñeció hasta que pareció como un mapa. El aire se volvió mucho más frío. Mi estómago se mantuvo rebelde.

Muy lejos a nuestra izquierda divisé una negra cicatriz en

el bosque. Era el campamento que habíamos asolado. Luego entramos en una nube y Atrapaalmas disminuyó nuestra velocidad.

—Derivaremos un poco —dijo—. Estamos a cincuenta kilómetros al sur del Renco. Cabalga alejándose de nosotros. Lo estamos alcanzando rápido. Cuando estemos casi encima de él, donde pueda detectarme, bajaremos. —Utilizó la pragmática voz femenina.

Empecé a decir algo. Exclamó:

—Estate quieto, Matasanos. No me distraigas.

Permanecimos en aquella nube, invisibles e incapaces de ver, durante dos horas. Luego Atrapaalmas dijo:

—Ya es hora de bajar. Agarraos al borde y no lo soltéis. Puede que sea un poco perturbador.

El fondo se alzó hacia nosotros. Caímos como una piedra desde lo alto de un risco. La alfombra empezó a girar lentamente sobre sí misma, de modo que el bosque parecía dar vueltas debajo de nosotros. Luego empezó a deslizarse hacia delante y hacia atrás como una pluma cayendo. Cada vez que se inclinaba en mi dirección pensé que iba a caerme por el lado.

Un buen grito quizá hubiera ayudado, pero era algo que no podía hacer delante de personajes como Cuervo y Atrapaalmas.

El bosque siguió acercándose. Pronto pude distinguir los árboles a nivel individual..., cuando me atrevía a mirar. Íbamos a morir. Sabía que íbamos a estrellarnos contra las copas de los árboles a quince metros del suelo.

Atrapaalmas dijo algo. No lo capté. De todos modos, le estaba hablando a su alfombra. Los balanceos y los giros fueron deteniéndose gradualmente. Nuestro descenso se frenó. La alfombra apuntó ligeramente hacia abajo y empezó a deslizarse hacia adelante. Finalmente Atrapaalmas nos llevó hasta más abajo del nivel de las copas de los árboles, al pasillo formado por un río. Nos deslizamos a unos cuatro metros por encima del agua, con Atrapaalmas riendo mientras las aves se dispersaban presas del pánico.

Nos llevó hasta el suelo en un claro al lado del río.

—Bajad y estirad los miembros —nos dijo. Después de que nos hubiéramos relajado un poco indicó—: El Renco está a seis kilómetros al norte de nosotros. Ha alcanzado el lugar de reunión. A partir de aquí iréis sin mí. Me detectará si me acerco demasiado. Quiero vuestras insignias. También puede detectarlas.

Cuervo asintió, le entregó su insignia, tensó su arco, metió una flecha, tensó, soltó. Hice lo mismo. Me relajó los nervios.

Me sentía tan agradecido de pisar de nuevo el suelo que lo hubiera besado.

—El tronco de ese gran roble. —Cuervo señaló al otro lado del río. Disparó una flecha. Se clavó a pocos centímetros del centro. Hice una profunda inspiración para relajarme, le imité. Mi flecha golpeó un par de centímetros más cerca del frente—. Hubieras debido apostar conmigo esta vez —observó. Y a Atrapaalmas—: Estamos listos.

Añadí:

—Necesitaremos direcciones más específicas.

—Seguid la orilla del río. Hay gran cantidad de senderos de animales. La marcha no debería de ser difícil. De todos modos no necesitáis apresuraros. Susurro no llegará hasta dentro de varias horas.

—El río se dirige hacia el oeste —observé.

—Luego gira. Seguidlo durante cinco kilómetros, luego girad en ese punto y cruzad directamente al bosque. —Atrapaalmas se agachó y limpió de hojas y ramillas un cuadrado de tierra y usó un palo para dibujar un mapa—. Si alcanzáis esta curva habréis ido demasiado lejos.

Entonces Atrapaalmas se inmovilizó. Durante un largo minuto escuchó algo que solo él podía oír. Luego continuó hablando:

—La Dama dice que sabréis que estáis cerca cuando alcancéis un bosquecillo de enormes árboles de hoja perenne. Era el lugar sagrado de un pueblo que murió antes de la Dominación. El Renco aguarda en el centro del bosquecillo.

—Eso es suficiente —dijo Cuervo.

—¿Tú esperarás aquí? —pregunté.

—No temas nada, Matasanos.

Hice otra de mis inspiraciones relajantes.

—Vamos, Cuervo.

—Un segundo, Matasanos —dijo Atrapaalmas. Tomó algo de su fardo. Resultó ser una flecha—. Utiliza esto.

La miré inseguro, luego la metí en mi carcaj.

Cuervo insistió en abrir la marcha. No discutí. Había sido un chico de ciudad antes de unirme a la Compañía. No me siento cómodo en los bosques. En especial no en los bosques del tamaño del Bosque Nuboso. Demasiada quietud. Demasiada soledad. Demasiado fácil perderse. Durante los primeros tres kilómetros me preocupé más por hallar el camino de vuelta que por el inminente encuentro. Pasé mucho tiempo memorizando referencias.

Cuervo no habló durante una hora. Yo estaba demasiado atareado pensando. No me importó.

Alzó una mano. Me detuve.

—Creo que ya hemos avanzado bastante —dijo—. Ahora iremos por ese lado.

—Hum.

—Descansemos. —Se sentó sobre la raíz de un enorme árbol, la espalda contra el tronco—. Todo está horriblemente tranquilo hoy, Matasanos.

—Hay cosas en mi mente.

—Sí. —Sonrió—. ¿Como qué tipo de recompensa nos espera?

—Entre otras cosas. —Extraje la flecha que me había dado Atrapaalmas—. ¿Ves esto?

—¿Una punta roma? —La probó—. Más bien blanda. ¿Qué demonios?

—Exacto. Significa que no se supone que deba matarla.

No había dudas acerca de quién debía disparar a quién. El Renco era de Cuervo desde un principio.

—Quizá. Pero no voy a dejar que me maten intentando cogerla viva.

—Yo tampoco. Eso es lo que me preocupa. Junto con otras diez cosas, como por qué la Dama nos eligió realmente a ti y mí, y por qué desea a Susurro viva... Oh, al infierno con ello. Me producirá úlceras.

—¿Estás preparado?

—Supongo.

Abandonamos la orilla del río. El camino se hizo más difícil, pero pronto cruzamos una baja cresta y alcanzamos el borde del bosque de coníferas. No crecía mucha cosa debajo de ellas. Muy poca luz se filtraba a través de sus ramas. Cuervo hizo una pausa para orinar.

—Más tarde no tendremos ninguna oportunidad —explicó.

Tenía razón. No quieres ese tipo de problema cuando te hallas en una emboscada a un tiro de piedra de un Tomado poco amistoso.

Empecé a temblar. Cuervo se apoyó en mi hombro.

—Todo irá bien —prometió. Pero ni él mismo lo creía. Su mano también temblaba.

Rebusqué dentro de mi chaleco y toqué el amuleto de Goblin. Aquello ayudó.

Cuervo alzó una ceja. Asentí. Seguimos andando. Mastiqué un trozo de tasajo, que quemó mi energía nerviosa. No hablamos de nuevo.

Había ruinas entre los árboles. Cuervo examinó los glifos tallados en las piedras. Se encogió de hombros. No significaban nada para él.

Entonces llegamos a los grandes árboles, los abuelos de aquellos que habíamos estado cruzando. Se alzaban hasta más de cien metros de altura y tenían troncos tan gruesos como lo que podían abarcar dos hombres con los brazos extendidos. Aquí y allá el sol arrojaba lanzas de luz contra el suelo a través de las hojas. El aire era denso con el olor de la resina. El silencio era abrumador. Avanzamos paso a paso, asegurándonos de que nuestras pisadas no despertaban ninguna advertencia allá delante.

Mi nerviosismo alcanzó su cúspide, empezó a desvanecerse. Era demasiado tarde para echar a correr, demasiado tarde para cambiar de opinión. Mi cerebro canceló todas las emociones. Normalmente esto ocurría tan solo cuando me veía obligado a tratar a los heridos mientras la gente se mataba entre sí a mi alrededor.

Cuervo señaló un alto. Asentí. Yo también lo había oído. El resoplar de un caballo. Cuervo hizo gesto de que me quedara quieto. Se dirigió hacia nuestra izquierda, encogido sobre sí mismo, y desapareció detrás de un árbol a unos quince metros de distancia.

Reapareció al cabo de un minuto, me hizo un gesto. Me reuní con él. Me condujo a un lugar desde donde podía examinar una zona abierta. El Renco y su caballo estaban allí.

El claro tenía quizá veinte metros de largo por quince de ancho. Un montón de derruidas piedras se alzaban en su centro. El Renco estaba sentado sobre una piedra caída y reclinado contra otra. Parecía estar durmiendo. Una esquina del claro estaba ocupada por el tronco de un gigante caído que no había acabado de posarse sobre el suelo. Mostraba muy poco la acción del tiempo.

Cuervo me dio unas palmadas en el dorso de mi mano, señaló. Deseaba que avanzáramos.

No me gustaba en absoluto moverme ahora que había visto al Renco. Cada paso significaba otra posibilidad de alertar al Tomado del peligro. Pero Cuervo tenía razón. El sol descendía delante de nosotros. Cuanto más esperáramos, peor sería la luz. Finalmente, incidiría contra nuestros ojos.

Avanzamos con un cuidado exagerado. Por supuesto. Un error y estábamos muertos. Cuando Cuervo miró hacia atrás vi sudor en sus sienes.

Se detuvo, señaló, sonrió. Me arrastré a su lado. Señaló de nuevo.

Había otro tronco caído allá delante. Este tenía algo más de un metro de diámetro. Parecía perfecto para nuestro propósito. Era lo bastante grande como para ocultarnos, lo bastante bajo como para permitirnos disparar nuestras flechas. Hallamos un lugar que nos proporcionaba un excelente ángulo de tiro al corazón del claro.

La luz era buena también. Varios haces atravesaban el dosel vegetal e iluminaban la mayor parte del claro. Había una ligera bruma en el aire, polen quizá, lo cual hacía que las lanzas de luz destacaran. Estudié el claro durante varios minutos, imprimiéndolo en mi mente. Luego me senté detrás del tronco y fingí que era una roca. Cuervo montó guardia.

Pareció que transcurrían semanas antes de que ocurriera algo.

Cuervo me dio unos golpecitos en el hombro. Alcé la vista. Hizo gesto de andar moviendo dos dedos. El Renco se había levantado y caminaba de un lado para otro. Me alcé cuidadosamente, miré.

El Renco rodeó el montón de piedras unas cuantas veces, arrastrando su pierna mala, luego volvió a sentarse. Tomó una ramilla y la rompió en pequeños pedazos, arrojándolos a algún blanco que solo él podía ver. Cuando la ramilla hubo desaparecido, tomó un puñado de pequeñas piñas y las fue lanzando perezosamente. Era el retrato de un hombre matando el tiempo.

Me pregunté por qué había acudido a caballo. Podía llegar mucho más rápido a los lugares cuando quería. Supuse que era porque estaba cerca de allí. Entonces me preocupó que algunas de sus tropas pudieran aparecer de repente.

Se puso en pie y caminó de nuevo rodeando las piedras, recogiendo piñas y lanzándolas al caído behemot al otro lado del claro. Maldita sea, deseé que pudiéramos acabar entonces con él y terminar con todo.

La montura del Renco alzó bruscamente la cabeza. El animal relinchó. Cuervo y yo nos hundimos tras el tronco, nos aplastamos entre las sombras y las agujas. Una crujiente tensión irradió desde el claro.

Un momento más tarde oí unos cascos aplastar las agujas del suelo. Contuve el aliento. Capté con el rabillo del ojo destellos de un caballo blanco avanzando entre los árboles. ¿Susurro? ¿Podía vernos?

Sí y no. Gracias a los dioses que sea, sí y no. Pasó a menos de quince metros sin reparar en nosotros.

El Renco dijo algo. Susurro respondió con voz melodiosa que no encajaba en absoluto con la ancha, dura, matronal mujer que había visto pasar. Sonaba como una espléndida muchacha de diecisiete años, pero parecía tener cuarenta y cinco y haber visto el mundo en su totalidad al menos tres veces.

Cuervo me dio un suave codazo.

Me alcé tan rápido como florece una flor, asustado de que pudieran oír crujir mis tendones. Miramos por encima del árbol caído. Susurro desmontó y tomó una de las manos del Renco entre las dos suyas.

La situación no podía ser más perfecta. Estábamos en las sombras, ellos estaban en mitad de un delator haz de luz. Un polvo dorado relucía a todo su alrededor. Y estaban restringiéndose el uno al otro sujetándose las manos.

Tenía que ser ahora. Ambos lo sabíamos, ambos doblamos nuestros arcos. Ambos teníamos flechas adicionales sujetas contra nuestras armas, listas para ser puestas en nuestras cuerdas.

—Ahora —dijo Cuervo.

Mis nervios no me traicionaron hasta que mi flecha estuvo en el aire. Entonces me quedé completamente frío y tembloroso.

La flecha de Cuervo se clavó bajo el brazo izquierdo del Renco. El Tomado emitió un sonido como una rata al ser pateada. Se arqueó y se apartó de Susurro.

Mi flecha se estrelló contra la sien de Susurro. Llevaba un casco de cuero, pero yo confiaba en que el impacto la derribaría. Giró sobre sí misma, alejándose del Renco.

Cuervo lanzó una segunda flecha, yo fallé la mía. Dejé caer el arco y salté por encima del tronco. La tercera flecha de Cuervo silbó a mi lado.

Susurro estaba de rodillas cuando llegué. La pateé en la cabeza, giré para enfrentarme al Renco. Las flechas de Cuervo habían alcanzado su blanco, pero ni siquiera la flecha especial de Atrapaalmas había terminado con la historia del Tomado. Estaba intentando gruñir un conjuro a través de una garganta llena de sangre. Le pateé también.

Entonces Cuervo llegó a mi lado. Me volví de nuevo hacia Susurro.

Aquella zorra era tan dura como su reputación. Aturdida como estaba, intentaba ponerse en pie, trataba de desenvainar su espada, pretendía vocalizar un conjuro. Pateé sus sesos de nuevo, alejé su espada.

—No traje ninguna cuerda —jadeé—. ¿Has traído tú alguna cuerda, Cuervo?

—No. —Estaba simplemente allí de pie, mirando al Renco. La maltratada máscara de cuero del Tomado se había deslizado de lado. Estaba intentando enderezarla a fin de poder ver quiénes éramos.

—¿Cómo demonios voy a atarla entonces?

—Mejor preocúpate antes de amordazarla. —Cuervo ayudó al Renco con su máscara, sonriendo con aquella increíblemente cruel sonrisa que exhibe cuando está a punto de cortar alguna garganta especial.

Saqué mi cuchillo y corté una tira de la ropa de Susurro. Luchó contra mí. Tuve que patearla de nuevo. Finalmente conseguí unas tiras de tela con las que atarla y que meter en su boca. La arrastré hasta la pila de piedras, la puse en pie, me volví para ver qué estaba haciendo Cuervo.

Había arrancado la máscara del Renco, poniendo al descubierto la desolación del rostro del Tomado.

—¿Qué haces? —pregunté. Estaba atando al Renco. Me pregunté por qué se molestaba.

—Estoy pensando en que quizá no tengo el talento necesario para manejar esto. —Se acuclilló y palmeó la mejilla del Renco. El Renco irradió odio—. Ya me conoces, Matasanos. Soy un viejo blando. Simplemente lo mataría y me sentiría satisfecho. Pero merece una muerte más dura. Atrapaalmas tiene más experiencia en estas cosas. —Rio perversamente.

El Renco se tensó contra sus ligaduras. Pese a las tres flechas, parecía anormalmente fuerte. Incluso vigoroso. Los proyectiles no parecían causarle ningún inconveniente.

Cuervo palmeó de nuevo su mejilla.

—Ey, viejo compadre. Unas palabras de advertencia, de un amigo a otro... ¿No es eso lo que me dijiste como una hora antes de que Estrella Matutina y sus amigos me emboscaran en ese lugar al que me enviaste? ¿Unas palabras de advertencia? Sí. Cuidado con Atrapaalmas. Ha averiguado tu auténtico nombre. Con un personaje como ese, no hay forma de decir lo que puede hacer.

—Tranquilo con tu exultar, Cuervo —dije—. Vigílale. Está haciendo algo con los dedos. —Los estaba agitando rítmicamente.

—¡Ja! —gritó Cuervo con una carcajada. Agarró la espada que yo le había arrebatado a Susurro y le rebanó al Renco los dedos de ambas manos.

Cuervo me acusa de no contar toda la verdad en estos Anales. Algún día quizá vea esto y lo lamente. Pero, honestamente, no fue la persona más agradable del mundo aquel día.

Yo tuve un problema similar con Susurro. Elegí una solución distinta. Le corté el pelo y lo usé para atar juntos sus dedos.

Cuervo atormentó al Renco hasta que ya no pude soportarlo más.

—Cuervo, ya basta. ¿Por qué no te apartas un poco y los mantienes a ambos cubiertos? —No había recibido instrucciones específicas acerca de lo que debíamos hacer después de que capturáramos a Susurro, pero imaginaba que la Dama se lo diría a Atrapaalmas y este nos lo comunicaría a nosotros. Simplemente teníamos que mantener las cosas bajo control hasta que llegara.

La alfombra mágica de Atrapaalmas descendió del cielo media hora después de que apartara a Cuervo del Renco. Yo me instalé a unos pocos metros de nuestros cautivos. Atrapaalmas bajó, se estiró, miró a Susurro. Suspiró.

—No eres una visión agradable, Susurro —observó, con esa pragmática voz femenina—. Pero de todos modos nunca lo fuiste. Sí. Mi amigo Matasanos encontró los paquetes enterrados.

Los duros y fríos ojos de Susurro me buscaron. Fueron un salvaje impacto. Antes que enfrentarme a ellos, me aparté. No corregí a Atrapaalmas.

Se volvió al Renco, sacudió tristemente la cabeza.

—No. No es personal. Agotaste tu crédito. Ella lo ordenó.

El Renco se puso rígido.

—¿Por qué no lo mataste? —preguntó Atrapaalmas a Cuervo.

Cuervo estaba sentado en el tronco de un gran árbol caído, con el arco cruzado sobre sus rodillas, mirando al suelo. No respondió. Dije:

—Imaginó que tú podrías pensar en algo mejor.

Atrapaalmas se echó a reír.

—Pensé en ello mientras venía aquí. Nada parecía adecuado. Cuervo me ha pasado la pelota. Se lo dije a Cambiaformas. Viene de camino. —Miró al Renco—. Estás en un apuro, ¿sabes? —A mí—: Uno pensaría que un hombre de su edad habría acumulado algo de buen juicio a lo largo del camino. —Se volvió a Cuervo—. Cuervo, él era la recompensa de la Dama para ti.

Cuervo gruñó.

—Se lo agradezco.

Yo ya había imaginado aquello. Pero se suponía que yo iba a sacar algo también, y no había visto nada que llenara ni remotamente ninguno de mis sueños.

Atrapaalmas hizo su truco de la lectura de la mente.

—La tuya ha cambiado, o eso creo. Todavía no te ha sido

entregada. Ponte cómodo, Matasanos. Estaremos aquí largo tiempo.

Fui a sentarme al lado de Cuervo. No hablamos. No había nada que yo deseara decir, y él estaba perdido en algún lugar dentro de sí mismo. Como he dicho, un hombre no puede vivir solo de odio.

Atrapaalmas comprobó un par de veces las ligaduras de nuestros cautivos, arrastró su alfombra a la sombra, luego se perchó en el montón de piedras.

Cambiaformas llegó veinte minutos más tarde, tan enorme, feo, sucio y hediondo como siempre. Miró al Renco de pies a cabeza, conferenció con Atrapaalmas, gruñó al Renco durante medio minuto, luego montó de nuevo en su alfombra volante y se alejó levitando. Atrapaalmas explicó:

—Él también pasa la pelota. Nadie quiere la responsabilidad definitiva.

—¿A quién puede pasársela? —pregunté. Al Renco no le quedaban enemigos de peso.

Atrapaalmas se encogió de hombros y regresó al montón de piedras. Murmuró en una docena de voces, sumido en sus pensamientos, casi encogiéndose sobre sí mismo. Creo que estaba tan contento de estar allí como lo estaba yo.

El tiempo se arrastró. La inclinación de los haces de luz solar se fue haciendo más pronunciada. Uno tras otro se fueron apagando. Empecé a preguntarme si las sospechas de Cuervo no habrían sido correctas. Seríamos unos blancos perfectos cuando se hiciera oscuro. Los Tomados no necesitan el sol para ver.

Miré a Cuervo ¿Qué ocurría dentro de su cabeza? Su rostro era pensativamente inexpresivo. Era el rostro que exhibía cuando jugaba a las cartas.

Se bajó del tronco y empezó a pasear arriba y abajo, siguiendo el mismo esquema establecido por el Renco. No había ninguna otra cosa que hacer. Lancé una piña contra un nudo del tronco que Cuervo y yo habíamos usado para mantenernos a cubierto..., ¡y el nudo se apartó! Inicié una carga de cabeza contra la ensangrentada espada de Susurro antes de darme completamente cuenta de lo que había visto.

—¿Qué ocurre? —preguntó Atrapaalmas mientras me contenía. Improvisé.

—Un tirón muscular, supongo. Iba a hacer un poco de ejercicio, pero le ocurrió algo a mi pierna. —Me masajeé el tobillo derecho. Pareció satisfecho. Miré hacia el tronco, no vi nada.

Pero sabía que Silencioso estaba allí. Estaría allí si era necesitado.

Silencioso. ¿Cómo demonios había llegado hasta allí? ¿De la misma forma que el resto de nosotros? ¿Tenía trucos que nadie sospechaba?

Tras los gestos teatrales apropiados, cojeé hasta situarme al lado de Cuervo. Intenté hacerle comprender por gestos que tendríamos ayuda si era necesario, pero no captó el mensaje. Estaba demasiado ensimismado.

Estaba oscuro. Sobre nuestras cabezas colgaba media luna, derramando algunos haces de suave luz plateada sobre el claro. Atrapaalmas permanecía sobre el montón de rocas. Cuervo y yo seguíamos en el tronco. Me dolía la espalda. Tenía los nervios a flor de piel. Estaba cansado, hambriento y asustado. Ya había tenido suficiente, pero carecía del valor para decirlo.

De pronto Cuervo reaccionó. Evaluó la situación, preguntó:

—¿Qué demonios estamos haciendo aquí?

Atrapaalmas despertó.

—Esperar. Ya no falta mucho.

—¿Esperar a qué? —pregunté. Puedo ser valiente si Cuervo me respalda. Atrapaalmas miró en mi dirección. Percibí una agitación innatural entre los árboles a mis espaldas, de Cuervo crispándose para la acción—. ¿Esperar a qué? —repetí débilmente.

—A mí, médico. —Sentí en la nuca el aliento del que hablaba. Di un salto en dirección a Atrapaalmas, y no me detuve hasta que alcancé la espada de Susurro. Atrapaalmas se echó a reír. Me pregunté si se habría dado cuenta de que mi pierna estaba mejor. Miré hacia el tronco pequeño. Nada.

Una luz gloriosa se derramaba sobre el tronco que había abandonado. No vi a Cuervo. Había desaparecido. Aferré la espada de Susurro y decidí quedarme al lado de Atrapaalmas.

La luz flotó encima del gigante caído, se detuvo delante de Atrapaalmas. Era demasiado brillante para mirarla fijamente. Iluminaba todo el claro.

Atrapaalmas se dejó caer sobre una rodilla. Y entonces comprendí.

¡La Dama! Aquella resplandeciente gloria era la Dama. ¡Habíamos estado aguardando a la Dama! Miré hasta que me dolieron los ojos. Y me dejé caer también sobre una rodilla. Ofrecí la espada de Susurro en las palmas de mis manos, como un caballero rindiendo homenaje a su rey. ¡La Dama!

¿Era esta mi recompensa? ¿Conocerla realmente? Ese algo que venía hasta mí desde Hechizo ondulaba, me llenaba, y por un loco instante me sentí absolutamente enamorado. Pero no podía verla. Deseaba ver cuál era su aspecto.

Tenía esa capacidad que yo hallaba tan desconcertante en Atrapaalmas.

—No esta vez, Matasanos —dijo la luz—. Pero pronto, creo. —Tocó mi mano. Sus dedos me quemaron como el primer contacto sexual de mi primera amante. ¿Recuerdas ese sorprendente, arrebatador instante de excitación?

»La recompensa vendrá más tarde. Esta vez se te permitirá ser testigo de un rito no visto desde hace quinientos años. —Avanzó—. Debes de estar incómodo. Levántate.

Me levanté, retrocedí. Atrapaalmas permanecía en su posición de descanso de desfile, observando la luz. Su intensidad iba disminuyendo. Ahora podía mirarla sin sentir dolor. Vagó alrededor de la pila de piedras hasta nuestros prisioneros, desvaneciéndose hasta que pude discernir una silueta femenina dentro.

La Dama miró al Renco durante largo rato. El Renco le devolvió la mirada. Su rostro estaba vacío. Se hallaba más allá de toda esperanza o desesperación.

—Me serviste bien por un tiempo —dijo la Dama—. Y tu traición me ayudó más que me hizo daño. No carezco de piedad. —Llameó hacia un lado. Una sombra se hizo menos oscura. Allí estaba Cuervo, de pie, con una flecha en su arco—. Es tuyo, Cuervo.

Miré al Renco. Traicionó excitación y una extraña esperanza. No la de sobrevivir, por supuesto, sino la de que iba a morir de una forma rápida, simple, indolora.

Cuervo dijo:

—No. —Nada más. Solo una llana negativa.

La Dama meditó.

—Es una lástima, Renco. —Se arqueó hacia atrás y gritó algo al cielo.

El Renco se agitó violentamente. La mordaza voló de su boca. Las ligaduras de sus tobillos se partieron. Se puso en pie, intentó correr, intentó pronunciar algún conjuro que lo protegiera. Había recorrido diez metros cuando un millar de feroces serpientes brotaron de la noche y cayeron sobre él.

Cubrieron su cuerpo. Se deslizaron por su boca y nariz, por sus ojos y oídos. Penetraron fácilmente y volvieron a salir abriéndose camino a dentelladas por su espalda y su pecho y su vientre. Y gritó. Y gritó. Y gritó. Y la misma terrible vitalidad con la que había luchado contra las letales flechas de Cuervo lo mantuvo con vida durante todo el castigo.

Devolví el tasajo que había sido mi única comida durante todo el día.

El Renco estuvo mucho rato gritando, sin acabar de morir. Finalmente, la Dama se cansó y alejó las serpientes. Tejió un susurrante capullo alrededor del Renco, gritó otra serie de sílabas. Una gigantesca libélula luminiscente cayó de la noche, lo agarró, alzó el vuelo zumbando hacia Hechizo. La Dama dijo:

—Le proporcionará años de diversión. —Miró a Atrapaalmas; asegurándose de que la lección no había pasado desapercibida.

Atrapaalmas no había movido ni un músculo. Tampoco lo hizo ahora.

La Dama dijo:

—Matasanos, lo que vais a presenciar ahora existe tan solo en unas pocas memorias. Incluso la mayor parte de mis campeones lo han olvidado.

¿De qué demonios estaba hablando?

Bajó la vista. Susurro se encogió. La dama dijo:

—No, en absoluto. Has sido un enemigo tan formidable que voy a recompensarte. —Una extraña risa—. Hay una vacante entre los Tomados.

Así que era eso. La flecha roma, las extrañas circunstancias que habían conducido a este momento, se hicieron claras ahora. La Dama había decidido que Susurro podía reemplazar al Renco.

¿Cuándo? ¿Exactamente cuándo había tomado esa decisión? El Renco se había visto en problemas desde hacía un año, sufriendo una humillación tras otra. ¿Lo había orquestado ella? Pensé que sí. Un indicio aquí, otro allí, una habladuría perdida y un recuerdo extraviado... Atrapaalmas había tomado parte en ello, usándonos. Quizá lo sabía desde el momento mismo en que nos había alistado. Seguramente el cruce de nuestro camino con el de Cuervo tampoco había sido un accidente... Ah, era una zorra cruel, retorcida, engañosa, calculadora.

Pero todo el mundo sabía esto. Esa era su historia. Había desposeído a su propio esposo. Había asesinado a su hermana, si había que creer a Atrapaalmas. Así que, ¿por qué me sentía decepcionado y sorprendido?

Miré a Atrapaalmas. No se había movido, pero había habido un sutil cambio en su actitud. Estaba como desconcertado por la sorpresa.

—Sí —le dijo la Dama—. Tú pensabas que solo el Dominador podía Tomar. —Una suave risa—. Estabas equivocado. Difunde el rumor entre todos los que piensan en resucitar a mi esposo.

Atrapaalmas se movió ligeramente. No pude leer el significado de sus movimientos, pero la Dama pareció satisfecha. Se enfrentó de nuevo a Susurro.

La generala Rebelde estaba más aterrada de lo que había estado el Renco. Iba a convertirse en lo que más odiaba..., y no podía hacer nada.

La Dama se arrodilló y empezó a susurrarle.

Miré, y todavía no sé lo que ocurrió. Como tampoco puedo describir a la Dama, no más de lo que pudo Goblin, pese a haberla visto de cerca toda la noche. O quizá durante varias noches. El tiempo poseía una realidad surreal. Perdimos algunos días en alguna parte. Pero la vi, y presencié el ritual que convertía a nuestro más peligroso enemigo en uno de nosotros.

Recuerdo una cosa con una claridad tan aguda como el filo

de una navaja. Un enorme ojo amarillo. El mismo ojo que tanto alteró a Goblin. Apareció y nos miró a mí y a Cuervo y a Susurro.

No me alteró de la forma en que alteró a Goblin. Quizá yo sea menos sensible. O solo más ignorante. Pero fue malo. Como he dicho, algunos días desaparecieron.

Ese ojo no es infalible. No funciona bien con los recuerdos a corto plazo. La Dama siguió sin captar la proximidad de Silencioso.

De todo lo demás solo hay retazos de recuerdos, la mayor parte llenos de los gritos de Susurro. Hubo un momento en que aparecieron en el claro diablos danzantes que brillaban con su propia iniquidad interior. Luchaban por el privilegio de montar a Susurro. Hubo una ocasión en la que Susurro se enfrentó al ojo. Una ocasión en la que, creo, Susurro murió y fue resucitada, murió y fue resucitada, hasta que adquirió intimidad con la muerte. Hubo ocasiones en las que fue torturada. Y otra vez con el ojo.

Los fragmentos que retengo sugieren que fue destrozada, muerta, revivida y reensamblada como una devota esclava. Recuerdo su juramento de fidelidad a la Dama. Su voz destilaba una ansiosa necesidad de complacer.

Mucho después de que todo hubiera terminado desperté confuso, perdido y aterrado. Necesité un tiempo para razonar todo lo ocurrido. La confusión formaba parte de la coloración protectora de la Dama. Lo que no podía recordar no podía ser usado contra ella.

Alguna recompensa.

Ella se había ido. Y también Susurro. Pero Atrapaalmas se había quedado, recorriendo arriba y abajo el claro, murmurando en una docena de frenéticas voces. Guardó silencio en el instante mismo en que intenté sentarme. Me miró, la cabeza echada suspicazmente hacia adelante.

Gruñí, intenté levantarme, caí hacia atrás. Me arrastré y me apoyé en una de las piedras. Atrapaalmas me tendió una cantimplora. Bebí torpemente. Dijo:

—Podrás comer un poco cuando te hayas recuperado.

Aquella observación me hizo ser consciente de un hambre feroz. ¿Cuánto tiempo había transcurrido?

—¿Qué ocurrió?

—¿Qué es lo que recuerdas?

—No mucho. ¿Susurro fue Tomada?

—Reemplaza al Renco. La Dama se la llevó al frente del este. Sus conocimientos del otro lado deberían cambiar las cosas allí.

Intenté apartar las telarañas.

—Pensé que iban a cambiar a una estrategia en el norte.

—Y así es. Y tan pronto como tu amigo se recupere deberemos volver a Lords. —Con una suave voz femenina admitió—: No conocía a Susurro tan bien como creía. Corrió la voz cuando supo lo que había ocurrido en su campamento. Por una vez el Círculo respondió rápido. Evitaron las habituales luchas intestinas. Olieron sangre. Aceptaron sus pérdidas, y nos dejaron que nos desviáramos mientras ellos iniciaban sus maniobras. Las mantuvieron malditamente bien ocultas. Ahora el ejército de Empedernido se encamina hacia Lords. Nuestras fuerzas todavía se hallan dispersas por todo el bosque. Ella volvió la trampa contra nosotros.

No quise oírlo. Un año de malas noticias ya es suficiente. ¿Por qué uno de nuestros golpes no podía resolverse bien?

—¿Se sacrificó intencionadamente?

—No. Deseaba tenernos en los bosques para ganar tiempo para el Círculo. No sabía que la Dama estaba al tanto de lo del Renco. Creía conocerla, pero estaba equivocado. Finalmente nos beneficiaremos de ello, pero van a venir malos tiempos hasta que Susurro arregle lo del este.

Intenté levantarme, no pude.

—Tómatelo con calma —sugirió—. La primera vez con el Ojo siempre es duro. ¿Crees que puedes comer algo ahora?

—Trae uno de esos caballos hasta aquí.

—Mejor tómatelo con calma al principio.

—¿Tan malo es? —No estaba completamente seguro de lo que estaba preguntando. Él supuso que me refería a la situación estratégica.

—El ejército de Empedernido es mayor que cualquier otro con el que nos hayamos enfrentado. Y es solo uno de los grupos que están en movimiento. Si Nocherniego no alcanza Lords primero, perderemos la ciudad y el reino. Lo cual puede proporcionarles el impulso para expulsarnos enteramente del norte. Nuestras fuerzas en Ingenio, Doncella, Vino y demás no están preparadas para una campaña importante. El norte ha sido un campo de batalla marginal hasta ahora.

—Pero... ¿Después de todo por lo que hemos pasado? ¿Estamos peor que cuando perdimos Rosas? ¡Maldita sea! Esto no es justo. —Estaba cansado de retirarnos.

—No te preocupes, Matasanos. Si Lords cae, los detendremos en la Escalera Rota. Los retendremos allí mientras Susurro se lanza. No pueden ignorarla para siempre. Si el este se derrumba, la rebelión morirá. El este es su fuerza. —Sonaba como un hombre intentando convencerse a sí mismo. Había pasado por esas oscilaciones antes, durante los últimos días de la Dominación.

Enterré la cabeza entre las manos, murmuré:

—Pensé que los teníamos vencidos. —¿Por qué demonios habíamos abandonado Berilo?

Atrapaalmas sacudió a Cuervo con el pie. Cuervo no se movió.

—¡Vamos! —gruñó Atrapaalmas—. Me necesitan en Lords.

Puede que Nocherniego y yo tengamos que defender la ciudad nosotros mismos.

—¿Por qué simplemente no nos dejas si la situación es tan crítica?

Carraspeó, tosió y se agitó, y antes de que terminara sospeché que aquel Tomado poseía un sentido del honor, un sentido del deber hacia aquellos que habían aceptado su protección. Sin embargo, no lo admitiría. Nunca. Eso no encajaba con la imagen de los Tomados.

Pensé en otro viaje a través del cielo. Pensé intensamente. Soy tan perezoso como el tipo de al lado, pero no podría resistir de nuevo aquello. No ahora. No sintiéndome como me sentía.

—Me caeré, seguro. No vale la pena que te quedes por aquí. No estaremos preparados en días. Demonios, podemos volver andando. —Pensé en el bosque. Caminar tampoco me atraía demasiado—. Devuélvenos nuestras insignias. Así podrás localizarnos de nuevo. Puedes recogernos más tarde si tienes tiempo.

Gruñó. Discutimos. Yo me mantuve en lo alterado que estaba, en lo alterado que debía de estar Cuervo.

Atrapaalmas estaba ansioso por seguir adelante. Me dejó que le convenciera. Descargó su alfombra —había ido a alguna parte mientras yo estaba inconsciente— y subió a ella.

—Os veré dentro de unos días. —Su alfombra se alzó mucho más rápido de lo que lo había hecho conmigo y Cuervo a bordo. Luego desapareció. Me arrastré hasta las cosas que había dejado atrás.

—El muy bastardo. —Dejé escapar una risita. Su protesta había sido una comedia. Había dejado comida, nuestras propias armas que habíamos dejado en Lords, y toda una serie de cosas que necesitaríamos para sobrevivir. No era un mal jefe, para ser uno de los Tomados—. ¡Ey! ¡Silencioso! ¿Dónde demonios estás?

Silencioso entró en el claro. Me miró, miró a Cuervo, a las provisiones, y no dijo nada. Por supuesto que no. Por algo es Silencioso.

Parecía un poco tenso.

—¿Falta de sueño? —pregunté. Asintió—. ¿Viste lo que ocurrió aquí? —Asintió de nuevo—. Espero que lo recuerdes mejor que yo. —Negó con la cabeza. Maldita sea. Tendrá que figurar en los Anales de una manera poco clara.

Es una forma extraña de mantener una conversación, un hombre hablando y el otro sacudiendo la cabeza. Conseguir información de este modo puede ser increíblemente difícil. Debería estudiar los gestos comunicativos que Cuervo ha aprendido de Linda. Silencioso es el segundo mejor amigo de la niña. Sería interesante espiar sus conversaciones.

—Veamos lo que podemos hacer por Cuervo —sugerí.

Cuervo estaba durmiendo el sueño del agotamiento. No despertó durante horas. Utilicé el lapso para interrogar a Silencioso.

Lo había enviado el capitán. Había venido a caballo. De hecho, estaba de camino antes de que Cuervo y yo fuéramos llamados a nuestra entrevista con Atrapaalmas. Había cabalgado incesantemente, día y noche. Había llegado al claro muy poco antes de que yo lo viera.

Le pregunté cómo había sabido dónde debía ir, dando por supuesto que el capitán habría recogido suficiente información de Atrapaalmas como para darle unas orientaciones generales, un movimiento que encajaba con el estilo del capitán. Silencioso admitió que no había sabido adónde se encaminaba, excepto en líneas generales, hasta que hubo alcanzado la zona. Entonces nos había rastreado a través del amuleto que me había dado Goblin.

El hábil pequeño Goblin. No había traicionado nada. Lo cual era algo bueno también. El ojo hubiera descubierto el conocimiento.

—¿Crees que hubieras podido hacer algo si realmente hubiéramos necesitado ayuda? —pregunté.

Silencioso sonrió, se encogió de hombros, se dirigió a la pila de piedras y se sentó. Pasaba del juego de las preguntas. De toda la Compañía, él es el menos preocupado acerca de la imagen que presentará en los Anales. No le importa si cae bien o suscita odio a la gente, no le importa dónde ha estado o adónde va. A veces me pregunto si le importa si vive o muere, me pregunto qué le hace seguir allí. Debe de tener algún apego a la Compañía.

Por fin, Cuervo regresó. Lo atendimos y le dimos de comer y finalmente, sin ánimos, tomamos los caballos de Susurro y del Renco y nos encaminamos hacia Lords. Viajamos sin entusiasmo, sabiendo que nos encaminábamos a otro campo de batalla, otra tierra de hombres muertos que aún se mantenían en pie.

No pudimos acercarnos. Los Rebeldes de Empedernido tenían asediada la ciudad, rodeada y embotellada en un doble foso. Una lúgubre nube negra ocultaba la ciudad en sí. Crueles relámpagos cebraban sus bordes, remarcando el poder de los Dieciocho. Empedernido no había venido solo.

El Círculo parecía decidido a vengar a Susurro.

—Atrapaalmas y Nocherniego están jugando duro —observó Cuervo, tras un intercambio particularmente violento—. Sugiero que vayamos hacia el sur y aguardemos. Si abandonan Lords, nos uniremos a ellos cuando se dirijan al País Ventoso. —Su rostro se retorció horriblemente. No le gustaba aquella perspectiva. Conocía el País Ventoso.

Nos dirigimos al sur y nos unimos a otros rezagados. Pasamos doce días ocultos, aguardando. Cuervo organizó a los rezagados en algo parecido a una unidad militar. Yo pasé el tiempo escribiendo y pensando en Susurro, preguntándome hasta qué punto influenciaría la situación en el este. Los raros atisbos que tuve de Lords me convencieron de que ella era la última auténtica esperanza para nuestro bando.

Los rumores hablaban de que los Rebeldes aplicaban idéntica presión por todas partes. Supuestamente la Dama tenía que transferir al Ahorcado y Roehuesos desde el este para reforzar la resistencia. Un rumor decía que Cambiaformas había resultado muerto en la lucha en Centeno.

Me preocupaba la Compañía. Nuestra hermandad había ido a Lords antes de la llegada de Empedernido.

Ningún hombre cae sin que yo cuente su historia. ¿Cómo puedo hacer eso a treinta kilómetros de distancia? Cuántos detalles se perderán en las historias orales que tendré que reunir después del hecho? ¿Cuántos hombres caerán sin que sus muertes sean observadas en absoluto?

Pero sobre todo paso mi tiempo pensando en el Renco y la Dama. Y agonizando.

No creo que escriba ninguna otra fantasía romántica acerca de nuestra empleadora. He estado demasiado cerca de ella. Ya no estoy enamorado.

Soy un hombre atormentado. Estoy atormentado por los gritos del Renco. Estoy atormentado por la risa de la Dama. Estoy atormentado por mis sospechas de que estamos fomentando la causa de algo que merece ser borrado de la faz de la tierra. Estoy atormentado por la convicción de que aquellos doblegados bajo la voluntad de la Dama son poco mejores que ella.

Estoy atormentado por el conocimiento de que, al final, el mal siempre triunfa.

Oh. Problemas. Hay una terrible nube negra arrastrándose sobre las colinas al nordeste. Todo el mundo corre de un lado para otro, agarrando armas y ensillando caballos. Cuervo me está gritando que mueva el culo...

5

Empedernido

El viento aullaba y arrojaba ráfagas de polvo y arena contra nuestras espaldas. Nos retiramos a su amparo, caminando hacia atrás, con la arenosa tormenta filtrándose por cada hueco de armadura y ropas, combinándose con el sudor en un hediondo y salado lodo. El aire era caliente y seco. Absorbía rápidamente la humedad, convirtiendo el lodo en una costra seca. Todos teníamos los labios agrietados e hinchados, las lenguas como mohosas almohadas que asfixiaban la arenosa costra del interior de nuestras bocas.

Tormentosa rugía en todo su apogeo. Sufríamos sus consecuencias casi tanto como los Rebeldes. La visibilidad era de una docena escasa de metros. Apenas podía ver a los hombres a mi derecha e izquierda, y solo a dos en la fila de retaguardia, caminando hacia atrás delante de mí. Saber que nuestros enemigos tenían que venir detrás de nosotros encarándose al viento no me alegraba en absoluto. Los hombres de la otra fila se dispersaron de pronto, preparando sus arcos. Altas cosas imprecisas surgieron del girante viento, con sombras embozadas girando a su alrededor, sacudiéndose como enormes alas. Tensé mi arco y solté una flecha, seguro de que iba a perderse en la nada.

No lo hizo. Un jinete alzó las manos. Su animal giró y corrió ante el viento, persiguiendo a otros compañeros sin jinete.

Estaban empujando fuerte, manteniéndose cerca, intentando atraparnos antes de que escapáramos del País Ventoso a la más defendible Escalera Rota. Y solo eso mantenía viva a la Compañía.

Éramos tres mil ahora, retrocediendo ante la inexorable marea que había inundado Lords. Nuestra pequeña hermandad, negándose a disgregarse, se había convertido en el núcleo al que se habían adherido los fugitivos del desastre una vez el capitán se había abierto camino luchando a través de las filas del asedio. Nos habíamos convertido en los cerebros y los nervios de aquella sombra de un ejército en plena huida. La propia Dama había enviado órdenes de que todos los oficiales imperiales se sometieran al mando del capitán. Solo la Compañía había logrado algún éxito señalado durante la campaña del norte.

Alguien salió de entre el polvo y aulló a mis espaldas, me dio una palmada en el hombro. Giré en redondo. Todavía no era tiempo de abandonar la fila.

Cuervo me miraba fijamente. El capitán había imaginado dónde estaba.

Cuervo llevaba la cabeza envuelta en vendajes. Entorné los ojos, con una mano alzada para bloquear la mordiente arena. Gritó algo así como «Ltan kerte». Sacudí la cabeza. Apuntó hacia atrás, me agarró y aulló en mi oído:

—¡El capitán quiere verte!

Por supuesto. Asentí, le tendí el arco y las flechas, me incliné hacia el viento y la arena. Las armas eran escasas. Las flechas que le había entregado eran flechas Rebeldes recogidas después de que hubieran surgido de la bruma parda lanzadas contra nosotros.

Avanzar, avanzar, avanzar. La arena golpeaba contra la parte superior de mi cabeza mientras avanzaba con la barbilla contra el pecho, inclinado, los ojos entrecerrados. No quería ir. El capitán no iba a decir nada que deseara oír.

Un gran matorral llegó rodando y rebotando hacia mí. Casi me derribó. Me eché a reír. Teníamos a Cambiaformas entre nosotros. Los Rebeldes malgastarían un montón de flechas cuando aquello golpeara sus filas. Nos superaban en número por diez o quince a uno, pero los números no significan nada contra los Tomados.

Avancé entre los colmillos del viento hasta que estuve seguro de que había ido demasiado lejos o había perdido la orientación. Siempre pasaba lo mismo. Después de que decidiera abandonar, ahí estaba, la milagrosa isla de paz. Entré en ella, tambaleante ante la repentina ausencia de viento. Mis oídos rugían, negándose a creer la quietud.

Treinta carros avanzaban en prieta formación dentro de la quietud, rueda contra rueda. La mayoría estaban llenos de heridos. Un millar de hombres rodeaban los carros, avanzando pesadamente hacia el sur. Miraban fijamente al suelo y temían salirse de la fila. No había conversaciones, no se intercambiaba ninguna agudeza. Habían visto demasiadas retiradas. Seguían al capitán solamente porque prometía una posibilidad de sobrevivir.

—¡Matasanos! ¡Por aquí! —El teniente me hizo una seña desde el flanco del extremo derecho de la formación.

El capitán tenía el aspecto de un oso taciturno por naturaleza que hubiera sido despertado prematuramente de su hibernación. El gris en sus sienes se agitaba cuando masticaba las palabras antes de escupirlas. Su rostro colgaba. Sus ojos eran huecos oscuros. Su voz, infinitamente cansada.

—Creí que te había dicho que te quedaras por aquí.

—Era mi turno...

—Tú no tienes turnos, Matasanos. Déjame ver si puedo ponerlo en palabras que sean lo suficientemente simples para ti. Tenemos tres mil hombres. Estamos en contacto constante con los Rebeldes. Tenemos a un doctor brujo tonto del culo y a un auténtico médico para ocuparse de esos chicos. Un Ojo tiene que gastar la mitad de sus energías ayudando a mantener esta cúpula de paz, lo cual te deja a ti para ocuparte de toda la carga médica. Eso significa que no debes arriesgarte fuera de aquí. Por ninguna razón.

Contemplé el vacío encima de su hombro izquierdo, con el ceño fruncido a la arena que se arremolinaba alrededor de la zona protegida.

—¿Estoy siendo claro, Matasanos? ¿Me entiendes? Aprecio tu devoción a los Anales, tu determinación de captar la esencia de la acción, pero...

Asentí con la cabeza, miré los carros y su deprimente carga. Tantos heridos, y tan poco que yo pudiera hacer por ellos. Él no se daba cuenta de la sensación de impotencia que causaba eso. Yo solo podía remendarles en lo posible y rezar, y conseguir que los agonizantes estuvieran tranquilos hasta que murieran..., en cuyo momento los dejábamos caer para hacer sitio a los recién llegados.

Se habían perdido innecesariamente demasiados que hubieran podido salvarse si yo hubiera dispuesto de tiempo, ayuda entrenada y una cirugía decente. ¿Por qué iba a la línea de batalla? Porque allí podía realizar algo. Podía devolverles el golpe a nuestros atormentadores.

—Matasanos —gruñó el capitán—, tengo la sensación de que no estás escuchando.

—Sí, señor. He entendido, señor. Me quedaré aquí y me ocuparé de mi hilo y mi aguja.

—No pongas esa cara. —Apoyó una mano en mi hombro—. Atrapaalmas dice que alcanzaremos la Escalera Rota mañana. Entonces podremos hacer todo lo que queramos. Hacer sangrar a Empedernido por la nariz.

Empedernido se había convertido en el general Rebelde más importante.

—¿Ha dicho cómo vamos a conseguir eso, superados en número por millones a uno?

El capitán frunció el ceño. Efectuó con los pies esa pequeña y arrastrante danza de oso mientras elaboraba una respuesta tranquilizadora.

¿Tres mil agotados y apaleados hombres rechazando a las hordas de Empedernido ebrias de victoria? Malditamente improbable. Ni siquiera con tres de los Diez Que Fueron Tomados ayudando.

—Creo que no lo ha dicho —bufé.

—Ese no es tu departamento, ¿correcto? Atrapaalmas no duda de tus operaciones quirúrgicas, ¿no? Entonces, ¿por qué cuestionas la estrategia general?

Sonreí.

—La ley no escrita de todos los ejércitos, capitán. Los rangos inferiores tienen el privilegio de cuestionar la cordura y la competencia de sus comandantes. Es el mortero que mantiene unido un ejército.

El capitán me miró desde su estatura más baja y robusta y desde debajo de unas hirsutas cejas.

—Eso mantiene unidos a los hombres, ¿eh? ¿Y sabes lo que los mantiene en movimiento?

—¿Qué?

—Tipos como yo pateándoles el culo a tipos como tú cuando empiezan a filosofar. No sé si captas lo que quiero decir.

—Creo que sí, señor. —Me alejé, recuperé mi maletín del carro donde lo había arrojado, me puse a trabajar. Había unos cuantos nuevos heridos.

La ambición Rebelde estaba debilitándose bajo el incesante asalto de Tormentosa.

Estaba haraganeando un poco, aguardando a ser llamado, cuando divisé a Elmo brotar del mal tiempo. No lo había visto desde hacía días. Se dejó caer al lado del capitán. Me dirigí hacia allí.

—... avanzan por nuestra derecha —estaba diciendo—. Quizá intentan alcanzar la Escalera primero. —Me miró, alzó una mano en un saludo. La estreché. Estaba pálido de cansancio. Como el capitán, había descansado muy poco desde que habíamos entrado en el País Ventoso.

—Saca una compañía de la reserva. Atácales por el flanco —respondió el capitán—. Golpéales duro y mantente firme. No esperarán eso. Los sacudirá. Haz que se pregunten detrás de qué vamos.

—Sí, señor. —Elmo se volvió para irse.

—¿Elmo?

—¿Señor?

—Ve con cuidado ahí fuera. Reserva tus energías. Vamos a seguir avanzando esta noche.

Los ojos de Elmo hablaron de capacidades torturadas. Pero no cuestionó las órdenes. Es un buen soldado. Y, como yo, sabía que venían de más arriba de la cabeza del capitán. Quizá de la propia Torre.

La noche había traído una tregua tácita. Los rigores de los días habían dejado a ambos ejércitos poco deseosos de dar un paso innecesario tras la oscuridad. No había habido contacto nocturno.

Pero ni siquiera esas horas de respiro, cuando la tormenta dormía, eran suficientes para impedir que los ejércitos siguieran avanzando con su paso cansino. Ahora nuestros altos señores deseaban un esfuerzo extra, con la esperanza de conseguir alguna ventaja táctica. Llegar a la Escalera por la noche, atrincherarse en ella, hacer que los Rebeldes lleguen a nosotros surgiendo de la perpetua tormenta. Tenía sentido. Pero era el tipo de movimiento ordenado por un general desde su sillón a quinientos kilómetros del escenario de la lucha.

—¿Oyes eso? —me preguntó el capitán.

—Sí. Suena como enmudecido.

—Estoy de acuerdo con el Tomado, Matasanos. El viaje será más fácil para nosotros y más difícil para los Rebeldes. ¿Te has puesto al corriente de tus tareas?

—Sí.

—Entonces intenta mantenerte fuera del camino. Ve a dar un paseo. Duerme un poco.

Me alejé, maldiciendo la mala suerte que nos había despojado de la mayor parte de nuestras monturas. Dioses, caminar se estaba haciendo pesado.

No seguí el consejo del capitán, aunque era juicioso. Estaba demasiado inquieto para descansar. La perspectiva de una marcha nocturna me inquietaba.

Vagué en busca de viejos amigos. La Compañía se había dispersado entre la multitud, siguiendo las indicaciones del capitán. No había visto a algunos hombres desde Lords. No sabía si todavía estaban vivos.

No pude hallar más que a Goblin, Un Ojo y Silencioso. Hoy Goblin y Un Ojo estaban menos comunicativos que Silencioso, lo cual decía mucho acerca de la moral.

Avanzaban testarudamente, los ojos fijos en la seca tierra, solo haciendo raramente un gesto o murmurando alguna palabra para mantener la integridad de nuestra burbuja de paz. Acompasé mi andar al de ellos. Finalmente intenté romper el hielo con un «Hola.»

Goblin gruñó. Un Ojo me concedió unos segundos de maligna mirada. Silencioso ni siquiera reconoció mi presencia.

—El capitán dice que vamos a seguir toda la noche —les indiqué. Tenía que conseguir que alguien se sintiera tan miserable como yo.

La expresión de Goblin me preguntó por qué deseaba decir ese tipo de mentira. Un Ojo murmuró algo acerca de convertir al bastardo en un sapo.

—El bastardo al que deberías convertir es Atrapaalmas —dije relamidamente.

Me lanzó otra maligna mirada.

—Quizá practicaré contigo, Matasanos.

A Un Ojo no le gustaban las marchas nocturnas, así que Goblin aprobó de inmediato el genio del hombre que había iniciado la idea. Pero su entusiasmo fue tan ligero que Un Ojo ni siquiera se molestó en morder el anzuelo.

Pensé que podía hacer otro intento.

—Chicos, parecéis tan deprimidos como yo.

Ninguna reacción. Ni siquiera el girar de una cabeza.

—Está bien —dije. Renuncié, puse un pie delante del otro, vacié mi mente.

Vinieron a buscarme para que me ocupara de los heridos de Elmo. Eran una docena, y eso fue todo por el día. Los Rebeldes habían tenido que elegir entre huir o morir.

La oscuridad llegó pronto bajo la tormenta. Hicimos como de costumbre. Nos alejamos algo de los Rebeldes, esperamos a que cesara la tormenta, levantamos un campamento con fuegos encendidos con cualquier maleza que pudimos encontrar. Solo que esta vez solo fue un breve descanso, hasta que salieron las estrellas. Nos miraron con burla en sus parpadeos, diciendo que todo nuestro sudor y nuestra sangre no tenía realmente ningún significado para el largo ojo del tiempo. Nada de lo que hiciéramos sería recordado dentro de un millar de años.

Esos pensamientos nos contagiaron a todos. A nadie le quedaba ningún ideal ni ansia de gloria. Simplemente deseábamos llegar a alguna parte, tendernos y olvidar la guerra.

La guerra no nos olvidaría a nosotros. Tan pronto como supuso que los Rebeldes estarían convencidos de que habíamos acampado, el capitán reanudó la marcha, ahora en una columna irregular que serpenteaba lentamente a través de los páramos iluminados por la luna.

Pasaron las horas y no parecía que llegáramos a ninguna parte. La tierra no cambiaba nunca. Yo miraba ocasionalmente hacia atrás, comprobando la renovada tormenta que Tormentosa estaba arrojando contra el campamento Rebelde. Los relámpagos destellaban y se propagaban por el cielo. Era más furiosa que cualquier otra cosa a la que se hubieran enfrentado hasta entonces.

La sombría Escalera Rota se materializó tan lentamente que llevaba una hora allí antes de que me diera cuenta de que no era un banco de nubes bajo en el horizonte. Las estrellas empezaron a desvanecerse y el este a iluminarse antes de que la tierra empezara a brotar.

La Escalera Rota es una escarpada cordillera totalmente infranqueable excepto por el único y empinado paso que le da su nombre. El terreno asciende gradualmente hasta que alcanza una serie de repentinos e impresionantes farallones y mesetas que se extienden hacia todos lados a lo largo de cientos de kilómetros. Al sol de la mañana parecían los carcomidos contrafuertes de una gigantesca fortaleza.

La columna penetró en un cañón ahogado por los taludes, hizo un alto mientras se despejaba un camino para los carros. Me arrastré hasta la cima de un farallón y observé la tormenta. Avanzaba en nuestra dirección.

¿Habríamos cruzado antes de que llegara Empedernido?

El bloqueo era un reciente derrumbamiento que cubría tan solo medio kilómetro de carretera. Más allá se extendía la ruta recorrida por las caravanas antes de que la guerra interrumpiera el comercio.

Miré de nuevo la tormenta. Empedernido estaba haciendo un buen promedio. Supuse que lo impulsaba la furia. No dejaba de tener sus motivos. Habíamos matado a su cuñado y habíamos conseguido Tomar a su prima...

Un movimiento hacia el oeste llamó mi atención. Toda una sucesión de feroces nubes de tormenta avanzaba hacia Empedernido, retumbando y rodando. Una nube en forma de embudo giró sobre sí misma y penetró en la tormenta de arena. Los Tomados jugaban duro.

Empedernido era testarudo. Seguía avanzando a través de todo.

—¡Ey! ¡Matasanos! —gritó alguien—. Ven aquí.

Bajé la vista. Los carros estaban cruzando el peor trecho del camino. Era hora de irse.

Fuera, en los llanos, las nubes tejieron otro embudo. Casi sentí piedad por los hombres de Empedernido.

Poco después de que alcanzara la columna el suelo se estremeció. El farallón al que había trepado se tambaleó, gruñó, se derrumbó, se esparció a través del camino. Otro pequeño regalo para Empedernido.

Alcanzamos nuestro lugar de parada poco antes de que se hiciera de noche. ¡Un terreno decente al fin! Auténticos árboles. Un arroyo murmurante. Aquellos a los que todavía les quedaban algo de fuerzas empezaron a levantar el campamento o a cocinar. El resto simplemente se derrumbó. El capitán no metió prisa. La mejor medicina en aquellos momentos era la libertad de descansar.

Dormí como el tronco proverbial.

Un Ojo me despertó al canto del gallo.

—Pongámonos a trabajar —dijo—. El capitán quiere montar un hospital. —Hizo una mueca. En la mejor de las ocasiones su expresión es como la de una pasa—. Se supone que vamos a tener algo de ayuda procedente de Hechizo.

Gruñí, gemí y maldije y me puse en pie. Todos mis músculos estaban rígidos. Todos los huesos me dolían.

—La próxima vez que estemos en algún lugar lo bastante civilizado como para tener tabernas recuérdame que brinde por la paz eterna —gruñí—. Un Ojo, estoy dispuesto a retirarme.

—¿Y quién no? Pero eres el Analista, Matasanos. Siempre nos estás frotando la tradición por las narices. Sabes que solo puedes salirte de la Compañía de dos formas. Muerto o con los pies por delante. Muestra algo de alegría en tu feo rostro y ponte a trabajar. Tengo cosas más importantes que hacer que jugar a la enfermera.

—Estás alegre esta mañana, ¿no?

—Como unas castañuelas. —Trasteó por ahí mientras yo me adecentaba en la medida de lo posible.

El campamento estaba volviendo a la vida. Los hombres comían y se lavaban para eliminar de sus cuerpos el desierto. Se afanaban y maldecían. Algunos incluso hablaban entre sí. La recuperación había empezado.

Sargentos y oficiales estaban fuera supervisando la ladera, buscando los puntos fuertes más defendibles. Este era, pues, el lugar donde los Tomados deseaban resistir.

Era un buen lugar. Era esa parte del paso que daba a la Escalera su nombre, una inclinación de cuatrocientos metros que dominaba todo un laberinto de cañones. La antigua carretera serpenteaba hacia uno y otro lado a través de la ladera de la montaña en incontables giros y revueltas, de modo que desde una cierta distancia parecía como una gigantesca escalera rota e inclinada hacia un lado.

Un Ojo y yo reclutamos a una docena de hombres y empezamos a trasladar a los heridos a un tranquilo bosquecillo muy arriba del campo de batalla en perspectiva. Pasamos una hora poniéndolos cómodos y preparándonos para los futuros heridos.

—¿Qué es eso? —preguntó de pronto Un Ojo.

Escuché. Los sonidos de los preparativos habían muerto.

—Ha ocurrido algo —dije.

—Genial —respondió—. Probablemente ha llegado la gente de Hechizo.

—Echemos un vistazo. —Salí del bosquecillo y bajé hacia el cuartel general del capitán. Los recién llegados se hicieron evidentes en el momento mismo en que abandoné los árboles.

Calculé que eran un millar de hombres, la mitad soldados de la guardia personal de la Dama con sus brillantes uniformes, el resto, al parecer, carreros. La hilera de carros y ganado era más excitante que los refuerzos.

—Esta noche habrá fiesta —le dije a Un Ojo, que me seguía. Miró hacia los carros y sonrió. Sus sonrisas de puro placer son solo ligeramente más comunes que los dientes de la gallina de la fábula. Ciertamente merecen ser registradas en estos Anales.

Con el batallón de los guardias estaba el Tomado llamado el Ahorcado. Era improbablemente alto y delgado. Su cabeza estaba retorcida hacia un lado. Tenía el cuello hinchado y púrpura por la mordedura de la cuerda. Su rostro estaba congelado en la abotagada expresión de alguien que ha sido estrangulado. Supuse que tendría considerables dificultades para hablar.

Era el quinto de los Tomados que veía, después de Atrapaalmas, el Renco, Cambiaformas y Susurro. Me había perdido a Nocherniego en Lords, y todavía no había visto a Tormentosa, pese a la proximidad. El Ahorcado era diferente. Los otros solían llevar algo que ocultaba su cabeza y rostro. Excepto Susurro, habían pasado eras bajo tierra. La tumba no les había tratado do consideradamente.

Atrapaalmas y Cambiaformas estaban allí para dar la bienvenida al Ahorcado. El capitán estaba detrás de ellos, escuchando al comandante de los guardias de la Dama. Me acerqué, con la esperanza de oír algo.

El comandante de los guardias se mostraba hosco porque tenía que ponerse a disposición del capitán. A ninguno de los regulares les gustaba recibir órdenes de un mercenario recién llegado de ultramar.

Me acerqué al Tomado. Descubrí que no podía entender ni una palabra de su conversación. Estaban hablando en telle-kurre, una lengua que había muerto con la caída de la Dominación.

Una mano tocó ligeramente la mía. Sorprendido, bajé la vista a los grandes ojos castaños de Linda, a la que no había visto desde hacía días. Hizo rápidos gestos con los dedos. He estado aprendiendo sus signos. Deseaba mostrarme algo.

Me condujo a la tienda de Cuervo, que no estaba lejos de la del capitán. Se metió dentro, regresó con una muñeca de madera. Había sido creada con amorosa habilidad. No pude imaginar las horas que Cuervo debía de haber pasado en ella. No pude imaginar dónde la había encontrado.

Linda frenó el ritmo de su habla con los dedos para que yo pudiera seguirla más fácilmente. Sin embargo, no era fácil. Me dijo que Cuervo había hecho la muñeca, como yo había supuesto, y que ahora le estaba cosiendo un guardarropa. Creía que tenía allí un gran tesoro. Recordando el poblado donde la habíamos encontrado, no dudé de que era el mejor juguete que jamás había poseído.

Un objeto revelador, cuando piensas en Cuervo, un hombre de aspecto amargado, frío y silencioso, cuyo único uso para un cuchillo parece ser siniestro.

Linda y yo conversamos durante unos minutos. Sus pensamientos son deliciosamente directos, un refrescante contraste en un mundo lleno de retorcida, prevaricadora, impredecible y maquinadora gente.

Una mano apretó mi hombro, a medio camino entre furiosa y afable.

—El capitán te está buscando, Matasanos. —Los oscuros ojos de Cuervo brillaban como obsidiana debajo de una luna creciente. Fingió que la muñeca era invisible. Le gusta mostrarse duro, me di cuenta.

—Está bien —dije, diciendo adiós con la mano. Me gustó saber de Linda. A ella le gustó enseñarme su muñeca. Creo que le proporcionó una sensación de valía. El capitán estaba tomando en consideración hacer que todo el mundo aprendiera su lenguaje de signos. Sería un valioso complemento a nuestras tradicionales pero inadecuadas señales de batalla.

Cuando llegué el capitán me lanzó una siniestra mirada, pero me ahorró el discurso.

—Tu nueva ayuda y provisiones están aquí. Indícales dónde deben ir.

—Sí, señor.

La responsabilidad lo estaba abrumando. Nunca había mandado a tantos hombres ni se había enfrentado a condiciones tan adversas, con órdenes tan imposibles ante un futuro tan incierto. Desde donde estaba parecía como si su misión fuera ser sacrificado para ganar tiempo.

Nosotros, la Compañía, no somos unos luchadores entusiastas. Pero la Escalera Rota no podía ser retenida con trucos.

Parecía que había llegado el final.

Nadie cantará canciones en nuestra memoria. Somos la última de las Compañías Libres de Khatovar. Nuestras tradiciones y recuerdos viven solo en esos Anales. Somos nuestras únicas plañideras.

Es la Compañía contra el mundo. Así ha sido, y así será siempre.

Mi ayuda de la Dama consistía en dos cualificados cirujanos de batalla y una docena de auxiliares con varios grados de habilidad, junto con un puñado de carros llenos de provisiones médicas. Me sentí agradecido. Ahora tenía la oportunidad de salvar a unos pocos hombres.

Llevé a los recién llegados a mi bosquecillo, les expliqué cómo trabajaba, los dejé que se ocuparan de mis pacientes. Tras asegurarme de que no eran completamente incompetentes, les entregué el hospital y me fui.

Estaba inquieto. No me gustaba lo que le estaba ocurriendo a la Compañía. Había adquirido demasiados nuevos seguidores y responsabilidades. La antigua intimidad había desaparecido. Había habido un tiempo en el que veía a cada uno de los hombres cada día. Ahora había algunos a los que no había visto desde antes de la debacle en Lords. No sabía si estaban muertos, vivos o cautivos. Casi me sentía neuróticamente ansioso de que algunos hombres se hubieran perdido y fueran olvidados.

La Compañía es nuestra familia. La hermandad la hace funcionar. Estos días, con todos esos nuevos rostros norteños, la fuerza primaria que mantiene unida a la Compañía es un esfuerzo desesperado de la hermandad por recuperar la antigua intimidad. La tensión de intentarlo marca todos los rostros.

Me dirigí a uno de los puestos de guardia delanteros, que dominaba la caída del arroyo a los cañones. Allá al fondo, por debajo de la bruma, se extendía un pequeño y resplandeciente estanque. Una delgada corriente de agua lo abandonaba en dirección al País Ventoso. No completaría su recorrido. Comprobé las caóticas hileras de torres y oteros de piedra caliza. Las destellantes espadas de los relámpagos estallaban allá al fondo y golpeaban las tierras yermas, recordándome que los problemas no estaban muy lejos.

Empedernido estaba avanzando pese a la ira de Tormentosa. Mañana establecería contacto, supuse. Me pregunté hasta qué punto le habían golpeado las tormentas. Seguro que no lo suficiente.

Espié una masa de color pardo que se agitaba allá abajo por el serpenteante camino: Cambiaformas, que se dirigía a practicar sus terrores especiales. Podía entrar en el campamento Rebelde como uno de ellos, practicar magia envenenadora sobre sus calderos o llenar su agua potable de enfermedades. Podía convertirse en la oscuridad que todos los hombres temen, tomándolos uno a uno, dejando tan solo retorcidos restos para llenar a los vivos de terror. Le envidié incluso mientras le odiaba.

Las estrellas parpadeaban por encima de la fogata. Había ardido baja mientras algunos de los antiguos jugábamos al tonk. Yo iba ganando un poco. Dije:

—Me marcho mientras aún gano algo. ¿Alguien quiere mi lugar? —Estiré mis anquilosadas piernas y me eché a un lado, me apoyé contra un tronco, miré al cielo. Las estrellas parecían alegres y amistosas.

El aire era fresco e inmóvil. El campamento estaba tranquilo. Grillos y aves nocturnas cantaban sus relajantes canciones. El mundo estaba en paz. Resultaba difícil de creer que este lugar fuera a convertirse pronto en un campo de batalla. Me agité hasta hallar una posición cómoda, contemplé las relajantes estrellas. Estaba decidido a gozar del momento. Puede que fuera el último que conociera.

El fuego crujió y escupió. Alguien halló la suficiente ambición como para añadir un poco de madera. La llama creció, envió humo con olor a pino en mi dirección, despertó sombras que danzaron sobre los intensos rostros de los jugadores. Los labios de Un Ojo estaban tensos porque estaba perdiendo. La boca de rana de Goblin estaba tensa en una sonrisa inconsciente. Silencioso, siendo Silencioso, era una estatua de inexpresividad. Elmo pensaba intensamente, con el ceño fruncido, mientras calculaba las posibilidades. Burlón estaba más lúgubre que de costumbre. Era bueno ver a Burlón de nuevo. Había creído que lo habíamos perdido en Lords.

Solo un insignificante meteoro cruzó el cielo. Alcé la vista, cerré los ojos, escuché mi corazón. «Empedernido viene, Empedernido viene», decía. Golpeteaba como un tambor contra mi pecho, imitando el resonar de las legiones que avanzaban.

Cuervo se sentó a mi lado.

—Una noche tranquila —observó.

—Tranquila antes de la tormenta —respondí—. ¿Qué se cuece entre los altos y los poderosos?

—Muchas discusiones. El capitán, Atrapaalmas y el nuevo no se ponen de acuerdo. Dejémosles. ¿Quién gana?

—Goblin.

—¿Un Ojo no está haciendo trampas desde el fondo de la baraja?

—Nunca conseguimos atraparlo.

—He oído eso —gruñó Un Ojo—. Uno de estos días, Cuervo...

—Lo sé. Zas. Soy un príncipe rana. Matasanos, ¿has estado arriba en la colina desde que se hizo oscuro?

—No. ¿Por qué?

—Hay algo inusual hacia el este. Parece como un cometa.

Mi corazón dio un pequeño vuelco. Calculé rápidamente.

—Es probable que tengas razón. Es tiempo de que vuelva. —Me levanté. Él también lo hizo. Caminamos colina arriba.

Cada acontecimiento importante en la saga de la Dama y su esposo ha sido presagiado por un cometa. Incontables profetas Rebeldes han predicho que ella caerá mientras un cometa esté en el cielo. Pero su profecía más peligrosa se refiere a la niña que será la reencarnación de la Rosa Blanca. El Círculo está empleando una gran cantidad de energía intentando localizar a esa niña.

Cuervo me condujo hasta una altura desde la cual podíamos ver las estrellas más bajas hacia el este. Cierto, algo parecido a una lejana punta de lanza plateada avanzaba por el cielo allí. Miré durante largo rato antes de observar:

—Parece apuntar a Hechizo.

—Eso pensé yo también. —Guardó silencio por un momento—. No estoy muy versado en profecías, Matasanos. Me suenan demasiado a superstición. Pero esto me pone nervioso.

—Has oído esas profecías toda tu vida. Me sorprendería que no te impresionaran.

Gruñó, en absoluto satisfecho.

—El Ahorcado trajo noticias del este. Susurro ha tomado Orín.

—Buenas noticias, buenas noticias —dije, con considerable sarcasmo.

—Ha tomado Orín y ha rodeado el ejército de Bujería. Podemos haber tomado todo el este el próximo verano.

Miramos hacia el cañón. Algunas de las unidades de avance de Empedernido habían alcanzado el pie de la serpenteante ladera. Tormentosa había interrumpido su largo asalto a fin de prepararse para el intento de Empedernido de abrirse camino a través de aquel lugar.

—Así que todo se reduce a nosotros —susurré—. Tenemos que detenerlos aquí o todo se irá al diablo a causa de un ataque furtivo a través de la puerta de atrás.

—Quizá. Pero no cuentes con la Dama ni siquiera aunque fallemos. Los Rebeldes todavía no se han enfrentado a Ella. Y lo sabe hasta el último hombre. Cada kilómetro que avancen hacia la Torre los llenará de un espanto mayor. El propio terror los derrotará a menos que encuentren a su niña profetizada.

—Quizá. —Contemplamos el cometa. Estaba muy, muy lejos todavía, apenas detectable. Estaría allí durante largo tiempo. Se librarían grandes batallas antes de que se marchara.

Hice una mueca.

—Quizá no debieras habérmelo mostrado. Ahora soñaré con esa maldita cosa.

Cuervo exhibió una rara sonrisa.

—Suéñanos una victoria —sugirió.

Soñé un poco en voz alta.

—Hemos llegado a terreno alto. Empedernido tiene que hacer subir a sus hombres a lo largo de cuatrocientos metros de serpenteante ladera. Serán un objetivo fácil cuando lleguen aquí.

—Silbando en la oscuridad, Matasanos. Me vuelvo dentro. Buena suerte mañana.

—Lo mismo para ti —respondí. Estaría en medio de todo el jaleo. El capitán lo había elegido para mandar un batallón de regulares veteranos. Retendrían un flanco, barriendo el camino con andanadas de flechas.

Soñé, pero mis sueños no fueron lo que había esperado. Llegó una ondulante cosa dorada, flotó encima de mí, resplandeciendo como los bajíos de lejanas estrellas. No estaba seguro de estar dormido o despierto, y no me sentía satisfecho de ninguna de las dos maneras. Lo llamaré sueño porque es más confortable de ese modo. No me gusta pensar que la Dama había tomado tanto interés en mí.

No era culpa mía. Todos esos romances que escribí acerca de ella habían sembrado el fértil suelo del establo de mi imaginación. Eran una presunción tan grande, mis sueños. ¿La propia Dama en persona había enviado su espíritu para confortar a un estúpido soldado cansado de la guerra y silenciosamente asustado? En nombre del cielo, ¿por qué?

El resplandor vino y flotó encima de mí, y envió tranquilizadores armónicos relajantes. «No temas nada, mi fiel. La Escalera Rota no es la Llave del Imperio. Puede ser quebrantada sin causar daño. Ocurra lo que ocurra, mi fiel permanecerá a salvo. La Escalera es tan solo una piedra más a lo largo del camino Rebelde a la destrucción.»

Había más, de una naturaleza desconcertantemente personal. Mis más locas fantasías me estaban siendo reflejadas de vuelta. Al final, solo por un instante, un rostro miró desde el resplandor dorado. Era el más hermoso rostro femenino que haya visto nunca, aunque ahora no puedo recordarlo.

A la mañana siguiente le conté a Un Ojo el sueño mientras despertaba mi hospital a la vida. Me miró y se encogió de hombros.

—Demasiada imaginación, Matasanos. —Estaba preocupado, ansioso por completar sus labores médicas y marcharse. Odiaba el trabajo.

Terminado el mío, vagué hacia el campamento principal. Mi cabeza estaba llena de pensamientos y mi moral vacía. El frío y seco aire de la montaña no era tan vigorizante como debería.

Descubrí que la moral de los hombres estaba tan por los suelos como la mía. Allá abajo, las fuerzas de Empedernido se estaban moviendo. Parte de la esencia de vencer es una profunda certidumbre de que, no importa lo mal que parezcan estar las cosas, el camino de la victoria sigue abierto. La Compañía llevó consigo esa convicción a través de la debacle en Lords. Siempre hallamos una forma de hacer sangrar la nariz de los Rebeldes, incluso mientras los ejércitos de la Dama estaban en retirada. Ahora, sin embargo... La convicción había empezado a flaquear.

Forsberg, Rosas, Lords, y una docena de derrotas menores. Parte de perder es lo inverso de ganar. Nos veíamos perseguidos por un miedo secreto de que, pese a las evidentes ventajas del terreno y el respaldo de los Tomados, algo iba a ir mal.

Quizá lo tramaran ellos mismos. Tal vez el capitán estuviera detrás de todo, o incluso Atrapaalmas. La posibilidad podía presentarse de una forma natural, como hicieron en una ocasión...

Un Ojo había descendido la colina detrás de mí, hosco, taciturno, gruñendo para sí mismo y con deseos de volcar su discurso sobre alguien. Su camino se cruzó con el de Goblin.

El perezoso Goblin acababa de arrastrarse fuera de su saco de dormir. Tenía un cuenco de agua y se estaba lavando. Es un viejo chinche fastidioso. Un Ojo reparó en él y vio la oportunidad de castigar a alguien por su mal humor. Murmuró una retahíla de extrañas palabras e inició unos curiosos pasos que parecían medio ballet y medio primitiva danza de guerra.

El agua de Goblin cambió.

Lo olí desde seis metros de distancia. Había adquirido una maligna tonalidad parduzca. Asquerosos glóbulos verdes flotaban en su superficie. Todo en ella parecía asqueroso.

Goblin se levantó con magnífica dignidad, se volvió. Miró al perversamente sonriente Un Ojo a lo más profundo de su ojo durante varios segundos. Luego asintió. Cuando su cabeza se alzó de nuevo exhibía una enorme sonrisa de sapo. Abrió la boca y dejó escapar el más horrible y retumbante aullido que yo haya escuchado nunca.

Salieron, y maldito el tonto que se cruzara en su camino. Las sombras se dispersaron alrededor de Un Ojo, agitándose sobre el suelo como un millar de apresuradas serpientes. Los fantasmas danzaron, arrastrándose de debajo de las rocas, saltando de los árboles, brotando de entre los arbustos. Chillaron, aullaron, rieron y persiguieron las serpientes de sombra de Un Ojo.

Los fantasmas medían medio metro de altura y se parecían mucho a Un Ojos en miniatura con rostros doblemente feos y posaderas como las de los babuinos hembra en pleno celo.

Lo que hacían con las serpientes sombras que capturaban es algo que el buen gusto me prohíbe decir.

Un Ojo, frustrado, daba saltos en el aire. Maldijo, chilló, espumeó por la boca. Para nosotros los veteranos, que habíamos sido testigos de esas locas batallas antes, era evidente que Goblin había estado escondido entre las hierbas, aguardando a que Un Ojo iniciara algo.

Era en estas ocasiones cuando Un Ojo tenía más de una flecha que disparar.

Barrió las serpientes. Las rocas, arbustos y árboles que habían eructado las monstruosidades de Goblin vomitaron ahora gigantescos escarabajos peloteros de un brillante color verde. Los grandes bichos saltaron sobre los elfos de Goblin, los derribaron, y empezaron a hacerlos rodar como si fueran bolas de excrementos hacia el borde del risco.

No es necesario decirlo, todos los gritos y el estrépito atrajeron a una numerosa audiencia. Las risas brotaron de los veteranos, familiarizados desde hacía mucho tiempo con aquel interminable duelo. Se contagiaron a los demás una vez se dieron cuenta de que no se trataba de hechicería salida de madre.

Los fantasmas de culo rojo de Goblin echaron raíces y se negaron a ser derribados. Crecieron hasta convertirse en enormes plantas carnívoras de babeantes fauces propias para poblar la más cruel jungla de pesadilla. Cliqueti-claqueti-crunch, los caparazones se hicieron pedazos por toda la ladera entre las chasqueantes mandíbulas vegetales. Esa sensación que te hace estremecer la espina dorsal y rechinar los dientes cuando aplastas una gran cucaracha llenó toda la ladera, aumentada un millar de veces, dando nacimiento a una plaga de estremecimientos. Por un momento incluso Un Ojo permaneció inmóvil.

Miré a mi alrededor. El capitán había acudido a observar. Traicionó una sonrisa satisfecha. Aquella sonrisa era una gema preciosa, más rara que los huevos de roc. Sus compañeros, oficiales regulares y capitanes de la guardia, parecían desconcertados.

Alguien se situó a mi lado, a una distancia de camaradería. Miré de soslayo, me encontré hombro contra hombro con Atrapaalmas. O codo contra hombro. Los Tomados no suelen ser muy altos.

—Divertido, ¿no? —dijo con una de sus mil voces.

Asentí nerviosamente.

Un Ojo se estremeció de pies a cabeza, saltó de nuevo muy arriba en el aire, gimió y aulló, luego se puso a patear y a agitarse como un hombre presa de un ataque paroxístico.

Los escarabajos supervivientes se agruparon, zip-zap, cliqueticlac, en dos agitados montones, haciendo chasquear furiosamente sus mandíbulas, arañándose los unos a los otros. Una bruma amarronada se agitó desde los montones formando gruesas cuerdas, se retorció y se trenzó, creando una cortina que ocultaba los frenéticos bichos. El humo se contrajo en glóbulos que se agitaron, saltando cada vez más hacia arriba después de cada contacto con el suelo. Luego no cayeron, sino que más bien se movieron con la brisa, haciendo brotar lo que parecían ser retorcidos dedos.

Lo que teníamos allí eran réplicas de las córneas manos de Un Ojo con cientos de veces su tamaño normal. Esas manos empezaron a desherbar el monstruoso jardín de Goblin, arrancando sus plantas de raíz, anudando sus tallos unos con otros en elegantes y complicados nudos de marinero, formando una trenza que se iba alargando por momentos.

—Tienen más talento del que uno hubiera sospechado —observó Atrapaalmas—. Pero lo malgastan en frivolidades.

—No sé. —Hice un gesto. El espectáculo estaba teniendo un efecto vigorizante sobre la moral. Sintiendo el aliento de aquel mismo atrevimiento que me anima en los momentos más extraños, sugerí—: Esto es una hechicería que pueden apreciar, muy distinta de la opresiva y amarga hechicería de los Tomados.

El negro morrión de Atrapaalmas se enfrentó a mí por unos breves segundos. Imaginé fuegos ardiendo detrás de las estrechas rendijas de los ojos. Luego una risita de muchacha brotó de él.

—Tienes razón. Estamos tan henchidos de destino y de tenebrosidad y de meditación y de terror que infectamos ejércitos enteros. Uno olvida pronto el panorama emocional de la vida.

Qué extraño, pensé. Aquel era un Tomado con una grieta en su armadura, un Atrapaalmas echando a un lado uno de los velos que ocultaban su yo secreto. El Analista en mí captó el aroma de una historia y empezó a ladrar.

Atrapaalmas se apartó un poco de mi lado como si leyera mis pensamientos.

—¿Tuviste alguna visita esta noche?

La voz del perro-Analista murió a medio ladrido.

—Tuve un extraño sueño. Acerca de la Dama.

Atrapaalmas rio quedamente, un profundo rumor de bajo. Ese constante cambio de voces puede alterar al hombre más estólido. Me puse a la defensiva. Su propia camaradería me inquietaba también.

—Creo que te favorece, Matasanos. Alguna pequeña cosa en ti ha capturado su imaginación, del mismo modo que ella ha capturado la tuya. ¿Qué tenía que decirte?

Algo dentro de mí me advirtió que fuera con cautela. La pregunta de Atrapaalmas era tranquila y relajada, pero había una oculta intensidad en ella que decía que no era del todo casual.

—Solo tranquilizarme —respondí—. Algo acerca de que la Escalera Rota no es en absoluto un lugar tan crítico en sus planes. Pero solo era un sueño.

—Por supuesto. —Pareció satisfecho—. Solo un sueño. —Pero la voz era la femenina que usaba cuando se mostraba más serio.

Los hombres estaban emitiendo «ohs» y «ahs». Me volví para comprobar los progresos de la confrontación.

La maraña de sarracenias de Goblin se había transformado en una enorme medusa aérea. Las manos parduzcas estaban enredadas en sus tentáculos, intentando liberarse. Por toda la cara del risco, observando, flotaba un gigantesco rostro rosa, barbudo, rodeado por un enmarañado pelo naranja. Un ojo estaba medio cerrado, como soñoliento, por una lívida cicatriz. Fruncí el ceño, desconcertado.

—¿Qué es eso? —Sabía que no era obra de Goblin o de Un Ojo, y me pregunté si Silencioso se habría unido al juego, solo para dejarse ver.

Atrapaalmas emitió un sonido que era una apreciable imitación del chillido de agonía de un pájaro.

—Empedernido —dijo, y giró para enfrentarse al capitán, aullando—: ¡A las armas! ¡Ya vienen!

En unos segundos los hombres volaban a sus posiciones. Los últimos indicios de la pelea entre Goblin y Un Ojo se convirtieron en brumosas hilachas flotando en el viento, derivando hacia el malicioso rostro de Empedernido, proporcionándole un horrible caso de acné allá donde le tocaban. Un agudo aguijón, pensé, pero no intentéis abrumarle, muchachos. No le gustan los juegos.

La respuesta a nuestros movimientos fue el sonido de cuernos allá abajo, y un retumbar de tambores que resonaron en los cañones como distantes truenos.

Los Rebeldes estuvieron hostigándonos todo el día, pero era evidente que la cosa no iba en serio, que simplemente estaban tanteando el nido de avispas para ver lo que ocurría. Eran muy conscientes de la dificultad de asaltar la Escalera.

Todo aquello daba a entender que Empedernido tenía algo desagradable escondido en la manga.

De todos modos, sin embargo, las escaramuzas elevaban la moral. Los hombres empezaron a creer que había una posibilidad de resistir.

Aunque el cometa avanzaba entre las estrellas y una galaxia de fogatas salpicaban la Escalera allá abajo, la noche refutaba mi sensación de que la Escalera era el corazón de la guerra. Estaba sentado en un saliente de roca que dominaba el enemigo, las rodillas alzadas contra mi barbilla, meditando en las últimas noticias del este. En estos momentos Susurro estaba asediando Escarcha, tras haber acabado con el ejército de Bujería y haber derrotado a Polilla y Furtivo entre los menhires parlantes de la Llanura del Miedo. El este parecía un desastre peor para los Rebeldes que el norte para nosotros.

Podía ser peor aquí. Polilla y Furtivo y Persistente se habían unido a Empedernido. Otros de los Dieciocho estaban ahí abajo, todavía no identificados. Nuestros enemigos olían la sangre.

Nunca he visto las auroras del norte, aunque me han dicho que si las hubiéramos divisado habríamos retenido Galeote y Pacto el tiempo suficiente como para haber invernado allí. Las historias que he oído acerca de esas gentiles y llamativas luces me hacen pensar que son la única forma que puede compararse con lo que tomó forma encima de los cañones, mientras las fogatas de los Rebeldes disminuían. Largos y delgados estandartes de tenue luz que se retorcían hacia las estrellas, brillando, ondulando como algas en una suave corriente. Suaves rosas y verdes, amarillos y azules, hermosas tonalidades. Una frase saltó a mi mente. Un antiguo nombre. Las Guerras Pastel.

La Compañía luchó en las Guerras Pastel, hacía mucho, mucho tiempo. Intenté recordar lo que decían los Anales acerca de esos conflictos. No todo acudió a primer plano, pero recordé lo suficiente como para sentirme asustado. Me apresuré hacia la zona de oficiales, en busca de Atrapaalmas.

Le encontré, y le dije lo que recordaba, y me dio las gracias por mi preocupación, pero dijo que estaba familiarizado tanto con las Guerras Pastel como con la cábala Rebelde que enviaba hacia arriba aquellas luces. No teníamos que preocuparnos. Este ataque había sido anticipado y el Ahorcado estaba allí para abortarlo.

—Tranquilízate y siéntate en cualquier parte, Matasanos. Goblin y Un Ojo hicieron su espectáculo. Ahora es el turno de los Diez. —Rezumaba una consciencia tan fuerte como maligna, de modo que supuse que los Rebeldes habían caído en alguna trampa de los Tomados.

Hice como me había sugerido, aventurándome de vuelta a mi solitario puesto de guardia. Por el camino crucé un campamento excitado por el creciente espectáculo. Un murmullo de miedo iba de aquí para allá, elevándose y descendiendo como el murmullo de una distante resaca.

Los gallardetes de color eran más fuertes ahora, y había como una frenética convulsión en sus movimientos que sugería una frustrada voluntad. Quizá Atrapaalmas tuviera razón. Quizá aquello quedaría en nada excepto un llamativo espectáculo para la tropa.

Ocupé de nuevo mi percha. El fondo del cañón ya no parpadeaba. Era un mar de tinta ahí abajo, no suavizado siquiera por el resplandor de los agitados gallardetes. Pero si bien no podía verse nada, sí podía oírse mucho. La acústica del terreno era notable.

Empedernido estaba en pleno movimiento. Solo el avance de todo su ejército podía generar un estruendo metálico de aquella magnitud.

Empedernido y sus hombres se mostraban igualmente confiados.

Una suave banderola de luz verde flotó alta en la noche, agitándose perezosamente, como un gallardete de tela en una corriente de aire ascendente. Se desvaneció a medida que ascendía, y se desintegró en murientes chispas muy por encima de nuestras cabezas.

¿Qué la había soltado?, me pregunté. ¿Empedernido o el Ahorcado? ¿Era un buen o un mal presagio?

Era una sutil confrontación, casi imposible de seguir. Era como contemplar el duelo de dos espadachines superiores. No podías seguir todos sus movimientos a menos que tú también fueras un experto. Goblin y Un Ojo se habían lanzado a la lucha como un par de bárbaros con espadas de hojas anchas, comparativamente hablando.

Poco a poco, la aurora multicolor murió. Aquello tenía que ser obra del Ahorcado. Las banderolas de luz no ancladas no nos causaban el menor daño.

El estruendo de abajo se hizo más cercano.

¿Dónde estaba Tormentosa? No habíamos sabido nada de ella desde hacía un tiempo. Este parecía ser el momento ideal para regalar a los Rebeldes un tiempo miserable.

También Atrapaalmas parecía estar descuidando su trabajo. En todo el tiempo que llevábamos al servicio de la Dama no le habíamos visto hacer nada realmente espectacular. ¿Era menos poderoso que su reputación, o quizá se reservaba para algo extremo que solo él preveía?

Algo nuevo estaba ocurriendo allá abajo. Las paredes del cañón habían empezado a brillar en franjas y manchas, un rojo profundo, profundo, que al principio apenas era apreciable. El rojo se hizo más brillante. Solo después de que algunas manchas empezaran a gotear y rezumar me di cuenta de la corriente de aire que ascendía por la cara del risco.

—Grandes dioses —murmuré, abrumado. Era algo digno de mis expectativas de los Tomados.

La piedra empezó a gruñir y a rugir mientras la roca fundida se desprendía y dejaba minadas las laderas de la montaña. Hubo gritos allá abajo, los gritos de los impotentes que veían el destino abatirse sobre ellos y no podían hacer nada por eludirlo. Los hombres de Empedernido estaban siendo cocidos y aplastados.

Estaban metidos en el caldero de los brujos, por supuesto, pero algo me hizo sentir intranquilo de todos modos. Parecía haber demasiados pocos gritos para unas fuerzas del tamaño de las de Empedernido.

En algunos puntos la roca se calentó tanto que provocó incendios. El cañón expelió una furiosa corriente de aire ascendente. El viento aulló por encima del martilleo de las rocas que caían. La luz se hizo lo bastante brillante como para traicionar las unidades Rebeldes que ascendían la sinuosa pendiente.

«Demasiados pocos», pensé... Una figura solitaria sobre otro saliente de roca llamó mi atención. Uno de los Tomados, aunque a la derivante e incierta luz no podía estar seguro de cuál. Estaba asintiendo para sí mismo mientras observaba los esfuerzos del enemigo.

Las tonalidades rojas, la piedra fundida, el derrumbar y los incendios se extendieron hasta que todo el panorama estuvo venado de rojo y salpicado de burbujeantes charcos.

Una gota golpeó mi mejilla. Alcé la vista, sobresaltado, y una segunda y gruesa gota se estrelló contra el puente de mi nariz.

Las estrellas habían desaparecido. Los esponjosos vientres de gruesas nubes grises avanzaban sobre mi cabeza, casi lo bastante bajos como para poder tocarlos, chillonamente teñidos por el infierno de abajo.

Los vientres de las nubes se abrieron sobre el cañón. Atrapado en el borde del aguacero, casi fui derribado de rodillas. Allí fuera era mucho más salvaje.

La lluvia golpeó la roca fundida. El rugir del vapor se convirtió en un sonido ensordecedor. Se alzó violentamente, multicolor, hacia el cielo. El reborde donde me hallaba, cuando me volví para echar a correr, estaba tan caliente como para enrojecer trozos de piel.

Esos pobres estúpidos Rebeldes, pensé. Cocidos al vapor como langostas...

¿Me había sentido insatisfecho porque había visto poca espectacularidad de los Tomados? Ya no. Tuve problemas para conservar mi cena mientras reflexionaba sobre los fríos y crueles cálculos que se habían sucedido en la planificación de todo aquello.

Sufrí una de esas crisis de conciencia familiares a todo mercenario, y que pocos fuera de la profesión comprenden. Mi trabajo es derrotar a los enemigos de mi empleador. Normalmente de cualquier forma que pueda. Y el cielo sabe que la Compañía ha servido a algunos villanos de absolutamente negro corazón. Pero había algo equivocado en lo que estaba ocurriendo allá abajo. En retrospectiva, creo que todos lo sentíamos. Quizá surgía de un mal guiado sentido de la solidaridad con los compañeros soldados que morían sin una oportunidad de defenderse.

Tenemos sentido del honor en la Compañía.

El rugir del aguacero y del vapor menguaron. Me aventuré de vuelta a mi punto de observación. Excepto algunas pequeñas manchas, el cañón estaba a oscuras. Busqué al Tomado que había visto antes. Ya no estaba.

Arriba, el cometa surgió de detrás de las últimas nubes, hendiendo la noche como una pequeña sonrisa burlona. Tenía una pronunciada inclinación en su cola. Sobre el dentado horizonte, la luna echaba una cautelosa mirada a la torturada tierra.

Sonaron cuernos en esa dirección, con sus delgadas voces claramente dominadas por el pánico. Dieron paso a un distante y confuso sonido de lucha, un rugir que creció rápidamente. La lucha sonaba fuerte y confusa. Eché a andar hacia mi improvisado hospital, pensando que pronto habría trabajo para mí allí. Por alguna razón no me sentía particularmente sorprendido o trastornado.

Me crucé con mensajeros que iban de un lado para otro con propósitos definidos. El capitán había hecho mucho con aquellos rezagados. Había restablecido su sentido del orden y la disciplina.

Algo pasó silbando sobre mi cabeza. Un hombre sentado conduciendo un rectángulo oscuro cruzó la luz de la luna, ladeándose hacia el rugir: Atrapaalmas en su alfombra voladora.

Una brillante explosión violeta llameó a su alrededor. Su alfombra se sacudió con violencia, se deslizó de costado durante una docena de metros. La luz se desvaneció, se encogió sobre él y desapareció, dejándome con puntos brillantes delante de los ojos. Me encogí de hombros, seguí colina arriba.

Los primeros heridos me aguardaban ya en el hospital. En cierto sentido, me sentí complacido. Eso indicaba eficiencia y retención de cabezas frías bajo el fuego. El capitán había hecho maravillas.

El resonar de las compañías moviéndose en la oscuridad confirmó mis sospechas de que aquello era más que un ataque de hostigamiento por parte de hombres que raras veces se atreven a salir en la oscuridad. (La noche pertenece a la Dama.) De alguna forma, habíamos sido rebasados por el flanco.

—Ya era maldita hora de que mostraras tu fea cara —gruñó Un Ojo—. Por aquí. Cirugía. He hecho que empezaran ya y he instalado luces.

Me lavé y me puse manos a la obra. La gente de la Dama se me unió, y trabajó heroicamente, y por primera vez desde que habíamos aceptado aquella comisión sentí que estaba haciendo algún bien a los heridos.

Pero simplemente seguían llegando más. El estruendo seguía ascendiendo. Pronto se hizo evidente que el empuje Rebelde por el cañón no había sido más que una finta. Todo aquel drama espectacular había servido de muy poco.

El amanecer empezaba a colorear ya el cielo cuando alcé la vista y vi a un andrajoso Atrapaalmas frente a mí. Parecía como si hubiera sido asado sobre un fuego lento, y luego untado con algo azulado, verdoso y horrible. Exudaba un aroma a humo.

—Empieza a cargar tus carros, Matasanos —dijo con su más eficiente voz femenina—. El capitán te envía una docena de ayudantes.

Todo el transporte, incluido el que había venido del sur, estaba estacionado por encima de mi hospital al aire libre. Miré en aquella dirección. Un individuo alto, delgado, con el cuello torcido, estaba activando a los equipos.

—¿La batalla va mal? —pregunté—. ¿Nos han pillado por sorpresa?

Atrapaalmas ignoró mi última observación.

—Hemos conseguido la mayoría de nuestros objetivos. Solo queda una tarea por realizar. —La voz que eligió era profunda, sonora, lenta, una voz de orador—. La lucha puede decantarse hacia cualquier lado. Es demasiado pronto para decirlo. Tu capitán les ha dado un buen vapuleo en la moral a esa chusma. Pero será mejor que te lleves a tus pacientes.

Unos cuantos carros bajaban ya crujiendo hacia nosotros. Me encogí de hombros, pasé la voz, hallé al siguiente hombre que necesitaba mi atención. Mientras trabajaba, le pregunté a Atrapaalmas:

—Si la cosa está equilibrada, ¿no deberías estar ahí fuera apuñeando a los Rebeldes?

—Estoy cumpliendo las órdenes de la Dama, Matasanos. Nuestros objetivos casi se han cumplido. Persistente y Polilla ya no existen. Furtivo está gravemente herido. Cambiaformas ha tenido éxito con su engaño. Ya no queda otra cosa más que privar a los Rebeldes de su general.

Me sentí confuso. Pensamientos divergentes buscaron su camino hacia mi lengua y se traicionaron.

—¿Pero no deberíamos intentar romper su unidad aquí? Esta campaña del norte ha sido dura para el Círculo. Primero Rastrillador, luego Susurro. Ahora Persistente y Polilla.

—Con Furtivo y Empedernido dentro de muy poco. Sí. Nos golpean una y otra vez, y cada vez les cuesta el corazón de su fuerza. —Miró colina abajo, hacia una pequeña compañía que venía en nuestra dirección, Cuervo iba en cabeza. Atrapaalmas miró los carros estacionados. El Ahorcado había dejado de hacer gestos y había adoptado una pose: un hombre escuchando.

De pronto Atrapaalmas siguió hablando:

—Susurro ha abierto una brecha en las murallas de Escarcha. Nocherniego ha rebasado los traidores menhires de la Llanura del Miedo y se acerca a los suburbios de Baque. El Sinrostro está ahora en la Llanura, avanzando hacia Establos. Dicen que Fardo se suicidó la otra noche en Ade, para evitar ser capturado por Roehuesos. Las cosas no son el desastre que parecen, Matasanos.

Y un infierno no lo son, pensé. Eso es el este. Esto es aquí. No podía sentirme excitado por las victorias a un cuarto de mundo de distancia. Aquí estábamos siendo machacados, y si los Rebeldes llegaban hasta Hechizo, nada de lo ocurrido en el este importaría.

Cuervo detuvo su grupo y se me acercó solo.

—¿Qué quieres que hagan?

Supuse que lo había enviado el capitán, de modo que era seguro que el capitán había ordenado la retirada. No entraría en el juego de Atrapaalmas.

—Poned a los que hemos tratado en los carros. —La gente se estaba disponiendo en una bien ordenada fila—. Envía a una docena o así que ayuden a los heridos que pueden andar a subir a los carros. Un Ojo, los demás y yo seguiremos cortando y cosiendo. ¿Qué?

Había una expresión en sus ojos. No me gustó. Miró a Atrapaalmas. Yo también.

—Todavía no se lo he dicho —dijo Atrapaalmas.

—¿Decirme qué? —Supe que no iba a gustarme apenas lo oí. Había en ellos un olor nervioso. Gritaba malas noticias.

Cuervo sonrió. No era una sonrisa alegre, sino una especie de horrible rictus.

—Tú y yo hemos sido escogidos de nuevo, Matasanos.

—¿Qué? ¡Oh, venga! ¡No de nuevo! —Todavía me estremecía pensando en lo sucedido con el Renco y Susurro.

—Tienes la experiencia práctica —dijo Atrapaalmas.

Seguí negando con la cabeza.

—Yo tengo que ir, así que tú también, Matasanos —gruñó Cuervo—. Además, querrás que figure en los Anales cómo te apoderaste de más de los Dieciocho que ninguno de los Tomados.

—Tonterías. ¿Qué soy yo? ¿Un cazarrecompensas? No. Soy médico. Los Anales y la lucha son algo accidental.

—Este es el hombre que el capitán tuvo que arrastrar fuera de primera fila cuando cruzábamos el País Ventoso —dijo Cuervo a Atrapaalmas. Tenía los ojos entrecerrados, las mejillas tensas. Él tampoco quería ir. Desplazaba su rencor pinchándome.

—No hay otra opción, Matasanos —dijo Atrapaalmas con una voz infantil—. La Dama te eligió. —Intentó suavizar mi decepción añadiendo—: Recompensa bien a aquellos que la complacen. Y tú has llamado su atención.

Me maldije a mí mismo por mi anterior romanticismo. Aquel Matasanos que había ido al norte, tan absolutamente atraído por la misteriosa Dama, era otro hombre. Un pardillo, lleno de las estúpidas ignorancias de la juventud. Sí. A veces te mientes a ti mismo solo para seguir adelante.

—Esta vez no vamos a ir solos, Matasanos —me dijo Atrapaalmas—. Tendremos la ayuda de Cuellotorcido, Cambiaformas y Tormentosa.

—Se necesita toda la pandilla para eliminar a un bandido, ¿eh? —observé ácidamente.

Atrapaalmas no mordió el anzuelo. Nunca lo hace.

—La alfombra está por aquí. Recoged vuestras armas y venid conmigo. —Se alejó.

Descargué mi ira contra mis ayudantes, algo completamente injusto. Finalmente, cuando Un Ojo estaba a punto de estallar, Cuervo observó:

—No seas tan tonto del culo, Matasanos. Tenemos que hacerlo, así que hagámoslo.

De modo que me disculpé con todos y fui a reunirme con Atrapaalmas.

—Todos a bordo —dijo Atrapaalmas, indicando nuestros sitios. Cuervo y yo ocupamos los puestos que habíamos usado antes. Atrapaalmas nos tendió unas tiras de cuerda—. Ataos bien fuerte. Esto puede ser duro. No quiero que os caigáis. Y tened un cuchillo a mano para que podáis cortar las cuerdas cuando lleguemos.

Mi corazón latía fuertemente. A decir verdad, me sentía excitado ante la idea de volar de nuevo. Algunos momentos de mi anterior vuelo me perseguían con su excitación y su belleza. Hay una gloriosa sensación de libertad ahí arriba, con el frío viento y las águilas.

Atrapaalmas se ató también. Una mala señal.

—¿Preparados? —Sin aguardar respuesta, empezó a murmu-

267

rar. La alfombra se bamboleó suavemente, flotó ligera hacia arriba como impulsada por una brisa.

Pasamos rozando las copas de los árboles. Unas ramas me golpearon la espalda. Mis entrañas se hundieron. El aire me azotaba por todos lados. Mi sombrero voló. Intenté agarrarlo y fallé. La alfombra se inclinó sin estabilidad alguna. Me descubrí mirando con la boca abierta un suelo que se alejaba rápidamente. Cuervo se sujetó. De no haber estado atados ambos hubiéramos saltado por el borde.

Derivamos sobre los cañones, que desde arriba parecían un loco laberinto. La masa de los Rebeldes parecía un ejército de hormigas en movimiento.

Miré al cielo a mi alrededor, que es en sí mismo una maravilla desde aquella perspectiva. No había águilas a la vista. Solo buitres. Atrapaalmas hizo una pasada por en medio de una bandada, los dispersó.

Otra alfombra flotó hacia arriba, pasó cerca, fue alejándose hasta convertirse solo en un distante punto. Llevaba al Ahorcado y a dos imperiales fuertemente armados.

—¿Dónde está Tormentosa? —pregunté.

Atrapaalmas extendió un brazo. Fruncí los ojos y distinguí un punto en el azul sobre el desierto.

Seguimos vagando hasta que empecé a preguntarme si iba a ocurrir alguna vez algo. Estudiar los progresos de los Rebeldes palideció muy pronto. Estábamos demasiado por delante de ellos.

—Preparaos —dijo Atrapaalmas por encima del hombro.

Sujeté mis cuerdas, anticipando algo capaz de poner los nervios de punta.

—Ahora.

Caímos. Y seguimos cayendo. Abajo, abajo y más abajo. El

aire chillaba a nuestro alrededor. El suelo giraba y se retorcía y avanzaba hacia arriba. Los distantes puntos que eran Tormentosa y el Ahorcado descendían también. Se hicieron más claros cuando nos acercamos desde tres direcciones.

Pasamos más allá del nivel donde nuestros hermanos estaban luchando por contener el flujo Rebelde. Seguimos bajando, en un deslizar menos inclinado, girando, retorciéndonos, culeando para evitar colisionar con las locamente erosionadas torres de piedra arenisca. Hubiera podido tocar algunas mientras pasábamos por su lado.

Delante apareció un pequeño prado. Nuestra velocidad descendió espectacularmente, hasta que flotamos.

—Aquí es —susurró Atrapaalmas. Nos deslizamos unos pocos metros hacia adelante, flotamos justo para echar un vistazo alrededor de un pilar de piedra arenisca.

El en su tiempo verde prado había sido agostado por el paso de caballos y hombres. Todavía había por allí una docena de carros y sus equipos. Atrapaalmas maldijo para sí mismo.

Una sombra voló desde un lugar entre espiras de roca a nuestra izquierda. ¡Flash! El trueno sacudió el cañón. Tierra y hierba saltaron por el aire. Unos hombres gritaron, se tambalearon de un lado para otro, fueron en busca de sus armas.

Otra sombra azotó desde otra dirección. No sé lo que hizo el Ahorcado, pero los Rebeldes empezaron a agarrarse las gargantas y a jadear.

Un hombre recio se sacudió la magia y se tambaleó hacia un enorme caballo negro atado a un poste en el extremo más bajo del prado. Atrapaalmas aceleró nuestra alfombra. Golpeó con fuerza el suelo.

—¡Ufff! —gruñó mientras recibíamos el impacto de la sacudida. Agarró su espada.

Cuervo y yo saltamos de la alfombra y seguimos a Atrapaalmas con piernas vacilantes. El Tomado cayó en tromba sobre los hombres que se ahogaban, derramando chorros de sangre con su espada. Cuervo y yo contribuimos a la masacre, espero que con menos entusiasmo.

—¿Qué demonios estáis haciendo aquí? —vociferó Atrapaalmas a sus víctimas—. ¡Se suponía que estaba solo!

Las otras alfombras regresaron y se situaron cerca del hombre que huía. Los Tomados y sus ayudantes lo persiguieron sobre tambaleantes piernas. Saltó a lomos del caballo y partió la cuerda que lo unía al poste con un violento golpe de la espada. Miré. No había esperado que Empedernido fuera tan intimidante. Era tan absolutamente horrible como la aparición que había surgido durante la confrontación de Goblin con Un Ojo.

Atrapaalmas abatió al último Rebelde.

—¡Vamos! —bramó. Le seguimos mientras saltaba hacia Empedernido. Me pregunté por qué no tuve el suficiente sentido común como para quedarme atrás.

El general Rebelde dejó de huir. Cayó sobre uno de los imperiales, que se había distanciado de los demás, dejó escapar un gran rugido que era una risa, luego aulló algo ininteligible. El aire chasqueó con la inminencia de la hechicería.

Una luz violeta estalló alrededor de los tres Tomados, más intensa que cuando había golpeado a Atrapaalmas durante la noche. Los hizo detenerse en seco: era hechicería de lo más poderosa. Los ocupó totalmente. Empedernido volvió su atención hacia el resto de nosotros.

El segundo imperial lo alcanzó. Su gran espada cayó como si fuera un martillo, golpeando la guardia del soldado. El caballo dio unos pasos adelante, espoleado por Empedernido, pisando a los caídos. Empedernido miró a los Tomados y maldijo al animal, esgrimió su espada.

El caballo no se movió más aprisa. Empedernido golpeó salvajemente su cuello, luego aulló. Su mano no podía soltarse de su crin. Su grito de rabia se convirtió en uno de desesperación.

Volvió su hoja contra el animal, no pudo dañarlo, e instantáneamente lanzó el arma contra los Tomados. La luz violeta que los rodeaba había empezado a debilitarse.

Cuervo estaba a dos pasos de Empedernido, yo a tres detrás de él. Los hombres de Tormentosa estaban igual de cerca, acercándose desde el otro lado.

Cuervo lanzó un tajo, un fuerte golpe hacia arriba. La punta de su espada golpeó contra el vientre de Empedernido..., y rebotó. ¿Cota de mallas? El gran puño de Empedernido partió hacia adelante y conectó con la sien de Cuervo. Retrocedió un paso y se tambaleó.

Sin pensar, cambié mi objetivo y lancé un tajo a la mano de Empedernido. Ambos gritamos cuando el hierro mordió el hueso y brotó el chorro escarlata.

Salté por encima de Cuervo, me detuve, giré. Los soldados de Tormentosa estaban atacando a Empedernido. Su boca estaba abierta. Su rostro lleno de cicatrices estaba contorsionado mientras se concentraba en ignorar el dolor y usaba sus poderes para salvarse. Los Tomados permanecían apartados por el momento. Se enfrentaba a tres hombres ordinarios. Pero todo eso no quedó registrado hasta más tarde.

No podía ver nada excepto el caballo de Empedernido. El animal se estaba fundiendo... No. Fundiendo, no. Cambiando.

Reí quedamente. El gran general Rebelde estaba montado a horcajadas a lomos de Cambiaformas.

Mi risita se convirtió en una loca carcajada.

Aquel pequeño acceso de risa me costó la oportunidad de participar en la muerte de un campeón. Los dos soldados de Tormentosa hicieron pedazos a Empedernido mientras Cambiaformas lo retenía. Era carne muerta antes de que yo recuperara el autocontrol.

El Ahorcado se perdió también el desenlace. Estaba atareado muriendo, con la gran hoja arrojada por Empedernido enterrada en su cráneo. Atrapaalmas y Tormentosa avanzaron hacia él.

Cambiaformas completó su cambio a una gran, grasienta, hedionda, gruesa y desnuda criatura que, pese a permanecer alzada sobre sus patas traseras, no parecía más humana que el animal que era unos momentos antes. Pateó los restos de Empedernido y se estremeció de alegría, como si su mortífero truco hubiera sido la broma más divertida del siglo.

Luego vio al Ahorcado. Los estremecimientos recorrieron todas sus grasas. Se apresuró hacia los otros Tomados, con incoherencias brotando de sus labios.

Cuellotorcido extrajo la espada de su cráneo. Intentó decir algo, no tuvo suerte. Tormentosa y Atrapaalmas no hicieron nada por ayudar.

Miré a Tormentosa. Era diminuta. Me arrodillé para comprobar el pulso de Cuervo. Ella no era más alta que una niña. ¿Cómo podía un envoltorio tan pequeño desencadenar una ira tan terrible?

Cambiaformas llegó a su lado, con la furia agarrotando los músculos bajo la grasa de sus colgantes hombros. Se detuvo, se enfrentó a Atrapaalmas y Tormentosa con una tensa mirada. Ninguno dijo nada, pero pareció como si el destino del Ahorcado estuviera decidido. Cambiaformas deseaba ayudar. Los otros, no.

Desconcertante. Cambiaformas es aliado de Atrapaalmas. ¿Por qué este repentino conflicto?

¿Por qué este enfrentarse a la ira de la Dama? No se sentiría complacida si el Ahorcado moría.

El pulso de Cuervo era irregular cuando toqué por primera vez su garganta, pero se estaba estabilizando. Respiraba mejor.

Los soldados de Tormentosa avanzaron hacia los Tomados, mirando de reojo la enorme espalda de Cambiaformas.

Atrapaalmas intercambió una mirada con Tormentosa. La mujer asintió. Atrapaalmas se dio la vuelta. Las ranuras de su máscara llamearon roja lava.

De pronto ya no hubo más Atrapaalmas. Ahora había una nube de oscuridad de tres metros de alto y cuatro de ancho, negra como el interior de un saco de carbón, más densa que la más densa de las nieblas. La nube saltó más rápida que el ataque de una víbora. Hubo un chillido ratonil de sorpresa, luego un siniestro y largo silencio. Tras todo el rugir y resonar, la quietud era letalmente ominosa.

Sacudí con violencia a Cuervo. No respondió.

Cambiaformas y Tormentosa estaban junto al Ahorcado, mirándome. Sentí deseos de gritar, de correr, de arrastrarme debajo del suelo para ocultarme. Era un mago, capaz de leer sus pensamientos. Sabía demasiado.

El terror me inmovilizó.

La nube de polvo de carbón se desvaneció tan rápidamente como había aparecido. Atrapaalmas estaba de pie entre los soldados. Ambos se derrumbaron lentamente, con la majestad de enormes y viejos pinos.

Sacudí a Cuervo. Gruñó. Sus ojos parpadearon y se abrieron, y capté un destello de sus pupilas. Dilatadas. Conmoción cerebral. ¡Maldita sea...!

Atrapaalmas miró a sus socios en el crimen. Luego, lentamente, se volvió hacia mí.

Los tres Tomados se acercaron. Al fondo, el Ahorcado seguía muriendo de manera muy ruidosa. Yo sin embargo no lo oía. Me levanté, con las rodillas hechas agua, y me enfrenté a mi destino.

«No se suponía que terminara de este modo», pensé. Esto no es justo...

Los tres se quedaron parados allí y miraron.

Les devolví la mirada. No podía hacer otra cosa.

Valiente Matasanos. Al menos tienes los redaños suficientes como para mirar a la Muerte a los ojos.

—No has visto nada, ¿verdad? —preguntó suavemente Atrapaalmas. Fríos lagartos se deslizaron por mi espina dorsal. Esa voz era la que había usado uno de los soldados muertos mientras hacía pedazos a Empedernido.

Negué con la cabeza.

—Estabas demasiado atareado luchando con Empedernido, y luego estuviste ocupado con Cuervo.

Asentí débilmente. Las articulaciones de mis rodillas eran pura gelatina. De otro modo hubiera dado un salto. Por estúpido que hubiera sido. Atrapaalmas dijo:

—Sube a Cuervo a la alfombra de Tormentosa. —Señaló.

Sujetándole, susurrándole, animándole, ayudé a Cuervo a caminar. No tenía ni la menor idea de dónde estaba o lo que estaba haciendo. Pero me dejó guiarle.

Yo estaba preocupado. No podía hallar ningún daño evidente en él, pero no actuaba de forma correcta.

—Lo llevaré directamente a mi hospital —dije. No podía mirar a Tormentosa a los ojos, como tampoco conseguía dar a mis palabras la inflexión que deseaba: sonaron más bien como una súplica.

Atrapaalmas me llamó a su alfombra. Fui con todo el entusiasmo de un cerdo al matadero. Puede que estuvieran jugando a algún juego. Una caída desde aquella alfombra sería una cura permanente a cualquier duda que albergara acerca de mi habilidad de guardar silencio.

Me siguió, arrojó su ensangrentada espada a bordo, se acomodó. La alfombra flotó hacia arriba, se arrastró hacia la gran masa de la Escalera.

Miré hacia atrás a las formas inmóviles en el prado, remordido por confusos sentimientos de vergüenza. Aquello no había sido correcto... Y sin embargo, ¿qué hubiera podido hacer?

Algo dorado, como una pálida nebulosa en el círculo más lejano del cielo de medianoche, se movió en la sombra arrojada por una de las torres de piedra arenisca.

Mi corazón casi se detuvo.

El capitán atrajo al descabezado y cada vez más desmoralizado ejército Rebelde a una trampa. Siguió una gran carnicería. La falta de efectivos y el puro agotamiento impidieron que la Compañía arrojara definitivamente a los Rebeldes de la montaña. Como tampoco ayudó la complacencia de los Tomados. Un batallón de refresco, un asalto hechicero, nos hubiera dado el día.

Traté a Cuervo mientras nos retirábamos, tras colocarlo en el último carro en nuestro camino al sur. Permaneció raro y remoto durante días. El cuidado de Linda pasó automáticamente a mis manos. La niña fue una buena distracción para la depresión de otra retirada.

Quizá esa era la forma en que Linda había recompensado a Cuervo por su generosidad.

—Este es nuestro último repliegue —prometió el capitán. No quería llamarlo una retirada, pero no tenía el valor suficiente para llamarlo un avance por la retaguardia, una acción retrógrada o cualquiera de esos otros eufemismos. No mencionó el hecho de que cualquier otro repliegue se produciría después del final. La caída de Hechizo marcará la fecha de la muerte del imperio de la Dama. Con toda probabilidad terminará con estos Anales, y sellará el final de la historia de la Compañía.

Descanse en paz, la última de las hermandades de guerreros. Fuiste hogar y familia para mí...

Llegaron noticias que no pudieron llegar hasta nosotros en la Escalera Rota. Indicios de otros ejércitos Rebeldes avanzando desde el norte a lo largo de rutas más hacia el oeste que nuestra línea de retirada. La lista de ciudades perdidas era larga y descorazonadora, incluso aceptando la exageración de los transmisores de las noticias. Los soldados derrotados siempre sobreestiman la fuerza de su enemigo. Eso aplaca sus egos haciendo recaer la culpa en su inferioridad.

Bajando con Elmo por la larga y suave pendiente sur hacia las fértiles tierras de labor al norte de Hechizo, sugerí:

—Alguna vez, cuando no haya ningún Tomado por los alrededores, ¿cómo insinuarías al capitán que tal vez fuera prudente que empezara a disociar la Compañía de Atrapaalmas?

Me miró de una forma extraña. Mis antiguos camaradas han estado haciendo eso últimamente. Desde la caída de Empedernido he estado taciturno, hosco y poco comunicativo. No es que fuera un dicharachero en mis mejores momentos, entiendan. Pero la presión estaba aplastando mi espíritu. Me negaba mi válvula de escape habitual, los Anales, por miedo de que Atrapaalmas pudiera de alguna forma detectar lo que había escrito.

—Quizá fuera mejor que no nos identificaran tan íntimamente con él —añadí.

—¿Qué ocurrió ahí fuera? —Por aquel entonces todo el mundo conocía el relato básico. Empedernido había resultado muerto. El Ahorcado había caído. Cuervo y yo éramos los únicos soldados que habíamos sobrevivido. Todo el mundo tenía una insaciable sed de detalles.

—No puedo decírtelo. Pero comunícaselo. Cuando no haya ninguno de los Tomados por los alrededores.

Elmo hizo sumas y llegó a una conclusión no muy lejana a la realidad.

—Está bien, Matasanos. Lo haré. Ve con cuidado.

Por supuesto que iría con cuidado. Si el Destino me dejaba.

Ese fue el día en que recibimos la noticia de nuevas victorias en el este. Los reductos Rebeldes se estaban colapsando tan rápido como los ejércitos de la Dama podían avanzar.

También fue el día en que supimos que los cuatro ejércitos Rebeldes del norte y del este se habían detenido para descansar, reclutar y reaprovisionarse para el ataque a Hechizo. Nada se interponía entre ellos y la Torre. Nada, de hecho, excepto la Compañía Negra y su acumulación de vapuleados hombres.

El gran cometa está en el cielo, ese maligno heraldo de todos los grandes cambios de fortuna.

El final está cerca.

Seguimos retirándonos, hacia nuestra cita final con el Destino.

Debo registrar un incidente final en el relato del encuentro con Empedernido. Ocurrió a tres días al norte de la Torre, y consistió en otro sueño como el que sufrí en la cabecera de la Escalera. El mismo sueño dorado, que puede que no fuera ningún sueño en absoluto, me prometió: «Mis fieles no necesitan tener miedo». De nuevo me ofreció un atisbo de aquel rostro que hacía que a uno se le detuviera el corazón. Y luego desapareció, y el miedo volvió, en absoluto disminuido.

Pasaron los días. Los kilómetros quedaron a nuestras espaldas. El grande y feo bloque de la Torre flotó sobre el horizonte. Y el cometa creció más brillante que nunca en el cielo nocturno.

6

La Dama

La tierra se volvió lentamente de un color verde plateado. El amanecer dispersó plumas carmesíes sobre la amurallada ciudad. Destellos dorados salpicaban sus almenas allá donde el sol tocaba el rocío. Las brumas empezaban a deslizarse por los huecos. Las trompetas sonaban el cambio de guardia matutino.

El teniente escudó los ojos, los entrecerró. Gruñó disgustado, miró a Un Ojo. El pequeño hombre negro asintió.

—Ya es la hora, Goblin —dijo el teniente por encima del hombro.

Los hombres se agitaron allá en los árboles. Goblin se arrodilló a mi lado, miró hacia las tierras de labor. Él y otros cuatro hombres iban vestidos como ciudadanas pobres, con las cabezas envueltas en chales. Llevaban jarras de cerámica oscilando en los extremos de yugos de madera, con sus armas ocultas entre las ropas.

—Adelante. La puerta está abierta —dijo el teniente. Avanzaron, siguiendo el linde del bosque colina abajo.

—Maldita sea, es bueno estar haciendo de nuevo este tipo de cosas —dije.

El teniente sonrió. Había sonreído poco desde que abandonáramos Berilo.

Allá abajo, las cinco falsas mujeres se deslizaron por entre las sombras hacia el arroyo al lado del camino que conducía a la ciudad. Unas cuantas mujeres se dirigían ya hacia allá en busca de agua.

Esperábamos pocos problemas para llegar hasta los guardias de la puerta. La ciudad estaba llena de extranjeros, refugiados y seguidoras del campamento Rebeldes. La guarnición era pequeña y laxa. Los Rebeldes no tenían ningún motivo para suponer que la Dama atacaría tan lejos de Hechizo. La ciudad carecía de significado en la gran lucha.

Excepto que dos de los Dieciocho, al tanto de las estrategias Rebeldes, estaban acuartelados allí.

Habíamos estado acechando en aquellos bosques durante tres días. Pluma y Jornada, recientemente promocionados al Círculo, celebraban allí su luna de miel antes de trasladarse al sur para unirse al ataque contra Hechizo.

Tres días. Tres días sin fuegos durante las heladas noches, tres días de alimentos secos en cada comida. Tres días de miseria. Y nuestros espíritus estaban más altos que nunca en años.

—Creo que lo conseguiremos —opiné.

El teniente hizo un gesto. Varios hombres se movieron furtivamente detrás de los disfrazados.

—Quien fuera que pensó esto sabía lo que estaba haciendo —observó Un Ojo. Estaba animado.

Todos lo estábamos. Era una oportunidad de hacer aquello en lo que éramos los mejores. Durante cincuenta días habíamos estado efectuando puro trabajo físico, preparando Hechizo para el asalto Rebelde, y durante cincuenta noches nos habíamos atormentado pensando en la inminente batalla.

Otros cinco hombres se deslizaron colina abajo.

—Un puñado de mujeres están saliendo ahora —dijo Un Ojo. La tensión aumentó.

Las mujeres se dirigieron hacia el arroyo. Habría un fluir durante todo el día, a menos que lo interrumpiéramos. No había ninguna fuente de agua dentro de las murallas.

Mi estómago se encogió. Nuestros infiltradores habían empezado a subir la colina.

—Estad preparados —dijo el teniente.

—Relajaos —sugerí. El ejercicio ayuda a disipar la energía nerviosa.

No importa cuánto tiempo lleves de soldado, el miedo siempre crece cuando se acerca el combate. Siempre está el temor de que el número te abrume. Un Ojo entra en cada acción seguro de que los hados han tachado su nombre de la lista.

Los infiltrados intercambiaron saludos con voz de falsete con las mujeres de la ciudad. Llegaron a la puerta sin ser descubiertos. Estaba guardada por un solo miliciano, un zapatero atareado en martillear clavos de latón en el tacón de una bota. Su albarda estaba a tres metros de distancia.

Goblin correteó ahí fuera. Dio una palmada por encima de la cabeza. Un crac reverberó por todo el campo. Sus brazos descendieron al nivel de los hombros, las palmas hacia arriba. Un arcoíris trazó su curva entre sus manos.

—Siempre tiene que exagerar —gruñó Un Ojo. Goblin bailó unos pasos de giga.

La patrulla avanzó. Las mujeres del arroyo chillaron y se dispersaron. «Lobos saltando al interior del corral de las ovejas», pensé. Echamos a correr. Mi bolsa martilleaba contra mis riñones. Después de doscientos metros empecé a tropezar con mi arco. Los hombres más jóvenes me rebasaron.

Alcancé la puerta, incapaz de derribar a una abuela. Afortunadamente para mí, las abuelas ya se habían escabullido. Los hombres se dispersaron por la ciudad. No hubo resistencia.

Los que teníamos que apoderarnos de Pluma y Jornada nos apresuramos a la diminuta ciudadela. No estaba mejor defendida. El teniente y yo seguimos a Un Ojo, Silencioso y Goblin al interior.

No encontramos resistencia por debajo del nivel superior. Allá, increíblemente, los recién casados todavía estaban abrazados en su sueño. Un Ojo echó a un lado a sus guardias con una aterradora ilusión. Goblin y Silencioso reventaron la puerta del nido de amor.

Entramos en tromba. Aún dormidos, desconcertados y asustados, reaccionaron torpemente. Arañaron a algunos de nosotros antes de que metiéramos mordazas en sus bocas y cuerdas en sus muñecas.

El teniente les dijo:

—Se supone que debemos llevaros de vuelta vivos. Eso no quiere decir que no podamos hacerlos algo de daño. Quedaos tranquilos, haced lo que se os diga, y todo irá bien. —Medio esperé que soltara un bufido, se retorciera la punta de su bigote, y puntuara su gesto con una risotada maligna. Estaba actuando, adjudicándonos el papel de villanos que los Rebeldes insisten que juguemos.

A medio camino de vuelta a territorio amigo. Sobre nuestras barrigas en una colina, estudiando un campamento enemigo.

—Grande —dije—. Veinticinco, treinta mil hombres. —Era uno de seis de tales campamentos en un arco que se curvaba al norte y al oeste de Hechizo.

—Si siguen sentados mucho tiempo más sobre sus posaderas, van a verse en problemas —dijo el teniente.

Hubieran debido atacar inmediatamente después de la Escalera Rota. Pero la pérdida de Empedernido, Furtivo, Polilla y Persistente habían dejado a toda una serie de capitanes menores peleándose por el mando supremo. La ofensiva Rebelde se había encallado. La Dama había recuperado el equilibrio.

Sus patrullas atosigaban ahora a los forrajeadores Rebeldes, exterminaban colaboradores, exploraban, destruían todo lo que el enemigo podía considerar útil. Pese a su número enormemente superior, la actitud Rebelde se estaba volviendo defensiva. Cada día en el campamento minaba su impulso psicológico.

Hacía dos meses nuestra moral estaba más baja que el culo de una serpiente. Ahora el péndulo estaba al otro lado. Si teníamos éxito se elevaría a alturas insospechadas. Nuestro golpe sacudiría hasta sus cimientos el movimiento Rebelde.

Si teníamos éxito.

Estábamos tendidos inmóviles sobre una inclinada piedra caliza cubierta de líquenes y hojas muertas. El arroyo allá abajo se reía de nuestra presencia. La sombra de los desnudos árboles nos cubría. Conjuros de bajo grado de Un Ojo y sus cohortes acababan de camuflarnos. El olor a miedo y a caballos sudorosos impregnaba mis fosas nasales. Desde el camino de arriba llegaban las voces de los jinetes Rebeldes. No podía comprender su lengua. Sin embargo, estaban discutiendo.

Sembrado con hojas y ramas no alteradas por el paso de nadie, el camino había parecido no patrullado. El cansancio había dominado nuestra cautela. Habíamos decidido seguirlo. Luego habíamos girado un recodo y nos habíamos encontrado cara a cara con una patrulla Rebelde al otro lado del herboso valle en cuyo fondo discurría el arroyo.

Ahora estaban maldiciendo nuestra repentina desaparición. Varios desmontaron y orinaron en la orilla...

Pluma empezó a agitarse violentamente.

«¡Maldita sea!», exclamé para mí. «¡Maldita, maldita sea! ¡Lo sabía!»

Los Rebeldes se pusieron a parlotear y se alinearon en el borde del camino.

Golpeé a la mujer en la sien. Goblin la sujetó por el otro lado. Silencioso, con su proverbial rapidez, tejió redes de conjuros con dedos como tentáculos danzando junto a su pecho.

La maleza se estremeció. Un viejo y gordo tejón corrió a lo largo de la orilla y cruzó el arroyo, desapareciendo en un denso bosquecillo de álamos.

Maldiciendo, los Rebeldes le arrojaron piedras. Rebotaron contra los guijarros del fondo del arroyo. Los soldados fueron de un lado para otro diciéndose unos a otros que teníamos que estar cerca. No podíamos haber ido muy lejos a pie. La lógica podía deshacer los mejores esfuerzos de nuestros hechiceros.

Yo estaba asustado con ese tipo de miedo que hace entrechocar las rodillas, temblar las manos y vaciar las entrañas. Se había ido acumulando firmemente, a través de demasiadas escapatorias por los pelos. La superstición me decía que las posibilidades no podían estar siempre a mi favor.

Ya basta con ese soplo previo de refrescada moral. El miedo irracional se traicionaba como la ilusión que era. Debajo de su pátina retenía la actitud derrotista provocada por la Escalera Rota. Mi guerra había terminado y se había perdido. Ahora solamente deseaba echar a correr.

Jornada mostraba signos de inquietud también. Le lancé una mirada feroz. Se relajó.

Una brisa agitó las hojas muertas. El sudor de mi cuerpo se enfrió. Mi miedo se enfrió también un poco.

La patrulla volvió a montar. Aun hablando entre ellos, cabalgaron camino arriba. Los observé llegar a la vista allá donde el sendero giraba hacia el este junto con el cañón. Llevaban tabardos escarlatas sobre buenas cotas de mallas. Sus cascos y sus armas eran de excelente calidad. Los Rebeldes se estaban volviendo prósperos. Habían empezado como una chusma armada solo con aperos.

—Podríamos haberlos atacado —dijo alguien.

—¡Idiota! —gritó el teniente—. En estos momentos no están seguros de lo que vieron. Si hubiéramos luchado, lo sabrían.

No necesitábamos que los Rebeldes fueran tras nosotros ahora que estábamos tan cerca de casa. No había espacio para la maniobra.

El hombre que había hablado era uno de los rezagados que habíamos ido acumulando durante la larga retirada.

—Hermano, será mejor que aprendas una cosa si deseas seguir con nosotros. Uno lucha cuando no tiene otra elección. Algunos de nosotros hubiéramos resultado heridos también, ¿sabes?

Gruñó.

—Están fuera de nuestra vista —dijo el teniente—. Sigamos. —Se puso en cabeza, se encaminó hacia las escarpadas colinas más allá del prado. Gruñí. Más campo a través.

Me dolían ya todos los músculos. El agotamiento amenazaba con traicionarme. El hombre no estaba hecho para caminar interminablemente del amanecer al anochecer con veinticinco kilos a su espalda.

—Pensaste malditamente rápido ahí atrás —le dije a Silencioso.

Aceptó el halago con un encogimiento de hombros, sin decir nada. Como siempre.

Un grito desde atrás:

—¡Vuelven!

Nos dispersamos por el flanco de una herbosa colina. La Torre se alzaba sobre el horizonte al sur. Ese cubo basáltico era intimidante incluso a quince kilómetros de distancia, e improbable en su asentamiento. La emoción exigía un entorno ferozmente yermo, o como máximo una tierra encerrada en un invierno perpetuo. En vez de ello, el territorio formaba unos enormes pastos verdes, suaves colinas con pequeñas granjas salpicando sus laderas sur. Los árboles flanqueaban los lentos y profundos riachuelos que serpenteaban por el paisaje.

Cerca de la Torre la tierra se volvía menos pastoral, pero nunca reflejaba la lobreguez que los propagandistas Rebeldes situaban alrededor de la fortaleza de la Dama. Nada de azufre y llanuras yermas y rotas. Nada de extrañas criaturas malvadas correteando por entre esparcidos huesos humanos. Nada de oscuras nubes cubriendo siempre el cielo y retumbando.

—Ninguna patrulla a la vista —dijo el teniente—. Matasanos, Un Ojo, haced lo que os toca.

Tensé mi arco. Goblin me tendió tres flechas preparadas. Cada una tenía una maleable bola azul en su punta. Un Ojo roció una con polvo gris, me la pasó. Apunté al cielo, disparé.

Un fuego azul demasiado brillante para mirarlo directamente ardió y se hundió en el valle de abajo. Luego un segundo y un tercero. Las bolas de fuego cayeron en una limpia columna, parecían amontonarse antes que caer.

—Ahora esperaremos —chirrió Goblin, y se dejó caer en la alta hierba.

—Y confiemos en que nuestros amigos lleguen primero.

—Cualquier Rebelde que estuviera cerca acudiría seguramente a investigar la señal. Pero teníamos que llamar pidiendo ayuda. No podíamos penetrar en el cordón Rebelde sin ser detectados.

—¡Al suelo! —bramó el teniente. La hierba era lo bastante alta como para ocultar a una figura tendida—. Tercera escuadra, montad guardia.

Los hombres gruñeron y protestaron porque era el turno de otra escuadra. Pero adoptaron sus posiciones de centinela con esa mínima queja obligatoria. Su talante era bueno. ¿No habíamos despistado a aquella patrulla allá atrás en las colinas? ¿Qué podía detenernos ahora?

Hice una almohada con mi bolsa y observé las montañas de cúmulos amontonarse sobre mi cabeza en legiones regulares. Era un día espléndido, vivificante, como de primavera.

Mi mirada descendió hasta la Torre. Mi humor se ensombreció. El ritmo iba a acelerarse. La captura de Pluma y Jornada espolearía a los Rebeldes a la acción. Aquellos dos contarían muchos secretos. No había forma de ocultar nada o de mentir cuando la Dama hacía una pregunta.

Oí un rumor, volví la cabeza, me encontré ojo con ojo con una serpiente. Tenía rostro humano. Empecé a gritar..., luego reconocí aquella estúpida sonrisa.

Un Ojo. Su horrible imitación en miniatura, pero con ambos ojos y ningún sombrero de ala caída sobre su cabeza. La serpiente se rio, guiñó un ojo, se deslizó por encima de mi pecho.

—Ahí están de nuevo —murmuré, y me senté para mirar.

Hubo una repentina y violenta sacudida en la hierba. Un poco más lejos, Goblin se asomó con una sonrisa maquiavélica. La hierba susurró. Animales del tamaño de conejos pasaron en tropel junto a mí, con pedazos de serpiente en sus ensangrentados dientes afilados como agujas. Mangostas de fabricación casera, supuse.

Goblin se había anticipado de nuevo a Un Ojo.

Un Ojo dejó escapar un aullido y se puso en pie maldiciendo. Su sombrero giró, en redondo. De sus fosas nasales brotó humo. Cuando gritó, el fuego rugió en su boca.

Goblin dio saltos como un caníbal justo antes de dar el primer bocado a su festín. Describió círculos con sus dedos índices. Anillos de color naranja pálido brillaron en el aire. Los lanzó a Un Ojo. Se aposentaron alrededor del hombrecillo negro. Goblin ladró como una foca. Los anillos apretaron.

Un Ojo dejó escapar extraños sonidos y anuló los anillos. Hizo movimientos de lanzamiento con ambas manos. Bolas de color pardo partieron hacia Goblin. Estallaron, derramando nubes de mariposas que se lanzaron hacia los ojos de Goblin. Goblin hizo un rápido gesto, echó a correr por la hierba como un conejo huyendo de un búho, lanzó un contraconjuro.

El aire estalló con flores. Cada flor tenía una boca. Cada boca exhibía colmillos de morsa. Las flores dieron cuenta de las alas de las mariposas con sus colmillos, luego masticaron complacientemente los cuerpos de las mariposas. Goblin se dejó caer al suelo, riendo.

Un Ojo lanzó una maldición que era literalmente una banda azul, un gallardete cerúleo que brotó agitante de sus labios. Unas letras plateadas proclamaban su opinión sobre Goblin.

—¡Ya basta! —retumbó tardíamente el teniente—. No necesitamos que atraigáis la atención.

—Demasiado tarde, teniente —dijo alguien—. Mira ahí abajo.

Unos soldados se encaminaban en nuestra dirección. Unos soldados vestidos de rojo, con la Rosa Blanca bordada en sus tabardos. Nos dejamos caer en la hierba como ardillas en su madriguera.

La ladera de la colina se llenó con palabras susurradas. La mayoría amenazaban a Un Ojo con cosas terribles. Una minoría incluían a Goblin por haber compartido los delatores fuegos artificiales.

Sonaron trompetas. Los Rebeldes se dispersaron para un ataque a nuestra colina.

El aire gimió atormentado. Una sombra destelló sobre la colina, ondulando a través de la hierba agitada por el viento.

—Un Tomado —murmuré, y alcé la vista el instante necesario para divisar una alfombra volante inclinándose hacia el valle—. ¿Atrapaalmas? —No podía estar seguro. A esa distancia podía ser cualquiera de los Tomados.

La alfombra picó en medio de una masiva andanada de flechas. Una bruma color lima la envolvió, se arrastró tras ella, recordó por un momento el cometa que colgaba sobre el mundo. La bruma color lima se dispersó y se coaguló en pequeños retazos como hilos. Unos pocos filamentos fueron arrastrados por la brisa y se alejaron flotando.

Alcé la vista. El cometa colgaba sobre el horizonte como el fantasma de la cimitarra de un dios. Llevaba tanto tiempo en el cielo que ya apenas reparábamos en él. Me pregunté si los Rebeldes se sentirían igual de indiferentes. Para ellos era uno de los grandes portentos de la inminente victoria.

Los hombres gritaron. La alfombra había pasado a lo largo de la línea Rebelde y ahora derivaba como el rocío al viento justo más allá del alcance de las flechas. Los hilos color lima estaban tan dispersos que apenas eran visibles. Los gritos procedían de hombres que habían sufrido su contacto. Horribles heridas verdes se abrían allá donde ese contacto se había producido.

Algunos hilos parecían decididos a avanzar en nuestra dirección.

El teniente se dio cuenta de ello.

—Salgamos de aquí. Solo por si acaso. —Señaló en dirección contraria al viento. Los hilos deberían cambiar de rumbo para alcanzarnos.

Nos apresuramos quizá trescientos metros. Retorciéndose, los hilos se arrastraban en el aire y avanzaban en nuestra dirección. Iban tras nosotros. El Tomado observaba intensamente, ignorando a los Rebeldes.

—¡El bastardo quiere matarnos! —estallé. El terror convir

tió mis piernas en gelatina. ¿Por qué uno de los Tomados desearía convertirnos en víctimas de un accidente?

Si era Atrapaalmas... Pero Atrapaalmas era nuestro mentor. Nuestro jefe. Llevábamos su insignia. Él no...

La alfombra se puso en movimiento tan violentamente que su jinete casi se cayó de ella. Se lanzó hacia el bosque más cercano, desapareció. Los hilos perdieron voluntad y cayeron hacia el suelo, desaparecieron en la hierba.

—¿Qué demonios?

—¡Por todos los infiernos!

Me volví. Una enorme sombra avanzó hacia nosotros, expandiéndose, cuando una gigantesca alfombra descendió. Una serie de rostros se asomaron por sus bordes. Nos inmovilizamos, con las armas preparadas.

—El Aullador —dije, y mi suposición se vio confirmada por un grito parecido al de un lobo desafiando a la luna.

La alfombra se posó.

—Subid a bordo, idiotas. Vamos. Moveos.

Me eché a reír, sintiendo que toda la tensión se drenaba de mi cuerpo. Era el capitán. Danzaba como un oso nervioso a lo largo del borde más cercano de la alfombra. Otros de nuestros hermanos lo acompañaban. Lancé mi bolsa a bordo, acepté la ayuda de una mano.

—Cuervo. Esta vez habéis aparecido justo a tiempo.

—Desearás que te hubiéramos dejado correr tus riesgos.

—¿Eh?

—El capitán te lo contará.

El último hombre subió a bordo. El capitán lanzó a Pluma y a Jornada una dura mirada, luego comprobó que todos los hombres estuvieran bien distribuidos. En la parte de atrás de la alfombra, sin moverse, encogida sobre sí misma, se sentaba una figura de tamaño infantil oculta bajo capas de gasa índigo. Aullaba a intervalos irregulares.

Me estremecí.

—¿De qué demonios estás hablando?

—El capitán te lo dirá —repitió.

—Por supuesto. ¿Cómo está Linda?

—Lo está haciendo bien. —Muchas palabras para nuestro Cuervo.

El capitán se sentó a mi lado.

—Malas noticias, Matasanos —dijo.

—¿De veras? —Busqué mi tan cacareado sarcasmo—. Dímelo francamente. Podré soportarlo.

—Chico duro —observó Cuervo.

—Ese soy yo. Como uñas para desayunar. Azoto gatos monteses con las manos desnudas.

El capitán sacudió la cabeza.

—Deja a un lado ese sentido del humor. La Dama quiere verte. Personalmente.

Mi estómago cayó al suelo, que estaba a unos sesenta metros más abajo.

—Oh, mierda —murmuré—. Oh, maldita sea.

—Sí.

—¿Qué es lo que he hecho?

—Tú lo sabrás mejor que yo.

Mi mente empezó a dar vueltas como una horda de ratones huyendo de un gato. A los pocos segundos estaba empapado de sudor.

—No puede ser tan malo como suena —observó Cuervo—. Se mostró casi educada.

El capitán asintió.

—Fue una petición.

—Seguro que lo fue.

—Si tuviera algo contra ti simplemente desaparecerías —dijo Cuervo.

No me sentí tranquilizado.

—Demasiados romances —se burló el capitán—. Ahora ella también está enamorada de ti.

Nunca lo olvidan, nunca lo dejan. Habían transcurrido meses desde que había escrito el último de esos romances.

—¿Por qué quiere verme?

—No lo dijo.

El silencio reinó durante el resto del camino. Permanecieron sentados a mi lado e intentaron tranquilizarme con la tradicional solidaridad de la Compañía. Cuando llegamos a nuestro campamento, sin embargo, el capitán dijo:

—Nos dijo que eleváramos nuestras fuerzas hasta la marca de los mil. Podemos alistar voluntarios entre la gente que recogimos del norte.

—Buenas noticias, buenas noticias. —Aquello era causa de júbilo. Por primera vez en dos siglos íbamos a crecer. Montones de rezagados se sentirían ansiosos de cambiar su juramento a los Tomados por un juramento a la Compañía. Estábamos bien situados. Teníamos carisma. Y, siendo mercenarios, teníamos mucha más mano ancha que cualquiera al servicio de la Dama.

Sin embargo, no podía sentirme animado. No con la Dama aguardando.

La alfombra se posó. La hermandad se reunió a nuestro alrededor, ansiosa por ver cómo nos las habíamos apañado. Siguieron mentiras y exageraciones.

—Tú quédate a bordo, Matasanos —dijo el capitán—. Goblin, Silencioso, Un Ojo, vosotros también. —Indicó a los prisioneros—. Entregad la mercancía.

Mientras los hombres se deslizaban por el lado, Linda salió saltando de entre la multitud. Cuervo le gritó, pero por supuesto ella no podía oírle. Subió a bordo, llevando consigo la muñeca que Cuervo le había tallado. Iba escrupulosamente vestida con ropa soberbiamente detallada en su miniatura.

Linda me la tendió y empezó a hablar con el lenguaje de los dedos.

Cuervo gritó de nuevo. Intenté interrumpir, pero Linda estaba absorta en contarme lo del guardarropa de la muñeca. Algunos hubieran pensado que era retrasada, por sentirse tan contenta por tales cosas a su edad. No lo era. Tenía una mente afilada como una navaja. Sabía lo que estaba haciendo cuando había abordado la alfombra. Estaba pidiendo una posibilidad de volar.

—Cariño —le dije, a la vez en voz alta y por signos—. Tienes que bajarte. Vamos a...

Cuervo gritó ultrajado mientras el Aullador alzaba la alfombra. Un Ojo, Goblin y Silencioso le miraron con ojos furiosos. Aulló. La alfombra siguió ascendiendo.

—Siéntate —le dije a Linda. Lo hizo, no muy lejos de Pluma. Olvidó la muñeca, quería saber acerca de nuestra aventura. Se lo conté. Me mantuvo ocupado. Pasó más tiempo mirando por encima del lado que prestándome atención, pero no se perdió nada. Cuando terminé miró a Pluma y a Jornada con una piedad adulta. No estaba preocupada por mi cita con la Dama, aunque me dio un tranquilizador abrazo de despedida.

La alfombra del Aullador viró alejándose de la cima de la Torre. Le dediqué un débil adiós con la mano. Linda me sopló un beso. Goblin se palmeó el pecho. Toqué el amuleto que me había dado en Lords. Era un pequeño consuelo.

Guardias imperiales ataron a Jornada y Pluma a sus literas.

—¿Y yo qué? —pregunté tembloroso.

—Se supone que debes aguardar aquí —me dijo un capitán. Se quedó cuando los otros se marcharon. Intentó hablar de cosas intrascendentes, pero yo no estaba de humor.

Caminé hasta el borde de la Torre, miré hacia el vasto proyecto de ingeniería emprendido por los ejércitos de la Dama.

En la época de la construcción de la Torre habían sido importadas enormes losas de basalto. Modeladas en el lugar, habían sido apiladas y fundidas en aquel gigantesco cubo de piedra. Los residuos, esquirlas, bloques rotos durante el modelado, losas halladas inadecuadas y demás restos, habían sido dejados dispersos alrededor de la Torre en un enorme revoltijo más efectivo que cualquier foso. Se extendía a lo largo de un kilómetro y medio.

En el norte, sin embargo, una sección deprimida formando cuña permanecía libre de restos. Constituía la única vía de aproximación por tierra a la Torre. En ese arco las fuerzas de la Dama se preparaban para el ataque Rebelde.

Nadie allá abajo creía que su trabajo llegara a modelar el resultado de la batalla. El cometa estaba en el cielo. Pero todos los hombres trabajaban porque el trabajo proporcionaba una liberación del miedo.

La zona despejada en forma de cuña se alzaba a ambos lados hasta encontrarse con el caos de rocas. Una larga empalizada cerraba el extremo más ancho de la cuña. Nuestros campamentos se extendían más allá de ese lugar. Detrás de los campamentos había una trinchera de diez metros de profundidad y diez de ancho. Un centenar de metros más cerca de la Torre había otra trinchera, y un centenar de metros más cerca todavía una tercera, que aún se estaba excavando.

La tierra excavada había sido transportada más cerca de la Torre y dejada caer detrás de un muro de contención de troncos de cuatro metros que abarcaba todo el ancho de la cuña. Desde esta elevación los hombres podían arrojar proyectiles contra cualquier enemigo que atacara nuestra infantería al nivel del suelo.

Un centenar de metros más atrás se alzaba un segundo muro

de contención que proporcionaba otra elevación de cuatro metros. La Dama tenía intención de disponer sus fuerzas en tres ejércitos distintos, uno en cada nivel, y forzar a los Rebeldes a luchar tres batallas en serie.

Una pirámide de tierra tenía previsto alzarse unos sesenta metros detrás del último muro de contención. Ya había alcanzado los veinte metros, con los lados inclinados unos treinta y cinco grados.

Una obsesiva pulcritud lo caracterizaba todo. La llanura, aplanada varios metros en algunos lugares, estaba tan nivelada como el sobre de una mesa. Había sido plantada con hierba. Nuestros animales la mantenían cortada como un césped bien cuidado. Había algunos senderos aquí y allá, y ay del hombre que se saliera de ellos sin una orden específica.

Abajo, en el nivel medio, los arqueros hacían prácticas de tiro sobre el terreno entre las trincheras más cercanas. Mientras disparaban, sus oficiales ajustaban las posiciones de los armeros de donde tomaban sus flechas.

En la terraza superior, los guardias se atareaban alrededor de las balistas, calculando trayectorias y supervivencia, ajustando sus máquinas a blancos muy alejados. Carros cargados con munición aguardaban al lado de cada arma.

Como la hierba y los senderos, estos preparativos traicionaban una obsesión con el orden.

En el nivel inferior unos trabajadores habían empezado a demoler cortas secciones del muro de contención. Extraño.

Divisé la llegada de una alfombra, me volví para mirar. Se posó en el techo. Bajaron cuatro soldados rígidos y temblorosos quemados por el viento. Un cabo los condujo lejos.

Los ejércitos del este se encaminaban en nuestra dirección, esperando llegar antes del asalto Rebelde, con pocas esperanzas de conseguirlo realmente. Los Tomados estaban volando día y noche trayendo tantos efectivos como les era posible.

Unos hombres gritaron allá abajo. Me volví para mirar... Alcé un brazo. ¡Zas! El impacto me arrojó dos pares de metros hacia atrás, girando sobre mí mismo. Mi guía de la guardia gritó. El techo de la Torre acudió a mi encuentro. Varios hombres gritaron y corrieron en mi dirección.

Rodé sobre mí mismo, intenté levantarme, resbalé en un charco de sangre. ¡Sangre! ¡Mi sangre! Brotaba por debajo de la parte superior de mi brazo izquierdo. Miré la herida con ojos turbios y sorprendidos. ¿Qué demonios?

—Quédate quieto —ordenó el capitán de la guardia—. Tranquilo. Dime rápido lo que tengo que hacer.

—Un torniquete —croé—. Ata algo alrededor de la herida. Detén la hemorragia.

Se quitó de un tirón el cinturón. Bien, eso era pensar rápido. Hizo uno de los mejores torniquetes que había visto nunca. Intenté sentarme para aconsejarle mientras trabajaba.

—Sujetadlo —dijo a varios espectadores—. Adoptivo, ¿qué ocurrió?

—Una de las armas se cayó de la hilera superior. Se disparó al caer. Todos están corriendo de un lado para otro como gallinas asustadas.

—No fue un accidente —jadeé—. Alguien intentó matarme. —Me sentía mareado, no podía pensar en nada excepto en hilos color lima arrastrándose contra el viento—. ¿Por qué?

—Dímelo y así lo sabremos los dos, amigo. Vosotros, traed una litera. —Apretó más el cinturón—. Te vas a poner bien, compañero. Te traeremos a un sanador en un minuto.

—Hay una arteria seccionada —dije—. Eso es malo. —Me zumbaban los oídos. El mundo empezó a girar lentamente, a enfriarse. Shock. ¿Cuánta sangre había perdido? El capitán se había movido bastante rápido. Pero había pasado tiempo. Si el sanador no era algún carnicero...

El capitán agarró a un cabo.

—Ve a averiguar lo que ocurrió ahí. No aceptes ninguna respuesta estúpida.

Llegó la litera. Me alzaron y me pusieron en ella, me desvanecí. Desperté en una pequeña sala de cirugía, atendido por un hombre que era tan hechicero como cirujano.

—Has hecho un trabajo mejor que el que yo mismo hubiera podido hacer, amigo —le dije cuando terminó.

—¿Algún dolor?

—No.

—Dentro de un rato va a dolerte como un infierno.

—Lo sé. —¿Cuántas veces había dicho yo lo mismo?

Llegó el capitán de la guardia.

—¿Todo va bien?

—Ya he acabado —respondió el sanador. A mí—: Nada de trabajo. Nada de actividad. Nada de sexo. Ya conoces el discurso.

—Lo conozco. ¿Cabestrillo?

Asintió.

—También te ataré el brazo al costado durante algunos días.

El capitán estaba ansioso.

—¿Han descubierto lo que ocurrió? —pregunté.

—En realidad, no. El equipo de la balista no puede explicárselo. Simplemente se les escapó de las manos, de algún modo. Quizá tuviste suerte. —Recordó que yo había dicho que alguien había intentado matarme.

Toqué el amuleto que Goblin me había dado.

—Quizá.

—Odio hacer esto —dijo—, pero tengo que llevarte a tu entrevista.

Miedo.

—¿Sobre qué?

—Tú lo sabrás mejor que yo.

—Pero no lo sé. —Tenía una remota sospecha, pero la había forzado fuera de mi mente.

Parecía haber dos torres, una enfundando a la otra. La exterior era la sede del Imperio, movida por los funcionarios de la Dama. La interior, tan intimidante para ellos como para todos nosotros los de fuera, ocupaba un tercio del volumen y solo podía entrarse en ella por un punto. Pocos lo habían hecho nunca.

La entrada estaba abierta cuando llegamos a ella. No había guardias. Supongo que no se necesitaba ninguno. Hubiera debido sentirme más asustado, pero estaba demasiado aturdido por los tranquilizantes. El capitán dijo:

—Aguardaré aquí. —Me había colocado en una silla de ruedas, que hizo pasar a través de la puerta. Entré con los ojos fuertemente cerrados y el corazón martilleando.

La puerta se cerró a mis espaldas con un clonc. La silla rodó un largo trecho, doblando varios recodos. No sé qué la impulsaba. Me negué a mirar. Luego dejó de moverse. Aguardé. No ocurrió nada. La curiosidad me ganó. Parpadeé.

«Está en la Torre, mirando hacia el norte. Tiene sus delicadas manos cruzadas ante ella. Una brisa penetra suave por su ventana. Agita la seda color medianoche de su pelo. Lágrimas como diamantes destellan en la suave curva de su mejilla».

Mis propias palabras, escritas hacía más de un año, volvieron a mí. Era esa escena, de ese romance, hasta el último detalle. Incluso detalles que había imaginado, pero nunca había escrito. Como si ese instante de fantasía hubiera sido arrancado entero de mi cerebro y hubiera recibido el aliento de la vida.

No lo creí ni por un segundo, por supuesto. Estaba en las entrañas de la Torre. No había ventanas en esa lúgubre estructura.

Ella se volvió. Y vi lo que todo hombre ve en sueños. Perfección. No tuvo que hablarme para que yo conociera su voz, los ritmos de su habla, los alientos entre frases. No tuvo que moverse para que yo conociera sus actitudes típicas, la forma en que caminaba, el extraño modo en que alzaba la mano a la garganta cuando reía. La había conocido desde la adolescencia.

En unos pocos segundos comprendí lo que significaban las viejas historias acerca de su abrumadora presencia. El propio Dominador debió de oscilar en su cálido viento.

Me hizo oscilar, pero no me barrió. Aunque la mitad de mí ardía en anhelo, el resto recordaba mis años alrededor de Goblin y Un Ojo. Donde hay hechicería nada es lo que parece. Hermoso, sí, pero puro caramelo duro.

Me estudió tan intensamente como yo la estudiaba a ella. Finalmente:

—Volvemos a encontrarnos. —Su voz era todo lo que había esperado y más. Tenía humor también.

—Cierto —croé.

—Estás asustado.

—Por supuesto que lo estoy. —Quizá un estúpido lo hubiera negado. Quizá.

—Has sido herido. —Derivó más cerca de mí. Asentí, los latidos de mi corazón se aceleraron—. No te sometería a esto si no fuera importante.

Asentí de nuevo, demasiado tembloroso para hablar, totalmente desconcertado. Ella era la Dama, la villana de todas las eras, la Sombra animada. Era la viuda negra en el corazón de su telaraña de oscuridad, una semidiosa del mal. ¿Qué podía ser lo bastante importante para ella como para reparar en alguien como yo?

De nuevo tuve sospechas que no estaba dispuesto a admitirme. Mis momentos de reunión crítica con alguien importante no eran muy numerosos.

—Alguien intentó matarte. ¿Quién?

—No lo sé. —Arrastrados por el viento. Hilos color lima.

—¿Por qué?

—No lo sé.

—Sí lo sabes. Aunque creas que no. —El filo del pedernal cortó como una navaja a través de aquella voz perfecta.

Había acudido esperando lo peor, había sido arrastrado por el sueño, había dejado caer mis defensas.

El aire zumbaba. Un resplandor limón se formó encima de ella. Se acercó más, se volvió brumosa..., excepto aquel rostro y aquel amarillo. El rostro se expandió, vasto, intenso, acercándose cada vez más. El amarillo llenó el universo. No vi nada excepto el ojo...

¡El Ojo! Recordé el Ojo en el Bosque Nuboso. Intenté cubrirme el rostro con el brazo. No pude moverme. Creo que grité. Demonios. Sé que grité.

Hubo preguntas que no oí. Respuestas extraídas de mi mente, en arcoíris de pensamiento, como gotitas de aceite esparcidas sobre quietas aguas cristalinas. Ya no tenía más secretos.

Ningún secreto. No quedaba oculto ningún pensamiento que hubiera tenido alguna vez en mi vida.

El terror se agitó en mí como serpientes asustadas. Había escrito aquellos estúpidos romances, cierto, pero también había tenido mis dudas y disgustos. Un villano tan negro como ella me destruiría por tener pensamientos sediciosos...

Falso. Ella estaba muy segura de la fuerza de su perversidad. No necesitaba acallar las preguntas y las dudas y los miedos de sus esbirros. Podía reírse de nuestras consciencias y moralidades.

Esto no era una repetición de nuestro encuentro en el bosque. No había perdido mis recuerdos. Simplemente no oía sus preguntas. Esas podían inferirse de mis respuestas acerca de mis contactos con los Tomados.

Ella estaba persiguiendo algo que yo había empezado a sospechar en la Escalera Rota. Había caído en la trampa más mortífera que nunca se hubiera cerrado sobre mí: los Tomados como una de las mandíbulas, la Dama como la otra.

Oscuridad. Y despertar.

«Ella está en la Torre, mirando hacia el norte... Lágrimas de diamante destellan en la suave curva de su mejilla».

Una chispa de Matasanos se mantuvo sin ser intimidada.

—Aquí es donde entré.

Me miró, sonrió. Avanzó unos pasos y me tocó con los dedos más dulces que una mujer haya poseído nunca.

Todo el miedo desapareció.

Toda la oscuridad se cerró de nuevo sobre mí.

Las paredes de un pasillo desfilaban junto a mí cuando me recuperé. El capitán de la guardia estaba empujando mi silla de ruedas.

—¿Cómo te encuentras? —preguntó.

Hice inventario.

—Bastante bien. ¿Adónde me llevas ahora?

—A la puerta delantera. Ella dijo que podías irte.

¿Simplemente así? Hummm. Toqué mi herida. Curada. Sacudí la cabeza. Estas cosas no me ocurren a mí.

Hice una pausa en el lugar donde había caído la balista. No había nada que ver y a nadie a quien preguntar. Descendí al nivel medio y visité uno de los equipos que estaban excavando allí. Tenían órdenes de instalar un cubículo de cuatro metros de ancho por seis de profundidad. No tenían la menor idea de para qué.

Escruté la longitud del muro de contención. Había una docena de esos cubículos en construcción.

Los hombres me miraron intensamente cuando entré co-

jeando en el campamento. Ahogaron las preguntas que no podían hacer, la preocupación que no podían expresar. Solo Linda
se negó a jugar al juego tradicional. Apretó mi mano, me dedicó una gran sonrisa. Sus pequeños dedos danzaron.

Hizo las preguntas que la masculinidad prohibía a los hombres.

—Despacio —le dije. Todavía no tenía la suficiente habilidad para captar todos sus signos. Pero su alegría se comunicaba
por sí misma. Yo exhibía una gran sonrisa en mi rostro cuando
me di cuenta de que había alguien en mi camino. Alcé la vista.
Cuervo.

—El capitán quiere verte —dijo. Parecía frío.

—Lo suponía. —Hice signo de adiós a Linda, me dirigí hacia el cuartel general. No sentía ninguna urgencia. Ningún mero
mortal podía intimidarme ahora.

Miré hacia atrás. Cuervo tenía una mano apoyada sobre el
hombro de Linda, posesivo, con aspecto preocupado.

El capitán estaba como siempre. Me recibió con el gruñido habitual. Un Ojo era la única tercera persona presente, y él
también estaba interesado tan solo en asuntos serios.

—¿Tuvimos problemas? —preguntó el capitán.

—¿Qué quieres decir?

—Lo que ocurrió en las colinas. No fue un accidente, ¿eh?
La Dama te llama, y media hora más tarde uno de los Tomados
se vuelve mochales. Luego está tu accidente en la Torre. Resul-
tas malherido y nadie puede explicarlo.

—La lógica insiste en que hay una conexión —observó Un
Ojo.

—Ayer oímos que estabas muriéndote —añadió el capitán—. Hoy estás perfectamente. ¿Hechicería?

—¿Ayer? —El tiempo se me había escapado de nuevo. Eché
a un lado el faldón de la tienda, miré hacia la Torre—. Otra noche en la colina de los elfos.

—¿Fue un accidente? —preguntó Un Ojo.

—No fue accidental. —La Dama tampoco lo había creído así.

—Capitán, eso encaja.

—Alguien intentó acuchillar a Cuervo la otra noche —dijo el capitán—. Linda lo hizo huir.

—¿Cuervo? ¿Linda?

—Algo la despertó. Golpeó al tipo en la cabeza con su muñeca. Fuera quien fuese, salió huyendo.

—Extraño.

—Sin duda —dijo Un Ojo—. ¿Por qué Cuervo seguiría durmiendo y una niña sorda se despertaría? Cuervo puede oír las pisadas de un mosquito. Eso huele a hechicería. Loca hechicería. La niña no debería haberse despertado.

El capitán interrumpió:

—Cuervo. Tú. El Tomado. La Dama. Intentos de asesinato. Una entrevista en la Torre. Tú tienes la respuesta. Suéltala.

Dejé traslucir mi reluctancia.

—Le dijiste a Elmo que debíamos disociarnos de Atrapaalmas. ¿Cómo es eso? Atrapaalmas nos trata bien. ¿Qué ocurrió cuando cogisteis a Empedernido? Cuéntalo y no habrá ningún motivo para matarte.

Buen argumento. Pero me gusta estar seguro antes de decir nada.

—Creo que hay un complot contra la Dama. Atrapaalmas y Tormentosa pueden estar implicados. —Relaté los detalles de la caída de Empedernido y la Toma de Susurro—. Cambiaformas estaba realmente trastornado porque dejaron morir al Ahorcado. No creo que el Renco formara parte de nada. Fue engañado y manipulado hábilmente. La Dama también. Quizá el Renco y el Ahorcado eran los partidarios de ella.

Un Ojo parecía pensativo.

—¿Estás seguro de que Atrapaalmas está en eso?

—No estoy seguro de nada. No me sorprendería nada tampoco. Desde Berilo he creído que nos estaba utilizando.

El capitán asintió.

—Definitivamente. Le he dicho a Un Ojo que preparara un amuleto que te advirtiera si uno de los Tomados se acercaba demasiado. Por si acaso. De todos modos, no creo que seas molestado de nuevo. Los Rebeldes están avanzando. Ese es el asunto prioritario para todo el mundo.

La cadena de lógica iluminó una conclusión. Los datos habían estado allí todo el tiempo. Simplemente necesitaban un empujón para encajar en su lugar.

—Creo que sé lo que está pasando. La Dama es una usurpadora.

—¿Uno de los chicos de las máscaras desea hacer con ella lo mismo que ella le hizo a su viejo? —preguntó Un Ojo.

—No. Desean traer de vuelta al Dominador.

—¿Eh?

—Está todavía en el norte, bajo tierra. La Dama le impidió volver cuando el hechicero Bomanz abrió el camino para ella. Puede que esté en contacto con Tomados que le son fieles. Bomanz demostró que la comunicación con aquellos enterrados en el Túmulo era posible. Puede que incluso esté guiando a algunos miembros del Círculo. Empedernido era un villano tan grande como cualquiera de los Tomados.

Un Ojo meditó, luego profetizó:

—La batalla estará perdida. La Dama será derribada. Sus Tomados leales serán abatidos y sus tropas leales eliminadas. Pero se llevarán consigo los elementos más idealistas entre los Rebeldes, lo cual significa esencialmente una derrota para la Rosa Blanca.

Asentí.

—El cometa está en el cielo, pero los Rebeldes no han hallado a su niña mística.

—Sí. Posiblemente tengas razón cuando dices que quizá el Dominador esté influenciando al Círculo. Sí.

—Y en el caos subsiguiente, mientras están peleándose sobre los despojos, salta el diablo —dije.

—¿Y dónde encajamos nosotros? —preguntó el capitán.

—La cuestión —respondí— es cómo vamos a salir de debajo.

Las alfombras voladoras zumbaban alrededor de la Torre como moscas alrededor de un cadáver. Los ejércitos de Susurro, el Aullador, el Sinnombre, Roehuesos y Muerdeluna estaban de ocho a doce días de distancia, convergiendo. Las tropas orientales avanzaban por el aire.

La puerta en la empalizada estaba concurrida con las idas y venidas de los grupos que atosigaban a los Rebeldes. Los Rebeldes habían movido sus campamentos hasta un radio de ocho kilómetros de la Torre. Algunas tropas de la Compañía efectuaban una ocasional incursión nocturna, instigadas por Goblin, Un Ojo y Silencioso, pero el esfuerzo parecía inútil. El número era demasiado abrumador para que un ataque de golpea y corre tuviera algún efecto sustancial. Me pregunté por qué la Dama deseaba que los Rebeldes se mantuvieran en constante agitación.

Se había completado la construcción. Los obstáculos estaban preparados. Las trampas habían sido instaladas en sus lugares. Quedaba poco por hacer excepto esperar.

Habían transcurrido seis días desde nuestro regreso con Pluma y Jornada. Yo había esperado que su captura electrificara a los Rebeldes y les hiciera atacar, pero seguían conteniéndose. Un Ojo creía que todavía tenían esperanzas de hallar en el último minuto a su Rosa Blanca.

Solo quedaba por hacer el echar a suertes los puestos. Tres

de los Tomados, con los ejércitos que les habían sido asignados, defenderían cada uno de los niveles. Se rumoreaba que la propia Dama mandaría las fuerzas estacionadas en la pirámide.

Nadie deseaba estar en la primera fila. No importaba cómo fueran las cosas, esas tropas resultarían gravemente dañadas. De ahí la lotería.

No había habido más intentos de asesinato contra Cuervo o contra mí. Nuestro antagonista estaba cubriendo sus huellas de alguna otra forma. Demasiado tarde para hacer algo, de todos modos. Yo ya había visto a la Dama.

El tono cambió. Las incursiones de represalia empezaban a parecer más inconexas, más desesperadas. El enemigo estaba moviendo de nuevo sus campamentos.

Llegó un mensajero al capitán. Este reunió a los oficiales.

—Ha empezado. La Dama ha llamado a los Tomados a la lotería. —Su expresión era extraña. El principal ingrediente era el asombro—. Tenemos órdenes especiales. De la propia Dama.

Susurros, murmullos, agitación, gruñidos, todo el mundo se estremeció. Nos estaba dando todos los trabajos difíciles. Imaginé tener que asegurar la primera fila contra las tropas de élite Rebeldes.

—Vamos a abandonar el campamento y congregarnos en la pirámide. —Un centenar de preguntas zumbaron como abejorros. Dijo—: Nos quiere como guardaespaldas.

—A la guardia no va a gustarle eso —dije. Ya no les gustábamos de todos modos, después de haber tenido que someterse a las órdenes del capitán en la Escalera Rota.

—¿Crees que van a protestarle por ello, Matasanos? Amigos, el que paga dice que vayamos. Así que vamos. Si deseáis hablar de ello, hacedlo mientras levantáis el campamento. Sin que los hombres escuchen.

Para las tropas fue una gran noticia. No solo íbamos a estar detrás de lo peor de la lucha, sino que estaríamos en posición de retroceder al interior de la Torre.

¿Me sentía yo tan seguro de que estábamos condenados? Mi actitud negativa, ¿era un espejo de la actitud general? ¿Era este un ejército derrotado antes del primer golpe?

El cometa estaba en el cielo.

Considerando este fenómeno mientras avanzábamos, entre animales conducidos al interior de la Torre, comprendí por qué los Rebeldes se habían demorado. Habían esperado hallar su Rosa Blanca en el último minuto, por supuesto. Y habían aguardado a que el cometa alcanzara un aspecto más favorable, su mayor aproximación.

Gruñí para mí mismo.

Cuervo, caminando pesadamente a mi lado cargado con todo su equipo y un hato perteneciente a Linda, gruñó de vuelta:

—¿Eh?

—No han hallado a su niña mágica. No han conseguido que todo se ponga a su favor.

Me miró de una forma extraña, casi suspicazmente. Luego:

—Todavía no —dijo—. Todavía no.

Hubo un gran clamor cuando la caballería Rebelde lanzó jabalinas contra los centinelas en la empalizada. Cuervo no miró atrás. Era tan solo un sondeo.

Teníamos una vista magnífica desde la pirámide, aunque estaba muy concurrido allí arriba.

—Espero que no estemos encajonados aquí mucho tiempo —dije. Y—: Va a ser un infierno tratar a los heridos.

Los Rebeldes habían avanzado sus campamentos hasta menos de ochocientos metros de la empalizada. Los fundieron todos en uno. Había constantes escaramuzas en la empalizada. La mayoría de nuestras tropas habían ocupado sus lugares en las distintas hileras.

Las fuerzas del primer nivel consistían en aquellas que habían servido en el norte, incrementadas con las tropas de guarnición de las ciudades abandonadas a los Rebeldes. Eran nueve mil hombres, divididos en tres divisiones. El centro había sido asignado a Tormentosa. Si yo estuviera organizando las cosas, la habría puesto en la pirámide, arrojando ciclones.

Las alas estaban mandadas por Muerdeluna y Roehuesos, dos Tomados con los que no me había encontrado nunca.

Seis mil hombres ocupaban el segundo nivel, también divididos en tres divisiones. La mayoría eran arqueros de los ejércitos del este. Eran duros, y mucho más fiables que los hombres que tenían debajo. Sus comandantes, de izquierda a derecha, eran: el Sinrostro o Sinnombre, el Aullador y Nocherniego. Se les había proporcionado una incontable cantidad de flechas. Me pregunté cómo se las arreglarían si el enemigo rompía la primera fila.

El tercer nivel estaba ocupado por la guardia en las balistas, con Susurro a la izquierda con mil quinientos veteranos de su propio ejército oriental y Cambiaformas a la derecha con un millar de occidentales y meridionales. En el centro, debajo de la pirámide, Atrapaalmas mandaba la guardia y los aliados de las Ciudades Joya. Sus tropas eran de dos mil quinientos hombres.

Y en la pirámide estaba la Compañía Negra, un millar de efectivos, con sus brillantes gallardetes y sus atrevidos estandartes y sus armas en la mano.

En total, unos veintiún mil hombres contra más de diez veces ese número. El número no es siempre un factor crítico. Los Anales recuerdan muchos momentos en los que la Compañía derrotó a sus enemigos contra todas las posibilidades. Pero no de este modo. Esto era demasiado estático. No había espacio para la retirada, para la maniobra, y un avance quedaba descartado.

Los Rebeldes iban en serio. Los defensores de la empalizada retrocedieron rápidamente, destruyendo los pasos que franqueaban las tres trincheras. Los Rebeldes no los persiguieron. En su lugar, se dedicaron a demoler la empalizada.

—Parecen tan metódicos como la Dama —le dije a Elmo.

—Sí. Usarán la madera para construir puentes y cruzar las trincheras.

Estaba equivocado, pero no lo averiguaríamos de inmediato.

—Siete días hasta que los ejércitos del este lleguen aquí —murmuré al atardecer, mirando la enorme y oscura masa de la Torre a mis espaldas. La Dama no se había dejado ver para las escaramuzas iniciales.

—Más bien nueve o diez —rectificó Elmo—. Querrán llegar aquí todos juntos.

—Sí. Hubiera debido pensar en ello.

Comimos una cena fría y dormimos sobre el suelo. Y por la mañana despertamos al estruendo de las trompetas Rebeldes.

Las formaciones enemigas se extendían hasta tan lejos como alcanzaba la vista. Una línea de manteletes avanzaba hacia nosotros. Habían sido construidos con la madera rescatada de nuestra empalizada. Formaban un muro móvil que se extendía a lo ancho del frente de la cuña. Las pesadas balistas resonaron. Grandes catapultas lanzaron piedras y bolas de fuego. El daño que causaron fue insignificante.

Los zapadores Rebeldes empezaron a tender el primer puente sobre la primera trinchera, usando madera traída de sus campamentos. Su base eran recios maderos, de quince metros de largo, resistentes al fuego de todo tipo de proyectiles. Tuvieron que usar grúas para colocarlos. Se pusieron al descubierto mientras ensamblaban y operaban los dispositivos. Las bien alineadas máquinas de la guardia se cobraron su precio.

Allá donde se había levantado la empalizada los ingenieros rebeldes estaban ensamblando torres sobre ruedas desde las cuales podían disparar los arqueros, y rampas sobre ruedas para hacerlas avanzar hasta la primera fila de defensa. Los carpinteros estaban construyendo escaleras. No vi artillería. Supongo que planeaban lanzarse contra nosotros una vez hubieran cruzado las trincheras. El teniente conocía bien los asedios. Fui hacia él.

—¿Cómo van a traer hasta aquí esas rampas y torres?

—Llenarán las zanjas.

Tenía razón. Tan pronto como tuvieron instalados los puentes cruzando la primera, y empezaron a cruzar los manteletes, aparecieron carros y carretones cargados con tierra y piedras. Conductores y animales se fueron sucediendo en la descarga. Más de un cadáver se añadió al relleno.

Los zapadores avanzaron hacia la segunda trinchera, reunieron sus grúas. El Círculo no les proporcionaba apoyo armado. Tormentosa envió arqueros al borde de la última trinchera. La guardia lanzó fuego graneado con las balistas. Los zapadores sufrieron grandes pérdidas. El mando enemigo se limitó a enviar más hombres.

Los rebeldes empezaron a mover los manteletes cruzando la segunda trinchera una hora antes del mediodía. Carros y carretas cruzaron la primera, cargados con relleno.

Los zapadores se encontraron con un terrible fuego cuando avanzaron para instalar sus puentes sobre la zanja final. Los arqueros de la segunda fila apuntaron altas sus flechas. Cayeron casi verticales detrás de los manteletes. Las catapultas variaron su puntería, convirtiendo los manteletes en astillas. Pero los Rebeldes siguieron llegando. En el flanco de Muerdeluna instalaron toda una serie de vigas de apoyo.

Muerdeluna atacó, cruzando con una fuerza escogida. Su asalto fue tan feroz que envió a los zapadores hacia atrás por encima de la segunda trinchera. Destruyó a su equipo, atacó de nuevo. Entonces el comandante Rebelde trajo una sólida columna de infantería. Muerdeluna se retiró, dejando los puentes de la segunda trinchera en ruinas.

Inexorablemente, los Rebeldes construyeron de nuevo los puentes, avanzaron hasta la última trinchera con soldados para proteger a sus trabajadores. Los francotiradores de Tormentosa se retiraron.

Las flechas de la segunda fila cayeron como copos en una intensa nevada de invierno, firme y regularmente. La carnicería fue espectacular. Las tropas Rebeldes cayeron como lluvia en el caldero de una bruja. Un río de heridos rebosó. En la última trinchera los zapadores empezaron a mantenerse al refugio de sus manteletes, rezando para que estos no resultaran destrozados por la guardia.

Así siguieron las cosas hasta que se puso el sol, arrojando largas sombras a través del campo de sangre. Calculé que los Rebeldes habían perdido diez mil hombres sin llegar a presentarnos batalla.

Durante todo el día ni los Tomados ni el Círculo desencadenaron sus poderes. La Dama no se aventuró fuera de la Torre.

Un día menos que aguardar los ejércitos del este.

Las hostilidades terminaron al anochecer. Comimos. Los Rebeldes trajeron otro turno para trabajar en las trincheras. Los recién llegados se pusieron a la labor con el entusiasmo que sus predecesores habían perdido. La estrategia era evidente. Harían la rotación con tropas frescas y nos desgastarían.

La oscuridad era el tiempo de los Tomados. Su pasividad

terminó. Al principio pude ver poco, así que no puedo decir seguro quién hizo qué. Cambiaformas, supongo, cambió de forma y cruzó a territorio enemigo.

Las estrellas empezaron a desvanecerse detrás de una avalancha de nubes de tormenta. El aire frío sopló sobre la tierra. Se levantó viento, aulló. Cabalgándolo llegó una horda de cosas con alas correosas, serpientes voladoras de la longitud del brazo de un hombre. Su sisear dominó el tumulto de la tormenta. El trueno resonó y el relámpago se propagó por el cielo, ensartando las obras del enemigo con sus lanzas. Los destellos revelaron el poderoso avance de gigantes de los páramos rocosos. Arrojaban grandes piedras como los niños arrojan pelotas. Uno arrancó la viga de un puente y la usó como una maza para sus dos manos, aplastando torres y rampas de asedio. Su aspecto, a la traidora luz, era el de criaturas de piedra, cascajos basálticos unidos entre sí en una grotesca y gargantuesca parodia de forma humana.

La tierra se estremeció. Tramos de llanura brillaron con un verde bilioso. Radiantes gusanos de tres metros, de un color naranja estriado en sangre, se deslizaron entre el enemigo. Los cielos se abrieron y derramaron lluvia y ardiente azufre.

La noche escupió más horrores. Ranas asesinas. Insectos letales. Un resplandor de magma como el que habíamos visto en la Escalera Rota. Y todo esto en solo minutos. Una vez el Círculo respondió, los terrores se desvanecieron, aunque algunos necesitaron horas para ser neutralizados. Nunca emprendieron la ofensiva. Los Tomados eran demasiado fuertes.

A medianoche todo estaba tranquilo. Los Rebeldes habían renunciado a todo excepto a rellenar la trinchera más alejada de la Torre. La tormenta se había convertido en una firme lluvia. Hizo que los Rebeldes se sintieran miserables pero no les causó ningún daño. Me dejé caer entre mis compañeros y me quedé dormido pensando en lo agradable que era que nuestra parte del mundo estuviera seca.

Amanecer. Primera visión del trabajo de los Tomados. Muerte por todas partes. Cadáveres horriblemente mutilados. Los Rebeldes trabajaron hasta el mediodía limpiando el terreno. Luego reanudaron su asalto contra las trincheras.

El capitán recibió un mensaje de la Torre. Nos reunió.

—La noticia es que perdimos a Cambiaformas la otra noche. —Me lanzó una mirada que pretendía ser significativa—. Las circunstancias fueron cuestionables. Se nos ha dicho que estemos alerta. Eso se refiere a ti, Un Ojo. Y a vosotros, Goblin y Silencioso. Enviad un grito a la Torre si veis algo sospechoso. ¿Entendido? —Asintieron.

Cambiaformas desaparecido. Eso debió de costar un poco.

—¿Los Rebeldes perdieron a alguien importante? —pregunté.

—Bigotes. Cuerdoso. Tamarask. Pero pueden ser reemplazados. Cambiaformas, no.

Los rumores flotaron a nuestro alrededor. Las muertes de los miembros del Círculo habían sido causadas por alguna bestia felina tan fuerte y rápida que ni siquiera los poderes de sus víctimas sirvieron de algo. Varias docenas de altos funcionarios Rebeldes habían caído también.

Los hombres recordaron una bestia similar de Berilo. Hubo rumores. Atrapaalmas había traído al forvalaka en el barco. ¿Lo estaba usando contra los Rebeldes?

Yo no lo creía. El ataque encajaba con el estilo de Cambiaformas. A Cambiaformas le encantaba deslizarse furtivamente al interior del campamento enemigo y...

Un Ojo iba de un lado para otro con expresión pensativa, tan ensimismado que tropezaba con las cosas. Una vez se detuvo y dio un fuerte puñetazo a un jamón que colgaba cerca de las recientemente erigidas tiendas de las cocinas.

Lo había deducido. Atrapaalmas podía enviar al forvalaka al Bastión para matar a toda la casa del Síndico, y terminar controlando la ciudad a través de una marioneta, sin coste para los castigados recursos de la Dama. Atrapaalmas y Cambiaformas habían estado allí entonces, ¿no?

Había deducido quién mató a su hermano..., demasiado tarde para extraer venganza.

Volvió y golpeó aquel jamón varias veces en el transcurso del día.

Más tarde me reuní con Cuervo y Linda. Estaban observando la acción. Comprobé las fuerzas de Cambiaformas. Su estandarte había sido reemplazado.

—Cuervo. ¿No es ese el estandarte de Jalena?

—Sí. —Escupió.

—Cambiaformas no era un mal tipo. Para ser uno de los Tomados.

—Ninguno de ellos lo es. Para ser Tomados. Siempre que no te metas en su camino. —Escupió de nuevo, miró a la Torre—. ¿Qué está pasando ahí, Matasanos?

—¿Eh? —Se mostraba tan atento como lo había sido desde nuestro regreso del campo.

—¿A qué viene todo este espectáculo? ¿Por qué lo está haciendo de este modo?

No estaba seguro de lo que estaba preguntando.

—No lo sé. Ella no confía en mí.

Frunció el ceño.

—¿No? —¡Como si no me creyera! Luego se encogió de hombros—. Sería interesante averiguarlo.

—Sin duda. —Miré a Linda. Estaba excesivamente interesada por el ataque. Le hizo a Cuervo toda una sucesión de preguntas. No eran sencillas. Podrías esperarlas de un aprendiz de general, un príncipe, alguien que se esperaba que tomara finalmente el mando.

—¿No debería estar Linda en algún lugar un poco más seguro? —pregunté—. Quiero decir...

—¿Dónde? —exclamó Cuervo—. ¿Dónde podría estar más segura que conmigo? —Su voz era dura, sus ojos estaban entrecerrados por la suspicacia. Sorprendido, dejé a un lado el tema.

¿Estaba celoso porque me había hecho amigo de Linda? No lo sabía. Todo lo que rodea a Cuervo es extraño.

Partes de la trinchera más alejada habían desaparecido. En algunos lugares la trinchera intermedia había sido rellenada y apisonada. Los Rebeldes habían trasladado sus torres y rampas supervivientes al límite extremo de nuestra artillería. Se estaban construyendo nuevas torres. Había nuevos manteletes por todas partes. Los hombres se apiñaban detrás de todos ellos.

Desafiando el despiadado fuego, los zapadores Rebeldes construyeron sus puentes sobre la última trinchera. Los contraataques los frustraban una y otra vez, pero seguían intentándolo. Completaron su octavo puente hacia las tres de la tarde.

Enormes formaciones de infantería avanzaron. Se apiñaron en los puentes, bajo los dientes de una tormenta de flechas. Golpearon nuestra primera fila al azar, impactando como aguanieve, muriendo contra un muro de lanzas y escudos y espadas. Los cuerpos se fueron apilando. Nuestros arqueros amenazaban con llenar de cadáveres las zanjas alrededor de los puentes. Y seguían llegando.

Reconocí algunos estandartes que había visto en Rosas y Lords. Venían las unidades de élite.

Cruzaron los puentes y formaron, avanzaron en perfecto orden, ejerciendo una fuerte presión contra nuestro centro. Detrás de ellos se formó una segunda fila, más fuerte, más profunda y más amplia. Cuando fue sólida sus oficiales avanzaron unos pocos metros, hicieron que sus hombres se agacharan detrás de sus escudos.

Los zapadores avanzaron sus manteletes, los unieron en una especie de empalizada. Nuestra artillería más pesada se concentró en ellos. Detrás de la zanja, las hordas corrieron a llenar toda una serie de puntos seleccionados.

Aunque nuestros hombres del nivel inferior eran los menos fiables —sospecho que la lotería estaba amañada—, repelieron a la élite Rebelde. El éxito les proporcionó solo un breve respiro. La siguiente masa atacó.

Nuestra fila crujió. Se habría roto si los hombres hubieran tenido algún lugar donde huir. Tenían el hábito de huir. Pero allí estaban atrapados, sin ninguna posibilidad de trepar por el muro de contención.

Aquella oleada retrocedió. En su extremo Muerdeluna contraatacó y rechazó al enemigo que tenía delante. Destruyó la mayoría de sus manteletes y amenazó brevemente sus puentes. Me sentí impresionado por su agresividad.

Era tarde. La Dama no había acudido. Supongo que no había dudado que resistiríamos. El enemigo lanzó un último asalto, una oleada humana que llegó a un susurro de dispersar a nuestros hombres. En algunos lugares los Rebeldes alcanzaron el muro de contención e intentaron escalarlo o desmantelarlo. Pero nuestros hombres no se derrumbaron. La incesante lluvia de flechas rompió la determinación Rebelde.

Se retiraron. Nuevas unidades ocuparon su puesto detrás de los manteletes. Se estableció una paz temporal. El campo pertenecía a sus zapadores.

—Seis días —dije a nadie en particular—. No creo que podamos resistir más.

La primera fila no sobreviviría a mañana. La horda ocuparía en tromba el segundo nivel. Nuestros arqueros eran mortíferos como arqueros, pero dudaba que se desenvolvieran bien en un cuerpo a cuerpo. Más aún, una vez forzados a un combate cara a cara ya no podrían seguir castigando al enemigo que se acercaba. Entonces las torres Rebeldes caerían sobre ellos y estarían perdidos.

Habíamos excavado una estrecha trinchera cerca de la parte de atrás, arriba en la pirámide. Servía como letrina. El capitán me pilló en una posición de lo menos elegante.

—Te necesitan abajo en el nivel del fondo, Matasanos. Llévate a Un Ojo y tu equipo.

—¿Qué?

—Eres médico, ¿no?

—Oh. —Estúpido de mí. Hubiera debido saber que no podría seguir siendo un mero observador.

El resto de la Compañía bajó también para realizar otras tareas.

Bajar no fue ningún problema, aunque el tráfico era denso en las rampas temporales. Los hombres del nivel superior y de arriba de la pirámide transportaban municiones a los arqueros de abajo (la Dama debía de haber acumulado flechas durante toda una generación), subían cadáveres y heridos.

—Se lo están pasando en grande vapuleándonos —le dije a Un Ojo—. Dentro de poco estarán corriendo rampas arriba.

—Están demasiado atareados haciendo lo mismo que hacemos nosotros.

Pasamos a menos de tres metros de Atrapaalmas. Alcé una mano en una tentativa de saludo. Él hizo lo mismo después de una pausa. Tuve la sensación de que estaba sorprendido.

Seguimos bajando y bajando hasta el territorio de Tormentosa.

Allí abajo era el infierno. Todo campo de batalla lo es, pero nunca había visto nada como aquello. Había hombres caídos por todas partes. Muchos eran Rebeldes que nuestros hombres no habían tenido la energía de rematar. Incluso las tropas de arriba simplemente los echaban a un lado para poder recoger a nuestra gente. A doce metros de distancia, ignorados, soldados Rebeldes estaban recogiendo a su propia gente e ignorándonos.

—Es como algo surgido de los antiguos Anales —le dije a Un Ojo—. Quizá la batalla de Rasgada.

—Rasgada no fue tan sangrienta.

—Hum. —Él estuvo allí. Había contribuido a ello.

Encontré a un oficial y le pregunté dónde deberíamos ubicarnos. Sugirió que seríamos más útiles a Roehuesos.

Al ir para allá pasamos incómodamente cerca de Tormentosa. El amuleto de Un Ojo quemó en mi muñeca.

—¿Amiga tuya? —preguntó Un Ojo sarcásticamente.

—¿Qué?

—El viejo duende te ha lanzado una mirada...

Me estremecí. Hilos color lima. Arrastrados por el viento. Podía haber sido Tormentosa.

Roehuesos era grande, más grande que Cambiaformas, metro ochenta de altura y trescientos kilos de músculos de hierro. Era tan fuerte que era grotesco. Tenía una boca como un cocodrilo, y supuestamente en los viejos días devoraba a sus enemigos. Alguna de las viejas historias lo llamaban también Aplastahuesos, debido a su fuerza.

Mientras miraba, uno de los tenientes nos dijo que fuéramos al flanco extremo derecho donde la lucha había sido tan ligera que todavía no había sido asignado ningún equipo médico. Localizamos al comandante del batallón apropiado.

—Quedaos aquí —dijo—. Haré que os traigan a los hombres. —Su aspecto era lúgubre.

Uno de sus hombres indicó:

—Esta mañana era un comandante de compañía. Hay falta de oficiales hoy. —Cuando tienes muchas bajas entre tus oficiales envías a todos los posibles al frente para impedir que los hombres se desmoronen.

Un Ojo y yo nos pusimos a remendar.

—Pensé que las cosas estaban tranquilas aquí.

—La tranquilidad es relativa. —Nos miró duramente: hablar de tranquilidad cuando habíamos pasado el día haraganeando en la pirámide.

La medicina a la luz de las antorchas es de lo más divertida. Entre los dos tratamos a varios cientos de hombres. Cada vez que hacía una pausa para aliviar el dolor y la rigidez de mis manos y hombros miraba al cielo, perplejo. Había esperado que los Tomados se volvieran de nuevo locos aquella noche.

Roehuesos apareció por nuestra improvisada sala de cirugía, desnudo hasta la cintura, sin máscara, con el aspecto de un luchador con exceso de peso. No dijo nada. Intentamos ignorarlo. Sus pequeños ojos porcinos permanecieron entrecerrados mientras observaba.

Un Ojo y yo estábamos trabajando en el mismo hombre, desde lados opuestos. Un Ojo se detuvo de pronto, con la cabeza alzada como la de un caballo sobresaltado. Su ojo se abrió mucho. Miró alocadamente a su alrededor.

—¿Qué ocurre? —pregunté.

—No... Extraño. Ha desaparecido. Por un segundo... No importa.

Clavé la mirada en él. Estaba asustado. Más asustado de lo que la presencia del Tomado justificaba. Como si lo amenazara algún peligro personal. Miré a Roehuesos. Él también observaba a Un Ojo.

Un Ojo volvió a hacerlo más tarde, mientras trabajábamos sobre pacientes separados. Alcé la vista. Más allá de él, al nivel de la cintura, capté el resplandor de unos ojos. Un estremecimiento recorrió mi espina dorsal.

Un Ojo miró hacia la oscuridad, su nerviosismo se incrementó. Cuando terminó con su paciente se limpió las manos y se dirigió hacia Roehuesos.

Un animal gritó. Una forma oscura penetró en el círculo de luz, hacia mí.

—¡Forvalaka! —jadeé, y me eché a un lado. La bestia pasó por encima de mí, una de sus zarpas desgarró mi chaqueta.

Roehuesos alcanzó el punto de impacto del hombre leopardo en el mismo momento que este. Un Ojo desencadenó un conjuro que me cegó a mí, al forvalaka y a todo el mundo que miraba. Oí rugir a la bestia. La furia se convirtió en agonía. Mi visión regresó. Roehuesos tenía al monstruo apretado en un mortífero abrazo, con el brazo derecho aplastando su tráquea, el izquierdo sus costillas. La bestia arañaba inútilmente el aire. Se suponía que tenía la fuerza de una docena de leopardos naturales. En brazos de Roehuesos estaba impotente. El Tomado se echó a reír, dio un mordisco a su hombro izquierdo.

Un Ojo se tambaleó hacia mí.

—Hubiéramos debido tener a ese tipo con nosotros en Berilo —dije. Mi voz tembló.

Un Ojo estaba tan asustado que jadeaba. No rio. Tampoco quedaba mucho humor en mí, francamente. Solo un sarcasmo reflejo. Un humor morboso.

Las trompetas llenaron la noche con sus gritos. Los hombres corrieron a sus puestos. El resonar de las armas cubrió el estrangulamiento del forvalaka.

Un Ojo me sujetó el brazo.

—Salgamos de aquí —dijo—. Vamos.

Yo me sentía hipnotizado por la lucha. El leopardo estaba intentando cambiar. Se parecía vagamente a una mujer.

—¡Vamos! —maldijo Un Ojo con vehemencia—. Esa cosa iba tras de nosotros, ¿sabes? Alguien la envió. Vámonos antes de que eso termine.

No había perdido sus energías, pese a la fuerza y salvajismo de Roehuesos. El Tomado había destruido su hombro izquierdo.

Un Ojo tenía razón. Al otro lado los Rebeldes se estaban excitando. La lucha podía estallar en cualquier momento. Era el momento de irse, por ambas razones. Agarré mi maletín y me apresuré.

Pasamos a Tormentosa y Atrapaalmas en nuestro camino de vuelta. Les dirigí a ambos un burlón saludo, impulsado por no sé qué estúpida osadía. Uno, estaba seguro, había iniciado el ataque. Ninguno respondió.

La reacción no se instaló en mí hasta que estuve seguro arriba en la pirámide, con la Compañía, sin nada que hacer excepto pensar en lo que hubiera podido ocurrir. Entonces empecé a temblar tan fuerte que Un Ojo me dio una de sus pócimas que tumban de espaldas.

Algo visitó mis sueños. Un viejo amigo ahora. Un resplandor dorado y un rostro hermoso. Como antes, «mis fieles no necesitan tener miedo».

Había un asomo de luz en el este cuando pasó el efecto de la droga. Desperté menos asustado, pero apenas más confiado. Lo habían intentado tres veces. Cualquiera decidido a matarme hallaría la forma. No importaba lo que dijera la Dama.

Un Ojo apareció casi inmediatamente.

—¿Te encuentras bien?

—Sí. Perfectamente.

—Te perdiste todo un espectáculo.

Alcé una ceja.

—El Círculo y los Tomados, después de que se te apagaran las luces. No se detuvieron hasta hace apenas un momento. Un poco peliagudo esta vez. Roehuesos y Tormentosa se pasaron un poco. Parece que estuvieran haciéndoselo el uno al otro. Ven conmigo. Quiero mostrarte algo.

Le seguí con un gruñido.

—¿Cómo les fue a los Rebeldes?

—Oirás diferentes historias. Pero los vapuleamos. Al menos cuatro de ellos la palmaron. —Se detuvo en el borde delantero de la parte superior de la pirámide, hizo un gesto dramático.

—¿Qué?

—¿Estás ciego? ¿Solo tengo un ojo y puedo ver mejor que tú?

—Dame un indicio.

—Busca una crucifixión.

—Oh. —Dicho aquello, no tuve ningún problema en descubrir la cruz plantada cerca del puesto de mando de Tormentosa—. Muy bien. ¿Y?

—Es tu amigo. El forvalaka.

—¿Mío?

—¿Nuestro? —Una expresión deliciosamente retorcida cruzó su rostro—. Fin de una larga historia, Matasanos. Y satisfactorio. Fuera lo que fuese lo que mató a Tam-Tam, he vivido para verle alcanzar el final que se merecería.

—Sí. —A nuestra izquierda, Cuervo y Linda observaban los movimientos Rebeldes. Sus dedos eran una confusión de movimiento. Estaban demasiado lejos para que pudiera captar mucho. Era como escuchar subrepticiamente una conversación en una lengua de la que tienes solo un conocimiento formal. Un galimatías.

—¿Qué está royendo a Cuervo últimamente?

—¿Qué quieres decir?

—No quiere saber nada de nadie excepto de Linda. Ni siquiera está mucho con el capitán últimamente. No se ha unido a una partida de cartas desde que trajimos a Pluma y Jornada. Adopta una expresión hosca cada vez que intentas ser amable con Linda. ¿Ocurrió algo mientras nosotros estábamos fuera?

Un Ojo se encogió de hombros.

—Yo estaba contigo, Matasanos. ¿Recuerdas? Nadie me ha dicho nada. Pero ahora que lo mencionas, sí, está actuando de una forma extraña. —Rio quedamente—. Extraña para Cuervo.

Observé los preparativos Rebeldes. Parecían desanimados y desorganizados. Pese a todo, pese a la furia de la noche, habían terminado de llenar las dos trincheras más alejadas. Sus esfuerzos en la más próxima les habían proporcionado media docena de puntos de cruce.

Las fuerzas de nuestro segundo y tercer nivel parecían escasas. Pregunté por qué.

—La Dama ordenó un agrupamiento en el primer nivel. Especialmente por aquella parte.

Por el lado de la división de Atrapaalmas, me di cuenta. Parecía algo inconsecuente.

—¿Crees que intentarán penetrar hoy?

Un Ojo se encogió de hombros.

—Si siguen mostrándose tan testarudos como hasta ahora, sí. Pero mira. Ya no se muestran tan ansiosos. Se han dado cuenta de que no va a ser fácil. Hemos conseguido que empiecen a dudar. A recordar al viejo duende en la Torre. Ella todavía no ha salido. Quizá empiecen a estar preocupados.

Sospeché que era más a causa de las bajas entre el Círculo que a causa de la ansiedad entre los soldados. La estructura de mando Rebelde debía de ser caótica. Cualquier ejército se tambalea cuando nadie sabe quién está al mando.

De todos modos, cuatro horas después de amanecer empezaron a morir por su causa. Nuestra primera fila se hizo fuerte. El Aullador y el Sinrostro habían reemplazado a Tormentosa y Roehuesos, dejando el segundo nivel a Nocherniego.

La lucha se había instituido. La horda avanzó en tromba, por entre los dientes de la tormenta de flechas, cruzó los puentes, se ocultó detrás de los manteletes, rebasó por los flancos a los que golpearon nuestra primera fila. Siguieron llegando, un flujo interminable. Miles de ellos cayeron antes de alcanzar a sus enemigos. Muchos que lo consiguieron lucharon solo un corto tiempo, luego retrocedieron, a veces ayudando a sus camaradas heridos, más a menudo simplemente alejándose de las posibilidades de ser heridos. Sus oficiales no tenían control.

La fila reforzada resistió más tiempo y con mayor resolución de lo que había anticipado. Sin embargo, el peso del número y la fatiga acumulada se cobraron finalmente su precio. Aparecieron huecos. Las tropas enemigas alcanzaron el muro de contención. Los Tomados organizaron contraataques, la mayoría de los cuales no alcanzaron el impulso necesario para romper las filas enemigas. Aquí y allá, soldados de débil voluntad intentaron huir al nivel superior. Nocherniego distribuyó escuadras en los bordes. Echaron hacia atrás a los fugitivos. La resistencia se endureció.

Los Rebeldes olieron ahora a victoria. Se volvieron más entusiastas.

Las distantes rampas y torres avanzaron. Su avance era poderoso, unos metros por minuto. Una torre cayó cuando llegó a un relleno inadecuadamente apisonado en la trinchera más alejada. Aplastó una rampa y a varias docenas de hombres. Las máquinas restantes siguieron avanzando. La guardia reorientó sus armas más pesadas y empezó a lanzar bolas de fuego.

Una torre fue alcanzada. Luego otra. Una rampa se detuvo, en llamas. Pero las demás máquinas siguieron avanzando firmemente y alcanzaron la segunda trinchera.

Las balistas ligeras cambiaron también de orientación, haciendo estragos entre los miles de hombres que empujaban las máquinas hacia adelante.

En la trinchera más cercana los zapadores seguían llenando y apisonando. Y cayendo bajo nuestros arqueros. Tuve que admirarlos. Eran los más valientes de todos nuestros enemigos.

La estrella Rebelde estaba ascendiendo. Superó su débil inicio y se volvió tan feroz como antes. Las unidades de nuestro primer nivel se fracturaron en núcleos cada vez más pequeños, girando, torbellineando. Los hombres que Nocherniego había dispersado para impedir que los nuestros huyeran, luchaban ahora contra los Rebeldes más atrevidos que trepaban por el muro de contención. En un lugar las tropas Rebeldes consiguieron soltar algunos de los troncos e intentaron excavar un camino hacia arriba.

Era mediada la tarde. Los Rebeldes todavía disponían de algunas horas de luz. Empecé a estremecerme.

Un Ojo, al que no había visto desde que empezara todo, se reunió de nuevo conmigo.

—Noticias de la Torre —dijo—. La otra noche perdieron a seis del Círculo. Eso significa que solo quedan quizá ocho ahí fuera. Probablemente ninguno de los que estaban en el Círculo cuando llegamos por primera vez al norte.

—No me extraña que empezaran lento.

Observó la lucha.

—No parece ir bien, ¿verdad?

—Más bien no.

—Supongo que es por eso por lo que sale. —Me volví—. Sí. Está de camino. En persona.

Frío. Frío, frío, frío. No sé por qué. Luego oí gritar al capitán, al teniente, y a Arrope, y a Elmo, y a Cuervo, y quién sabe a quién más, todos gritando para que nos pusiéramos en formación. El tiempo de sentarnos sobre nuestros gordos culos había terminado. Me retiré a mi quirófano, que era un grupo de tiendas en la parte de atrás, desgraciadamente a contraviento de las letrinas.

—Una inspección rápida —le dije a Un Ojo—. Para ver que todo está bien.

La Dama vino a caballo, subiendo la rampa que ascendía desde las inmediaciones de la entrada de la Torre. Cabalgaba un animal criado para su papel. Era grande y brioso, un reluciente ruano que parecía como la concepción de un artista de la percepción equina. Ella iba muy en gran estilo, con brocados rojos y dorados, pañuelos blancos, joyas de oro y plata con unos cuantos detalles negros. Como una dama rica que uno podía ver en las calles de Ópalo. Su pelo era más oscuro que la medianoche, y colgaba largo de debajo de un elegante tricornio blanco con encajes que arrastraba plumas blancas de avestruz. Una red de perlas lo mantenía en su lugar. Parecía tener veinte años como máximo. El silencio la rodeó a su paso. Los hombres estaban boquiabiertos. En ninguna parte vi el menor asomo de miedo.

Los compañeros de la Dama estaban en consonancia con su imagen. De mediana estatura, todos vestidos de negro, los rostros tras gasas negras, montados sobre caballos negros y ensillados con cuero negro, se parecían a la imagen popular de los Tomados. Uno llevaba una larga lanza negra rematada con acero ennegrecido, el otro un gran cuerno de plata. Cabalgaban a sus flancos, a un metro de distancia.

Me honró con una dulce sonrisa cuando pasó por mi lado. Sus ojos destellaron con humor e invitación...

—Todavía te quiere —se burló Un Ojo.

Me estremecí.

—Eso es lo que temo.

Cruzó la Compañía directamente hasta el capitán, habló con él durante medio minuto. Él no mostró ninguna emoción, frente a frente con aquel viejo diablo. Nada le sacude cuando adopta su máscara de comandante de hierro.

Elmo llegó a toda prisa.

—¿Cómo vamos, amigo? —pregunté. No lo había visto en días.

—Ella te llama.

Dije algo así como «glup». Realmente inteligente.

—Ya sé lo que quieres decir. Es demasiado. ¿Pero qué puedes hacer? Ve a buscar un caballo.

—¿Un caballo? ¿Por qué? ¿Dónde?

—Has de llevar un mensaje, Matasanos. No me preguntes..., habla con el diablo.

Un soldado joven, con los colores del Aullador, apareció por el borde de la parte de atrás de la pirámide. Conducía una hilera de caballos. Elmo trotó hacia allá. Tras un breve intercambio me hizo señas. Reticente, me uní a él.

—Escoge, Matasanos.

Elegí una yegua zaina de buen aspecto y aparente docilidad, monté. Me sentí bien en la silla. Había pasado mucho tiempo.

—Deséame suerte, Elmo. —Quise sonar intrascendente. Mi voz brotó quebrada.

—Lo conseguirás. —Y mientras me alejaba—: Te enseñará a escribir esas estúpidas historias.

—Déjalo, ¿eh? —Mientras avanzaba me pregunté por un momento hasta qué punto el arte afecta la vida. ¿Podría haberlo proyectado sobre mí mismo?

La dama no miró hacia atrás cuando me acerqué. Hizo un pequeño gesto. El jinete a su derecha se retiró un poco a un lado, dejándome sitio. Capté la alusión, me situé, me concentré en el panorama en vez de mirarla a ella. Noté su regocijo.

La situación había empeorado en los minutos que yo había estado lejos de allí. Los soldados Rebeldes habían alcanzado varias posiciones en el segundo nivel. En el primero nuestras formaciones se habían visto hechas pedazos. El Aullador se había ablandado y dejaba que sus hombres ayudaran a los de abajo a trepar por el muro de contención. Las tropas de Susurro, en el tercer nivel, usaban arcos por primera vez.

Las rampas de asalto estaban ya casi encima de la zanja más cercana. Las grandes torres se habían detenido. Más de la mitad estaban fuera de servicio. El resto habían sido trasladadas, pero estaban tan lejos que los arqueros no causaban el menor daño. Gracias al cielo por los pequeños favores.

Los Tomados en el primer nivel estaban usando sus poderes, pero estaban en tan gran peligro que tenían pocas oportunidades de esgrimirlos con efectividad.

—Quería que vieras esto, Analista —dijo la Dama.

—¿Eh? —Otra gema destellante del ingenio de la Compañía.

—Lo que está a punto de suceder. A fin de que sea adecuadamente registrado al menos en un lugar.

Le lancé una mirada. Exhibía una pequeña sonrisa insinuante. Derivé mi atención a la lucha. Lo que me hizo ella, simplemente sentada allí, en medio de la furia del fin del mundo, fue más aterrador que la perspectiva de una muerte en batalla. Soy demasiado viejo para herir como un entusiasta de quince años.

La Dama chasqueó los dedos.

El jinete a su izquierda alzó el cuerno de plata, apartó la gasa de su rostro para poder llevarse el instrumento a los labios. ¡Pluma! Mi mirada fue a la Dama. Me hizo un guiño.

Tomados. Pluma y Jornada habían sido Tomados, como Susurro antes que ellos. Todo el poder que poseían estaba ahora a disposición de la Dama... Mi mente empezó a dar vueltas alrededor de eso. Implicaciones, implicaciones. Viejos Tomados caídos, nuevos Tomados reemplazándolos...

Sonó el cuerno, una nota dulce, como la de un ángel llamando a las huestes del cielo. No era fuerte, pero sonó por todas partes, como si viniera del propio firmamento. La lucha se detuvo en seco. Todos los ojos se volvieron hacia la pirámide.

La Dama chasqueó de nuevo los dedos. El otro jinete (Jornada, supuse) alzó su lanza, dejó caer la cabeza.

El muro de contención allá delante estalló en una docena de lugares. Un trompeteo bestial llenó el silencio. Incluso antes de verlos aparecer, lo supe, y me eché a reír.

—¡Elefantes! —No había visto elefantes de guerra desde mi primer año con la Compañía—. ¿De dónde han salido estos elefantes?

Los ojos de la Dama chispearon. No respondió.

La respuesta era obvia. De ultramar. De sus aliados entre las Ciudades Joya. Cómo los había traído hasta allí sin que nadie reparara en ellos y los había mantenido ocultos, ah, ese era el misterio.

Fue una delectable sorpresa que saltó sobre los Rebeldes en el momento de su aparente triunfo. Nadie en estas partes había visto nunca elefantes de guerra, y menos aún tenía la menor idea de cómo luchar contra ellos.

Los grandes paquidermos grises aplastaron a la horda Rebelde. Sus cornacs se lo pasaron en grande, haciendo que los animales cargaran contra todos lados, pisoteando Rebeldes a centenares, destrozando totalmente su moral. Aplastaron los manteletes. Cruzaron los puentes y fueron tras las torres de asedio, derribándolas una tras otra.

Había veinticuatro animales, dos en cada escondite. Se les habían proporcionado armaduras, y sus conductores iban encajados en metal, aunque aquí y allá alguna lanza o flecha al azar hallaba un resquicio, derribando a un cornac o irritando al animal lo suficiente como para ponerlo furioso. Los elefantes que habían perdido a sus conductores perdían interés en la refriega. Los animales heridos se volvían locos. Causaban más daño que aquellos aún bajo control.

La Dama hizo un nuevo gesto. Jornada hizo otra señal. Allá abajo las tropas bajaron las rampas que habían usado para acarrear material hacia abajo y heridos hacia arriba. Las tropas del tercer nivel, excepto la guardia, bajaron, formaron, lanzaron un ataque contra el caos. Considerando los números respectivos, aquello parecía una locura. Pero considerando el increíble cambio de fortuna, la moral era más importante.

Susurro en el ala izquierda, Atrapaalmas en el centro, el viejo y gordo lord Jalena a la derecha. El resonar de tambores. Avanzaron inconteniblemente, frenados tan solo por el problema de masacrar a los miles de enemigos presas del pánico. Los Rebeldes no tenían miedo de huir, pero sí de echar a correr hacia los desbocados elefantes entre ellos y su campamento. Tenían poco con lo que defenderse.

Directos hasta la primera zanja. Muerdeluna, el Aullador y el Sinrostro fustigaron a sus supervivientes en fila, los maldijeron y los aterraron para que avanzaran e incendiaran todas las obras del enemigo.

Atacaron hasta la segunda zanja, pasando junto y alrededor de las abandonadas torres y rampas, siguiendo el sangriento rastro de los elefantes. Se produjeron nuevos incendios entre las máquinas de guerra cuando llegaron los hombres del primer nivel. Los atacantes avanzaron hacia la zanja más alejada. Todo el campo estaba sembrado de cadáveres enemigos. El número de muertos era superior a cualquier cosa que yo hubiera visto antes en cualquier otra parte.

El Círculo, lo que quedaba de él, se recuperó finalmente lo suficiente como para ensayar sus poderes contra las bestias. Se anotaron unos pocos éxitos antes de ser neutralizados por los Tomados. Luego todo dependió de los hombres en el campo.

Como siempre, los Rebeldes tenían el número. Uno tras otro, los elefantes cayeron. El enemigo se amontonó delante de la fila de ataque. Nosotros no teníamos reservas. De los campamentos Rebeldes surgieron tropas de refresco, sin entusiasmo pero lo suficientemente fuertes como para detener nuestro avance. Se hizo necesaria una retirada.

La Dama la señaló a través de Jornada.

—Muy bien —murmuré—. Realmente bien —mientras nuestros hombres regresaban a sus posiciones, se dejaban caer agotados. La oscuridad no estaba ya muy lejos. Habíamos resistido otro día—. Pero ahora, ¿qué? Esos locos no abandonarán mientras el cometa esté en el cielo. Y hemos lanzado nuestra última flecha.

La Dama sonrió.

—Regístralo todo tal como lo has visto, Analista. —Ella y sus compañeros dieron media vuelta y se alejaron.

—¿Qué debo hacer con este caballo? —gruñí.

Aquella noche hubo una batalla de poderes, pero me la perdí. No sé cómo, pero fue un gran desastre. Perdimos a Muerdeluna, el Sinrostro y Nocherniego. Tan solo Nocherniego cayó bajo la acción del enemigo. Los otros fueron consumidos en las luchas entre los Tomados.

Llegó un mensajero apenas una hora después de ponerse el sol. Yo estaba preparando a mi equipo para bajar, después de comer algo. Elmo transmitió de nuevo la noticia.

—La Torre, Matasanos. Tu amiga te reclama. Lleva contigo el arco.

Solo se puede temer a alguien hasta cierto punto, incluso a alguien como la Dama. Resignado, pregunté:

—¿Por qué un arco?

Se encogió de hombros.

—¿También flechas?

—Ni una palabra sobre flechas. No parece juicioso.

—Probablemente tengas razón. Un Ojo, es todo tuyo.

No hay mal que por bien no venga. Al menos no pasaría la noche amputando miembros, cosiendo heridas y tranquilizando a jóvenes que sabía que no iban a sobrevivir a aquella semana. Servir con los Tomados proporciona a los soldados una mayor probabilidad de sobrevivir a las heridas, pero la gangrena y la peritonitis siguen cobrándose su precio.

Larga rampa abajo, hasta la oscura puerta. La Torre se erguía como algo surgido de un mito, bañada por la luz plateada del cometa. ¿Habría cometido el Círculo un error? ¿Habría aguardado demasiado tiempo? ¿Ya no era el cometa un presagio favorable una vez había empezado a desvanecerse?

¿Cuán cerca estaban los ejércitos del este? No lo suficientemente cerca. Pero nuestra estrategia no parecía basarse en resistir hasta su llegada. Si ese fuera el plan, habríamos penetrado en la Torre y sellado la puerta. ¿Por qué no lo habíamos hecho?

Me estremecí. Una renuncia natural. Toqué el amuleto que me había dado Goblin hacía ya tiempo, el amuleto que Un Ojo me había dado más recientemente. No era que me proporcionasen mucha seguridad. Miré a la pirámide, creí ver una recia silueta allí arriba. ¿El capitán? Alcé una mano. La silueta respondió. Reconfortado, me volví.

La puerta parecía la boca de la noche, pero un paso adelante me llevó al interior de un amplio pasadizo iluminado. Olía a caballo y al ganado que había sido conducido al interior hacía una eternidad. Un soldado me aguardaba.

—¿Eres Matasanos? —Asentí—. Sígueme. —No era un guardia, sino un joven infante del ejército del Aullador. Parecía desconcertado. Por aquí y por allí vi más como él. Me impresionó. El Aullador había pasado las noches trasladando sus fuerzas mientras el resto de los Tomados luchaban contra el Círculo y entre ellos. Ninguno de esos hombres había conocido el campo de batalla.

¿Cuántos había allí? ¿Qué sorpresas ocultaba la Torre?

Entré en la Torre a través del portal que había usado antes. El soldado se detuvo allá donde lo había hecho el capitán de la guardia. Me deseó suerte con voz pálida y temblorosa. Le respondí con voz demasiado aguda.

Ella no jugó a ningún juego. Al menos, a ninguno que fuera evidente. Y yo no me deslicé a mi papel de chico con los sesos llenos de sexo. Aquello fue profesional de principio a fin.

Me hizo sentar junto a una mesa de madera oscura con mi arco apoyado ante mí y dijo:

—Tengo un problema.

Simplemente me quedé mirándola.

—Corren rumores descabellados ahí fuera, ¿no? Acerca de lo que ha ocurrido entre los Tomados.

Asentí.

—Esto no es como el Renco volviéndose malo. Se están asesinando unos a otros. Los hombres no desean verse atrapados en el fuego cruzado.

—Mi esposo no está muerto. Tú lo sabes. Está detrás de todo esto. Está despertando. Muy lentamente, pero lo suficiente como para haber alcanzado a algunos del Círculo. Lo suficiente como para haber tocado a las mujeres entre los Tomados. Harán cualquier cosa por él. Las muy zorras. Las observo desde tan cerca como puedo, pero no soy infalible. Salen bien paradas de algunas cosas. Esta batalla... No es lo que parece. El ejército Rebelde fue traído aquí por miembros del Círculo bajo la influencia de mi esposo. Los muy estúpidos. Creyeron poder usarlo a él, derrotarme a mí y agarrar el poder para ellos. Ahora todos han desaparecido, muertos, pero lo que pusieron en movimiento todavía sigue adelante. No estoy luchando contra la Rosa Blanca, Analista..., aunque de eso se derivará también una victoria contra esa estupidez. Estoy luchando contra el viejo esclavizador, el Dominador. Y si pierdo, pierdo el mundo.

Astuta mujer. No adoptaba el papel de doncella en apuros. Actuaba como un igual a otro, y eso ganaba con toda seguridad mi simpatía. Sabía que yo conocía al Dominador tan bien como cualquiera. Sabía que yo debía temerle a él más que a ella, porque ¿quién teme a una mujer más que a un hombre?

—Te conozco, Analista. He abierto tu alma y he mirado dentro. Luchas por mí porque tu Compañía ha emprendido una misión que proseguirá hasta el final..., porque sus principales personalidades tienen la sensación de que su honor resultó manchado en Berilo. Y eso pese a que la mayoría de vosotros pensáis que estáis sirviendo al Mal.

»El Mal es relativo, Analista. No podéis colgarle un cartel. No podéis tocarlo ni probar su sabor ni cortarlo con una espada. El Mal depende de dónde estéis, señalando con vuestro dedo acusador. Allá donde estás ahora, debido a tu juramento se halla opuesto al Dominador. Para ti, él es donde reside el Mal.

Caminó un momento arriba y abajo, quizá anticipando una respuesta. No emití ninguna. Había expresado mi propia filosofía.

—Ese mal intentó matarte tres veces, médico. Dos veces por temor a tu conocimiento, una por temor a tu futuro.

Aquello me despertó.

—¿Mi futuro?

—A veces los Tomados atisban el futuro. Quizá esta conversación fue anticipada.

Me había desconcertado. Permanecí sentado allí, sintiéndome estúpido.

Ella abandonó momentáneamente la habitación, regresó con un carcaj de flechas, las derramó sobre la mesa. Eran negras y pesadas, de cabeza plateada, inscritas con unas letras casi invisibles. Mientras yo las examinaba tomó mi arco, lo cambió por otro de idéntico peso y tensión. Era un magnífico complemento para las flechas. Demasiado espléndido para ser usado como arma.

—Llévalo contigo —me dijo—. Siempre.

—¿Tendré que usarlo?

—Es posible. Mañana se verá el final del asunto, de una forma o de otra. Los Rebeldes han sido vapuleados, pero todavía retienen enormes reservas de potencial humano disponible. Puede que mi estrategia no tenga éxito. Si fracaso, mi esposo vencerá. No los Rebeldes ni la Rosa Blanca, sino el Dominador, esa horrible bestia que yace inquieta en su tumba...

Evité su mirada, contemplé las armas, me pregunté qué se suponía que debía decir, no oír, qué se suponía que debía hacer con aquellos instrumentos de muerte, y si podría hacerlo cuando llegara el momento.

Ella pareció leer mi mente.

—Sabrás el momento. Y harás lo que creas que es correcto.

Entonces alcé la vista, con el ceño fruncido, deseando... Incluso sabiendo lo que ella era, deseando. Quizá los idiotas de mis hermanos tenían razón.

Sonrió, adelantó una de esas demasiado perfectas manos, sujetó mis dedos...

Perdí la noción del tiempo. Creo. No recuerdo que ocurriera algo. Sin embargo, mi mente quedó confusa por un momento, y cuando se aclaró de nuevo ella todavía sujetaba mi mano, sonriendo, diciendo:

—Es hora de irse, soldado. Descansa bien.

Me levanté como un zombi y me tambaleé hacia la puerta. Tenía la clara sensación de que había olvidado algo. No miré hacia atrás. No pude.

Me detuve en la noche fuera de la Torre y supe inmediatamente que había perdido de nuevo algo de tiempo. Las estrellas se habían movido en el cielo. El cometa estaba bajo. ¿Descansar bien? Las horas para el descanso ya casi habían pasado.

Fuera todo estaba pacífico, frío, con los grillos chirriando. Grillos. ¿Quién lo creería? Bajé la vista al arma que me había dado. ¿Cuándo la había tensado? ¿Por qué había colocado una flecha en ella? No podía recordar haberla tomado de encima de la mesa... Por un aterrador instante creí perder la cabeza. La canción de los grillos me hizo volver.

Alcé la vista a la pirámide. Alguien estaba allá arriba, observando. Alcé una mano. Respondió. Elmo, por la forma en que se movía. El buen viejo Elmo.

Un par de horas hasta el amanecer. Podía echar una cabezada si no perdía el tiempo.

A una cuarta parte del camino rampa arriba noté una curiosa sensación. A medio camino me di cuenta de lo que era. ¡El amuleto de Un Ojo! Mi muñeca estaba ardiendo... ¡Tomado! ¡Peligro!

Una nube de oscuridad brotó de la noche, desde alguna imperfección en el lado de la pirámide. Se extendió como la vela de un barco, plana, y avanzó hacia mí. Respondí de la única forma que pude. Con una flecha.

El proyectil rasgó aquella sábana de oscuridad. Y un largo gemido me rodeó, lleno más de sorpresa que de rabia, más desesperación que agonía. La sábana de oscuridad se arrugó. Algo con la figura de un hombre se escurrió por la pendiente. Lo observé alejarse, sin pensar ni por un momento en usar otra flecha, aunque coloqué otra en el arco. Sobrecogido, seguí subiendo.

—¿Qué ha ocurrido? —me preguntó Elmo cuando llegué arriba.

—No lo sé —dije—. Honestamente no tengo ni la más remota idea de qué demonios ha ocurrido esta noche.

Me lanzó una ojeada.

—Pareces más bien tenso. Descansa un poco.

—Lo necesito —admití—. Pásaselo al capitán. Ella dice que mañana es el día. Ganar o perder. —La noticia no iba a hacerle mucho bien. Pero pensé que le gustaría saberlo.

—De acuerdo. ¿Te hicieron algo ahí dentro?

—No lo sé. No lo creo.

Elmo deseaba hablar más, pese a su consejo de que descansara. Le aparté suavemente, fui a una de mis tiendas de hospital y me acurruqué en un rincón como un animal herido. De alguna forma había sido tocado, aunque no podía expresarlo de ninguna manera. Necesitaba tiempo para recuperarme. Probablemente más tiempo del que dispondría.

Enviaron a Goblin a despertarme. Yo volvía a ser mi habitual yo encantador de las mañanas, amenazando con sangre y fuego a cualquiera lo bastante estúpido como para alterar mis sueños. No era que no merecieran ser alterados. Eran horribles. Estaba haciendo cosas inexpresables con un par de niñas que no podían tener más de doce años, y consiguiendo que les encantara. Son asquerosas, las cosas que acechan en la mente.

Por repugnantes que fueran mis sueños, no deseaba levantarme. Mi saco de dormir era acogedoramente cálido.

—¿Quieres que me ponga bruto? —dijo Goblin—. Escucha, Matasanos. Tu amiga va a salir de un momento a otro. El capitán te quiere en pie para recibirla.

—Sí. Por supuesto. —Agarré mis botas con una mano, aparté el faldón de la tienda con la otra. Gruñí—. ¿Qué maldita hora es? Parece como si el sol llevara siglos ahí arriba.

—Los lleva. Elmo imaginó que necesitabas descansar. Dijo que había sido duro para ti anoche.

Gruñí, me recompuse rápidamente. Tomé en consideración lavarme, pero Goblin me empujó hacia afuera.

—Ponte tus pertrechos de guerra. Los Rebeldes se encaminan en esta dirección.

Oí distantes tambores. Los Rebeldes no habían usado tambores antes. Pregunté.

Goblin se encogió de hombros. Parecía pálido. Supongo que había oído mi mensaje al capitán. Ganar o perder. Hoy.

—Han elegido un nuevo consejo. —Empezó a quejarse, como hacen todos los hombres cuando están asustados, contándome la historia de la noche de las luchas entre los Tomados, y de cómo habían sufrido los Rebeldes. No oí nada alentador. Me ayudó con mi armadura. No había llevado nada más allá de una cota de mallas desde la lucha alrededor de Rosas. Recogí las armas que me había dado la Dama y salí a una de las más gloriosas mañanas que jamás haya visto.

—Un maldito día para morir —dije.

—Sí.

—¿Cuándo va a venir aquí? —El capitán nos querría a su lado cuando llegara. Le gustaba presentar una imagen de orden y eficiencia.

—Cuando llegue. Simplemente recibimos un mensaje diciendo que iba a venir.

—Hum. —Examiné la cima de la pirámide. Los hombres se dedicaban a sus cosas, preparándose para la lucha. Nadie parecía apresurarse—. Voy a dar un paseo.

Goblin no dijo nada. Simplemente me siguió, con su pálido rostro crispado en una expresión preocupada. Sus ojos se movían constantemente, examinándolo todo. Por la forma en que encajaba los hombros y el cuidado con el que se movía, me di cuenta de que tenía un conjuro para usarlo al instante. No fue hasta después de que me siguiera durante un rato como un perro que me di cuenta de que estaba ejerciendo de guardaespaldas.

Me sentí a la vez complacido e inquieto. Complacido porque la gente se preocupaba lo suficiente como para cuidar de mí, inquieto porque mi situación había llegado a ser tan mala. Me miré las manos. Inconscientemente había tensado un poco el arco y colocado en él una flecha. Parte de mí estaba también en alerta máxima.

Todo el mundo contemplaba las armas, pero nadie preguntó nada. Sospecho que las historias estaban circulando. Era extraño que mis camaradas no me acorralaran para corroborar.

Los Rebeldes preparaban sus fuerzas cuidadosa y metódicamente, más allá del alcance de nuestras armas. Fuera quien fuese el que se había hecho cargo, había restablecido la disciplina. Y había construido todo un ejército de nuevas máquinas durante la noche.

Nuestras fuerzas habían abandonado el nivel inferior. Todo lo que quedaba allá abajo era un crucifijo con una figura agitándose en él... Agitándose. ¡Después de todo lo que había sufrido, incluido el haber sido clavado a aquella cruz, el forvalaka todavía seguía vivo!

Las tropas habían sido trasladadas. Los arqueros estaban ahora en el tercer nivel, y Susurro se había hecho cargo del mando de toda aquella zona. Los aliados, los supervivientes del primer nivel, las fuerzas de Atrapaalmas, y los demás, estaban en el segundo nivel. Atrapaalmas ocupaba el centro, lord Jalena la derecha, el Aullador la izquierda. Se había hecho todo un esfuerzo por restablecer el muro de retención, pero su estado todavía era terrible. Sería un pobre obstáculo.

Un Ojo se unió a nosotros.

—¿Habéis oído lo último?

Alcé una ceja interrogativa.

—Afirman que han hallado a su niña, la Rosa Blanca.

Tras unos instantes de reflexión respondí:

—Lo dudo.

—Seguro. Las noticias de la Torre son que se trata de un fraude. Simplemente algo para mantener la moral de la tropa.

—Lo imaginé. Me sorprende que no pensaran en ello antes.

—Hablando del diablo —chilló Goblin. Señaló.

Tuve que buscar unos instantes antes de ver el suave resplandor que avanzaba a lo largo de los pasillos entre las divisiones enemigas. Rodeaba a una niña montada en un gran caballo blanco, llevando un estandarte rojo blasonado con una rosa blanca.

—Ni siquiera saben montar un buen espectáculo —se quejó Un Ojo—. Ese tipo en el caballo bayo es el que produce la luz.

Mis entrañas se habían anudado con el miedo de que aquello fuera real después de todo. Me miré las manos, preguntándome si aquella niña era el blanco que la Dama tenía en mente. Pero no. No sentí ningún impulso de lanzar una flecha en aquella dirección. Claro que tampoco hubiera alcanzado ni la mitad de la distancia.

Divisé a Cuervo y a Linda en el otro extremo de la pirámide, agitando las manos. Me encaminé hacia allá.

Cuervo nos vio cuando nos hallábamos a unos seis metros. Miró mis armas. Su rostro se tensó. En su mano apareció un cuchillo. Empezó a limpiarse las uñas.

Tropecé, tan sorprendido como estaba. El asunto del cuchillo era un tic. Solo lo hacía bajo tensión. ¿Por qué conmigo? Yo no era enemigo.

Metí mi arco y mi flecha bajo el brazo izquierdo, saludé a Linda. Me ofreció una amplia sonrisa, un enorme abrazo. Ella no tenía nada contra mí. Preguntó si podía ver el arco. Le dejé mirarlo, pero no lo solté. No podía.

Cuervo estaba tan inquieto como un hombre sentado sobre una parrilla encima de un fuego.

—¿Qué demonios te ocurre? —pregunté—. Has estado actuando como si el resto de nosotros tuviéramos la plaga. —Su comportamiento dolía. Habíamos pasado por la misma mierda juntos, Cuervo y yo. No tenía ninguna razón para volverse contra mí.

Su boca se tensó hasta convertirse en una fina línea. Escarbó bajo sus uñas hasta que pareció que iba a hacerse daño.

—¿Y bien?

—No me presiones, Matasanos.

Rasqué con la mano derecha la espalda de Linda cuando esta se reclinó contra mí. La izquierda descansaba sobre el arco. Mis nudillos se volvieron del color del hielo viejo. Estaba dispuesto a golpear al hombre. Arrancarle aquella daga de la mano y correr el riesgo. Es un duro bastardo, pero yo había tenido unos cuantos años para endurecerme también.

Linda parecía ajena a la tensión que había entre nosotros.

Goblin se interpuso. Se enfrentó a Cuervo, con una actitud tan beligerante como la mía.

—Tienes un problema, Cuervo. Creo que quizá será mejor que tengamos una sentada con el capitán.

Cuervo se sorprendió. Se dio cuenta, aunque solo fuera por un momento, de que se estaba creando enemigos. Es malditamente difícil enfurecer a Goblin. Enfurecerlo realmente, no como cuando se pelea con Un Ojo.

Algo murió detrás de los ojos de Cuervo. Señaló mi arco.

—El enamorado de la Dama —acusó.

Me sentí más desconcertado que furioso.

—No es cierto —dije—. Pero ¿y qué si lo fuera?

Se movió inquieto. Su mirada no dejaba de dirigirse a Linda, reclinada contra mí. Quería que se apartara, pero era incapaz de pedirlo con palabras aceptables.

—Primero chupando de Atrapaalmas todo el tiempo. Ahora de la Dama. ¿Qué estás haciendo, Matasanos? ¿Qué vendes?

—¿Qué? —Solo la presencia de Linda me impidió lanzarme contra él.

—Ya basta —dijo Goblin. Su voz era dura, sin un asomo de chillido o chirriar—. Pongo orden. Sobre todos. Ahora. Aquí. Vamos a ir al capitán y hablaremos de esto. O votaremos en contra de tu inclusión como miembro de la Compañía, Cuervo. Matasanos tiene razón. Últimamente has sido un grano en el culo. No lo necesitamos. Ya tenemos suficientes problemas aquí fuera. —Señaló con un dedo hacia los Rebeldes.

Los rebeldes respondieron con trompetas.

No hubo reunión con el capitán.

Era evidente que había alguien nuevo al cargo. Las divisiones enemigas avanzaron en filas cerradas, lentamente, con sus escudos dispuestos en caparazón de tortuga, desviando la mayoría de nuestras flechas. Susurro se ajustó rápidamente, concentrando el fuego de los guardias sobre una formación cada vez, haciendo que los arqueros aguardaran hasta que las armas pesadas rompían el caparazón de tortuga. Efectivo, pero no lo bastante efectivo.

Las torres y las rampas de asedio retumbaban en su avance tan rápido como podían arrastrarlas los hombres. La guardia hizo todo lo que pudo, pero solo consiguió destruir unas pocas. Susurro estaba en un dilema. Tenía que elegir entre blancos. Eligió concentrarse en romper los caparazones de tortuga.

Las torres se acercaron más. Los arqueros Rebeldes consiguieron alcanzar a nuestros hombres. Eso significaba que nuestros arqueros podían alcanzarlos a ellos, y los nuestros tenían mejor puntería.

El enemigo cruzó la zanja más cercana, y se encontró con un masivo fuego de proyectiles desde ambos niveles. Solo cuando alcanzaron el muro de contención rompieron sus formaciones, dirigiéndose hacia los puntos débiles, donde consiguieron pequeños éxitos. Luego atacaron en todas partes a la vez. Sus rampas fueron lentas en llegar. Los hombres con escaleras se apresuraron.

Los Tomados no retrocedieron. Arrojaron todo lo que tenían. Los hechiceros Rebeldes lucharon contra ellos todo el camino y, pese al daño que habían sufrido, en su mayor parte los mantuvieron neutralizados. Susurro no participó. Estaba demasiado ocupada.

Llegaron la Dama y sus compañeros. Fui llamado de nuevo. Subí a mi caballo y me uní a ella, con el arco cruzado sobre las rodillas.

Siguieron y siguieron avanzando. Yo miraba ocasionalmente a la Dama. Ella seguía mostrándose como una reina de hielo, absolutamente inexpresiva.

Los Rebeldes iban ganando terreno. Desgarraron secciones enteras del muro de contención. Hombres con palas empezaron a mover tierras, construyendo rampas naturales. Las rampas de madera prosiguieron su avance, pero no llegarían pronto.

Había una isla de paz ahí fuera, alrededor del forvalaka crucificado. Los atacantes lo eludían, manteniéndose muy alejados de él.

Las tropas de lord Jalena empezaron a vacilar. Pudo verse la amenaza de su colapso antes incluso de que los hombres empezaran a volver los ojos hacia el muro de contención a sus espaldas.

La Dama hizo un gesto. Jornada espoleó su caballo hacia adelante, descendiendo la cara de la pirámide. Pasó por detrás de los hombres de Susurro, a través de ellos, se detuvo al borde del nivel, detrás de la división de Jalena. Alzó su lanza. Llameó. Cómo, no lo sé, pero las tropas de Jalena recuperaron su valor, se solidificaron, empezaron a empujar hacia atrás a los Rebeldes.

La Dama hizo un gesto hacia la izquierda. Pluma descendió la pendiente como una furia, haciendo sonar su cuerno. Su llamada de plata ahogó el resonar de las trompetas Rebeldes. Cruzó las tropas del tercer nivel y saltó el muro con su montura. La caída habría matado a cualquier caballo. Este se posó pesadamente, recuperó su equilibrio, se encabritó, pateó triunfante mientras Pluma hacía sonar su cuerno. Como en el otro caso, las tropas recuperaron su valor y empezaron a hacer retroceder a los Rebeldes.

Una pequeña forma índigo trepó por el muro y se deslizó hacia la parte de atrás, rodeando la base de la pirámide. Recorrió todo el camino hasta la Torre. El Aullador. Fruncí el ceño, desconcertado. ¿Había sido relevado?

Nuestro centro se convirtió en el foco de la batalla. Atrapaalmas se debatía valientemente para mantener sus filas.

Oí sonidos, alcé la vista, vi que el capitán se había acercado a la Dama por el otro lado. Iba montado. Miré hacia atrás. Se habían traído un cierto número de caballos. Bajé la vista por la larga y empinada ladera hasta las estrecheces del tercer nivel, y mi corazón se hundió. No estaría planeando una carga de la caballería, ¿no?

Pluma y Jornada eran buena medicina, pero no suficiente medicina. Mantuvieron la resistencia solo hasta que llegaron las rampas Rebeldes.

El nivel cayó. Más lento de lo que esperaba, pero cayó. No escaparon más de un millar de hombres. Miré a la Dama. Su rostro seguía siendo de hielo, pero tuve la sensación de que no estaba disgustada.

Susurro lanzó flechas contra la masa de abajo. Los guardias dispararon sus balistas a quemarropa.

Una sombra se arrastró sobre la pirámide. Alcé la vista. La alfombra del Aullador derivó por encima del enemigo. Había hombres agachados a lo largo de sus bordes, dejando caer bolas del tamaño de cabezas. Estas caían a plomo sobre la masa Rebelde, sin ningún efecto visible. La alfombra se arrastró hacia el campamento enemigo, lanzando una lluvia de aquellos objetos inútiles.

Los Rebeldes necesitaron una hora para establecer sólidas cabezas de puente en el tercer nivel, y otra hora para traer hombres suficientes para hacer presión en su ataque. Susurro, Pluma, Jornada y Atrapaalmas los vapulearon inmisericordes. Las tropas que llegaban trepaban sobre los montones de sus camaradas caídos para alcanzar la parte superior.

El Aullador llevó su lanzamiento de bolas al campamento Rebelde. Yo dudaba que quedara nadie allí. Todos estaban en la cuña de ataque, aguardando su turno.

La falsa Rosa Blanca llevó su caballo hasta la segunda trinchera, resplandeciente, rodeada por el nuevo consejo Rebelde. Permanecían inmóviles, actuando tan solo cuando uno de los Tomados usaba sus poderes. Sin embargo, no habían hecho nada respecto al Aullador. Al parecer, no había nada que estuviera en su mano.

Observé al capitán: iba tras de algo... Estaba alineando jinetes en el frente de la pirámide. ¡Íbamos a atacar bajando aquella pendiente! ¡Qué idiotez!

Una voz dentro de mí dijo: «Mis fieles no necesitan tener miedo»? Me enfrenté a la Dama. Me miró fría, regiamente. Me volví hacia la batalla.

No iba a durar mucho. Nuestras tropas habían puesto a un

lado sus arcos y abandonado sus armas pesadas. Se estaban preparando para resistir. En la llanura, toda la horda estaba en movimiento. Pero parecía como si su movimiento se retardara vagamente, como si se volviera indeciso. Aquel era el momento en el que hubieran debido lanzarse de cabeza, barriéndonos, rugiendo hacia el interior de la Torre antes de que se pudiera cerrar la puerta...

El Aullador regresó rugiendo del campamento enemigo, moviéndose una docena de veces más rápido de lo que podía correr cualquier caballo. Contemplé la gran alfombra pasar por encima, incapaz todavía ahora de refrenar mi maravilla. Por un instante enmascaró el cometa, luego siguió su camino hacia la Torre. Un extraño aullido derivó hacia abajo, distinto a cualquier otro grito del Aullador que yo hubiera oído antes. La alfombra picó ligeramente, intentó detenerse, golpeó contra la Torre unos pocos metros por debajo de su parte superior.

—Dios mío —murmuré, observando cómo la cosa se arrugaba, viendo cómo los hombres saltaban por los lados y caían desde una altura de ciento cincuenta metros—. Dios mío. —Entonces el Aullador murió o perdió el conocimiento. La propia alfombra empezó a caer.

Dirigí la mirada hacia la Dama, que había estado contemplando también la escena. Su expresión no cambió en lo más mínimo. Suavemente, con una voz que solo yo oí, dijo:

—Usarás el arco.

Me estremecí. Y por un segundo una serie de imágenes llamearon a través de mi mente, un centenar de ellas, demasiado rápidas para poder atrapar ninguna. Parecía que estaba sacando el arco...

Ella estaba furiosa. Furiosa con una rabia tan grande que me estremecí solo contemplándola, aun sabiendo que no iba dirigida a mí. Su objeto no resultaba difícil de determinar. La muerte del Aullador no había sido causada por una acción del enemigo. Solo podía ser responsable un Tomado. Atrapaalmas. Nuestro antiguo mentor. El que nos había usado en tantos planes propios.

La Dama murmuró algo. No estoy seguro de haberlo oído bien. Sonaba algo así como: «Le di todas las oportunidades». Susurré:

—Nosotros no formamos parte de ello.

—Vamos. —Espoleó a su animal. Avanzó más allá del borde. Lancé una mirada de desesperación al capitán y la seguí.

Descendió por aquella pendiente con la misma velocidad que había mostrado Pluma. Mi montura pareció decidida a mantener su paso.

Nos sumergimos en una isla de hombres gritando. Se centraba en una fuente de hilos color lima que hervían elevándose y se esparcían en el viento, tomando a la vez a Rebeldes y amigos. La Dama no vaciló.

Atrapaalmas estaba ya huyendo. Amigos y enemigos se mostraban ansiosos por apartarse de su camino. La muerte le rodeaba. Corrió hacia Jornada, saltó, lo derribó de su caballo, montó en su lugar, saltó al segundo nivel, se abrió paso entre el enemigo allí, descendió a la llanura y se alejó rugiendo.

La Dama siguió el camino que él había abierto, con su oscuro pelo ondeando al viento. Yo seguí su estela, absolutamente desconcertado pero incapaz de cambiar lo que estaba haciendo. Alcanzamos la llanura a trescientos metros detrás de Atrapaalmas. La Dama espoleó su montura. La mía mantuvo el paso. Estaba seguro de que uno o ambos animales tropezarían con el equipo abandonado o los cadáveres tendidos en el suelo. Sin embargo, al igual que el animal de Atrapaalmas, su paso era tan seguro como si siguieran un camino bien hollado.

Atrapaalmas se dirigió directamente a toda velocidad al campamento enemigo y lo cruzó. Lo seguimos. Una vez en campo abierto empezamos a ganar terreno. Aquellos animales, los tres, eran tan incansables como máquinas. Los kilómetros pasaban bajo sus cascos. Ganábamos cincuenta metros con cada uno. Tomé mi arco y me aferré a la pesadilla. Nunca he sido religioso, pero aquella era una ocasión en la que me sentí tentado de rezar.

Ella era tan implacable como la muerte, mi Dama. Sentí piedad por Atrapaalmas cuando lo alcanzara.

Atrapaalmas avanzaba a toda velocidad a lo largo de una sinuosa carretera que cruzaba uno de los valles al oeste de Hechizo. Estábamos cerca del lugar donde habíamos descansado en la cima de una colina y encontrado los hilos color lima. Recordé que habíamos cabalgado a su través, en dirección a Hechizo. Toda una fuente de aquella materia, y no nos había tocado.

¿Qué estaba ocurriendo ahí? ¿Era esto algún plan para dejar a nuestra gente a merced de los Rebeldes? Había resultado claro, hacia el final, que la estrategia de la Dama implicaba un máximo de destrucción. Que ella deseaba que tan solo una pequeña minoría de ambos bandos sobreviviera. Estaba limpiando la casa. Solo le quedaba un enemigo entre los Tomados. Atrapaalmas. Atrapaalmas, que había sido casi bueno para mí. Que había salvado mi vida al menos una vez, en la Escalera Rota, cuando Tormentosa hubiera podido matarnos a Cuervo y a mí. Atrapaalmas, que era el único Tomado que me había hablado como un hombre para contarme cosas sobre los viejos días, para responder a mis insaciables curiosidades...

¿Qué demonios estaba haciendo yo aquí, en una cabalgada con la Dama, persiguiendo a una cosa que podía engullirme sin un parpadeo?

Atrapaalmas rodeó el flanco de una colina y cuando, segundos más tarde, rodeamos el mismo lugar, había desaparecido.

La Dama frenó la marcha por un momento, volvió lentamente la cabeza, luego tiró de sus riendas y giró hacia el bosque que se extendía al borde de la carretera. Se detuvo cuando alcanzó los primeros árboles. Mi animal se detuvo al lado del suyo.

La Dama bajó de su montura. Hice lo mismo sin pensar. Cuando mis pies tocaron el suelo su animal se estaba derrumbando y el mío estaba muerto, de pie sobre sus rígidas patas. Ambos tenían quemaduras negras del tamaño de un puño en sus gargantas.

La Dama señaló, echó a andar. Agachado, con una flecha en el arco, me uní a ella. Avancé cuidadosamente, en silencio, deslizándome por entre la maleza como un zorro.

Ella se detuvo, se acuclilló, señaló. Miré a lo largo de su brazo. Parpadeo, parpadeo, dos segundos de rápidas imágenes. Se detuvieron. Vi una figura quizá a quince metros de distancia, de espaldas a nosotros, arrodillada, haciendo algo rápidamente. No había tiempo para las cuestiones morales que había estado debatiendo mientras cabalgaba. Aquella criatura había efectuado varios intentos contra mi vida. Mi flecha estaba en el aire antes de que me diera cuenta de lo que estaba haciendo.

Golpeó a la figura en la cabeza. La figura se derrumbó hacia adelante. Jadeé un segundo, con la boca abierta, luego dejé escapar lentamente el aire. Tan fácil...

La Dama dio tres rápidos pasos hacia adelante con el ceño fruncido. Hubo un rápido roce a nuestra derecha. Algo agitó la maleza. Ella giró y corrió hacia terreno abierto, golpeándome el brazo al pasar.

A los pocos segundos estábamos en la carretera. Yo tenía otra flecha en el arco. Su brazo se alzó, señalando... Una forma cuadrada se deslizó fuera del bosque a quince metros de distancia. Una figura encima de ella hizo un movimiento de arrojar algo en nuestra dirección. Me tambaleé bajo el impacto del golpe de una fuente no visible. Delante de mis ojos parecieron tejerse telarañas, confundiendo mi visión. Capté vagamente que la Dama hacía un gesto. Las telarañas desaparecieron. Me sentí de nuevo completo. Señaló mientras la alfombra empezaba a alzarse y alejarse.

Tensé el arco y disparé, sin ninguna esperanza de que mi flecha pudiera golpear un blanco móvil a aquella distancia.

No lo hizo, pero solo porque la alfombra se agitó violentamente hacia abajo y hacia un lado cuando la flecha estuvo en el aire. El proyectil pasó a unos pocos centímetros detrás de la cabeza del conductor de la alfombra.

La Dama hizo algo. El aire zumbó. De ninguna parte surgió una gigantesca libélula como la que había visto en el Bosque Nuboso. Partió hacia la alfombra, golpeó. La alfombra giró, se agitó, sufrió una convulsión. Su jinete cayó a plomo, con un grito de desesperación. Lancé otra flecha en el instante en que el hombre golpeaba el suelo. Se retorció por un momento, quedó inmóvil. Al instante estábamos junto a él.

La Dama arrancó el morrión negro de nuestra víctima. Y maldijo. Lenta, firmemente, maldijo como un sargento veterano.

—¿Qué? —pregunté al fin. El hombre estaba lo suficientemente muerto como para satisfacerme.

—No es ella. —Se dio la vuelta, se enfrentó a los árboles. Su rostro se puso pálido durante varios segundos. Luego miró hacia la alfombra flotante. Sacudió su cabeza hacia los árboles—. Ve a ver si eso es una mujer. Mira si el caballo está ahí. —Empezó a hacer gestos de «ven aquí a la alfombra de Atrapaalmas».

Fui, con la mente hecha un torbellino. ¿Atrapaalmas era una mujer? Hábil, también. Todo preparado para ser perseguida hasta allí por la propia Dama.

El miedo fue creciendo en mí a medida que me deslizaba entre los árboles, lentamente, en silencio. Atrapaalmas había jugado a su juego con todo el mundo, y más hábilmente de lo que ni siquiera la Dama había anticipado. ¿Y ahora qué, entonces? Había habido tantos intentos contra mi vida... ¿No podía ser este el momento de terminar con cual fuera la amenaza que yo representaba?

Sin embargo, no ocurrió nada. Excepto que me arrastré hasta el cadáver en el bosque, arranqué un morrión blanco, y descubrí a un apuesto joven dentro. El miedo, la furia y la frustración me abrumaron. Lo pateé. Un poco más de buena carne muerta abusada.

El acceso no duró mucho. Empecé a mirar alrededor del lugar donde habían aguardado los sustitutos. Habían esperado allí un cierto tiempo, y habían estado preparados para aguantar más. Tenían provisiones para un mes.

Un gran fardo llamó mi atención. Corté las cuerdas que lo sujetaban, miré dentro. Papeles. El fardo que debía de pesar sus buenos cuarenta kilos. La curiosidad me dominó.

Miré apresurado alrededor, no vi nada amenazador, sondeé un poco más. E inmediatamente me di cuenta de lo que tenía allí. Aquella era la parte del hallazgo que habíamos desenterrado en el Bosque Nuboso.

¿Qué estaba haciendo allí? Había creído que Atrapaalmas se lo había entregado a la Dama. ¡Ey! Complot y contracomplot. Quizá había entregado algo. Y quizá había conservado otros papeles que creyó que podían serle útiles más tarde. Quizá habíamos pisado de tan cerca sus talones que no había tenido tiempo de recogerlos...

Quizá volvería. Miré de nuevo a mi alrededor, asustado una vez más.

Nada se movió.

¿Dónde estaba él?

Ella, me recordé. Atrapaalmas era uno de los ellas.

Miré en torno, buscando evidencias de la partida del Tomado (¿Tomada?), y pronto descubrí huellas de cascos que conducían hacia más adentro en el bosque. Unos pocos pasos más allá de aquel lugar alcanzaban un estrecho sendero. Me agaché, observando una especie de pasillo en el bosque donde flotaban doradas motas en haces de luz solar. Intenté pensar en cómo seguir adelante.

«Ven», dijo una voz en mi mente. «Ven.»

La Dama. Aliviado de no tener que seguir aquel sendero, regresé sobre mis pasos.

—Era un hombre —dije al aproximarme a la Dama.

—Eso pensé. —Tenía la alfombra bajo una mano, flotando a medio metro del suelo—. Sube.

Tragué saliva, hice lo indicado. Era como subir a un bote desde aguas profundas. Casi me caí dos veces. Cuando ella me siguió, dije:

—Él... ella... permaneció a caballo y tomó un sendero a través del bosque.

—¿En qué dirección?

—Hacia el sur.

La alfombra se alzó rápidamente. Los caballos muertos se hicieron pequeños a nuestros pies. Empezamos a alzarnos sobre los árboles. Sentí mi estómago como si hubiera bebido varios litros de vino la noche antes.

La Dama maldijo suavemente. Al final, con una voz más fuerte, dijo:

—La muy zorra. Jugó con todos nosotros. Incluido mi esposo.

No dije nada. Estaba debatiéndome acerca de si mencionar o no los papeles. Ella podía estar interesada. Pero también lo estaba yo, y si lo mencionaba ahora nunca tendría una oportunidad de examinarlos.

—Apuesto a que eso era lo que estaba haciendo. Librándose de los otros Tomados fingiendo formar parte de su complot. Luego me habría tenido a mí. Luego simplemente habría dejado al Dominador bajo tierra. Lo habría tenido todo, y habría podido mantenerlo recluido. Él no puede liberarse sin ayuda. —Estaba pensando en voz alta antes que hablando conmigo—. Y yo no supe ver las evidencias. O las ignoré. Estaban ahí todo el tiempo. La zorra astuta. Arderá por eso.

Empezamos a caer. Casi perdí lo poco que contenía mi estómago. Caímos a un valle más profundo que la mayoría en la zona, aunque las colinas a ambos lados no se alzaban a más de sesenta metros de altura. Frenamos la marcha.

—Flecha —dijo. Yo había olvidado preparar otra.

Derivamos valle abajo algo más de un kilómetro, luego ladera arriba hasta que flotamos al lado de un saliente de roca sedimentaria. Permanecimos suspendidos allí, sujetando la piedra. Había un vivo viento frío. Sentí que se me entumecían las manos. Estábamos lejos de la Torre, en una región donde el invierno se dejaba sentir en toda su crudeza. Me estremecía constantemente.

La única advertencia fue un suave «Agárrate».

La alfombra partió bruscamente hacia adelante. A medio kilómetro de distancia había una figura agachada sobre el cuello de un caballo al galope. La Dama descendió hasta que nos deslizamos justo a medio metro por encima del suelo.

Atrapaalmas nos vio. Alzó una mano en un gesto de protección. Estábamos encima de ella. Lancé mi flecha.

La alfombra se alzó y me golpeó cuando la Dama tiró de ella hacia arriba, intentando pasar por encima de caballo y jinete. No pudo elevarla lo suficiente. El impacto hizo que la alfombra se tambaleara. El armazón crujió, se rompió. Giramos. Me agarré desesperadamente mientras cielo y tierra se arremolinaban a mi alrededor. Hubo otro impacto cuando golpeamos el suelo, más giros mientras dábamos vueltas y vueltas. Me solté.

Estaba en pie en un instante, tambaleante, poniendo otra flecha en el arco. El caballo de Atrapaalmas estaba tendido en el suelo con una pata rota. Atrapaalmas estaba a su lado, sobre manos y rodillas, aturdida. La plateada punta de una flecha asomaba de su cintura, señalándome.

Lancé mi flecha. Y otra, y otra, recordando la terrible vitalidad que había mostrado el Renco en el Bosque Nuboso, después de que Cuervo lo hubiera derribado con una flecha que llevaba el poder de su auténtico nombre. Aún dominado por el miedo, extraje mi espada una vez se me hubieron agotado todas las flechas. Cargué. No sé cómo había retenido el arma a través de todo lo que había ocurrido. Alcancé a Atrapaalmas, alcé la hoja todo lo que pude, la dejé caer en un feroz golpe con las dos manos. Fue el más terrible y violento golpe que haya dado nunca. La cabeza de Atrapaalmas rodó lejos de su cuerpo. La guarda del rostro del morrión se abrió. El rostro de una mujer me miró con ojos acusadores. Una mujer casi idéntica en apariencia a aquella con la que había venido.

Los ojos de Atrapaalmas se enfocaron en mí. Sus labios intentaron formar palabras. Permanecí allí inmóvil, preguntándome qué demonios significaba todo aquello. Y la vida desapareció de Atrapaalmas antes de que yo captara el mensaje que intentaba transmitirme.

Regresaré diez mil veces a ese momento, intentando leer aquellos agonizantes labios.

La Dama avanzó hasta situarse a mi lado, arrastrando una pierna. El hábito me hizo volverme, arrodillarme...

—Está rota —dijo—. No importa. Puedo esperar. —Su respiración era somera, rápida. Por un momento pensé que era el dolor. Luego me di cuenta de que estaba mirando la cabeza. Empezó a reír quedamente.

Contemplé aquel rostro tan parecido al suyo, luego a ella. Apoyó una mano en mi hombro, permitiéndome que sostuviera algo de su peso. Me levanté cuidadosamente, deslicé un brazo a su alrededor.

—Nunca me gustó esa zorra —dijo—. Ni cuando éramos niñas... —Me miró cautelosamente, se calló. La vida abandonó su rostro. Se convirtió una vez más en la dama de hielo.

Si alguna vez hubo alguna chispa de amor extraño dentro de mí, como me acusaron mis hermanos, destelló ahora por última vez. Vi claramente lo que los Rebeldes deseaban destruir..., esa parte del movimiento que era la auténtica Rosa Blanca, no una marioneta del monstruo que había creado esta mujer y ahora la deseaba destruida para poder traer a su propia descendencia de terror de vuelta al mundo. En aquel momento habría depositado alegremente su cabeza al lado de la de su hermana.

Por segunda vez, si podía creerse a Atrapaalmas. Su segunda hermana. Esto no merecía ninguna lealtad.

No hay límites a la suerte de uno, al poder de uno, a lo mucho que uno se atreve a resistir. No tenía el valor necesario para seguir mi impulso. Más tarde, quizá. El capitán había cometido un error poniéndose al servicio de Atrapaalmas. ¿Era adecuada mi posición única para discutir con él y convencerle de que se saliera de ese servicio sobre la base de que nuestra comisión había terminado con la muerte de Atrapaalmas?

Lo dudaba. Suscitaría una batalla, por decir lo menos. En especial si, como sospechaba, él había ayudado al Síndico durante todo el tiempo allá en Berilo. La existencia de la Compañía no parecía estar en absoluto en peligro, suponiendo que sobreviviéramos a la batalla. No toleraría otra traición. En el conflicto de moralidades hallaría que ese era el mal mayor.

¿Había ahora una Compañía? La batalla de Hechizo no había terminado porque la Dama y yo nos hubiéramos ausentado. ¿Quién sabía lo que había ocurrido mientras perseguíamos a un Tomado renegado?

Miré al sol, me sorprendió descubrir que solo había pasado un poco más de una hora.

La Dama recordó también Hechizo.

—La alfombra, médico —dijo—. Será mejor que volvamos.

La ayudé a cojear hasta los restos de la alfombra de Atrapaalmas. Estaba hecha una ruina, pero ella creía que todavía funcionaría. La deposité sobre ella, recogí el arco que ella me había dado, me senté delante de ella. Susurró algo. La alfombra se alzó con un crujido. Proporcionaba una base de sustentación más bien inestable.

Permanecí sentado con los ojos cerrados, debatiendo conmigo mismo, mientras ella rodeaba el lugar de la caída de Atrapaalmas. No pude ordenar mis sentimientos. No creía en el mal como en una fuerza activa, solo como un asunto de punto de vista, pero había visto lo suficiente como para hacerme cuestionar mi filosofía. Si la Dama no era el mal encarnado, entonces estaba tan cerca de él que el asunto no constituía ninguna diferencia.

Empezamos a renquear hacia la Torre. Cuando abrí los ojos pude ver aquel gran bloque oscuro parpadear en el horizonte y aumentar lentamente de tamaño. No deseaba volver.

Pasamos por encima del terreno rocoso al oeste de Hechizo, a unos treinta metros de altura, a velocidad de caracol. La Dama tenía que concentrarse totalmente en mantener la alfombra en el aire. Yo estaba aterrado ante la idea de que la cosa podía caer en aquel lugar, o echar su último aliento encima del ejército Rebelde. Me incliné hacia adelante, estudiando el agreste suelo, intentando elegir un lugar donde estrellarnos.

Así fue como vi a la niña.

Habíamos recorrido tres cuartas partes del camino. Vi moverse algo.

—¿Eh? —Linda alzó la vista hacia nosotros, protegiéndose los ojos. Una mano brotó de las sombras, la arrastró hacia un lugar escondido.

Miré a la Dama. No había reparado en nada. Estaba demasiado ocupada manteniéndonos en el aire.

¿Qué estaba ocurriendo? ¿Habían expulsado los Rebeldes a la Compañía hasta aquella zona rocosa? ¿Por qué no veía a nadie más?

Con un esfuerzo, la Dama fue ganando gradualmente altitud. La cuña se expandió delante de mí.

Una tierra de pesadilla. Decenas de miles de Rebeldes muertos la alfombraban. La mayoría habían caído en formación. Los distintos niveles estaban inundados con cadáveres de ambos bandos. Una bandera de la Rosa Blanca sobre un mástil inclinado hacia un lado chasqueaba al viento en la cima de la pirámide. Por ninguna parte veía moverse a nadie. El silencio se había adueñado del lugar, excepto el murmullo de un helado viento del norte.

La Dama perdió el control por un instante. Caímos. Consiguió dominar de nuevo la alfombra a menos de cuatro metros de estrellarnos.

Nada se agitaba excepto las banderas que ondeaban al viento. El campo de batalla parecía surgido de la imaginación de un artista loco. La capa superior de Rebeldes muertos yacía como si hubieran muerto bajo un terrible dolor. Su número era incalculable.

Nos alzamos por encima de la pirámide. La muerte había barrido todos sus alrededores en dirección a la Torre. La puerta permanecía abierta. Había cadáveres Rebeldes a su sombra.

Habían llegado a entrar.

Solo había un puñado de cuerpos encima de la pirámide,

todos ellos Rebeldes. Mis camaradas debían de haber podido entrar.

Tenían que estar luchando todavía, dentro de aquellos retorcidos corredores. El lugar era demasiado enorme para ser dominado rápidamente. Agucé el oído, pero no oí nada.

La parte superior de la torre estaba a cien metros por encima de nosotros. No podíamos subir más alto... Una figura apareció allí e hizo señas. Era baja e iba vestida de color pardo. Jadeé. Solo recordaba un Tomado que fuera vestido de color pardo. Avanzó hasta un punto de observación mejor, cojeando, haciendo señas todavía. La alfombra se alzó. Sesenta metros todavía. Treinta. Miré hacia atrás al panorama de muerte. ¿Un cuarto de millón de hombres? La mente se tambaleaba. Algo demasiado enorme para tener un significado real. Incluso en los días de gloria del Dominador las batallas nunca alcanzaban esa escala...

Miré a la Dama, ella lo había preparado todo. Ahora sería la dueña total del mundo..., si la Torre sobrevivía a la batalla que se libraba dentro. ¿Quién podría oponérsele? La humanidad de todo un continente yacía muerta...

Media docena de Rebeldes aparecieron por la puerta. Nos lanzaron flechas. Solo unas pocas se alzaron hasta casi la altura de la alfombra. Los soldados dejaron de disparar, aguardaron. Sabían que estábamos en apuros.

Quince metros. Siete. La Dama tenía dificultades para dominar la alfombra, incluso con la ayuda del Renco. Me estremecí al viento, que amenazaba con arrastrarnos lejos de la Torre. Recordé la larga caída del Aullador. Estábamos tan alto como lo había estado él.

Una mirada a la llanura me mostró al forvalaka. Colgaba fláccido de su cruz, pero yo sabía que estaba vivo.

Unos hombres se unieron al Renco. Algunos llevaban cuerdas, otros lanzas o largos palos. Nos elevamos más lentamente aún. Aquello se convirtió en un juego ridículamente tenso, con la seguridad casi al alcance de la mano pero no completamente.

Una cuerda cayó sobre mis rodillas. Un sargento de la guardia gritó:

—¡Átala a ella!

—¿Y qué pasa conmigo, tonto del culo? —Me moví casi tan rápido como crece una piedra, temeroso de alterar la estabilidad de la alfombra. Me sentí tentado a hacer algún falso nudo que cediera bajo la tensión. Ya no me gustaba la Dama. El mundo sería mejor con su ausencia. Atrapaalmas era una intrigante asesina cuyas ambiciones habían enviado a cientos a la muerte. Merecía su destino. ¿Qué merecía su hermana, que había enviado a miles a la carrera por la carretera oscura?

Llegó una segunda cuerda. Me até a ella. Estábamos a metro y medio de la cima, incapaces de subir más. Los hombres de las cuerdas tiraron desde sus lados. La alfombra se deslizó contra la Torre. Tendieron los palos. Agarré uno.

La alfombra cayó.

Por un segundo pensé que estaba perdido. Luego comenzaron a izarme.

Había una dura lucha escaleras abajo, dijeron. El Renco me ignoró por completo, se apresuró a volver a la acción. Yo simplemente me dejé caer encima de la Torre, feliz de estar a salvo. Incluso dormí un poco. Desperté solo con el viento del norte y con un debilitado cometa en el horizonte. Bajé a comprobar el final del juego del gran designio de la Dama.

Ella había ganado. Ni uno de cada cien Rebeldes sobrevivió, y la mayoría de esos fue porque habían desertado antes.

El Aullador difundió la enfermedad con los globos que arrojó. Alcanzó su estado crítico poco después de que la Dama y yo partiéramos en persecución de Atrapaalmas. Los hechiceros Rebeldes no pudieron detenerla a una escala significativa. De ahí las hileras de muertos.

Aun así, parte del enemigo resultó ser parcial o totalmente inmune, y no todos los nuestros escaparon a la infección. Los Rebeldes ocuparon el nivel superior.

El plan, en aquel punto, exigía que la Compañía Negra contraatacara. El Renco, rehabilitado, tenía que ayudarlos con hombres del interior de la Torre. Pero la Dama no estaba allí para ordenar la carga. En su ausencia, Susurro ordenó una retirada al interior de la Torre.

El interior de la Torre era una serie de trampas mortales accionadas no solo por los orientales del Aullador sino por los heridos llevados dentro las noches anteriores y curados por los poderes de la Dama.

Terminó mucho antes de que yo pudiera recorrer el laberinto hasta mis camaradas. Cuando crucé su rastro, supe que llevaba horas de retraso. Habían partido de la Torre con órdenes de establecer una fila de piquetes allá donde se había alzado la empalizada.

Alcancé el nivel del suelo mucho después de la caída de la noche. Estaba agotado. Simplemente deseaba paz, quietud, quizá un puesto en una guarnición en una pequeña ciudad... Mi mente no funcionaba bien. Tenía cosas que hacer, cosas que discutir, una batalla que librar con el capitán. Él no deseaba traicionar a otra comisión. Estaban los físicamente muertos y los moralmente muertos. Mis camaradas estaban entre los últimos. No me comprenderían. Elmo, Cuervo, Arrope, Un Ojo, Goblin, actuarían como si yo hablara una lengua extranjera. Y, sin embargo, ¿podía condenarlos? Eran mis hermanos, mis amigos, mi familia, y actuaban moralmente dentro de ese contexto. El peso de todo ello caía sobre mí. Tenía que convencerles de que había una obligación más grande.

Caminé por entre sangre seca, pasando por encima de los cadáveres, conduciendo los caballos que había liberado de los establos de la Dama. Por qué tomé varios es un misterio, excepto por una vaga noción de que podían ser útiles. Tomé el que había cabalgado Pluma porque no sentía deseos de caminar.

Hice una pausa para mirar al cometa. Parecía vacío.

—Esta vez no, ¿eh? —le pregunté—. No puedo decir que me sienta totalmente desanimado. —Una falsa risita. ¿Cómo podía estarlo? Si aquella hubiera sido realmente la hora del Rebelde, como él había creído, yo estaría muerto.

Me detuve dos veces más antes de alcanzar el campamento. La primera vez oí unas suaves maldiciones mientras descendía los restos del muro de contención inferior. Me acerqué al sonido, encontré a Un Ojo sentado debajo del forvalaka crucificado. Le hablaba firmemente con voz suave, en un lenguaje que no comprendí. Tan enfrascado estaba que no me oyó llegar. Ni tampoco me oyó irme un minuto más tarde, absolutamente asqueado.

Un Ojo estaba rememorando la muerte de su hermano Tam-Tam. Conociéndolo, la cosa se prolongaría varios días.

Hice una pausa de nuevo allá donde la falsa Rosa Blanca había contemplado la batalla. Estaba allí completamente inmóvil, muy muerta a muy temprana edad. Sus amigos hechiceros habían hecho más dura su muerte intentando salvarla de la enfermedad del Aullador.

—Demasiado —murmuré. Miré hacia atrás a la Torre, al cometa. Ella había ganado...

¿Lo había hecho realmente? ¿Qué había conseguido, en resumidas cuentas? ¿La destrucción de los Rebeldes? Pero se habían convertido en el instrumento de su esposo, un mal aún mayor. Ellos habían sido los derrotados aquí, aunque tan solo él, ella y yo lo supiéramos. La mayor maldad había sido anticipada. Más aún, el ideal Rebelde había pasado a través de una llama purificadora, templadora. Dentro de una generación...

No soy religioso. No puedo concebir dioses a los que no les importa un comino el insustancial avance de la humanidad. Quiero decir, lógicamente, que a seres de ese orden no les importaría. Pero quizá haya una fuerza para un bien más grande, creada por nuestras mentes inconscientes unidas, que se convierte en un poder independiente más grande que la suma de sus partes. Quizá, siendo una cosa-mente, no esté ligada al tiempo. Quizá pueda verlo todo en el espacio y en el tiempo y mover sus peones de tal modo que lo que parece ser una victoria hoy se convierta en la piedra angular de la derrota de mañana.

Quizá la debilidad le hacía cosas a mi mente. Durante unos pocos segundos creí ver el paisaje de mañana, vi el triunfo de la Dama convertirse en una serpiente y generar su destrucción durante el siguiente paso del cometa. Vi una auténtica Rosa Blanca llevando su estandarte a la Torre, la vi a ella y a sus campeones tan claramente como si estuviera yo mismo allí aquel día...

Me tambaleé encima de aquel animal de Pluma, tenso y aterrado. Porque si era una auténtica visión, yo estaría allí. Si era una auténtica visión, yo conocía a la Rosa Blanca. La conocía desde hacía un año. Ella era mi amiga. Y yo la había desechado como tal debido a un impedimento...

Llevé los caballos hacia el campamento. Cuando un centinela me dio el alto ya había recuperado suficiente cinismo como para haber echado a un lado la visión. Había pasado por demasiadas cosas en un solo día. Los personajes como yo no se convierten en profetas. Especialmente, no del lado equivocado.

El de Elmo fue el primer rostro familiar que vi.

—Dios, tienes un aspecto horrible —dijo—. ¿Estás herido?

Fui incapaz de hacer nada excepto negar con la cabeza. Me

arrastró del caballo y me llevó a alguna parte y eso fue lo último que supe durante horas. Excepto que mis sueños fueron tan descoyuntados y tan fuera del tiempo como la visión, y no me gustaron en absoluto. Y no pude escapar de ellos.

La mente, sin embargo, es resistente. Conseguí olvidar los sueños a los pocos momentos de despertar.

7

La Rosa

La discusión con el capitán hirvió durante dos horas. Se mostró inflexible. No aceptó mis argumentos, legales ni morales. El tiempo trajo a otros a la refriega, a medida que acudían a ver al capitán por otros asuntos. En el momento en que perdí realmente los estribos la mayor parte de los principales de la Compañía estaban presentes: el teniente, Goblin, Silencioso, Elmo, Arrope, y varios oficiales nuevos reclutados allí en Hechizo. El poco apoyo que recibí procedió de lugares sorprendentes. Silencioso me respaldó. Lo mismo hicieron dos de los nuevos oficiales.

Salí furioso. Silencioso y Goblin me siguieron. Hervía de rabia, aunque no estaba sorprendido por su respuesta. Con los Rebeldes aplastados había poco que alentara la defección de la Compañía. Ahora serían como cerdos hundidos en cieno hasta la rodilla. Las preguntas sobre lo correcto y lo incorrecto sonaban estúpidas. Básicamente, ¿a quién le importaba?

Todavía era temprano, el día después de la batalla. Yo no había dormido bien y estaba lleno de energía nerviosa. Caminaba vigorosamente de un lado para otro, intentando tranquilizarme andando.

Goblin ajustó su paso al mío; luego se plantó delante de mi camino. Silencioso observaba desde cerca.

Goblin preguntó:

—¿Podemos hablar?

—Yo he estado hablando. Nadie escucha.

—Eres demasiado argumentativo. Ven aquí y siéntate.
—Aquí resultó ser un montón de equipo cerca de una fogata donde algunos hombres estaban cocinando y otros jugaban al tonk. Los grupos habituales. Me miraron por el rabillo del ojo y se encogieron de hombros. Todos parecían preocupados. Como si temieran por mi cordura.

Supongo que si cualquiera de ellos hubiera hecho lo que yo había hecho, un año antes yo habría sentido lo mismo. Eran una confusión y una preocupación honestas basadas en el aprecio hacia un camarada.

Su cabezonería me irritaba, pero no podía sostener aquella irritación porque, enviando a Goblin, demostraban que deseaban comprender.

El juego siguió, silencioso y hosco al principio, animándose poco a poco a medida que intercambiaban habladurías acerca del curso de la batalla.

—¿Qué ocurrió ayer, Matasanos? —preguntó Goblin.

—Ya te lo dije.

—¿Qué tal si lo haces de nuevo? —sugirió gentilmente—. Con más detalle. —Yo sabía lo que estaba haciendo. Una pequeña terapia mental basada en la suposición de que la prolongada proximidad con la Dama había alterado mi mente. Tenía razón. Lo había hecho. Me había abierto también los ojos, e intenté dejar esto bien claro mientras reiteraba mi día anterior, apelando a una serie de habilidades como las que he desarrollado redactando estos Anales, con la esperanza de convencerle de que mi postura era racional y moral y la de todos los demás no lo era.

—¿Veis lo que hizo cuando esos chicos de Galeote intentaron ir tras el capitán? —preguntó uno de los jugadores de cartas. Estaban chismorreando acerca de Cuervo. Yo lo había olvidado hasta entonces. Tendí el oído y escuché varias historias de su salvaje heroísmo. Oyéndolos hablar, uno imaginaba que Cuervo había salvado a todo el mundo en la Compañía al menos una vez.

—¿Y dónde está ahora? —preguntó alguien.

Un agitar general de cabezas. Alguien sugirió:

—Deben de haberlo matado. El capitán mandó hacer la lista de nuestros muertos. Supongo que lo veremos en ella esta tarde.

—¿Qué le ocurrió a la niña?

Elmo bufó.

—Encontradlo a él y la encontraréis a ella.

—Hablando de la niña, ¿visteis lo que ocurrió cuando intentaron acabar con el segundo pelotón con algún tipo de conjuro? Fue extraño. La niña actuó como si no ocurriera nada. Todo el mundo cayó como una roca. Ella simplemente pareció como desconcertada y sacudió a Cuervo. Él se puso en pie, bam, y se abrió camino a tajos. ¡Ella lo sacudió para despertarlo! Como si la magia no la tocara o algo así.

Alguien dijo:

—Quizá sea porque es sorda. Quizá la magia tenía algo que ver con el sonido.

—Ah, ¿quién sabe? Lástima que ya no esté. Había empezado a acostumbrarme a tenerla siempre alrededor.

—Y a Cuervo también. Lo necesitamos para impedir que el viejo Un Ojo haga trampas. —Todo el mundo se echó a reír.

Miré a Silencioso, que estaba escuchando mi conversación con Goblin. Sacudí la cabeza. Alzó una ceja. Usé los signos de Linda para decirle: «No están muertos». A él también le gustaba Linda.

Se levantó, caminó hasta situarse detrás de Goblin, sacudió la cabeza. Quería verme a solas. Me levanté y le seguí.

Le expliqué que había visto a Linda cuando regresaba de mi

aventura con la Dama, que sospechaba que Cuervo estaba desertando por la única ruta que pensaba que no iba a estar vigilada. Silencioso frunció el ceño y quiso saber por qué.

—Dímelo tú. Tú sabes cómo se ha estado comportando últimamente. —No mencioné mi visión ni mis sueños, todos los cuales parecían fantásticos ahora—. Quizá se hartó de nosotros.

Silencioso sonrió con una sonrisa que decía que no creía ni una palabra de aquello. Hizo signos, «Quiero saber por qué. ¿Qué sabes tú?». Supuso que yo sabía más acerca de Cuervo y Linda que ningún otro debido a que siempre estaba sondeando en busca de detalles personales que incluir en los Anales.

—No sé nada que tú no sepas. Estaba con el capitán y con Salmuera más que con ningún otro.

Pensó durante unos diez minutos, luego hizo signos, «Ensilla dos caballos. No, cuatro caballos, con algo de comida. Puede que sean algunos días. Yo iré a hacer algunas preguntas». Su actitud no admitía discusión.

Aquello era estupendo para mí. Se me había ocurrido ir en su busca mientras hablaba con Goblin. Había desechado la idea porque no podía pensar en ninguna forma de seguir el rastro de Cuervo.

Fui al piquete donde Elmo había llevado los caballos la otra noche. Cuatro de ellos. Por un instante reflexioné en la posibilidad de que existiera una fuerza mayor, moviéndonos. Conseguí que un par de hombres ensillaran los animales por mí mientras iba en busca de Salmuera y algo de comida. No fue fácil. Salmuera quería la autorización personal del capitán. Llegamos a un acuerdo por el que conseguiría una mención especial en los Anales.

Silencioso se me unió al final de las negociaciones. Una vez hubimos atado las provisiones en los caballos, pregunté:

—¿Has averiguado algo?

Hizo signos, «Solo que el capitán tiene algún conocimiento especial que no piensa compartir. Creo que tiene más que ver con Linda que con Cuervo.»

Gruñí. Ahí estaba de nuevo… ¿El capitán había llegado a una conclusión como la mía? ¿Y lo había hecho esta mañana, mientras discutíamos? Hummm. Tenía una mente retorcida…

«Creo que Cuervo se marchó sin el permiso del capitán, pero que tiene su bendición. ¿Has interrogado a Salmuera?»

—Pensé que ibas a hacerlo tú.

Sacudió la cabeza. No había tenido tiempo.

—Ve ahora. Todavía hay algunas cosas que quiero juntar. —Me dirigí a la tienda hospital, cargué con mis armas y desenterré un regalo que había estado reservando para el cumpleaños de Linda. Luego fui en busca de Elmo y le dije que quería algo de mi parte del dinero que habíamos obtenido en Rosas.

—¿Cuánto?

—Tanto como puedas darme.

Me lanzó una larga y dura mirada, decidió no hacer preguntas. Fuimos a su tienda y lo contó en silencio. Los hombres no sabían nada de aquel dinero. El secreto se mantenía entre aquellos que habíamos ido a Rosas tras Rastrillador. Había algunos, sin embargo, que se preguntaban cómo conseguía Un Ojo seguir pagando sus deudas del juego cuando nunca ganaba y no tenía tiempo para su habitual mercadeo negro.

Elmo me siguió cuando abandoné su tienda. Encontramos a Silencioso ya montado, los caballos preparados para partir.

—Vais a dar un paseo, ¿eh? —preguntó.

—Ajá. —Aseguré a mi silla el arco que me había dado la Dama, monté.

Elmo escrutó nuestros rostros con los ojos entrecerrados, luego dijo:

—Buena suerte. —Se dio la vuelta y se alejó. Miré a Silencioso. Hizo signos, «Salmuera jura ignorancia también. Le forcé a admitir que había proporcionado a Cuervo raciones extras antes de que empezara la lucha ayer. También sabe algo.»

Bien, demonios. Todo el mundo parecía estar en el círculo de las suposiciones. Mientras Silencioso iniciaba la marcha, dirigí mis pensamientos a la confrontación de la mañana, buscando indicios de cosas que no encajaran. Y encontré unas cuantas. Goblin y Elmo tenían sus sospechas también.

No había forma de evitar pasar a través del campamento Rebelde. Una lástima. Habría preferido evitarlo. Las moscas y el hedor eran densos. Cuando la Dama y yo lo cruzamos cabalgando, parecía vacío. Falso. Simplemente no habíamos visto a nadie. Los enemigos heridos y los seguidores del campamento estaban allí. El Aullador había dejado caer sus globos sobre ellos también.

Yo había seleccionado bien los animales. Además de tomar la montura de Pluma, me había agenciado otras de la misma raza incansable. Silencioso estableció un paso vivo, evitando toda comunicación hasta que, mientras nos apresurábamos siguiendo el borde exterior de la región rocosa, tiró de las riendas y me hizo signos de que estudiara mis alrededores. Quería saber la línea de vuelo que había seguido la Dama al aproximarse a la Torre.

Le dije que pensaba que habíamos pasado a algo más de un kilómetro al sur de donde estábamos ahora. Me dio los caballos de sobra y se dirigió hacia las rocas, avanzando lentamente, estudiando con cuidado el terreno. Presté poca atención. Él podía hallar las señales mucho mejor que yo.

De todos modos, yo también habría sido capaz de hallar su rastro. Silencioso alzó una mano, luego señaló el suelo. Se habían apartado del terreno yermo más o menos allá donde la

Dama y yo habíamos cruzado los límites que iban en el otro sentido.

—Intentando ganar tiempo, sin siquiera cubrir sus huellas —aventuré.

Silencioso asintió, miró hacia el oeste. Preguntó por signos acerca de los caminos.

La carretera principal que iba de norte a sur pasa a cinco kilómetros al oeste de la Torre. Era el camino que seguimos hacia Forsberg. Supusimos que primero se encaminaría hacia allí. Incluso en estos tiempos habría tráfico suficiente para ocultar el paso de un hombre y una niña. Ocultarlo de unos ojos ordinarios. Silencioso creía poder seguirlos.

—Recuerda, este es su país —dije—. Él lo conoce mejor que nosotros.

Silencioso asintió con aire ausente, en absoluto preocupado. Miré al sol. Quizá quedaban todavía dos horas de luz. Me pregunté qué delantera nos llevaban.

Alcanzamos la carretera principal. Silencioso la estudió unos momentos, cabalgó hacia el sur unos pocos metros, asintió para sí mismo. Me hizo señas, espoleó su montura.

Y así cabalgamos aquellos animales incansables, duramente, hora tras hora, después de que el sol se hubiera puesto, durante toda la noche, durante todo el día siguiente, camino del mar, hasta que estuvimos muy por delante de nuestra presa. Las pausas fueron pocas y muy espaciadas. Me dolía todo el cuerpo. Hacía demasiado poco tiempo desde mi aventura con la Dama para esto.

Nos detuvimos donde la carretera abrazaba el pie de una colina boscosa. Silencioso indicó un punto despejado que constituía un buen lugar de vigilancia. Asentí. Nos desviamos y subimos.

Me ocupé de los caballos, luego me dejé caer.

—Me estoy haciendo demasiado viejo para esto —dije, y me dormí de inmediato.

Silencioso me despertó al anochecer.

—¿Vienen? —pregunté.

Negó con la cabeza, hizo signos de que no los esperaba antes de mañana. Pero debíamos mantener un ojo atento de todos modos, en caso de que Cuervo viajara también de noche.

Así que me senté bajo la pálida luz del cometa, envuelto en una manta, temblando al viento de invierno, durante hora tras hora, a solas con unos pensamientos que no deseaba tener. No vi nada excepto un grupo de corzos que cruzaban desde el bosque a las tierras de labor con la esperanza de conseguir un forraje mejor.

Silencioso me relevó un par de horas antes del amanecer. Oh alegría, oh alegría. Ahora podría echarme y temblar y pensar en cosas en las que no deseaba pensar. Pero en algún momento me dormí, porque había luz cuando Silencioso apretó mi hombro...

—¿Vienen?

Asintió.

Me levanté, me froté los ojos con el dorso de las manos, miré a la carretera. Ahí estaban, dos figuras que avanzaban hacia el sur, una más alta que la otra. Pero a aquella distancia podían ser cualquier adulto con un niño. Guardamos las cosas y preparamos los caballos apresuradamente, descendimos la colina. Silencioso deseaba aguardar abajo en la carretera, tras el recodo. Me dijo que yo me situara en la carretera detrás de ellos, solo por si acaso. Uno nunca sabía con Cuervo.

Se fue. Aguardé, temblando todavía, sintiéndome muy solitario. Los viajeros rebasaron una cuesta. Sí. Cuervo y Linda. Caminaban a paso vivo, pero Cuervo no parecía preocupado, seguro de que nadie iba tras ellos. Pasaron por mi lado. Aguardé un minuto, salí de entre los árboles, fui tras ellos siguiendo la curva de la colina.

Silencioso había detenido su montura en medio de la carretera, ligeramente inclinado hacia adelante, con su aspecto delgado y oscuro y ominoso. Cuervo estaba parado a quince metros de distancia, con su acero desnudo. Sujetaba a Linda tras él.

Ella me vio acercarme, sonrió y saludó. Le devolví la sonrisa, pese a la tensión del momento.

Cuervo se dio la vuelta. Una mueca curvó sus labios. Furia, posiblemente incluso odio, brillaron en sus ojos. Me detuve más allá del alcance de sus cuchillos. No parecía dispuesto a hablar.

Permanecimos todos inmóviles durante varios minutos. Nadie deseaba hablar primero. Miré a Silencioso. Se encogió de hombros. Había llegado al final de su plan.

La curiosidad me había traído hasta allí. Había satisfecho parte de ella. Estaban vivos, y estaban huyendo. Solo el porqué permanecía en las sombras.

Para mi sorpresa, Cuervo cedió primero.

—¿Qué estás haciendo aquí, Matasanos? —Lo había creído más testarudo que una piedra.

—Buscándote.

—¿Por qué?

—Curiosidad. Silencioso y yo sentimos un cierto interés hacia Linda. Estábamos preocupados.

Frunció el ceño. No estaba oyendo lo que había esperado.

—Podéis ver que está perfectamente.

—Sí. Eso parece. ¿Y tú?

—¿Parece como si no lo estuviera?

Miré a Silencioso. No tenía nada con lo que contribuir.

—Uno se pregunta, Cuervo. Uno se pregunta.

Estaba a la defensiva.

—¿Qué demonios significa eso?

—Un tipo se excluye de sus compañeros. Los trata como si

fueran mierda. Luego deserta. Hace que la gente se haga las suficientes preguntas como para intentar averiguar qué está pasando.

—¿Sabe el capitán que estáis aquí?

Miré de nuevo a Silencioso. Asintió.

—Sí. ¿Quieres contárnoslo, viejo colega? Yo, Silencioso, el capitán, Salmuera, Elmo, Goblin, todos tenemos quizá una cierta idea...

—No intentes detenerme, Matasanos.

—¿Por qué siempre estás buscando pelea? ¿Quién dijo nada de detenerte? Si alguien hubiera deseado detenerte, ahora no estarías aquí. Nunca habrías llegado a alejarte de la Torre.

Se sobresaltó.

—Te vieron marcharte, Salmuera y el Viejo. Dejaron que te fueras. A algunos de los demás nos gustaría saber por qué. Quiero decir, creemos saberlo, y si es lo que creemos, entonces al menos tienes mi bendición. Y la de Silencioso. Y supongo que la de todos los demás que no te retuvieron.

Cuervo frunció el ceño. Sabía lo que yo estaba insinuando, pero no podía extraerle sentido. El hecho de que no formara parte de la vieja línea de la Compañía dejaba un hueco en la comunicación.

—Míralo de esta forma —dije—. Silencioso y yo imaginamos que habéis resultado muertos en acción. Los dos. Nadie necesita saber nada diferente a eso. Pero, ¿sabes?, es como escapar de casa. Aunque te queremos bien, quizá nos sintamos un poco heridos por la forma en que lo has hecho. Fuiste votado como miembro de la Compañía. Pasaste por todo un infierno con nosotros. Tú... Mira lo que tú y yo hemos pasado juntos. Y nos tratas como si fuéramos mierda. Eso no sienta muy bien.

Caló en él. Dijo:

—A veces ocurre algo que es tan importante que no puedes decírselo ni a tus mejores amigos. Podría hacer que todos resultaran muertos.

—Imaginé que era eso. ¡Ey! Tranquilo.

Silencioso había desmontado y había iniciado un intercambio de signos con Linda. La niña parecía ignorar la tensión entre sus amigos. Le estaba diciendo a Silencioso lo que habían hecho y adónde se encaminaban.

—¿Crees que esto es sensato? —pregunté—. ¿Ópalo? Entonces hay un par de cosas que deberías saber. Una, la Dama ganó. Supongo que ya lo habrás imaginado. Lo viste venir, o de otro modo no te hubieras ido. De acuerdo. Más importante. El Renco ha vuelto. Ella no acabó con él. Lo modeló, y ahora es su chico número uno.

Cuervo se puso pálido. Fue la primera vez que puedo recordar que lo vi realmente asustado. Pero su miedo no era por sí mismo. Se consideraba a sí mismo un hombre muerto andante, un hombre sin nada que perder. Pero ahora tenía a Linda, y una causa. Tenía que seguir con vida.

—Sí. El Renco. Silencioso y yo hemos pensado mucho en ello. —En realidad, se me había ocurrido hacía tan solo un momento. Pensé que las cosas irían mejor si él creía que habíamos deliberado sobre el asunto—. Imaginamos que la Dama llegará a esta misma conclusión antes o después. Deseará hacer un movimiento. Si conecta contigo, tendrás al Renco tras tus talones. Él te conoce. Empezará a buscar en tus viejos territorios, imaginando que habrás entrado en contacto con viejos amigos. ¿Tienes algunos amigos que puedan ocultarte del Renco?

Cuervo suspiró, pareció perder estatura. Retiró su acero.

—Ese era mi plan. Pensé que podíamos cruzar a Berilo y ocultarnos allí.

—Berilo es técnicamente solo un aliado de la Dama, pero

la palabra de ella es ley allí. Tendrás que ir a alguna parte donde nunca hayan oído hablar de ella.

—¿Dónde?

—Esta no es mi parte del mundo. —Parecía bastante calmado ahora, así que desmonté. Me miró cautelosamente, luego se relajó. Dije—: Prácticamente ya sé todo lo que vine a averiguar. ¿Silencioso?

Silencioso asintió, prosiguió su conversación con Linda.

Tomé la bolsa con el dinero de mi saco de dormir, se la arrojé a Cuervo.

—Te dejaste tu parte del botín de Rosas. —Tiré de los caballos de reserva—. Viajaréis más rápido si vais montados.

Cuervo se debatió consigo mismo, intentando decir gracias, incapaz de atravesar las barreras que había edificado alrededor del hombre que había dentro de él.

—Supongo que podríamos encaminarnos hacia...

—No quiero saberlo. Ya me he encontrado con el Ojo dos veces. Ella está decidida a conseguir que su imagen quede para la posteridad. No es que desee parecer buena, solo quiere figurar. Sabe cómo la historia se reescribe a sí misma. No está dispuesta a que eso le ocurra a ella. Y yo soy el que ha elegido para que lo escriba.

—Déjalo, Matasanos. Ven con nosotros. Tú y Silencioso. Venid con nosotros.

Había sido una noche larga y solitaria. Había pensado mucho en ello.

—No puedo, Cuervo. El capitán tiene que estar donde está, aunque no le guste. La Compañía tiene que permanecer. Yo soy la Compañía. Soy demasiado viejo para irme de casa. Lucharemos la misma lucha, tú y yo, pero yo haré mi parte quedándome con la familia.

—Oh, vamos, Matasanos. Un puñado de degolladores mercenarios...

—¡Alto! Contente. —Mi voz se endureció más de lo que pretendía. Se detuvo. Dije—: ¿Recuerdas aquella noche en Lords, antes de que fuéramos tras Susurro? ¿Cuando leí de los Anales? ¿Lo que dijiste?

No respondió durante varios segundos.

—Sí. Me hiciste sentir lo que significaba ser un miembro de la Compañía Negra. De acuerdo. Quizá no lo comprenda, pero lo sentí.

—Gracias. —Tomé otro paquete de mi saco de dormir. Este era para Linda—. Habla con Silencioso un poco, ¿quieres? Tengo aquí un regalo de cumpleaños.

Me miró por un momento, luego asintió. Me volví para que mis lágrimas no fueran tan evidentes. Y después de decirle adiós a la niña, y atesorar su deleite ante mi pobre regalo, fui al borde de la carretera y me permití un breve y silencioso llanto. Silencioso y Cuervo fingieron ceguera.

Echaría de menos a Linda. Y pasaría el resto de mis días temiendo por ella. Era preciosa, perfecta, siempre feliz. Lo ocurrido en aquel poblado había quedado detrás de ella. Pero delante acechaba el más terrible enemigo imaginable. Ninguno de nosotros deseaba aquello para ella.

Me levanté, borré las pruebas de las lágrimas, llevé a Cuervo a un aparte.

—No sé cuáles son tus planes, no deseo saberlo. Pero solo por si acaso. Cuando la Dama y yo atrapamos a Atrapaalmas el otro día, él tenía todo un fardo de esos papeles que desenterramos en el campamento de Susurro. Nunca se los entregó a ella. Ella no sabe que existen. —Le dije dónde podían hallarlos—. Iré allí dentro de un par de semanas. Si todavía están allí, veré lo que puedo descubrir por mí mismo en ellos.

Me miró con rostro frío e inexpresivo. Estaba pensando que mi condena a muerte estaba firmada si volvía a caer de nuevo bajo el Ojo. Pero no lo dijo.

—Gracias, Matasanos. Si alguna vez voy por ahí, lo comprobaré.

—Muy bien. ¿Preparado para irnos, Silencioso?

Silencioso asintió.

—Linda, ven aquí—. La estrujé en un largo y prieto abrazo—. Sé buena con Cuervo. —Solté el amuleto que me había dado Un Ojo, lo fijé en su muñeca, le dije a Cuervo—: Eso le permitirá saber si hay algún Tomado poco amistoso por las inmediaciones. No me preguntes cómo, pero funciona. Suerte.

—Sí. —Se quedó allí mirándonos mientras montábamos, aún desconcertado. Alzó tentativamente una mano, la dejó caer.

—Volvamos a casa —le dije a Silencioso. Y nos alejamos.

Ninguno de los dos volvió la vista.

Fue un incidente que nunca ocurrió. Después de todo, ¿no habían muerto Cuervo y su huérfana en las puertas de Hechizo?

De vuelta a la Compañía. De vuelta a la rutina. De vuelta al desfile de los años. De vuelta a estos Anales. De vuelta al miedo.

Treinta y siete años antes de que regrese el cometa. La visión tiene que ser falsa. Nunca sobreviviré tanto tiempo. ¿O sí?

La compañía negra de Glen Cook
se terminó de imprimir en mayo de 2019
en los talleres de
Impresora Tauro, S.A. de C.V.
Av. Año de Juárez 343, col. Granjas San Antonio,
Ciudad de México